Klaus Rülke

&

Marion B. Lange

Ostbesuch

Ein Wende – Roman

Autoren

Klaus Rülke, Jahrgang '48, studierte von 1966 bis 1971 Geschichte und Germanistik an der Ernst-Moritz-Arndt Universität Greifswald, arbeitete anschließend als Journalist und ab 1981 im Bereich Öffentlichkeitsarbeit der Akademie der Künste, wechselte nach der Wiedervereinigung 1991 in die private Wirtschaft, lebt in Berlin und ist seit 2012 im Ruhestand.

Marion B. Lange, Jahrgang '56, studierte in der zweiten Hälfte der 70er Jahre Literaturwissenschaft am Institut „Johannes R. Becher" der Karl-Marx-Universität Leipzig, arbeitete anschließend als Fachreferent am Leipziger Bezirkskabinett für Kultur.
1983 lernte sie Klaus Rülke kennen, übersiedelte nach Berlin, ist seit 1991 in der privaten Wirtschaft tätig – zuständig für Marketing und PR.

Copyright © 2019
Berlin Crime Edition
Alle Rechte vorbehalten.
Der Inhalt darf – auch auszugsweise – nur mit Genehmigung
der Autoren veröffentlicht werden.
Umschlaggestaltung: Marion B. Lange
Typografie: Klaus Rülke
Printed in Germany

Buch

Berlin im Juli 1990: Mauerabriss, Währungswechsel und Einheitstaumel prägen den Alltag.
Regina Renger, vor Jahren der Bigotterie des Ostens entflohen, durchlebt in dieser Zeit turbulenten Wandels ein Wechselbad der Gefühle.
Als Sylvia Weber, ihre einstige Geliebte aus Ostberlin, die sie nichts ahnend sitzen ließ, überraschend vor ihrer Tür steht, gerät ihr Leben vollends aus den Fugen. Deren verblüffende Offerte, sich im Chaos dieser Tage durch illegalen Devisentransfer zu bereichern, weist Regina brüsk von sich. Sie, erfolgreiche Designerin, die zudem auf politischer Bühne glänzt, findet wenig Gefallen daran, ihren Ruf leichtfertig aufs Spiel zu setzen.
Sofort droht Sylvia ihrer Ex, sie als Informantin bloßzustellen, die vor der Flucht Regimekritiker an die Stasi verriet. Geschockt setzt Regina Himmel und Hölle in Bewegung, um der haltlosen Unterstellung die Stirn zu bieten. Unbedarft gerät sie in ein Labyrinth aus Hass, Rachsucht und Machtstreben, erkennt, auf welch riskantes Abenteuer sie sich einlässt. Allein erfolglos, ihren Ruf zu verteidigen, empfiehlt ihr Herbert Sander, langjähriger Geschäftspartner, kompetenten Beistand.
Sein Schwager Roland Schulz, wegen scharfer Kritik an den brutalen Übergriffen der Polizei im Herbst '89 suspendierter Ostkriminalist, erklärt sich trotz Vorbehalten bereit, ihr zu helfen.

Danke an alle, die uns halfen, aus einer launischen Idee heraus dieses Buch zu schreiben, die uns langmütig beistanden und stets ermutigten, das Ziel nicht aus den Augen zu verlieren.
Und Dank an ‚Wikipedia' für das einfache Nachschlagen, wenn uns wirklich ein konkretes Datum mit seinen Geschehnissen entfallen war.

Akteure der Zeitgeschichte ausgenommen, sind alle Namen der Personen dieser fiktiven Geschichte frei erfunden. Für etwaige zufällige Ähnlichkeiten bitten wir um Nachsicht.

K.R. & M.B.L.

Prolog

‚Dreiunddreißig, echte Schnapszahl, man Alter...'
Entzückt von seinem banalen Geistesblitz, starrte Patrick auf den Grabstein, als glaubte er tatsächlich, den Freund auf diese Weise wieder lebendig machen zu können. In Sekunden scheiterte sein alberner Versuch am schwindelerregenden Flimmern vor Augen.
Müsste mal rundum gereinigt werden, überlegte er ernüchtert und wischte mit der Hand über die schmutziggraue Patina, die mit jedem Regen wuchs. Ein winziger Fleck Erde, in dem Tatendrang, Zuversicht und Träume vermoderten...
Patrick dankte Pfarrer Singer im Stillen, weil Marc, von dem es hieß, er habe sich selbst aus dem Rennen genommen, ohne dessen Engagement gewiss nicht einmal dieses Quäntchen Boden zugestanden worden wäre, mitten zwischen zwei alten Damen, die von seiner oft manischen Hilfsbereitschaft sicher verzückt gewesen wären.
Patrick hasste im Grunde den Ort, wo die Toten wohnten. Aber die ungesühnte Schuld an Marcs Tod, der, wie er felsenfest überzeugt war, nie freiwillig das Handtuch geworfen hätte, und seine chronische Traurigkeit, vom letzten Geleit für den besten Kumpel ausgeschlossen gewesen zu sein, trieben ihn ein ums andere Mal hierher.
Eilig zog er die verdorrten Nelken aus der Blechdose, deren verwittertes Etikett dem peniblen Betrachter

sagte, dass sie einst als Behältnis für polnische Gewürzgurken diente, holte Wasser, stellte hellrote Rosen hinein und schob sie zurück vor den Sockel.

Gallebitter, als wäre es gestern gewesen, durchlebte er, wie fast jedes Mal, wenn er hier verweilte, in Gedanken den Morgen des milden Herbsttages Einundachtzig, an dem es früh kurz nach Sieben an der elterlichen Wohnungstür Sturm klingelte.

Zwei Männer, die eine Aura arroganter Seelenlosigkeit versprühten, stampften den Korridor entlang, schoben Mutter brutal beiseite, brüllten ihn rüde an, er sei vorläufig festgenommen. Noch bevor er fast seinen Kaffee verschüttete, klickten Handschellen.

Später, auf dem frisch gebohnertem Korridor der Stasi-Kreisdienststelle, fiel wie zufällig Marcs Name und er wusste auf der Stelle, dass die Freunde sein Los teilten.

‚Vorläufig!' Patrick verzog zornig das Gesicht, stopfte trotzig die Fäuste in die Taschen der bleichen, ausgewaschenen Jeans, die kurz über den Knien endete, ausgefranst, wo er sie abgeschnitten hatte.

Antisozialistische Hetze, Störung der geltenden Ordnung und Widerstand gegen die Staatsgewalt warf man ihnen vor! Nur weil sie die Nase davon voll hatten, sich auf Dauer mit folgenlosen Diskussionen abzufinden. Anders als Marc, einfältig wie er bisweilen sein konnte, lebte er ständig in Angst, dass Zweifeln, erstrecht evidenter Widerstand, die Stasi alarmierte. Aber obwohl er ahnte, was kommen würde, konnte

er sich die Eile, mit der es letztlich passierte, nur durch Verrat erklären.
Amüsiert beäugte er den Spatz, der tschilpend auf dem Stein landete, um sein Geschäft zu verrichten.
Damals fühlten sie sich zum Proklamieren ihres Protestes berufen. Heute kreisen seine Gedanken allein darum, den Zuträger aufzuspüren, dem sie Jahre in der Hölle verdankten und der nach seiner Überzeugung die wahre Schuld an Marcs Tod trug.
Patrick lächelte böse.
Auch ohne siebten Sinn erkannte er während der endlosen Verhöre, dass der Stab längst über sie gebrochen war. Marcs Skizzen, Nicos Gedichte, seine Flyer-Texte, alle akribisch gesicherten Indizien, dienten ausnahmslos dem Zweck, Sympathisanten und Zweifler abzuschrecken. Ausgefuchst kappten die Schergen jeglichen Kontakt, um sie einzeln zu zermürben und als ihm einer der Verhörspezialisten im kahlen Raum mit dem kargen Holztisch hämisch grinsend an den Kopf warf, Marc hätte sich in seiner Zelle erhängt, flüsterte ihm seine leidvolle Erfahrung zu, dass es sich bei der neuerlichen, nächtlichen Attacke nur um einen weiteren fiesen Trick handelte, ihm seinen Unterschrift unter das vorgefertigte Geständnis abzuluchsen.
Wütend riss Patrick verblühten Löwenzahn ab, der den Wegrand säumte.
Depressive Schuldgefühle und letale Reue unterstellte der Arsch. Lächerlich! Der kalte, verächtliche

Klang der Stimme des Vernehmers, die unauslöschlich in seine grauen Zellen geätzt war, jagte ihm ein Frösteln über den Rücken.
Marc depressiv? Blödsinn! Impulsiv vielleicht!
Pedantisch maß er die Sonntagsreden der Parteioberen an seiner Wahrnehmung. Wo viele gleichgültig, manche zynisch wurden, packte ihn der beständige Zorn, der ihn trieb, sich unablässig gegen Barrieren zwischen Hirn und Zunge zu stemmen wie einst Don Quijote gegen Windmühlenflügel. ‚Es sei an der Zeit', forderte er oft ironisch, ‚dass endlich jemand eine Ästhetik der Heuchelei schreibe.'
Das Warten auf den Prozess, die Gewissheit, für viele Jahre weggesperrt zu werden, hatten ihn zerfressen, seine Tage und Nächte verzehrt.
Er blies die Pusteblumen in der Hand an, als wollte er die Lichter auf Marcs Geburtstagstorte mit einem Atemstoß löschen. Von Wind und Thermik angetrieben, stoben die Sämlinge in sämtliche Richtungen. Nur drei schafften es gerade bis auf die glitzernde Wasseroberfläche der Regentonne neben dem Komposthaufen, für ihre natürliche Aufgabe verloren.
Sein schwarzes Shirt schien die Sonnenwärme regelrecht aufzusaugen. Er trat in den Schatten der hohen Pappeln, deren Blätter, von schwachem Luftzug bewegt, leise raschelten.
Tage vor der ersten Verhandlung durften Mutter und Pfarrer Singer ihn erstmals besuchen, mit ihm sprechen. Während jener Minuten erfuhr er, dass Marc

tatsächlich erhängt in seiner Zelle aufgefunden worden war. Das ganze Gewicht seines Amtes hätte er in die Waagschale werfen müssen, meinte Singer, um ihn wenigstens halbwegs angemessen unter die Erde zu bringen. Patrick entsann sich, wie er auf dem Stuhl zusammengesunken war, nach Antwort flehend, weshalb sich eine Wahrheit zwischen tausenden Lügen verstecken durfte.

‚Ein Mensch ist erst tot, wenn niemand mehr an ihn denkt‘, zitierte Patrick stumm einen Satz von Klaus Mann und las am Zustand des Grabes, dass sich nur wenige an Marc erinnerten, selbst von den Weggefährten im Friedenskreis, in dem sie sich trafen, um Grundrechte einzufordern.

Nachdem er und Nico, von drei Haftjahren gezeichnet, entlassen worden waren, nie völlig unbeobachtet, fühlten sich Hinz und Kunz bemüßigt, ihn mit Tipps zu füttern, wer das Schwein gewesen wäre, dem sie Haft, Albträume und Tod verdankten. Handfeste Beweise blieben ihm all die Schwätzer schuldig. Er dachte an die Akte im Auto und Werner Wilke, der im Januar dabei gewesen war, als Mielkes Festung fiel und der jetzt zu denen gehörte, die dessen Erbe verwalteten.

Im Hefter, den er tags zuvor von ihm in die Hand gedrückt bekommen hatte, fanden sich erste ernstzunehmende Hinweise auf den Teich, in dem der Hecht schwamm, den er sich seit dem Herbst ´89 sehnlichst am Haken wünschte.

Trotz Repression, trotz Haft, trotz Hass, war Patrick der Mauerfall nicht mehr als eine Pikkoloflasche Sekt wert gewesen. Er sah keinen Grund, die Vereinnahmung zu bejubeln. Ihm verlieh die jähe Wendung den Mut, abzurechnen, für geraubte Jahre, geraubte Chancen, geraubte Liebe.

Marc konnte im Grunde froh sein, dass er den intellektuellen wie materiellen Bankrott jenes Teils der Erde, der sich irreführend als sozialistisch bezeichnet hatte, nicht mehr zu erleben brauchte. Der Mund wäre ihm offen stehen geblieben angesichts der Inflation niedrigster Instinkte. Die blauäugige Menge, die jetzt getragen von populistischen Parolen mit fliegenden Fahnen vom Regen in die Traufe stürmte, hätte seinen Glauben an die Kraft der Vernunft seiner Gattung vollends zerstört, wäre die Stasi dem nicht Jahre zuvorgekommen.

‚Für uns unvergessen'. Patrick musterte die goldglänzenden Ziffern auf dem Stein. *17.06.1957 – †31.10. 1981, teilten sie sachlich mit.

Gewiss, dass Marc, der mit seinen begnadeten Händen Steine in Kunstobjekte verwandeln konnte, für sich ein schöneres Stück geschaffen hätte, stellte er sich einmal mehr die bohrenden Fragen: ‚Warum hatte sich Marc fallen lassen wie der im Regenwasser ersoffene Sämling? Hatte er tatsächlich kapituliert oder half die Stasi mit Raffinesse nach? Hatten sie Angst, ihre schöne Show könnte im letzten Moment platzen wie eine Seifenblase, weil Marc durch die

Ausstellung einiger seiner Arbeiten in der Kunstakademie unverhofft Aufmerksamkeit zuteil geworden war?'

Patrick schuldete es Marc, diese Sache zu Ende zu bringen. Er ging zurück zum Parkplatz, wo ihn ein frisierter Opel-Kadett erwartete, kleines Zugeständnis an die Zeitenwende.

‚Eine Sünde, die keinen Spaß macht, ist es nicht wert, begangen zu werden‘, erinnerte er sich vage und dachte, dass es sich mit der gelegentlichen Missachtung eigener Prinzipien wirklich leichter leben ließ.

Donnerstag 12. Juli 1990

1

Endlich Schluss! Die beinahe greifbare Stille auf dem Gang tat mir gut. Momente universeller Lautlosigkeit waren im Alltag so rar wie das Glück, ein Fünfmarkstück auf dem Trottoir zu finden.

Voskamp tickte nicht richtig. Idiot! Zwei Stunden sinnleeres Geschwafel. Kein Wunder, dass einem der Schädel brummte. Lobbyarbeit war angesagt, vor allem Resultate, wann und wie die Preziosen der insolventen Ostzone vermarktet würden, doch er quälte die Zuhörer mit seinem Potpourri aus flotten Sprüchen.

Der Hochmut, hinter dem er seine Hilflosigkeit verbarg, ging mir echt auf die Nerven. Fast wie etwas Osten im Westen. Wer konnte es da eloquenten Managern, Windhunden und Hasardeuren verdenken, dass sie auf eigene Faust loszogen.

Voskamp verspielte seine Autorität in Hundertern und merkte es nicht einmal. Er war weiß Gott nicht der einzige, den der Einheitseifer überforderte, aber von ihm erwartete die Berliner Wirtschaftselite halt mehr.

Die Wut auf Voskamp und der Fahrstuhl reichten, um meinen winzigen Glücksmoment zu beerdigen.

Beunruhigt lauschte ich.

Die Stahlseile, an denen die Kabine im Schacht hinaufkroch, knarrten bizarr.

Die Angst verursachte garstiges Kribbeln im Bauch.
Ich verabscheute das Ludwig-Erhard-Haus, Sitz der
Berliner IHK. Säle unterm Dachgarten! Jede Veranstaltung ein Horrortrip.
Ich mochte nicht hoch hinaus, zumindest nicht in
Metern und so entlockte mir der geniale Einfall, den
akustischen Smog fader Reden durch entzückenden
Panoramablick zum Erlebnis zu machen, bestenfalls
ironische Distanz.
In respektvollem Abstand zum Fenster am Ende des
Flurs, wanderte ich mit den Augen über die triste
Fassade des Nachbarhauses und wünschte mir insgeheim ein Rückgaberecht für versaute Tage.
Den lieben langen Tag hatten mich Termine über einen Flickenteppich aus teils lästigen, teils erfolglosen Gesprächen gejagt und die schwüle Luft, die seit
dem Morgen in jeden Winkel sickerte, terrorisierte
meinen Kreislauf. Und so fand ich, dass ein entspannendes Bad, ein kühler Drink und ein unbeschwerter Abend mit Corinna als Entschädigung für die
Strapazen nicht zu viel verlangt wären.
Unruhig sah ich zur Uhr über der Fahrstuhltür, die
den Chronometern auf Bahnhöfen entsetzlich ähnelte. Kurz vor Sechs.
Das Rucken ihrer Zeiger klackte in der Stille, als zöge
man einen Korken aus dem Flaschenhals.
Ich musterte den moosgrünen Teppichboden, der
neu verlegt worden war und perfekt zur Mahagoni-Farbe der Wandverkleidung passte, um dann wieder

den roten Pfeil ins Visier zu nehmen, der bewies, dass sich die Kiste im Schacht wirklich bewegte.
Die Glocken der nahen Gedächtniskirche klangen in meinen Ohren, als wollten sie Voskamps Abdankung einläuten… Seine peinliche Pirouette auf sehr dünnem Eis schrie förmlich nach Disqualifikation. Konsequent zu Ende gedacht, beförderte die Feststellung aber eher meinen Wankelmut, als meinen Ehrgeiz, Flagge zu zeigen.
Im kleinen Kreis damit zu kokettieren, ihn bei der im Herbst anstehenden Wahl vom Thron zu kicken, war eins, bei Lichte besehen, die Finger davon zu lassen, das andere. Immerhin wusste ich als einer von drei „Vizes" nur zu gut, wie viel wertvolle Zeit bei kaum messbarer Anerkennung das Ehrenamt kostete.
Als ich die Kabine betrat, perlte kalter Schweiß auf meiner Stirn. Ich kämpfte gegen die Panikattacke. Doch gegen die triefende Luft im Innern, die man in Becher hätte abfüllen können, war ich machtlos.
Klaustrophobie? Das fehlte mir noch…. Ich war gerade Zweiundvierzig!
Fatalistisch interpretierte ich den verblüffenden Anfall als lästiges Omen des Klimakteriums. In letzter Sekunde zwängte sich Steinkirch durch die Tür. Mir blieb keine andere Wahl, als ihm in dem widerwärtigen Käfigetwas Platz zu lassen.
„Frau Renger?" schnaufte er atemlos. „Ich nahm an, sie wären längst über alle Berge. Ganz schwache Kür eben, ha?"

Irritiert rätselte ich, woher er kam, während er ähnlich einem Fisch auf dem Trockenen nach dem raren Sauerstoff schnappte. Sein hektisches Getue erreichte mich gedämpft, als stünde eine Wand aus Watte zwischen uns. Trotz leichter Erholung verharrte ungesunde Röte auf seinem Gesicht, weil ihn die Krawatte unter dem Kragen des pflaumefarbenen Oberhemds sichtlich im Schwitzkasten hielt. Das Gefühl, er könnte jeden Moment einen Infarkt erleiden, flößte mir Furcht ein.
„Höchste Zeit, dass die Karten neu gemischt werden", stellte er fest.
Die spiegelnden Gläser seiner randlosen Brille verhinderten Sichtkontakt. Ich konnte nicht ausstehen, wenn man mir vorenthielt, wie oder wo man mich ansah.
Die Platzangst schien mich zu erdrücken, deshalb nestelte ich mit der rechten Hand am zweiten Blusenknopf und öffnete ihn. Wunschgemäß bewegte er seinen Kopf, um einen Blick auf die gebräunte Haut knapp über meinem Busen zu erhaschen. Steinkirchs Haaransatz war beiderseits einer dünnen Mittelsträhne tief ausgeschnitten und in seinem bräunlichen Haar entdeckte ich kein Grau, was ich bei einem Mittfünfziger seltsam fand, falls er nicht heimlich färbte.
„Voskamps Lethargie treibt die Mitglieder langsam aber sicher in den Wahnsinn", jammerte er. „Wäre besser, er nähme endlich seinen Hut."

Was redete der nur unaufhörlich? Verstimmt überlegte ich, was er sich von seinem Geschwafel erhoffte. Von der Hand, mit der er seinen Aktenkoffer hielt, reflektierte etwas störend das Kunstlicht der Leuchtstoffröhren.

„Reden Sie mit ihm. Überzeugen Sie ihn, im Herbst zu verzichten. Sie können nur gewinnen."

Sein schmieriger Rat, artikuliert mit dem Charme eines Pinschers, drehte mir den Magen um. Hoffte er, aufzusteigen? Weder sein grauer Maßanzug, Versace-Plagiat, noch der witzigste Abzählreim konnten mich bewegen, diese Null zu protegieren. Der Unmut über seine Attitüde löste meine Beklemmung.

„Wieso sollte ich? Ich bin nicht scharf auf Voskamps Sessel", erwiderte ich verächtlich. „Und bis Herbst fließt noch viel Wasser die Spree runter."

„Aber Frau Renger! Wir wissen doch alle..."

„Der Fisch fängt am Kopf an zu stinken", fiel ich ihm ins Wort. „Statt zur Unzeit Postenschach zu spielen, wären wir gut beraten, die Dinge drüben in unserm Sinn voranzutreiben." Um mich nicht in Rage zu reden, hielt ich kurz inne und fügte dann bissig hinzu: „Seit der Wahl im März ist der Untergang des Ostens besiegelt und was tun wir? Uns in unnützem Palaver ersäufen!"

„Ich meine ja nur ...", brach er entmutigt ab.

„Tun Sie mir den Gefallen und lassen Sie es einfach."

Aalglatter Opportunismus, der sich mit der Pragmatik schlichten Geistes paarte, andere Vorzüge hatte ich an ihm bisher nicht entdeckt. Ein klebriger Typ mit dem berühmten magischen Sinn fürs rechte Rudel. Zum Glück hielt der Aufzug endlich am Ausgang zur Tiefgarage.

„Schönen Abend noch." Ich ließ Steinkirch stehen, ohne ihn eines Blickes zu würdigen und eilte zu meinem nachtblauen Jaguar.

Die Mappe, die ich unter dem linken Arm trug, verfrachtete ich in den Fond, Handtasche und Aktenkoffer auf den Beifahrersitz. Ich zog die Kostümjacke aus, stieg ein und schloss satt klappend die Tür.

Aufatmend streifte ich die Pumps ab. Meine Zehen sehnten sich nach Massage.

Dieser Widerling konnte mich mal... Ich brauchte keinen Animateur.

Glaubte der wirklich, mir eine Fehde mit Voskamp aufschwatzen zu können? Woher verdammt wusste der armselige Wicht überhaupt, dass ich zu kandidieren erwog? Streute man Gerüchte, um mich in Zugzwang zu bringen?

Einheit und Mittelstand. Strategie war, wie die desaströse Veranstaltung eben bewies, für Voskamp ein Fremdwort, Dickfelligkeit seine zweite Natur.

Der dachte nicht im Traum daran, seinen Platz zu räumen. Wenn meine Absichten inzwischen bis zu Steinkirch vorgedrungen waren, feilte der bestimmt längst fleißig an einer Art Dolchstoßlegende. Ich vergaß durchaus nicht, was ich mir bei ihm alles abgeguckt hatte im Taktieren und Mehrheitsarithmetik.

Wenn er aber im Gegenzug glühende Verehrung erwartete, war er auf dem Holzweg. Während er in Altersstarrsinn und blinder Routine gefangen war und zwischen überzogenem Anspruch und kleinkariertem Handeln schwankte, verschoben sich vor unserer Haustür sämtliche Koordinaten.

Bliebe ich jetzt, wo Anpacken gefragt war, ohne Mucks hinter ihm, würde mir das Hämatome eintragen, die sehr schlecht aussahen, falls ich mich entschied, gegen ihn anzutreten.

Ich schlüpfte in flache Sportschuhe, warf die Pumps achtlos auf den anthrazitfarbenen Bodenbelag vor dem Beifahrersitz.

Entgegen aller Gewohnheit trat ich beim Anfahren unkontrolliert aufs Gas. Der Motor wieherte wie ein scheuender Hengst in der Startbox zum deutschen Derby. Der Hall in der Tiefgarage verstärkte das ungesunde Quietschen der Vorderreifen, was mich auf der Stelle zur Vernunft brachte.

Bleib ruhig!

Ich grinste, als ich an Steinkirch vorbeisauste und beobachtete, wie er mit verdatterter Miene neben seinem Mercedes zur Salzsäule erstarrte.

Angeekelt streifte mein Blick die Kippen im Aschenbecher und eine verbeulte Reval-Schachtel, die sich in der Ablage hinter dem Automatikhebel aalte. Herbert, der mich gestern zum Kaffee mit einer *Brigitte*-Redakteurin begleitet hatte, konnte nirgendwo anwesend sein, ohne Spuren zu hinterlassen.

Ich spürte, dass mir der unappetitliche Wortwechsel mit Steinkirch einen Kick versetzte.

Den Wirtschaftssenator zu bezirzen, war sicher nicht einfach, doch ich musste es versuchen. Glucksend entschlüpfte mir ein verächtlicher Lacher.

Vor seinem fesselnden Auftritt hatte mir Voskamp zugeflüstert, Winter wäre auserkoren, nach der Abgeordnetenhauswahl im Dezember in die Treuhand zu wechseln, in dieses unvergleichliche, im Aufbau befindliche Amt, das künftig als Bundesbehörde östliches Staatseigentum verscherbeln sollte. Spontan fiel mir BEDAMO ein: Das *Studio Berliner Damenmoden*, das drüben vorwiegend für den gehobenen Bedarf werkelte.

Falls Voskamps Gerücht stimmte, sollte ich bei ihm Interesse für den Laden anmelden. Die Räume in einem alten Fabrikhof an der Prenzlauer Allee, ließen sich vielseitig nutzen und Investitionen sollten demnächst spendabel gefördert werden.

Das fremde Wesen im Kalkül der Wahlkampfmanager aller Parteien war das östliche Wahlvolk und wie es nach fünfundvierzig Jahren Abstinenz von freien Wahlen tickte. Wie viel irreparablen Schaden würde der seit einem Monat von Momper und Swierczina geführte Magistrat/Senat, von den Berlinern nur ‚Maggi-Senat' genannt, bis Dezember noch anrichten? Welchen Anteil würde die alte SED-Garde einfahren? Mein Nahziel blieb jedenfalls klar: Unsere zuletzt vor der fünf Prozent Hürde gestürzte FDP musste sich um jeden Preis wieder aufrappeln, damit klare bürgerlich-liberale Mehrheiten in dieser wilden Stadt den Ton setzten.

Ich kannte die Allüren der Männerfront inzwischen hinlänglich. Einer heimlichen Bruderschaft gleich, würfelten sie Posten in Hinterzimmern aus, in denen ich nicht saß, weil mir schales Bier nicht schmeckte und sie es gern allein tranken. Fähige Bewerberinnen hatten es schwer. Sie mussten scharf kalkulieren, wann sie wofür die Trommel rührten.

Ich kurvte um den Theodor-Heuss-Platz in Richtung Spandau. Der Fahrzeugstrom war inzwischen auf eine Frequenz abgeklungen, die keine ungeteilte Aufmerksamkeit mehr erforderte. Über den Schaufenstern der Boutique an der Einmündung zur Reichsstraße leuchtete mein pinkfarbenes ‚RR'. Ein Anblick, der meine Stimmung kurzzeitig aufhellte.

Die rote Ampel am verrotteten S-Bahnhof Heerstraße zwang mich zum Halten. Ich klappte die Sonnenblende herunter. Kritisch sah ich im Spiegel mein Gesicht an. Meine Laune sank zurück auf den Nullpunkt. So alt, wie ich aussah, konnte ich gar nicht werden.

Meine Augen zeigten deutliche Spuren der Ermüdung, weil ich die Brille eitel in der Handtasche versteckte. Die Kopfschmerzen übertrafen sich an Hartnäckigkeit und das Anlehnen an die Kopfstütze hatte mir die Nackenlocken platt gedrückt. Ich wischte mir mit der Rechten einige Fusselhaare aus der Stirn, ich

brauchte dringend meine Friseuse und zwar eher, als den Termin mit dem Senator!
Ich nahm den Fuß von der Bremse und gab Gas.
Der Rockbund drückte. Ich verstand die Welt nicht. Das kittfarbene Leinenkostüm, das ich trug, hatte ich selbst entworfen und nach Maß anfertigen lassen. Mir kräuselte sich leichter Schweißgeruch in die Nase, der meiner Bluse anhaftete. Die Leistung meines Deos schien seinen Preis ebenfalls nicht zu rechtfertigen. Mein sehnlicher Wunsch, rasch in legere Kleidung zu kommen, verleitete mich fast, in eine Radarfalle zu tappen. Vor der Frey-Brücke stauten sich die Autos auf der Heerstraße.
Mist! Während der Schleichfahrt, im stinkigen Zweitakternebel, beobachtete ich abwesend Segelboote, die trotz Nieselregens lautlos über das wellige Wasser glitten. Die erbärmliche Luft, die man auswringen konnte, machte mich fertig. Ich zupfte mir die Clips von den Ohrläppchen und warf sie achtlos auf den Beifahrersitz. Weshalb kollidierten Schönsein und Wohlgefühl bloß ständig?
Wenige hundert Meter vorm Ziel, stockte der Verkehr erneut.
Viel war nicht übrig geblieben von der Idylle am Havelufer namens Kladow, die mich nach der Rückkehr aus Hamburg gereizt hatte, dort mein Quartier aufzuschlagen. Quasi über Nacht lebte ich in einem Vorort Potsdams. *Winds of Change*, der in Musik geronnene Zeitgeist, erscholl aus dem Radio.

Besonders glücklich machte mich der rasante Weltenwandel in den letzten Monaten nicht. Die Nachrichten überschlugen sich, Loopingschaukeln gleich, und meine Puste reichte bei Weitem nicht, alles Wichtige mitzubekommen. Am meisten grämte mich jedoch, dass der Einheitsrummel meinem Schicksal die Spezifik raubte. Ich hatte dem Osten vor fast neun Jahren mit nichts weiter als den Händen in den Taschen Ade gesagt.

Als ich mich vom unter Eigenlob dahinfaulenden Sozialismus abwandte, wirbelte das, anders als bei Manne Krug, Nina Hagen und anderen, kein Staubkorn auf. Ich kam als Nobody, verantwortlich für Kultur und Lifestyle beim *Magazin*. Wer kannte diesseits der Mauer schon Klemkes Kater und die Aktfotos, die unser Heft drüben an jedem Kiosk zur Bückware machten? Selbstbewusst, zugleich naiv beseelt von Gutgläubigkeit, hatte ich mich schnell unbekannten, subtilen Spielarten individueller Konkurrenz gegenübergesehen.

Keine Flucht, keine Opfer, kein Risiko? Alles, wofür ich weiß Gott nicht zu knapp Lehrgeld bezahlt hatte, sollte demnächst denjenigen, denen ich entkommen zu sein hoffte, in den Schoß fallen? Wenn einem da nicht das Lachen verging! Zornig dachte ich ans Tauschgerangel im Frühjahr. Zwei zu Eins. Das musste man sich auf der Zunge zergehen lassen... Selbst alberne ‚*Forumchecks*' waren vier oder gar fünf zu eins in West gewechselt worden.

Nach Weihnachten hatte ich beinahe schadenfroh verfolgt, wie die freudige Verbrüderung ziemlich abrupt abebbte. Millionen Wirtschaftsflüchtlinge blieben für kein Land folgenlos. Im Gegensatz zu Voskamp und anderen schienen die ehemaligen Parteikader erheblich fitter zu erkennen, dass es kaum eine bessere Chance gab, seine Schäfchen ins Trockene zu bringen als die Insolvenz eines Staatswesens.

Der Jaguar wippte heftig, zum Glück ohne aufzusetzen, während ich mürrisch durchs Tor auf das Grundstück fuhr. Vorsichtig bugsierte ich den Wagen in die Garage. Im Gang zwischen Garage und Haus fiel muffige Kühle über mich her. Obwohl ich die Jacke wieder übergezogen hatte, weil mir sonst eine Hand zum Tragen gefehlt hätte, bekam ich Gänsehaut auf den Unterarmen.

Wieso standen hier unten Wischeimer samt nasser Lappen? Angeekelt vom stockigen Geruch nahm ich mir vor, Johanna höflich zu bitten, den Krempel an einem luftigeren Platz abzustellen.

2

Umständlich öffnete ich die schmale Tür oberhalb der Treppe und trat in die Diele.

„Johanna? Corinna?" blökte ich schlecht gelaunt.

Beladen wie ein Maulesel wartete ich regungslos auf Antwort. Vergebens. Kein Ton.

Blöd! Johanna wartete doch sonst, bis ich kam.

Mich drückte die Blase. Ich warf den Ballast ab, ohne drauf zu achten, wohin was fiel, stützte mich auf die kleine Kommode und streifte die Sportschuhe mit den Zehen über die Hacken. Derweil die Schuhe wie aufgezogen übers Parkett purzelten, legte ich Uhr und Clips akkurat in die Teakholzschale unterm Spiegel.

Unter dem angekippten Küchenfenster, beschwert mit Salatschüssel, flatterte Johannas Entschuldigungszettel in der Zugluft.

Ihre Schwester wäre zu Besuch gekommen, schrieb sie, um anschließend lang und breit aufzuzählen, was sich wo vorbereitet im Kühlschrank befand. Johannas zügellose Fürsorge brachte mich gelegentlich auf die Palme und verlangte mir lästige Disziplin ab, die ich liebend gern vermieden hätte. Doch ihre Generation sah im allgegenwärtigen Diätgesäusel nichts anderes als einen üblen Verkaufstick.

Während ich ihre Zeilen überflog, presste ich verspannt die Schenkel zusammen und wippte von einem Bein aufs andere.

Endlich sauste ich die Treppe hinauf, warf die Jacke übers Geländer und rannte zur Toilette.
Aufatmend betrat ich das Schlafzimmer. Nun aber raus aus der Kledage...! Selbst entworfene Fetzen, maßgefertigt und der Bund drückte! Hatte ich mich wohl ein bisschen vertan! Oder zugenommen???
Ich griff einen Joggingdress aus dem Schrank und führte einen Strip auf, für den niemand eine müde Mark lockergemacht hätte. Kümmerte mich nicht. Die Welt endlich aus einer bequemeren Perspektive betrachten zu dürfen, wog alles Gut der Welt auf.
Die Initialen von Calvin Klein auf dem Oberteil vor Augen, befiel mich der ulkige Einfall, von ihm Werbekosten zu verlangen, wenn ich schon seine Klamotten trug. Ich träumte von einer Duftserie, die ich gern auf den Markt gebracht hätte. Eine Idee, die mit seinen Dollars ordentlich Rendite abgeworfen hätte. Zurück in der Realität, fand ich mich damit ab, dass nie alles und obendrein gleichzeitig machbar war. Mir blieb derzeit kein Taler, um im Branchentrend mitzuschwimmen.
Verkrampft brach ich mir fast die Finger, um meine Kette loszuwerden. Ihren Verschluss endlich geöffnet, zog ich die Ringe von den Fingern, tat alles in die Schatulle, warf den Rock aufs Bett und die Dessous im Badezimmer zur Schmutzwäsche.
Spieglein, Spieglein... Ich befeuchtete mit der Zunge die trockenen Lippen. Je länger ich die Krähenfüßchen in den Augenwinkeln beäugte, umso infamer

drängten sie sich auf. Zuweilen übermotiviert reinigte ich mein Gesicht und nahm das Ergebnis stoisch zur Kenntnis.

Ehrgeiz, Trubel, Jagd nach Erfolg? War das nicht viel zu teuer bezahlte Selbstverwirklichung?

Ich verachtete Sinnfragen, die wie ungebetener Besuch hereinplatzten und sich penetrant vor der Verabschiedung drückten. Säuerlich stieß mir die dünne Höflichkeit auf, die sich zunehmend in enthusiastische Komplimente mischte. Und das, obwohl ich mich inzwischen an fast jede im Beauty-Dschungel wuchernde Liane klammerte.

Was hatte es gebracht? Nichts!

Am liebsten hätte ich wütend losgeheult, weil mir die Vernunft des Augenblicks nicht einmal den winzigsten Selbstbetrug gönnte.

Ich fuhr mit der flachen Hand unters Shirt und betastete die Bauchdecke. Die blöden Pölsterchen, die sich boshaft ansetzten, wo man sie am wenigsten mochte, gaben mir den Rest.

Fünf Kilo die Woche abnehmen... Vielleicht erfanden sie ja demnächst eine Diät, die nach zwei Tagen unsichtbar machte. Verärgert sah ich den Schund vor mir, der täglich den Schreibtisch blockierte.

Der Jugendwahn trieb kuriose Blüten. Einerseits unkten selbstgerechte Ratgeber beharrlich, dass über vierzig die Strahlkraft erlosch und andererseits predigten sie verlogene Tipps, wie man älter würde, ohne alt auszusehen.

Wieder unten, hob ich die Jacke vom Boden auf und hängte sie an die Garderobe in der Diele.

Ich schaute, ob meine Lieblingskassette im Rekorder steckte, dann lümmelte ich mich, einen Bourbon neben mir, auf die hellbraune Ledercouch mitten im Raum, vor der ein Glastisch auf verchromten Füßen stand.

Abrupt brandete Melissa Etheridge's Stimme durch den Raum, die *Like The Way I Do* sang. Von ihrem Timbre verzaubert, hoffte ich, endlich abschalten zu können.

Pustekuchen.

Während sich der erste Schluck seidig seinen Weg bahnte, jagte ein Tsunami auf mich zu.

Ich hasste es wie die Pest, diesem Lampenfieber ausgeliefert zu sein, das mich mit steigender Intensität heimsuchte, bis sich der erste Vorhang für die neue Kollektion hob.

Ich drehte mich auf den Bauch und kämpfte gegen den gefühlten Verdacht, Zeit und Taler könnten nicht reichen, um dem Ersaufen zu entrinnen. Ich gehörte zu den ersten, die demnächst ihre Kreationen für den kommenden Sommer den Kritikern zum Fraß vorwarfen. Der ungeahnte Einsturz aller Barrieren hatte mich wie viele Kreative auf der einstigen Insel beflügelt.

Ich wollte die in den Achtzigern ruinierte Szene mit Glamour befeuern und dem Ziel näherkommen, einen Platz in der Galerie zu ergattern.

Ich bremste meinen durch Whisky beflügelten Übermut. Wo zum Teufel trieb sich eigentlich Corinna rum?

Das Lämpchen am Telefon, das Anrufe in Abwesenheit signalisierte, blinkte.

Ich stoppte die Musik und drückte die Abhörtaste.

„Ja, hm, hallo Frau Renger. Ludwig. Ich wollte nur erinnern, die letzte Vorstandssitzung vor der Sommerpause, nächsten Dienstag..."

Sein Kauderwelsch im Ohr, fiel mir siedend heiß ein, dass Ludwig die Herren Jäger und Zapf sowie meine Wenigkeit dringlich gebeten hatte, die Ostberliner Liberalen zu kontaktieren, weil der Bundesvorstand meinte, wir sollten uns mit den maskierten Kommunisten vereinen, damit eine heillose Zersplitterung der Parteienlandschaft vermieden würde.

Dass nach der Fusion, die nächsten Monat auf einem Sonderparteitag in Hannover beschlossen werden sollte, Mitgliederzuwachs, wichtiger noch Vermögenszuwachs erwartet wurde, hörte man nur hinter vorgehaltener Hand. In meinem Ortsverband war mir viel Verärgerung über die zweifelhaften Pläne zu Gehör gebracht worden. Argwöhnisch verfolgte ich daher die gereizten Diskussionen, wer sich drüben, abseitig des alltäglichen Einheitsrausches, welche Posten zuschob.

Namenlose stürmten in den siebten Polithimmel wie Popstars und Grüppchen, von denen keiner wusste, was sie wirklich wollten, und schossen wie Pilze aus dem Boden. Schwierig, in dieser Grauzone die Übersicht zu behalten.

„Hi, Regina. Ich bin zu Hause, bin mies drauf. Ruf an, wenn ich noch kommen soll. Tschüss."

Dummes Ei! Wieso zu Hause?

Natürlich sollte sie hier sein sollte! Ein freudloser Abend nach einem verschwendeten Tag fehlte mir gerade noch. Ich entschloss mich, ein Bad zu nehmen und sie anschließend anzurufen.

Es war schon seltsam, welch skurrile Streiche sich das Leben ausdachte. Corinna hatte mein allzu lang dem Ehrgeiz geopfertes Verlangen wiedererweckt und der seelischen Balance gut getan. Verträumt legte ich Oberteil und Hose auf den Hocker neben der Duschkabine und stieg in die marmorverkleidete, im Fußboden eingelassene Wanne.

Im handwarmen Wasser empfand ich erstmals an diesem Tag leises Wohlbehagen.

Als wäre es wenige Tage zuvor geschehen, entsann ich mich, wie Corinna Renz an einem trüben Tag im Januar vor meinem Schreibtisch saß. Weg wollte sie, raus aus ihrem Job bei *Exquisit*, wo sie Damenoberbekleidung verkaufte, und zwar bevor nur noch das ‚Ex' an die Läden erinnerte. Ich fand sie patent und sah ihr an, dass sie mit ihren dreiundzwanzig Lenzen den nötigen Mumm mitbrachte, etwas aus sich zu machen. Keine halbe Stunde hatte es gedauert, bis wir uns einig gewesen waren. Die größeren Sorgen bereitete mir, ihre Anstellung rechtskonform zu besiegeln, weil das Wort Lohnsteuerkarte in ihren Ohren noch ein Fremdwort war.

Mit einer linkischen Geste strich ich mir die Haare hinters Ohr. Besorgt befühlte ich die feuchten Nackenlocken. Wieso hatte ich die Badekappe vergessen? Die Strafe folgte spätestens morgen früh.

Corinnas verborgene Neigung erkannte ich erst Wochen später, wie so oft, wenn Beziehungskram ins Spiel kam.

Die alte Amberg, Frau von Amberg bitte, machte Barbara die Hölle heiß, wegen winziger Korrekturen am Abendkleid, in dem sie Ende März einen Wohltätigkeitsball eröffnen wollte.

Just im Moment, als ich mich ihren Wehwehchen zuwenden wollte, blieb ich mit den Augen an Corinna hängen, die ihren Arm um Liane legte.

In der Zeit eines Wimpernschlags, meinte ich zu erkennen, dass sie die Verkäuferin zärtlich, eben mehr als befreundet, streichelte. Seit dem Moment bedrängte mich obzessiv der Wunsch, auch so von ihr gestreichelt zu werden.

Klatsch wäre Weibersache, hieß es immer. Irrtum!

Herbert Sander, einer der wenigen Männer in unserer Weiberbude, hörte mehr Flöhe husten als der Rest der Weiberschar. Zu erfahren, ob mein Traum Chancen besaß und Corinnas Vorlieben meinen ähnelten, fiel mir daher nicht schwer.

In einer ruhigen Minute hatte ich mir Herbert beiseite genommen, um ihn auszuquetschen.

Leider kannte er mich viel zu gut und erahnte auf Anhieb das Motiv meiner Neugier. Tief im Ego verletzt, erzählte er mir von einer zufälligen Kaffeehausbegegnung. Seiner Darstellung zufolge hatte ihn die Knutscherei der beiden auf die fatale Idee einer Ménage á trois gebracht.

Ich konnte mir gut vorstellen, wie er sich gefühlt haben musste, als ihn die zwei samt seiner obszönen Fantasie zum Teufel jagten.

Gleichwohl ich nun ziemlich genau wusste, woran ich war, hatte Herberts Eingeständnis meine Laune nicht wirklich gehoben.

Ich stieg aus der Wanne, zog das Badetuch von der Stange und trocknete mich ab. Wie oft ich hier stand, verschüttet unter Fragen, auf die ich keine Antwort fand, wusste ich längst nicht mehr.

Alles, was ich mir ausdachte, verwarf ich ebenso rasch. In lichten Momenten war mir klar gewesen, dass ich auf diesem Parcours nur stürzen konnte. Selbst die nichtswürdige Idee, sie mit Präsenten zum Springen zu bewegen, war mir nicht zu blöd vorgekommen. Wer wollte, konnte sich jede x-beliebige Nummer kaufen, keine Frage. Ich jedoch wollte etwas von ihr, wofür ich in ihren Augen womöglich das Verfallsdatum längst überschritten hatte.

Als der Kurierdienst Ende April erste fertige Muster anlieferte, war ich aufgekratzt herumgerannt und hatte mir gedacht, dass dies auch ein guter Tag wäre, um endlich meine Seelenqual loszuwerden.

Gespannt auf den tatsächlichen Effekt meiner Geistesblitze, hatte ich Corinna zu mir gebeten, weil vier Augen mehr sahen als zwei.

Anschließend hatte ich mir ein Herz gefasst und sie zu einem Glas Wein eingeladen. Der Abend war lau wie selten im April. Er gestattete uns, bei Paolo am Kreuzberg im Freien zu sitzen.

Wenn ich mich an diesen Abend erinnerte, fiel mir unweigerlich ein, was Karl Krauss mal aufgeschrieben hatte: ‚Die Menschheit zerfällt in zwei Hälften, in eine, die sich falsch ausdrückt und die andere, die es missversteht.'

Nach dem dritten Roten und entsprechend ein wenig fatalistisch gestimmt, offenbarte ich mich ihr unverblümt, während sie damit herausrückte, dass sie insgeheim befürchtete, wegen der Verkäuferin gefeuert zu werden. Als wäre es lange so verabredet gewesen, fuhren wir zu mir. Zärtlich wie das erste milde Lüftchen, das von der Havel herüber wehte und mit den jungen Birkenblättchen spielte, war sie mit mir umgegangen. Ihre Aura hatte mich verzaubert und ich bewunderte die Selbstverständlichkeit, mit der sie mir alle Unsicherheit wie die Kleidung abstreifte. Ich bürstete meine Locken, gab mir Mühe, die gestresste Haut mit Vitamincreme zu tarnen und lackierte die Nägel passend zur Tönung der Haare, die Kupfer mit leichter Beimischung von dunklem Gold schimmerten. Dann schlüpfte ich in das sandfarbene Hauskleid.

Nach zu langer Abstinenz und Eigenbrötelei hatte ich mich schnell an den Zaubertrank gewöhnt, der himmlische Nächte verhieß.

Vorsichtig stieg ich in den rutschigen Pantoffeln die Stufen zum Wohnzimmer hinunter, als würde ich eine Showtreppe hinab schreiten.

Nachdem ich die Neige Bourbon ausgetrunken hatte, griff ich zum Telefon, um Corinna anzurufen. Während ich wählte, ertönte der Tür-Gong. Ich war mir sicher, dass sie Telepathie nicht beherrschte. Das sanfte Geläut nervte. Ärgerlich legte ich wieder auf.

3

„Ruhe!" keifte ich in den Hörer und bedauerte, dem Vertreter der Sicherheitsfirma mehrfach einen Korb gegeben zu haben, der mir nur zu gern Kameras für die Straßenfront des Grundstücks aufgeschwatzt hätte. Fuchsig über meinen unnötigen Geiz, rannte ich in die Diele.

„Ja bitte?" erkundigte ich mich feindselig.

„Sylvia...", meldete sich eine zuckersüße, etwas zittrige Frauenstimme.

„Ich kaufe nichts", blaffte ich im Ton, in dem man für gewöhnlich lästige Klinkenputzer abwimmelte.

,Sylvia'? Verstört beäugte ich den weißen Plastikkasten, in dem der Lautsprecher verborgen war.

„Mach bitte auf, Regina", bettelte die Stimme fahrig. Völlig durch den Wind drückte ich den roten Knopf dermaßen hart, dass mir um ein Haar der kostbare Fingernagel abgebrochen wäre.

Ich trat ins Freie und atmete die feuchte, nach brackigem Havelwasser riechende Luft ein. Auf den Wegeplatten hörte ich Absätze klacken. Die Frau, die auf mich zukam, trug ein taubenblaues Kostüm, war in meinem Alter, wenig größer als ich, schlank. Mit jedem Schritt, den sie sich näherte, zertrat sie einen winzigen Hoffnungsfunken, von der eigenen Fantasie genarrt zu werden. Ich sah die hellblonden Haare, das schmale Gesicht, die markanten Wangenknochen, erkannte den Gang. Es war wirklich Sylvia.

In meinem Bauch rumorte es, weil mir nicht einfiel, wie ich es fertigbrächte, mich in Luft aufzulösen.
Sprachlos starrte ich sie an. Spukte es vor Sonnenuntergang? Gab es sie doch, die paranormalen Phänomene? Ich fühlte mich wie eine Urenkelin des Zauberlehrlings.
„Hi, Reggie."
Die Natürlichkeit, mit der sie ungeniert meinen uralten Kosenamen benutzte, versetzte mir einen Florettstich, und die Intimität ihrer Stimme verwirrte mich.
Augenblicklich glaubte ich durch die Zeit zu fliegen, zurück in jene Nacht, als der Wall zwischen den Welten quer durch die Stadt unter dem Ansturm der meuternden Gefangenen von Osten her zerbarst. Ich teilte den überschäumenden Freudentaumel überall um mich herum nicht. Im Gegenteil. Ich fühlte mich elend im unaufhörlichem Gejohle und sah mich schutzlos dem Zugriff des alten Spuks ausgeliefert.
Jeder Monat danach ohne dunkle Wölkchen, ohne bedrohliche Wellen, nährte meine Einbildung, das ungute Gefühl dieser Nacht wäre eine reine Kopfgeburt gewesen. Denkste! Chaotisch wirbelten Bilder durch meinen Kopf, die aus Abgründen aufstiegen, denen ich seit Jahren auswich, wie erfahrene Kapitäne dem Bermudadreieck.
Wieso kam sie jetzt? Die Illusionen, die wie Papierschiffchen auf den Freudentränen des vorjährigen Herbstes schwammen, waren längst im Sturm der

Wirklichkeit gekentert und bei vielen erwachte inzwischen eine Ahnung, wohin die Reise ging.

Selbst Jahre nach den der Trennung war ich mir sicher, sie noch gut genug zu kennen, um zu wissen, dass sie nicht einer rührseligen Laune folgend antanzte.

Was wollte sie? Geld? Job? Rache?

Ihr Klingeln warf mich mehr aus der Bahn, als ich bereit war, mir einzugestehen.

„Was willst Du?" empfing ich sie gereizt.

„Bitte nicht böse sein", flötete sie gekünstelt. „Ich habe lang überlegt, ob ich nicht besser erst anrufe."

„Und wieso hast Du nicht?"

„Weil ich Dein dummes Gesicht sehen wollte." Sie hielt mir einen Strauß gefiederter Gerbera unter die Nase und lächelte.

„Vielen Dank", erwiderte ich gehässig. „Hier nennt man das Nötigung."

In den unteren Lidern ihrer blassen, blauen Augen nisteten dunkle Schatten, die ihr gewohnt gekonntes Make-up nicht zu verbergen vermochte. Sie wirkte aufgekratzt, wie ich es in kniffligen Momenten von ihr kannte.

„Na, komm schon", bat ich sie ins Haus.

Argwohn und Neugier begleiteten mich auf Schritt und Tritt. Ich bot ihr Corinnas Stammplatz an, fühlte mich gekidnappt und verabschiedete mich wehmütig von der Sehnsucht nach einem geruhsamen Abend.

Es passte zu diesem jämmerlichen Tag, dass er mir ein Nostalgiequiz als Bonus aufbürdete. Es gab nichts Schöneres... Möglichst gedehnt wie ein ausgeleierter Rockbund...
„Was darf ich Dir anbieten?"
Ich musterte sie, während ich nach einer gefälligen Vase für ihre reizenden Blumen suchte. Sie sah gut aus, trotz Anspannung fast zu gut. Ihre mittellangen Haare in der Farbe heller Teerosenblüten, frisch frisiert, saßen toll. Ein fransiger, den Stirnansatz verdeckender Pony zauberte jugendliche Frische auf ihr Gesicht.
„Kaffee wäre perfekt."
Sylvias Kostüm besaß jene Eleganz, die ich mochte, klassisch geschnitten, schmale Revers, knielanger, gerader Rock, Kaschmir, nicht billig, kein Ostfummel, bestimmt einer ihrer ersten Westeinkäufe.
Sie warf Jacke und schwarze Handtasche achtlos Richtung Seitenlehne, streifte die Ärmel ihrer türkisfarbenen Bluse ein Stück den Unterarm hinauf. Von ihrem Auftritt geschockt, fühlte ich mich in meinem Büßergewand deplatziert wie ein Steinguttopf im Porzellanladen.
Eilig verschwand ich in die Küche, um die Kaffeemaschine anzuwerfen, schöpfte lustlos braunes Pulver in den Kaffeefilter.
Verzweifelt wich ich wild umherfliegenden Erinnerungssplittern aus, doch das Gefühlschaos in meinem Innersten machte Treffer unvermeidlich.

Sarkastisch entsann ich mich des Elans, mit dem wir Einundsiebzig als Absolventen Ostberlin eroberten. Sylvia als Volontär beim *Forum*, ich bei der *Jungen Welt*, befasst mit Literatur und Bildender Kunst. Die Aufbruchsstimmung, die Honeckers Machtübernahme begleitete, fesselte uns auf eigenartige Weise.
„Gibst Du mir bitte mal einen Ascher?"
Sylvias Frage tröpfelte zwischen meine hässlichen Reminiszenzen wie das heiße Wasser in die Filtertüte.
Ich lief ins Zimmer und stellte ihr ein Kristallungetüm hin, das Herbert mir schenkte, als ich das Rauchen gerade aufgab. Sie brannte sich maneriert eine Zigarette an und sog Rauch ein. Müde ging ich in die Küche, um die Kanne zu holen.
Was war ich anfänglich für eine dumme Gans gewesen! Meine hochfliegenden Träume zerschellten an der Realität, ehe ich selbst herausfand, was ich wirklich wollte. Ulbricht-Zitate durfte ich ersetzen, durch vorgestanzte Sprüche des Neuen. Warum öffnete mir dieser Zynismus nicht schon damals die Augen?
Das kratzige Geräusch der Untertassen auf der gläsernen Tischplatte ermahnte mich, Platzdeckchen unter die Gedecke zu legen.
Ich stellte Weinbrand neben den Whisky und holte für sie einen Schwenker dazu.
„Also ehrlich, ich bin echt sprachlos. Ich weiß nicht, was ich sagen soll." Auf die Couchlehne gestützt, sah ich Sylvia ins Gesicht.

Kaum Krähenfüße! Ich setzte mich, griff eilig nach der Kanne und schenkte ein.

"Sprachlos? Du, die überall ihren Senf dazugeben musste?" wandte Sylvia spöttisch ein. "Entschuldige liebe Sylvia und ein triftiger Grund, weshalb ich Dir bis heute kein Wort wert war, würden mir fürs erste genügen."

"Ich wollte Dir Ärger sparen", behauptete ich leichtfertig, obschon ich lediglich diffus ahnte, weshalb alles so kam, wie es gekommen war. "Spät dran, findest Du nicht?" fügte ich hinzu, um klar zu stellen, dass sich mein Hirn nicht von obsoleten Nebelkerzen beirren ließ. "Wärst Du im November hier angetanzt, hätte mich Dein Possenspiel vielleicht überzeugt. Aber jetzt?"

"Ärger hättest Du mir nur erspart, wenn Du nicht abgehauen wärst", ignorierte sie meinen Einwand beinahe bockig. "Andere zu kränken, gehörte schon immer zu Deinen Stärken."

"Kränken?" rechtfertigte ich mich. "Null Ahnung, warum gerade ich mit Nagels Bildern nach Düsseldorf reisen durfte. Vielleicht haben sie meinen Namen aus der Lostrommel gezogen, was weiß ich denn..."

Ein schmachtendes Senken der Lider war das einzige, was ich mir gestattete. Ich hatte nicht vergessen, wie nachtragend sie sein konnte, wenn sie sich mies behandelt glaubte.

"Du haust ab und ich sitze da wie's Kind beim Dreck" schnauzte Sylvia, "als ob all unsere Schwüre für die

Katz gewesen wären. Wochenlang hab ich Rotz und Wasser geheult! Aus einem Modeblatt, von netten Kollegen illegal eingeführt, durfte ich drei, vier Jahre später erfahren, was aus Dir geworden ist."
„Ich hatte keinen Plan, als ich weg bin. Worüber hätte ich also mit Dir reden sollen? Und ich möchte nicht wissen, was passiert wäre, wenn ich einen Plan gehabt und ein Wort darüber verloren hätte? Ich saß bereits im Zug, als ich mich für die Risikovariante entschied. Da gab es nicht viel zu ordnen."
Statt zurück nach Berlin, fuhr ich am Rhein entlang ins niedliche Bonn. Wenn ich was tat, tat ich es an oberster Stelle, besuchte das Ministerium für Gesamtdeutsche Fragen. Dort geleitete man mich zur zuständigen Abteilung. Tagelang hockte ich auf Dienststellen, an die ich mich kaum erinnerte.
Eine Schreiberin von Springers *Welt*, mit der ich irgendwann am Rande der Leipziger Messe in Kontakt gekommen war, half mir beim Neustart, besorgte mir erste freie Aufträge für *Bild der Frau*.
„Armes Mädchen, hatte Dich der Westduft so benebelt, dass Du mit simplen Dingen wie Telefon oder Stift und Papier nichts mehr anzufangen wusstest?", lästerte Sylvia indes und zeigte mir einen Vogel.
„Spar Dir die Ausreden. Wer nur das Offensichtliche zugibt, betrügt gemeiner als jemand, der schweigt."
Ich hatte keine Lust auf Haarspalterei. Sie kreuzte unverhofft auf, brachte Blumen und belegte mich. Ganz schön abgefahren.

Da freute man sich richtig, dass jetzt zusammenwuchs, was zusammengehörte.
Dogmatik, Heuchelei, sexuelle Neigungen als Karrierebremse, Sylvias Klammern hatte sich zu Ballast angehäuft, den ich einfach loswerden wollte.
Ich hätte mir bis ans Ende der Tage Vorwürfe gemacht, die einmalige Chance dazu ungenutzt verstreichen zu lassen. Ihr eitles Verletztsein bewies mir zudem, dass ich mich all die Jahre nicht umsonst glücklich geschätzt hatte, den elenden Teufelskreis durchbrochen zu haben.
„Du hast Rengers Eier doch nur geschaukelt, damit Du raus durftest! Für wie blöd hältst Du mich", ereiferte sie sich, stupste die Kippe in den Ascher und goss Weinbrand in ihr Glas. Ich trank einen Schluck Kaffee und wunderte mich über unser Wortgefecht.
Mir schienen nicht neun Jahre seit dem letzten vergangen, sondern höchstens neun Tage.
Die Schuld für die abgekühlte Zuneigung, auf die sie anspielte, durfte sie getrost bei sich suchen. Eifersucht ist eine Leidenschaft, die mit Eifer sucht, was Leiden schafft, sprach der kluge Volksmund.
„Du weißt besser als jede andere, warum ich Christian geheiratet habe!"
Sylvia legte die Hände auf die Tischkante und beäugte prüfend ihre im Farbton der Bluse lackierten Nägel.
„Benutzt und weggeschmissen hast Du uns, wie alte Putzlappen", fauchte sie.

„Tu nicht so blöd, steht Dir nicht und hör endlich auf, im verschimmelten Quark zu rühren."

Als ob mich Renger je interessiert hätte! Meine Hochzeit mit ihm, dem smarten FDJ-Boy, immerhin Abteilungsleiter im Zentralrat, war die pure Trotzreaktion auf Diffamierungen im Verlag, auf die Giftpfeile von Mutter und meiner Schwester Cordula. Wäre mir sein Hang zum Herumvögeln nicht lieb und teuer gewesen, hätte ich mich nie Hals über Kopf in dieses Abenteuer gestürzt. Bei ihm konnte ich mir wenigstens sicher sein, dass er nicht für jede Stunde Alibis verlangte und mir alberne Szenen machte. Renger für die Karriere, Sylvia fürs Bett, ich hätte damit leben können. Nur sie fühlte sich verschaukelt, Besitz ergreifend wie sie war.

„Hast ja recht. Die Zeiten haben sich radikal geändert", gestand Sylvia auffallend aufgeräumt und wischte mit der Hand über die Tischplatte, als wollte sie sagen, dass ihr die Vergangenheit längst so schnuppe wäre wie die Zigarettenasche, die von ihrem Glimmstängel abgefallen war.

„He, hörst Du überhaupt zu? Es gibt wirklich Wichtigeres zu bereden."

„Und das wäre?" fragte ich lauernd.

„Bin zum Jahresende gefeuert." Ihre Hand zitterte. „Freigestellt. Vogelfrei, wenn man will. Auch die Konterrevolution muss alte Eliten ausschalten, wenn sie erfolgreich sein will. Richtig? *Links-Ruck* wird mich nehmen, hoffentlich. Bürgerrechtler, Du verstehst?"

Nichts verstand ich, nur, dass meine Flucht bei ihr offenbar keine existenziellen Narben hinterlassen hatte. Was erstaunlich war, denn wer aus der Reihe tanzte, Verwandte oder Freunde besaß, die der DDR untreu werden wollten oder gar geworden waren, durfte stets damit rechnen, gnadenlos abgestraft zu werden. Kritisch denken, tolerant und weltoffen sein, ja, aber nur nicht den eigenen Alltag an diesen Maximen messen.

„Falls Du ein warmes Plätzchen suchst, bist Du bei mir falsch, das sag ich Dir gleich", warf ich provokant ein.

„I wo", tat Sylvia meinen Spott jovial ab und fuchtelte mit der rechten Hand in der Luft. „Ich werde bei *Links-Ruck* selbstständig ein Projekt bearbeiten und hab interessante Leute kennengelernt."

Ich überlegte, warum sie so scharf darauf war, mir von ihren Projekten und Kontakten zu erzählen.

„Prost!" Ich erhob mein Glas. „Auf die Zukunft."

„Eigentlich bin ich hier, um bei Dir einzusteigen", sprudelte sie euphorisch heraus.

Hastig kippte sie Cognac hinunter, als wollte sie sich Mut machen, leerte sofort die Tasse Kaffee, wie ich es seit dem Studium kannte, wenn wir im Marktcafé saßen.

Einsteigen? Hatte ich mich verhört? Ich sah sie total entgeistert an. Ebenso gut hätte sie mich fragen können, ob sie nicht stehenden Fußes bei mir einziehen dürfte.

„Einsteigen?" fragte ich schockiert. „Was verstehst Du darunter?"
„Na mich an Deiner Firma beteiligen, was sonst", protzte sie, ohne mit der Wimper zu zucken. „Mit zwei Millionen."
„Aluchips?" flüsterte ich verwirrt und kippte ebenfalls meinen Kaffee hinter.
„Deutsche Mark selbstverständlich", korrigierte sie offenherzig und sah mich an, als hätte sie das Pokern erfunden.
„Und die kommen woher?"
„Spielt keine Rolle!"
Ihre Offerte machte mich fassungsloser als all die faden Bilder, die sie aufgerührt hatte. Ihr naives Geschwätz stand mir Oberkante Unterlippe.
Ich konnte mir beim besten Willen nicht vorstellen, woher ausgerechnet sie soviel Westgeld haben sollte. Der Groschen fiel zwar pfennigweise, aber er fiel immerhin: Schwarzgeld! Es konnte sich eigentlich nur um Penunse aus dunklen Kanälen handeln, die klammheimlich versteckt werden sollte. Gerüchteweise hatte ich so einiges gehört, was vom Einheitsdusel vernebelt, eingefädelt und gedeichselt wurde.
Das war also der wahre Anlass ihres Besuchs. Absurde Situation. Selbst wenn ich gewollt hätte, verbot es sich mitzumachen, basta. Meine Karriere aus Raffgier vor die Wand zu fahren, wäre mehr als töricht gewesen. Netter Versuch, aber viel zu hohes Risiko.

Wer dem Irrsinn dieser Zeit entrinnen wollte, durfte sich von ihm keinesfalls anstecken lassen.

„Geschenkt", lehnte ich zerstreut ab. *„Self made woman,* geteilte Verantwortung, ist halber Erfolg."

„Sicher?" Durch meine zweifelnden Miene ermutigt, beharrte sie: „Mach, Du wirst es nicht bereuen."

„Ich denke nicht daran, freiwillig Harakiri zu begehen", verwahrte ich mich gegen ihr Gehabe.

Sylvias Miene trübte sich ein. Ich sah, wie sich ihre Augen verengten und versuchte, zu ergründen, was in ihrem Köpfchen vorging.

Eilig zählte ich Leichen im Keller. Soweit ich es überblickte, fehlte mir kein Kühlfachschlüssel, den sie aus der Tasche hätte ziehen können. Oder irrte ich mich?

„Seit Kurzem ticken die Uhren bei uns anders, falls es Dir entgangen sein sollte", deutete sie mystisch an, „Sachen hörst Du über Nacht, die willst du nicht glauben."

Sie schlug die Beine übereinander. Elektrisiert beobachtete ich, wie sie ihren Rock zum Knie zupfte, der danach mehr freigab als vorher. Versehen? Oder versuchte sie, geschickt zu provozieren?

„Beate Korff. Sagt Dir was?" fragte Sylvia arglistig.

„Der Zerberus des Chefredakteurs? Ist die etwa immer noch da?"

Ich stutzte, musterte Sylvia, die den Blick starr aufs Bücherregal gegenüber fixierte und sich scheute, mir in die Augen zu sehen.

Was um Himmelswillen wollte sie von der Korff erfahren haben, die mir nur zu oft mit ihrer Wichtigtuerei auf die Nerven gegangen war?
„Auf *Super-Illu*-Nivcau geplaudert?" fragte ich boshaft, streichelte mit unartigen Blicken ihren Schenkel und fahndete vergeblich nach dem Bindeglied zwischen dieser Nervensäge und ihren dubiosen Andeutungen.
„Sie erzählte mir vor Kurzem, dass Du Leute bei der Stasi angeschmiert hast, bevor Du getürmt bist. Marc Blumenthal, bimmelts? Hat sich in U-Haft erhängt", eröffnete sie mir sensibel wie der Adjutant vom Scharfrichter, der Delinquenten aufs Schafott zerrt. Frontalschaden! Ihre Lüge rollte wie ein Bulldozer über mich weg.
„Was?" Tiefrot sprang ich auf: „Das traust Du mir zu?"
Opfer von Intrigen, die Mielkes persönliche Handschrift trugen, dürften sich kaum schlechter gefühlt haben, als ich in dieser Sekunde.
Was hätte ich in diesem Moment darum gegeben, mit Corinna Händchen zu halten! Warum übertraf die Wirklichkeit die schwärzesten Ahnungen stets um Längen? Sie behauptete allen Ernstes, ich hätte Marc und seine Freunde verpfiffen?
‚*Mysteriös! Tod im Stasi-Knast! Der Fall Marc B.*' Ich entsann mich des Aufmachers der *Bild-Zeitung*. Betrübt hatte ich die Seite mit den Wohnungsanzeigen aus dem *Hamburger Abendblatt* in die Handtasche

gestopft, mir einen Kaffee geholt und gerätselt, wer die Jungs verraten haben könnte. Es dauerte Tage, bis meine Trauer über Marcs Tod wieder im Kampf um eine bezahlbare Unterkunft und seichten Honoraraufträgen versank.
„Die Korff spinnt doch. Was die zu wissen glaubt, geht mir gelinde gesagt am... vorbei! Aber dass Du darauf hereinfällst, ist sehr bitter."
Mir blieb nur Sarkasmus, um meiner Betroffenheit Herr zu werden. Ich fasste es nicht, dass mir Sylvia diese Gemeinheit zutraute. Von mir aus sollte sie ihren reizenden Popo über den Einsturz ihrer Welt retten wie sie wollte, aber nicht auf diese Art.
Beate Korff, hirnloses Luder! Was wusste die schon über Blumenthal! Begnadeter Bildhauer. Seine Plastiken, die im Sommer einundachtzig in der Meisterschülerausstellung der Kunstakademie gezeigt wurden, begeisterten mich mehr als vieles, was ich bis dahin sah und ich wollte unbedingt einen Artikel über ihn schreiben.
So traf ich mich mit ihm und Freunden im *Metzer Eck*, mitten auf dem Prenzlauer Berg. Nach einem Bier zuviel, schwatzte er zu meinem Entsetzen endlos über den Friedenskreis, in dem sie allesamt aktiv wären und prahlte damit, dass sie planten, bei Schmidts Staatsbesuch im Dezember eine Aktion in Güstrow durchzuziehen. Ich hatte in unseren heiligen Hallen längst gehört, dass sich Kanzler Schmidt als Barlachbewunderer neben den Gesprächen in

der Schorfheide explizit einen Besuch in Güstrow ausbat. In Illusionen versponnen, träumten die drei Pazifisten von der Okkupation des Doms. Bis ins Detail schilderte mir Marc, was er malen und an den Säulen neben Barlachs Figur ‚Der Schwebende' herabrollen würde. Nach seiner Überzeugung stand es weder den Herrn der ‚Pershings', noch den Herrn der ‚SS-20' als potenziell hunderttausendfachen Mördern zu, sich vor aller Augen im Glanz einzigartiger Kunst zu sonnen. Alle Versuche, ihm zu erklären, dass sie nicht die Spur einer Chance besäßen, die Stadt, geschweige denn den Dom zu erreichen, waren für die Katz und ebenso meine Arbeit von Tagen.
„Tut mir furchtbar leid, aber Du lässt mir keine Wahl", brachte sich Sylvia in Erinnerung und warf mir ein Kuvert zu, das sie aufreizend langsam aus der Handtasche gezogen hatte.
Ich sah ihr an, wie sie innerlich frohlockte und vermutete keine Sekunde, dass eine gestandene Journalistin wie sie billige Gerüchte ungeprüft für bare Münze nahm.
Und so schmerzten die vermeintlichen Beweise für ihre impertinente Unterstellung umso mehr. Was ich las, als ich den Inhalt auf den Tisch kippte, sog mir die letzten Blutstropfen aus dem Gesicht.
Kopien. Getippt, Gekritzelt, Gezeichnet…
Nach Einlassung der Genossin Renger… Feindlich-negative Kräfte. Blumenthal, Aktionen bei Schmidt-Visite… Beinahe alles stand dort schwarz auf weiß,

womit ich nach dem Kneipentreff glaubte, meinen Flop erklären zu müssen.
„Woher kommt das?"
„*OV Barlach*", belehrte mich Sylvia verletzend. „Arrangiere Dich und es bleibt unter uns."
‚Operativer Vorgang'! Jargon, den inzwischen jedes Kind kannte. In meinem Kopf drehte sich alles um den obersten Eichstrich eigener Dummheit!
Was ihre gehässige Unterstellung für mich bedeutete, versuchte ich mir gar nicht erst auszumalen.
„Und wenn nicht?" krähte ich hysterisch, weil die Antwort keiner tiefschürfenden Weisheit bedurfte.
„Gibt genug Kollegen, die sich alle zehn Finger nach der Story lecken..." Sylvia zupfte ein mit Spitze besetztes, weißes Taschentuch aus der Jackentasche und tupfte sich ein paar Tröpfchen von der Stirn. Wenig Schweiß für so viel Unverfrorenheit.
„Und wie soll das ablaufen?" fragte ich rhetorisch, saß in der Tinte und sie am längeren Hebel.
„Ganz einfach", schwatzte sie drauflos, „wir gehen zum Notar, setzen einen Gesellschaftervertrag auf und ich bin mit der Einlage im Boot. Keine Angst, ich pfusch Dir nicht ins Handwerk."
„Und ich stehe bei allen Entscheidungen unter Deiner Knute? Oder was? Reichlich naiv. Herkunftsnachweis? Ist seit Neuestem zwingend erforderlich."
„Meine Sorge", entgegnete sie obenhin.
Es ging mir gegen den Strich, wie sie sich innerlich straffte. Glaubte sie ernsthaft, niemand würde sich

fragen, woher Frau Weber aus dem Osten Tage nach der Währungsunion zwei Millionen Deutsche Mark nahm. Was wusste sie schon von Wirtschaftsprüfern, Finanzämtern und Zoll. Konnte ich gleich heraus posaunen, dass ich mich zur Marionette alter Parteibonzen machte. Mich befiel jäh das Gefühl, einer total Fremden gegenüber zu sitzen.

„Gut, also zwei Millionen", stellte ich absichtlich bieder fest, um sie aus der Reserve zu locken. „Und für wen spielst Du den Lakai?"

„Wieso Lakai?"

„Verarsch mich nicht auch noch nach allem, was Du mir aufgetischt hast. Der Kies gehört nicht Dir, das steht für mich so fest wie das Amen in der Kirche."

„Ach ja?" fauchte sie leise.

„Mach Dich nicht lächerlich. Ist nicht Dein Stil. Dein Auftraggeber will das Geld parken, um es am Beitritt vorbei zu schleusen und er will es, wenn er die Zeit für gekommen hält, unversehrt zurück. Nenn mir also einen plausiblen Grund, weshalb es sich lohnen sollte, mitzuspielen? Doch nicht nur, um Deinen aus der Luft gegriffenen Anschuldigungen zu entgehen?"

„Reicht Dir das etwa nicht?" warf Sylvia hin. „Spaß beiseite. Wir teilen uns die Zinsen. Sind derzeit rund fünfzigtausend jährlich für jede von uns."

„Befass Dich lieber mit BWL, ehe Du weiter Milchmädchen spielst", riet ich ihr boshaft.

Sollte sie sich als Opfer fühlen, wovon auch immer, und sich zum Teufel scheren.

Ja, ich verschwand aus ihrem Leben, ließ sie ahnungslos sitzen, das gab ihr aber noch lange nicht das Recht, mich gemein zu erpressen.

„Direkte Beteiligung schlag Dir aus dem Kopf", nahm ich räuspernd erneut Anlauf, „dazu steht zu viel auf dem Spiel. Vizepräsidentin der IHK. Im späten Herbst wird gewählt." Zerstreut lief ich zur Hausbar, füllte mein Glas nach. „Gier und Rache sind die dümmsten Berater. Ist seit alters her bekannt", flocht ich ein, „Du musst Dich also schon entscheiden, ob Du mich ruinieren oder beteiligen willst." Beherrschter fuhr ich fort: „Okay, wer schwarze Kassen unsichtbar Händeln will, kann damit nur ins Ausland. Liechtenstein, Kanalinseln, Karibik... Ich kenne einen netten Banker, der helfen kann und über diesen Umweg lässt sich alles Weitere regeln. Wieviel Rendite dabei rausspringt, steht in den Sternen. Ist aber die einzige echte Chance, falls Deine Auftraggeber zustimmen."

„Was faselst Du nur dauernd von Auftraggebern?" regte sich Sylvia mit Unschuldsmiene auf, sammelte die Zettel ein und griff nach dem Umschlag.

„Hältst Du mich für infantil?" hielt ich spöttisch dagegen. „Nirgendwo auf der Welt flattern herrenlose Millionen herum."

„Woher willst Du wissen, was bei uns jetzt flattert? Übrigens beteilige ich Dich, solange es mir passt, und den Rest hebe ich mir für später auf."

Ich sah, wie sich Sylvia neidisch umblickte.

„Im Ernst", wandte sie sich mir zu, „engstirnige Vorgesetzte hatte ich lange genug."
„Für Chefs sind Untergebene immer doof. Vor Freunden und Bekannten sollte man sich in Acht nehmen. Bist Du der schlagende Beweis."
„Lass die flotten Sprüche", warnte mich Sylvia.
Die Genugtuung auf ihrem Gesicht kotzte mich an. Ich war heilfroh, dass mir die trainierte Besonnenheit half, durchschaubare Reaktionen zu vermeiden.
„Ich werde sehen, was ich tun kann. Illusionen würde ich mir an Deiner Stelle allerdings verkneifen."
Verzweifelt suchte ich Wege aus dem Dilemma.
Wie, verdammt, hielt ich sie in Schach? Beschwichtigen, Hinhalten, solange ich ihr nutzte?
Wie lange ging das gut, bis sie die Geduld verlor?
Sylvia zeigte indes zur Treppe, stand auf und strich ihren Rock glatt: „Toilette?"
„Brauchst nicht extra hoch", sagte ich und zeigte zur Haustür, neben der sich ein Gäste-WC befand.
Maliziös, als hätten wir über ihren ersten Mallorca-Urlaub geplaudert, fragte ich: „Hast Du Hunger? Ich hol uns was. Meine Haushälterin kocht gut und meist zu viel."
„Ein Wasser muss reichen und dann verschwinde ich wieder."

4

Gott sei Dank endlich allein in meinen vier Wänden, trafen sich Jammer und Wut zum Stelldichein, währenddessen klare Gedanken einem Lottogewinn glichen. Bedient von Sylvias schäbiger Szene, pendelte ich immer wieder mit Geschirr und Gläsern zwischen Zimmer und Küche, die ich in einem Aufwasch hätte wegräumen können.
Ich warf mich auf die Couch und drehte die Musik von Selbstmitleid erfüllt so laut, dass die Tischplatte vibrierte. Die hatte gut reden. Sie wusste so gut wie ich, was ihr nach meinem Wegbleiben geblüht hätte. Zwischen gutem Willen und dem Wissen, sie womöglich in Teufels Küche zu bringen, hatte ich ungezählte beschriebene Seiten in den Papierkorb gefeuert, statt eine davon abzuschicken. Je besser es mit der Karriere lief, umso leichter fiel es mir, mein schlechtes Gewissen zu ertragen. Und so schob ich die Dinge vor mir her, bis ich den Sinn bezweifelte, zu ihr Kontakt zu suchen, zumal es sich für mich von selbst verbot, in den Osten zu reisen.
Verlegen spielte ich mit der Karte, die sie mir am Gartentor mit der düsteren Bemerkung in die Hand drückte, sich bald zu melden. *Fischerinsel 3*. Ich erinnerte mich dunkel an die Hochhäuser nahe des Spittelmarkts.
Sie war in einer polarblauen Wartburg-Limousine davongefahren, die drüben auf dem Parkplatz für

Sommergäste stand. Auf der Rückseite ihrer Karte hatte ich mir das Kennzeichen notiert: I-UW 199. Am liebsten wäre ich ihr gefolgt, hätte ich mir sicher sein können, sie bei ihren Anstiftern zu erwischen.
Ich kam mir vor, als wäre ich im Handstreich durch den Zeitwolf gedreht worden.
Hass? Angst? Neid?
Woher nahm sie diese bodenlose Frechheit? Schlimmer, glaubte sie, was sie mir unterstellte? Hatte sie ihren gesunden Menschenverstand für Westkröten verscherbelt, um an die neuen Klamotten zu kommen? Erst benutzen, dann wegwerfen? Klang vom Stil her fast wie Parteilosung zum 1. Mai.
Nicht mit mir, meine Liebe! Da hast du mit Zitronen gehandelt. Das Gefühl, barfuß auf glühenden Kohlen zu tanzen, erfasste mich. Umsonst versuchte ich, die durch den Kopf schwirrenden Fledermäuse zu bändigen. Dieser Abend übertraf jede mir bislang bekannte Katastrophe.
Freitag der Dreizehnte war doch erst morgen!
In Gedanken versunken stapfte ich die Treppe hinauf, schluckte eine Schlafpille und zog, nachdem ich das Hauskleid auf den Hocker der Frisierkommode abgelegt hatte, das zartblau schimmernde Seidennachthemd unter der Bettdecke hervor.
Ich warf mich auf die Daunendecke und versetzte dem Kissen deftige Hiebe, ehe ich es in den Nacken schob. In vernunftwidriger Hoffnung wanderte ich mit den Augen zum Spiegel, der einem Gestirn gleich

unter der Decke schwebte. Wenn er mich doch nur ein paar Sekunden in die Zukunft blicken lassen würde...

Die Tablette wirkte. Leider sprengte sie Zellentüren im tiefsten Verließ meiner Seele auf, die ich für immer verschlossen glaubte. Sylvia und ich waren uns über den Weg gelaufen, als ich in Greifswald zu studieren begann. Wir wurden in die gleiche Bude gesteckt und wollten uns mit Kunstgeschichte befassen. Der Mief im abrissreifen Internat gegenüber vom Bahnhof erdrückte uns schnell.

Die Romantik aus sozialistischen Gründerjahren, die Hermann Kant den verlausten Steinbaracken in seinem Roman *Die Aula* angedichtet hatte, wirkte nicht zuletzt wegen des beständigen Geldmangels wie heimlicher Denkmalschutz und unsere Forderungen nach Modernisierung wurden von der Verwaltung gern in die Nähe von Majestätsbeleidigung gerückt. Dank des ausgeprägten Talents, gewichtige Dinge zu organisieren, gelang es Sylvia tatsächlich, eins der knappen privaten Zimmer aufzureißen und bot mir an, mit einzuziehen.

Der Traum führte meine Gedanken zu Cordula, die mich aus heiterem Himmel zur Schnecke machte, als ich ihr vom Plan erzählte, mit Sylvia zusammenzuziehen. Ich wusste bis heute nicht genau, was mich nach dem Abi auf die abartige Idee brachte, dass es gut für mich wäre, an der gleichen Uni zu studieren wie meine ältere Schwester.

Im Gegensatz zu Cordula, ahnte ich nichts von Sylvias Hang zum gleichen Geschlecht.

In der Nacht, als wir unser nunmehr gemeinsames Zimmer begossen, ich weit nach Mitternacht weinselig, fast stehend einschlief, fühlte ich irgendwann im Morgengrauen, dass sie neben mir lag.

Sie war nackt und streichelte meine Brüste. Ich trug nur einen Slip, sie zog ihn mir aus. Ganz lange lagen wir zusammen, umarmten uns nur.

Ich wehrte mich nicht, war vorerst völlig passiv, ließ mich überall berühren, zwischen den Beinen massieren. Nach einiger Zeit begann ich zaghaft, Sylvia zu betasten, sehr sanft. Jede Bewegung war eine unglaubliche Erfahrung, ein Erforschen, das ich plötzlich erstaunlich lustvoll fand.

Schwesterchens Kränkungen stoben mir um die Ohren und für einen Moment glaubte ich, sie stünde neben mir. Nichts verstand sie, selbst als ich mich zu erklären versuchte. Zwischen Prüfung, Trauung und Geburt von Töchterchen Manuela war kein Platz für ein absonderliches Wesen.

Sylvia und ich blieben beieinander.

Angeödet von Langeweile, Ideenlosigkeit und eintönigen Materialien in verstaubten Modeläden, begann ich mir frische, freche, auch ausgefallene Sachen für uns auszudenken und zu nähen.

Freitag 13. Juli 1990

1

Flackerndes Licht leuchtete aus den leeren Augenhöhlen kahler Schädel, wies dem Bösen den Weg durch Kälte, Nacht und Nebel. Untote wandelten schauerlich stammelnd auf den Wegen, saugten das Blut aus kleinmütigen Seelen...
Wieso träumte ich im Hochsommer solchen Blödsinn? Ich öffnete die Augen.
Die böse Fratze, deren Antlitz dem Sylvias auffallend ähnelte, schien mein Haupt ebenfalls ausgehöhlt zu haben. Nahe den Schläfen pochte es, als hätte der Kopfschmerz, der seit gestern hinter meiner Stirn nistete, über Nacht neue Nahrung bekommen.
Die Sonne schien hell. Gezwitscher schlüpfte durchs geöffnete Fenster, unten in der Küche polterte Johanna und Kaffeeduft schlich die Wendeltreppe hinauf zu mir ans Bett.
Johanna wohnte gleich um die Ecke. Robert, ihr Ältester, führte den *Dorfkrug* in der Ortsmitte, gegenüber vom Bürgerhaus. Sie hätte es weiß Gott nicht nötig gehabt, sich um den Kram fremder Leute zu kümmern, wäre da nicht Schwiegertochter Uschi gewesen, mit der sie nicht konnte. Und so kam sie lieber zu mir, als sich auf ihre alten Tage in kleinlichem Streit zu verzetteln.
Ich überlegte, ob ich eine Runde schwimmen wollte. Ein Morgen wie aus dem Bilderbuch.

Mir fehlte der Antrieb, zum Steg zu laufen. Ich badete lieber weiter in Selbstmitleid.

Die linke Schulter schmerzte. ‚*Reißen*' hätte Mutter die verdiente Strafe für die dumme Angewohnheit genannt, beim Fahren stets das Seitenfenster einen spaltbreit offenzulassen. Offenbar wollte mein Körper sein Scherflein dazu beitragen, dass ich mich eklig fühlte. Das Karussell in meinem ausgeleerten Kopf drehte sich endlos.

Marc, seine Freunde, gesichtslose Stasimänner, saßen in den Gondeln eines Karussells, traut vereint mit der blöden Korff nebst ihrem aufgeblasenen Chef. Namen von Marcs Freunden waren längst von meiner Festplatte gelöscht und mir wurde speiübel davon, der unablässigen Kreisfahrt zu folgen.

Ich wünschte insgeheim, die Mauer würde wieder dichtgemacht, damit die bösen Geister weggesperrt blieben, denen ich entronnen zu sein hoffte. Manchmal ging das Leben schlecht mit einem um und ich unterdrückte die versteckte Angst, meine Flucht könnte völlig für die Katz gewesen sein. Kraftlos wand ich mich aus dem Bett und zerrte die olivgrünen Vorhänge vor dem Fenster auseinander. Das grelle Licht blendete mich.

Andrea wollte morgen Geburtstag feiern! Kalandarisch war Cordulas jüngere Tochter den dritten Tag erwachsen. Dass meine Nichte, mein Patenkind, nicht mittwochs feiern wollte, war für mich mehr als verständlich.

Der Brief, in dem sie mich einlud, steckte seit Tagen in meiner Handtasche. Schuld am Zaudern trug ihre vernagelte Mutter, die nicht einsehen wollte, dass für mich jede Fahrt gen Osten eine Reise in den Knast gewesen wäre. Ihr alberner Vorwurf, ich hätte feige gekniffen, als Vater vor fünf Jahren starb und Mutter vorigen Sommer die Augen schloss, Monate bevor die Mauer fiel, hatte unsere ohnehin knifflige Beziehung schockgefrostet.

Im Gegensatz zur erstgeborenen Manuela, typische Vatertochter, ehrgeizig, widerspenstig, im Dauerstreit mit ihrer apodiktischen Lehrermutter, besaß die fünf Jahre jüngere Andrea den Familiensinn ihrer Urgroßmutter.

Anscheinend litt mein Patenkind seit ihrer Geburt an einer Streitallergie. Je heftiger ihre Eltern zankten, umso lauter heulte sie. Hoffte Andrea, mich mit ihrer Mutter zu versöhnen?

Das Mädchen besaß Mut und ich keinen Grund, so dumm zu sein, sie für Cordulas Macken zu bestrafen. Ich nahm mir vor, mich um ein passendes Geschenk zu kümmern.

Aus lauter Angst vor meinem Spiegelbild starrte ich beim Zähneputzen stur ins Waschbecken. Unter der Dusche durchrieselte mich zum Glück ein bescheidenes Wohlgefühl. Nach dem Abtrocknen schluckte ich eine Schmerztablette und rieb das Gesicht mit Tagescreme ein. Mitten in der Prozedur spuckte die Tube Luft. Verärgert griff ich nach dem Bademantel.

Dank Sylvia wusste ich nicht einmal, was ich heute anziehen sollte!

„Morgen", begrüßte ich Johanna schleppend wie meine Schritte in die Küche.

„Morgen. Na, wieder zu lange gearbeitet?"

Ihr fürsorglicher Blick tat mir gut. Um die Hüften trug sie eine Dorfkrug-Schürze.

„Keinen Handschlag. Bloß erbärmlich geschlafen", murmelte ich müde.

Nicht zum ersten Mal fiel mir auf, dass Johannas Bewegungen vielfach denen meiner Mutter ähnelten. Überdies sah sie um einiges gesünder aus als ich. Und das trotz zwanzig Lenzen mehr, die sie auf dem Buckel trug.

Ich zog mir den Kaffee heran und klappte die *Morgenpost* auf. Thatcher's Aversion gegen die deutsche Einheit, Ausblick aufs Treffen Gorbatschow-Kohl kommende Woche, Zwei plus Vier, ich überflog die Zeilen teilnahmslos, blätterte weiter, bis sogar ein paar Zeilen über unsere missratene Veranstaltung vom Vortag auftauchten.

„Na, ein bisschen Grünkernsuppe zur Stärkung?"

„Was?" fragte ich verdattert und sah kurz auf.

Die Aktien stiegen. Der Bulle stürmte durch die Börse. Wer hätte sich das vor Monaten träumen lassen! Milliarden schleppten die Ossis jetzt in unsere Kassen. Ich staunte, wie leicht es war, Menschen hinters Licht zu führen, damit sie sich aus freien Stücken selbst eine Grube schaufelten.

Sie stellten Zeug her, das sie nicht kauften, weil sie dem schönen Schein auf den Leim krochen und warfen uns einfältig vor, sie plattmachen zu wollen. Lächerlich. Das besorgten sie selbst besser, als wir es je gekonnt hätten.
„Sie müssen richtig frühstücken."
„Ich will nichts essen!" lehnte ich renitent ab.
Johannas Befehlston weckte mich endgültig. Als ich die Lokalseite überflog, stockte ich.
Ein gewisser Keller aus Mompers Staatskanzlei grub im Sommerloch. Abseits aller Vernunft plädierte er dafür, den Verkehr vom Pariser Platz zur Siegessäule wieder durchs Brandenburger Tor zu führen. Spinner! Sollte er doch gleich Abrisskosten für das berühmte Tor in den Haushalt einstellen lassen.
Keller? Glühende Kohlen...
Ich erinnerte mich dunkel an einen Patrick Keller, der zu Blumenthals Freunden zählte. Welche Kleinigkeiten einem ab und an auf die Sprünge halfen...
„Sie müssen richtig essen", murrte Johanna eigensinnig und schob mir ein halbes Brötchen zu.
Etwas tun musste ich. Die Tasse in der Hand, die Zeitung unterm Arm, die halbe Schrippe zwischen den Zähnen, verzog ich mich ins Wohnzimmer.
Sylvia hatte mich kalt erwischt. Was konnte ich tun? Zum Erfolg verdammt, die Performance vor Augen, ihre verlogene Drohung am Hals, stand ich da wie ein begossener Pudel. In den letzten Jahren hatte mich das Leben Drüben einen Dreck geschert.

Und nun? Ich wusste so gut wie nichts, besaß lediglich ein paar farblose Erinnerungen. Ich unterdrückte die schwelende Wut, die wie kochende Lava an die Oberfläche drängte. Sie wollte auf Biegen und Brechen an die Fleischtöpfe, notfalls mit Lügen und Dreistigkeit.

Wie gelangten aus einem heilen Vorgang willkürlich kopierte Schnipsel in Sylvias Handtasche? Das war doch nur durch unversehrte Kontakte ins geheime Agentenreich zu erklären.

Wer träufelte meine unter vier Augen rezitierte Rechtfertigungsballade in Sachen Blumenthal überhaupt in die omnipräsenten Ohren? Lauschte die Korff? Petzte Schiller, unser windschlüpfriger Chef? Die Annahme konnte so falsch sein wie meine Gewissheit, keine Leichen im Keller zu haben, oder was andere dafür hielten. Ich stand zu meiner Entscheidung. Es half mir nur nicht viel. Woher kam das verdammte Geld?

Mir fehlte die Zeit, nach Antworten zu suchen und die professionelle Erfahrung, die richtigen zu finden. Ich kam nicht umhin, mich um einen diskreten Privatermittler zu kümmern, wollte ich verhindern, demnächst auf dem Medienschafott zu enden. Fragte sich bloß, woher nehmen, wenn nicht stehlen? Ich schlurfte in die Diele und kramte das Notizbuch aus der Handtasche.

Zurück auf der Couch, begann ich zu blättern. Nach wenigen Minuten warf ich das Lederbüchlein gnatzig auf den Tisch. Ich wusste nicht, was ich mir von ihm erhofft hatte. Eine Lösung jedenfalls hielt es nicht bereit. Mir blieb nur die Hoffnung, dass Herbert vielleicht etwas einfiele, ohnehin der einzige, mit dem ich vorbehaltlos über das traumatische Erlebnis reden konnte.

Ich ging hoch ins Schlafzimmer.

Ziellos rannte ich vor dem Kleiderschrank auf und ab und wühlte in Sachen. Die lachsrote Bluse ging, der trüffelbraune Chiffonrock eher nicht.

Um den zu tragen, hätte ich zu allem Überfluss einen bei der Wärme überflüssigen Unterrock herausklauben müssen. Verdammt, wie viele BHs musste ich noch aus den Schubladen ziehen, um einen zartroten zu finden? Ich setzte mich auf die Bettkante. Mit tat vom Bücken das Kreuz weh. Klugerweise hätte ich die Strumpfhosen längst mal wieder nach Farben sortieren sollen.

Ich entschied mich letztendlich für einen weißen, knielangen Baumwollrock im Jeansstyle, bändigte die heut besonders renitenten Locken im Bad mit Wolken aus Haarspray.

2

Die Zeiger der goldgefassten Uhr im Jaguar tasteten sich auf halb Neun vor. Langsam rollte ich mit dem Wagen aus der Garage, fuhr die schmale kopfsteingepflasterte Straße hinauf und bog auf den Kladower Damm ein.

Verrückt. Kriminell oder Rufmordopfer werden, hieß die Alternative seit gestern Abend. Mir gefiel beides nicht. Doch wenn ich Zeit schinden wollte, um ihre abwegige Unterstellung ad absurdum zu führen, blieb mir nichts anderes übrig, als vorerst gute Miene zum bösen Spiel zu machen. Dass ich mir dabei tüchtig die Finger verbrennen konnte, war mir klar. Aber für den Beweis, nie Zuträgerin gewesen zu sein, war ich bereit, Brandblasen in Kauf zu nehmen... Wer weiß, was Sylvia außer den Schnipseln noch über mich gesammelt hatte. Bestimmt besaß sie nicht nur eine alte Modezeitung.

Anfang der Achtziger wechselte sie vom *Forum* an die Spitze der *NBI*-Kulturredaktion, der bekanntesten Illustrierten im Osten, davon hatte ich noch gehört. Dort entlassen, war sie nun in einem neuen Verlag von Bürgerrechtlern untergeschlüpft.

Neue Einsichten, neue Kontakte? Welche?

Die SED besaß schwarze Kassen. Sie besaß ein Geflecht von Firmen, die einzig dem Zweck dienten, Devisen zu beschaffen, daran erinnerte ich mich dunkel. Wehte der Wind daher? Ich schnitt eine alberne Grimasse.

Damals, am Tag nach dem verunglückten Kneipenbesuch, war ich zum Chef gerannt, angetrieben vom bedingten Reflex der Selbstzensur. Brühwarm gestand ich, weshalb sich mein Beitrag über Blumenthal von selbst erledigte und bot an, umgehend für Ersatz zu sorgen. Dass einem nur allzu oft Stricke aus Aufrichtigkeit gedreht werden, war mir damals noch nicht so recht bewusst. Meine Einfalt erboste mich und mir wurde leicht schwindelig. Anscheinend zu viel, was ich mir mit den Pillen zugemutet hatte. Traumspender gegen Schmerzkiller. Es stand unentschieden.

An den Wust normaler Arbeit wagte ich nicht zu denken. Wehmütig erinnerte ich mich meiner gestrigen Wut auf Voskamp. Ihr Anlass erschien mir nun winzig und meine Empörung arg übertrieben.

Die Korff wusste um meine Beziehung zu Sylvia. Munition für ihr Schandmaul und Wurzel eines stets angespannten Klimas zwischen uns. Hatte sie Schiller und mich belauscht und versuchte nun, mir meine Hochnäsigkeit heimzuzahlen? Oder war sie gar auf uns angesetzt? Ich machte mir nichts vor. Die Stasi misstraute selbst treuesten Informanten.

Man kann nie genug wissen, wie eine oft strapazierte Weisheit besagte.

Nach dem gestrigen schwülen Nieselregen meldete sich heute die Sonne zurück. Die Luftfeuchtigkeit blieb unverändert hoch. Das Thermometer für die Außentemperatur zeigte sechsundzwanzig Grad.

Bei Pichelsdorf blockierte eine Baustelle die rechte Spur. Der egoistische Fahrstil der östlichen Dörfler aus Wustermark, Dallgow und Falkensee in ihren Plastikrennern, die sich jetzt en masse den bisher verhassten Kapitalisten andienten, zwang mich fast, auf eine Bake zu fahren, bis mich jemand einordnen ließ.

Krampfhaft versuchte ich, den Faden wiederzufinden, aber die Gedanken liefen ins Leere

Versonnen ruhte mein Blick auf der jungen Frau, die ungeduldig am Straßenrand darauf wartete, loslaufen zu können. Ihr Rock aus angerautem, haselnussbraunem Leder war so kurz, dass er die Vorsilbe Mini kaum verdiente. Ich dachte an mein Konzept für den nächsten Sommer. Nach meinem Geschmack gab es dem Klassiker mehr Würze, die Kürze mit Länge aus transparentem Material, vielleicht bis zur Wade, zu ummanteln.

Ich saß inmitten eines Kreuzgitters, ohne Schimmer, welche Buchstaben nach meinem Lebewohl, in welche Kästchen gesetzt worden waren, alles Mutmaßungen. ‚*Nichts Genaues weiß man nicht*', wie Vater oft lächelnd bemerkte. Jetzt rächte sich bitter, dass ich den Kontakt zu Sylvia meiner Bequemlichkeit, sprich meinem Seelenfrieden geopfert hatte. Seither alles weiße Blätter.

Ich hielt es zunächst für das Klügste, privater Ermittler hin oder her, zu allererst Patrick Keller ausfindig zu machen.

Von ihm, hautnah verstrickt, konnte ich gewiss vielmehr erfahren als von jedem Stück Papier.
Mühsam bahnte ich mir den Weg zurück in den Sommer einundachtzig.
Marc pries den Gemeindepfarrer, der den Friedenskreis betreute und förderte, weil er Tabus schonungslos hinterfragte, die der Jugend drüben das alltägliche Leben unerträglich machten.
Nähmaschine, summte es im Kopf. Pfaff? Blödsinn, Kabarettist. Singer! Genau, Pfarrer Singer. Predigte er noch, sollte er wissen, wo seine Schäfchen weideten. Genaugenommen gehörte ich auch dazu.
In der Zionskirche, die auf dem gleichnamigen Platz stand, war ich achtundvierzig, wie meine Schwester zwei Jahre zuvor, Großmutter zuliebe getauft worden. Von Bombenangriffen erzwungen, wohnten wir nach dem Krieg an eben diesem Platz alle unter einem Dach. Daher kannte ich auch das gräuliche, nach frischem Putz lechzende Gemeindehaus in der Griebenowstraße.
Im Presseshop am Bahnhof Yorckstraße kaufte ich mir ein *Magazin*. Ich erspähte einige neue Abnäher auf dem alten Rock und las im Impressum, dass Schiller die Stellung auf der Brücke hielt, das Ruder wahrscheinlich bang umklammert.

3

Ein paar Minuten vor Zehn fuhr ich von der Kreuzbergstraße auf den Hof der alten Fabrik, in der sich mein Reich befand. Der Aufzug ruckte unmerklich. In der zweiten Etage verließ ich ihn, öffnete die schwere Stahltür und trat in den Flur.

Barbara, die Empfangsdame, grüßte mich freundlich. In ihren Augen las ich die stumme Frage, weshalb ich so zerfahren daherkam. Ich sammelte mich und schritt aufrecht den Gang entlang, dessen grauer, fingerstarker Spannteppich jedes Geräusch verschluckte. Einige Phon zu laut schloss ich die Tür meines Refugiums, warf die Handtasche auf den Schreibtisch und riss die Fenster auf.

„Hi. Geht's gut?"

Ohne zu klopfen, stand Corinna im Zimmer. Ihre besorgte Miene verriet mir, dass ich immer noch schlechter aussah, als ich mich fühlte.

„Morgen", erwiderte ich matt und setzte mich.

Behutsam strich sie mir mit der Hand über den Rücken. Ein Hauch von Kuss berührte meine Stirn. Am Horizont zeigte sich ein Silberstreif.

„Hast Du den AB nicht abgehört?" fragte sie säuerlich.

„Doch. Wieso bist Du zu Dir gefahren?"

„Mir ging's nicht so toll." Corinna blickte drein, als erwartete sie ein paar tröstende Worte. Beleidigt von meinem Schweigen, erklärte sie: „Die Reinzeichnungen für die Bühnen-Deko."

Sie warf die Mappe, die sie unter dem Arm trug, auf den Beratungstisch, der ein T mit dem Schreibtisch bildete. Dem Aufprall folgte ein Knall. Ich zuckte zusammen.

„Ist Webers Arbeit okay?" fragte ich erschrocken.

„Ich denke schon. Soll ich sie der Werkstatt geben?"

„Lass liegen", bat ich. „Ich will in Ruhe draufsehen."

Es gelang mir nicht, mich zu konzentrieren. Corinnas blonde Haare, die bis auf ihre Schultern wallten, flossen wie Bäche seidigen Wassers zu beiden Seiten ihres Gesichts herab. Sie trug blausilber-geflammte Jeans und eine Sommerbluse mit rundem Ausschnitt.

„Komm, sei lieb, hol Kaffee. Herbert schon da?"

„Null Ahnung", rief sie, derweil sie zur Kaffeemaschine ging. „Nicht gesehen. Wie immer?"

„Magenfreundlich. Viel Milch, bitte."

Ich hörte sie mit Tassen klappern.

„Da, Doping fürs Hirn."

Ängstlich verfolgte ich, wie sie die vollen Pötte herein balancierte und meinen sacht bei mir abstellte: „Danke."

Sie zog sich einen Stuhl heran, dessen weinroter Sitz wie die Lehne in ein endlos gebogenes, verchromtes Stahlrohr geschraubt war, und setzte sich.

„Was ist? Weshalb bist Du so mies drauf?"

„Ach, obskurer Besuch, hatte ich ziemlich dran zu knabbern, wenig Schlaf. Ich wollte noch anrufen, aber dann war's schon zu spät."

Ich mochte ihr jetzt nicht von Sylvia erzählen.
„Ich hab da was", bestürmte sie mich, „wollte ich eigentlich gestern schon erzählen…"
„Verschieb's", bremste ich ihren Eifer. „Kann noch nicht richtig denken."
„Geile Chance für uns", sie stand auf, trat hinter mich und massierte mein verspanntes Genick. Ihre Hände beförderten mich ins Niemandsland und raunten mir zu, wie schön der gestrige Abend hätte sein können. Sanft, aber mit Kraft in den Daumen, fuhr sie über die Halswirbel. „*Exquisit* verhökert Läden, wollen sich angeblich sanieren."
Sauer registrierte ich, dass sie meine Bitte selbstsüchtig in den Wind schlug.
„Geht nicht", murrte ich, die Augen geschlossen. „Zu unsicher. Verträge mit Ostfirmen sind derzeit das Papier nicht wert, auf dem sie stehen. Und ziemlich klamm bin ich außerdem." Um dem Spuk ein Ende zu bereiten, fügte ich entschieden hinzu: „Das kostet, wenn es laufen soll…, renovieren, Ausstattung, Ware, Kräfte…, als ob Du das nicht wüsstest."
„Kräfte?" schmollte Corinna. „Ich würde da schon ein heißes Teil hinzaubern."
„Du?" fragte ich übertölpelt. „Und wer kümmert sich hier? Jetzt, wo Du Dich gerade etwas eingefuchst hast?"
Ihr Griff wurde lockerer und sie schwieg verbissen.
Ich erinnerte mich plötzlich des gestrigen Gesprächs mit Günter Stein vom *Tagesspiegel* am Rande der

Tagung. Offenbar hatte Corinnas Massage Trümmer des von Sylvia verursachten Erdbebens beiseite geräumt.

„Ach so", ich bedeutete ihr aufzuhören und hielt ihre Hände fest, „ruf bitte die Agentur an..."

„Ich denke, alles ist paletti", fiel sie mir ins Wort.

„Auch, wenn Dir legitime Zweifel nicht passen, kannst Du mich bitte ausreden lassen. Ich hab gestern gehört, dass Nadine schwanger ist."

„Was...?" Corinna schaute mich genauso betreten an, wie ich gestern Günter Stein von der *Morgenpost*.

„Ist nicht schwer zu verstehen", sagte ich sanft, aber bestimmt, „dass ich gern wüsste, welche Konsequenzen das für uns hat. Also rufe Nicole an und frag sie. Vorher sieh bitte zu, dass Du Herbert findest."

„Ja, ja, ja", nörgelte sie. Auf Krawall gebürstet setzte sie hinzu: „Und Du wunderst Dich, dass ich lieber selber was auf die Beine stellen will?"

Ich schwieg zum verpatzten Tagesauftakt. Es musste ihr gestern wirklich schlecht gegangen sein.

„Hallo, Regina."

Schlaksig trat Herbert ein und ließ sich auf den Stuhl fallen, von dem Corinna aufgestanden war.

„Morgen", murmelte ich grantig.

Klopfen war anscheinend total aus der Mode gekommen.

„Sei mir nicht böse", frotzelte er, „aber Du siehst aus, als wärst Du letzte Nacht durch fremde Betten getobt."

„Bin ich aber nicht", versetzte ich finster. „Verschone mich mit blöden Witzchen. Möchtest Du was trinken?"

„Apfelschorle, wenn Du hast", bat er verstimmt.

Er schien gleichfalls nicht in Bestform. Seine kräftige Kinnpartie zierten braunrötliche Stoppeln. Das blauweiß karierte Hemd unter seinem zimtfarbenen Anzug aus grobem Leinen sah nicht absichtlich zerknittert aus und seine kurzen, karottenfarbenen Haare lagen eingeknickt am Kopf wie vom Wind zu Boden gedrückte Grashalme. Auf seiner Stirn standen Schweißperlen.

Als ich mit den Gläsern kam, fragte Herbert neugierig: „Wieso zieht unsere Prinzessin denn so einen Flunsch?"

„Ihre neuesten Flausen haben mir nicht den ersehnten Applaus entlockt."

Er hatte das Sakko ausgezogen, über die Lehne gehängt und beäugte kritisch meinen Schreibtisch. Ich stellte ihm die Schorle vor die Nase, setzte mich, schob mechanisch die Post zur Seite und sah ihn betrübt an.

„Du musst mir helfen", offenbarte ich ihm geradezu, um Corinnas Auftritt abzuhaken.

Gut fünf Jahre arbeiteten wir zusammen. Ich respektierte ihn als glänzenden Organisator und kreativen Regisseur. Seine Fähigkeit, Models in die Spur zu bringen, war unbezahlbar, seine Affären hingegen und der oft daraus resultierende Ärger waren meist unerträglich. Leider fühlte er sich zu gern als Hahn im Korbe. Bei mir hatte er anfangs auch nichts unversucht gelassen. Erst als er gewahr wurde, dass mir seine gesamte Zunft eher gleichgültig war, verstanden wir uns besser.

„Wobei?" Herbert fummelte eine Zigarettenschachtel aus der Brusttasche vom Oberhemd, zog eine heraus und brannte sie an.

„Ich brauche einen seriösen Detektiv", vertraute ich ihm verschwörerisch an und wedelte den Qualm weg, der stank wie angebranntes Stroh.

„Was willst Du mit einem Schnüffler? Hast Du Bammel, Dir klaut kurz vor Ultimo jemand die Pointe?" Er musterte mich skeptisch.

Ich sah seinem Gesichtsausdruck an, dass er mich für mehr als nur unausgeschlafen hielt: „Hat mit uns hier nur am Rande zu tun", stellte ich eilig klar. „Bekam gestern aus heiterem Himmel Besuch von drüben. Alte Freundin. Irre, sag ich Dir!" Ein warmes Lüftchen wehte durch das offene Fenster und zauste an meinen Haaren. „Hat mir Devisen, also Westgeld, natürlich illegal, angeboten, die ich zeitweilig parken soll, um sie später sauber wieder abzuliefern. Falls nicht, komm ich als Stasi-Spitzel an den Pranger."

„Käse!" blaffte Herbert. „Bind mir keinen Bären auf, weil heute der Dreizehnte ist." Seine Brauen kletterten Richtung Stirn und verengten sich ungläubig über den grünlich grauen Augen. Ich kannte seine Körpersprache nur zu gut.

„Mir ist nicht nach Witzen", versicherte ich und wehrte mich mühsam gegen aufsteigende Tränen.
„Schwarzgeld, Stasi, Spitzel... Weißt Du, wie mich die Kacke ankotzt! Wir haben weiß Gott andere Sorgen. Die sollen gefälligst ihre Jauchegrube ausmisten, bevor wir Unsummen in die Einheit pumpen", entrüstete er sich. Mürrisch sah er zum Taubenpärchen, dass gurrend vor dem Fenster turtelte und ereiferte sich erneut: „Meine Güte, Du bist seit Jahren hier! Womit will die Dich denn an die Wand nageln? Ist doch alles uralter Schnee von vorgestern!"
„Irrtum!" widersprach ich. „Wir sind nicht nachtragend, wie man so sagt, aber vergessen tun wir nichts. Im Moment kann dir der kleinste Fehler, den du im Leben gemacht hast, das Genick brechen."
In mich gekehrt starrte ich auf das Luftschiff, das über dem Glockenturm der Gedächtniskirche schwebte, ein Werbeband im Schlepptau.
„Warst Du Spitzel?" fragte Herbert übergangslos.
„Nein, doof", zischte ich. „Oder sehe ich aus, als würde ich jemand für ein paar Silberlinge verpfeifen?"
„Wer sieht schon so aus?" konstatierte er gelassen.
Seine Skepsis schubste mich noch tiefer ins Loch, in das mich seine Frage gestürzt hatte.
„Ist mir schon klar, dass Du unbeleckt bist, wie der Hase drüben lief", bescheinigte ich ihm enttäuscht, „aber eine Kränkung aus Unkenntnis tut nicht weniger weh."

Missbilligend verfolgte ich, wie Herbert die Kippe, ohne sie auszudrücken, in den Aschenbecher warf.
„Tut mir leid, wenn ich Dir auf die Zehen getreten bin. Wollte ja nur wissen, was sie in der Hand hat?"
„Dissidenten hätte ich damals verraten, behauptet sie", presste ich mit belegter Stimme hervor, „von denen sich einer im Knast erhängt hat."
„Ach du Scheiße..." Anstandshalber hielt Herbert sich rasch den Mund zu.
Neben meinem Arm summte eine Biene, die meine hellrote Bluse mit einem prachtvollen Blütenblatt verwechselte. Ängstlich fuchtelte ich in der Luft herum, um sie zu verscheuchen.
„Bildhauer. Toller Bursche. Wollte was über ihn schreiben und dann rückt der damit raus, dass er und seine Kumpels in der Opposition aktiv sind." Ich nippte an der Schorle, weil ich fürchtete, meine Worte klebten gleich am Gaumen fest. „Was blieb mir anderes übrig, als meinem Chef reinen Wein einzuschenken. Und jetzt erfahre ich, dass das Wort für Wort unter meinem Namen bei der Stasi gelandet ist. Das muss vom Tisch, verstehst Du, und zwar dalli!"
Versehentlich stieß ich mit der Hand gegen mein Glas. Es kippte nicht um, sondern glitt ein Stück über die glatte, elfenbeinfarbene Schreibtischplatte, die wie das Flachdach eines Wolkenkratzers auf vier Stahlsäulen thronte.
„Mach Dich nicht verrückt. Rede mit denen. Vielleicht löst sich das ganze dann in Wohlgefallen auf",

beschwichtigte Herbert und trank sein Glas aus. „Die Tussi macht das doch nicht alleine, oder? Bestimmt haben die kalkuliert, dass Du nicht Hurra schreist und ein Kaninchen aus dem Hut gezaubert, um Dich unter Druck zu setzen. Kinderspiel, in dem Chaos drüben..."

„Nichts löst sich", widersprach ich seinem gut gemeinten Rat. „Mit Leuten, die fürchten müssen, dass ihnen die Felle davon schwimmen, ist nicht zu reden. In den Notizen, die sie mir unter die Nase gerieben hat, ist nur von mir die Rede."

Ich verzieh Herbert, dass er nicht den geringsten Schimmer hatte, wovon er redete. Allerdings in einem hatte er recht: Blind vor Wut, kam mir mit keiner Silbe in den Sinn, dass Manipulieren, Fälschen, Lügen zum Handwerkszeug von Sylvias Hintermännern gehörte. Ein Grund mehr, Keller ausfindig zu machen.

Die mittlerweile warme Schorle schmeckte wie eingeschlafene Füße. Ich griff nach den Gläsern.

Zu meinem Unwillen zündete sich Herbert, die Hand vor die Flamme des Feuerzeugs haltend, eine weitere Zigarette an.

„Noch eine Kühle?"

„Danke, mehr kaltes Gesöff, mehr Schweiß."

Ich stand auf, um mir frisch einzuschenken. Hinter mir klapperte das Fenster, der Wind nahm zu und immer häufiger verdeckten schneeweiße Wolken die Sonne.

Als ich mich wieder setzte, knurrte mein Magen. Verlegen rührte ich mit dem Trinkhalm im Glas.

„Auf Diät?" stichelte Herbert.

Er konnte es nicht lassen. Ich verzichtete darauf, den Ball zurückzuwerfen, und fuhr mir mit den Fingerspitzen durch die Haare, die sich klebrig anfühlten. Den Ellenbogen aufs Knie gestützt, die geballte Faust unter dem Kinn, gab ich dem schweren Kopf Halt, dachte an Schnur und Böhme. Erst ambitionierte Lichtgestalten, dann als Ex-Spitzel aufgeflogen. Und Schiller? Ein fader Beigeschmack kränkte meine Zunge. Allenorts zogen derzeit Unsichtbare an den Strippen.

„Fällt Dir denn jemand ein, der mir hilft?"

„Die Gelben Seiten."

„Blödmann! Auf die Schippe nehmen kann ich mich selber!" Ich sah ihn enttäuscht an.

„Warte mal", meinte er unverhofft, rieb sich mit Zeigefinger und Daumen über die Lider. Vermutlich glaubte er der Behauptung, wonach diese Geste geistige Sammlung suggerierte. „Bei Omas Achtzigstem traf ich nach langer Zeit die ganze Mischpoke. Da war auch einer von der Kripo dabei, glaub ich. Roland Schulz, angeheirateter Cousin. Hat bis vor Kurzem drüben im Präsidium gedient."

Ich schwieg, weil seine Langatmigkeit in kniffligen Momenten beängstigend war.

„Der ist beurlaubt", fuhr er fort, „weil er Leuten aus dem eigenen Stall am Zeuge flicken will, die sich im letzten Herbst als Schläger besonders hervorgetan haben. Vielleicht nimmt er sich der Sache an..."

„Einer aus dem Osten?" fragte ich pikiert, um sofort einzulenken, „egal, so kann es auf keinen Fall weitergehen."

„Vergiss nicht", ergänzte er, weit nach hinten gelehnt, die Füße übereinander. „Die Typen, die Dir an die Wäsche wollen, sind von dort. Der kennt sich in deren Gelände bestimmt besser aus, als jeder von hier. Ich ruf ihn an, einverstanden?"

Während Herbert Löcher in die Luft stierte, erwartete ich, dass er gleich die Hacken auf den Tisch legte.

Ich krauste die Stirn und versuchte, meiner Bedenken Herr zu werden.

Ostbulle! Der würde sich genauestens über mich erkundigen. Richtig toll fand ich die Idee nicht, aber ich akzeptierte letztlich, dass er recht hatte.

„Mach. In drei Teufels Namen."

Das Alleinsein, die Stille schmerzten. Dies war keiner der wohltuenden Augenblicke universeller Stille. Ich tigerte auf und ab wie im Käfig, holte Wasser mit der kleinen zweckentfremdeten Teekanne, die stets auf dem linken Fensterbrett stand und goss Blumen. Zerstreut blätterte ich in Webers Mappe, glotzte aus dem Fenster, betrachtete die Poster vergangener Foto-Sessions, die den weißen Wänden ein wenig Leben einhauchten. Die Bilder lösten sich vor meinen Augen auf, weil ich die Tränen aus Wut und Verzweiflung nicht mehr bremsen konnte.

Ich flüchtete mich in Erinnerungen, um dem Leid des Augenblicks zu entrinnen und dachte an den verregneten Märztag zweiundachtzig in Hamburg, an dem mir das Lebensroulette das so oft beschworene Glück der Tüchtigen bescherte. Eine Mode-Gala im Hotel *Vier Jahreszeiten* an der Alster. Die Tratsch-Tante unseres Blattes war wegen Grippe ausgefallen und ich als Ersatz auserkoren worden.

Ich entsann mich, wie mir der Angstschweiß ausgebrochen war. Und zwar nicht etwa wegen der Herkulesaufgabe, sinnleere Zeilen gekonnt zu Papier zu bringen, sondern weil ich nach Monaten auf dieser Seite der Welt keinen Fetzen besaß, der dem Anlass auch nur annähernd gerecht geworden wäre. Nächtelang gab ich in meinem Eidelstedter Apartment dem Affen Zucker und nähte mir selbst ein schlichtes Haute Couture Kleid.

Versehen mit Gold auf Bütten gedruckter Einladung, die Zugang zur VIP-Lounge einschloss und einem Fotografen zur Seite, begab in mich in den Trubel. Nach dem offiziellen Part gesellte ich mich zum Kreis der Hamburger Hautevolee. Eine Exotin erster Güte. Herrgott, wie war ich mir fehl am Platze vorgekommen! Verdrossen fischte ich im seichten Gewässer nach Aufhängern.

Bei Empfängen im alten Leben, waren Sorgen dieser Art ausgeschlossen gewesen. Jedes Wort, das dort von den Koryphäen gedruckt erschien, stand bereits Tage zuvor fest.

Mitten zwischen Champagner und Kaviar passierte es dann... Ein Mann mit der Ausstrahlung eines Traumschiffkapitäns, ich schätzte ihn Ende fünfzig, das Haar ergraut, längliches Gesicht, sprach mich durchaus seriös, aber dennoch reichlich von der Seite an. Er trug einen dunkelblauen Blazer, dessen rechte Brusttasche ein Fantasiewappen zierte. Eben vierunddreissig, stellte ich mich auf eine gehobene Anmache ein. Sie fand nicht statt. Bei wem ich denn kaufe, wollte er stattdessen wissen und wies auf mein Kleid. Es gefiele ihm sehr gut.
Ich druckste nicht lange herum, sondern erklärte dem selbst ernannten Kenner, dass es im eigenen Kopf entworfen und von eigener Hand erschaffen worden war.
Ich erinnerte mich seiner Sprachlosigkeit, als stünde er jetzt gerade vor mir.
Stirnrunzelnd spiegelten sich in seinen Augen Zweifel und ich wappnete mich gegen harsche Kritik. Wieder lag ich schief.
Warum ich mir dann kein eigenes Label aufbaute, fragte er, wilde Gerüchte für Käseblättchen könnte schließlich jeder erfinden. Auf den scheuen Einwand, dass es mir dafür am nötigen Kleingeld mangelte, lächelte er nur verschmitzt. Erst der Fotograf flüsterte mir Unbedarfter zu, mit wem ich geplaudert hatte: Claus Stoltenburg, Spross einer Kaufmannsfamilie, die angeblich durch überseeischen Stoffhandel stinkreich geworden sein sollte.

Ich war baff. Die Kolumne erwies sich als mäßiger Erfolg. Das Honorar von fünfhundert D-Mark verprasste ich an dem Tag, an dem mir Stoltenburg per Vertrag das Startkapital vorstreckte, das mich bis hierher gebracht hatte.

Verbittert über mein Unvermögen, mir den leidigen Ärger besser heute als morgen vom Hals zu schaffen, setzte ich mich an den Schreibtisch. Ich leerte den blauen Kaffeetopf. Der Geschmack der Neige war genauso flau wie mein Gefühl im Magen.

Antriebslos griff ich nach der Unterschriftskladde. Der erste, kleine Schritt war getan. Schulz sollte es richten. Na gut...

Die Kreativität bestimmter Leute, auf die Herbert anspielte, in allen Ehren. Die Methode, renitente Bürger durch Intrigen auszuschalten, war mir weiß Gott bekannt. Trotzdem bezweifelte ich, dass sich im konkreten Fall jemand die Mühe gemacht hatte, den längst ad acta gelegten Vorgang zu manipulieren.

Ich klappte die Mappe zu, ohne ein Blatt gelesen zu haben, und warf den Stift in die Silberschale.

Abwarten gehörte nicht zu meinen Stärken. Ich wusste, wenn ich nicht sofort etwas unternahm, würde ich das Wochenende Selbstvorwürfe wie Fußfesseln mit Eisenkugeln mit mir herumschleppen. Zugegeben, Pfarrer Singer unangemeldet auf den Keks zu gehen, war unhöflich. Aber wenn ich ihn antraf, konnte er mir, neben dem Weg zu Gott, bestimmt auch den zu Keller weisen.

„Regina?"

Entzückt vernahm ich ein dezentes Klopfen.

„Komm rein."

Corinna gefiel sich offenkundig in ihrer Rolle der beleidigten Leberwurst. Sie stellte ein Gesicht zur Schau, als hätte ihr jemand den teuersten Fetzen zerrissen.

„Freitag. Nicole war bis jetzt nicht zu erreichen", teilte sie mir lässig mit und warf Kassetten auf den Schreibtisch. „Von Media Art. Sind eben gekommen. Soll Musik sein. Hör mal rein. Krass. Davon macht mir Herbert spätestens Montag eigenhändig Bandsalat zum Frühstück."

„Dann sag es denen", forderte ich unnachgiebig.

„Vielleicht solltest Du ihnen das selber sagen? Immerhin ist der Auftrag auf Deinem Mist gewachsen, damit wir nichts an die GEMA löhnen müssen."

„Corinna, bitte!" platzte mir der Kragen. „Wenn's nicht passt, wie's soll, schick den Kram zurück. Ist mir egal. Und falls Herbert deswegen Zeitdruck mit den Proben kriegt, erklärst Du ihm warum."

Geschockt von meiner Zurechtweisung wich sie zurück.

„Und was ist damit?" friedfertiger wies sie mit dem Finger auf die Mappe, die zugeklappt mitten auf dem Tisch lag. „Die Werkstatt wartet auf das Okay. Der Background macht sich nicht in einer Woche... Und wir haben nur noch schlapp fünf bis zum Countdown."

„Erzähl mir was Neues. Ich muss jetzt los, einen Gemeindepfarrer besuchen."

„Wieso? Willst Du unser Aufgebot bestellen?" fragte sie trocken.

Wir brachen beide in kreischendes Gelächter aus. Ich suchte nach meinem Taschentuch, um mir vorsichtig die Gackertränen von den Wangen zu tupfen. „Hast Du Dir heut früh Juxpillen eingeworfen?" bemerkte ich albern.

Verlegen lächelnd verließ Corinna das Zimmer. Bevor ich mich auf und davon machte, legte ich Barbara ein bekritzeltes Blatt hin, aus dem sie mir auf ihrem Computer einen Gutschein für Andrea basteln sollte.

Konfus stieg ich ins Auto und wehrte mich, so gut es ging, gegen das ungute Gefühl, ins Blaue zu handeln.

4

Jede Fahrt in den Osten glich dieser Tage einem Abenteuer mit ungewissem Ausgang. Ich passierte die verwaisten Kabinen der Kontrolleure am Grenzübergang Heinrich-Heine-Straße, die mich an die portablen Pinkelbuden auf dem Weihnachtsmarkt vorm Europacenter erinnerten, und fand es, anders als morgens im Bett, gut, dass Mauerfall und die D-Mark dem beschämenden Spuk ein Ende gesetzt hatten. Obwohl die Mauer der Geschichte angehörte, staute sich der Verkehr ständig vor den noch raren Schlupflöchern zwischen den einst getrennten Welten, weil alle irgendwohin wollten, wohin ihnen der Zugang allzu lange verwehrt war. Damit nicht genug, trugen viele schlecht koordinierte Bauarbeiten ihr Übriges zum Verkehrsinfarkt bei.

Von Jannowitzbrücke bis Volksbühne durchquerte ich Steppe, die mir jetzt noch eintöniger schien, als im Gedächtnis bewahrt. Am Alexanderplatz tickten die Uhren nicht anders, wie Sylvia mir gegenüber salopp erwähnte, sondern sie waren schlicht stehen geblieben.

Die Schlange derer, die geduldig vor der Sparkasse warteten, um an ihr neues Geld zu kommen, erinnerte mich angewidert an die eingeschränkten vorweihnachtlichen Südfruchtverkäufe früherer Tage.

Von der Fassade des Berliner Verlages, auch Heimstatt des *Magazins*, blätterte bereits Farbe ab und

zum Vorschein kam, was sich seit Erstbezug unter dem Anstrich verbarg: Stahl und grauer, parteilicher Beton. Nur zu gern hätte ich angehalten, die Korff, Schiller oder wer mir sonst in die Quere kam, zusammengefaltet. Meinen Zorn im Zaum zu halten, kostete mich wirklich Kraft.
Im Gegenzug dafür verwöhnte mich der Zufall und ich fand direkt an der Zionskirche einen Parkplatz. Ehrfürchtig schaute ich hoch zu den Bögen des Hauptschiffes. Baumaterial versperrte den Fußweg rund ums Gotteshaus. Sollten nach Jahrzehnten endlich die Kriegswunden des wilhelminischen Tempels beseitigt werden?
Die Wohnung, in der ich das Licht der Welt erblickte, stand leer. Wie leere Augenhöhlen warteten Öffnungen im Mauerwerk auf neue Fenster.
Während ich hinüber sah, dachte ich an Bernd. Seine Familie hauste bis Mitte der Fünfziger im Keller. Mutter bezeichnete die feuchtkalten Löcher gern vornehm als Souterrain. Er bekam als erster einen luftbereiften Roller und wir hänselten ihn solange als „Kellerassel", bis er uns auch mal fahren ließ.
In meiner Einbildung roch ich den Lebensmittelladen an der Ecke, der längst nicht mehr existierte. Hier hatte ich Bonbons bekommen, lose aus dem Glas, und Butter geholt, lose aus dem Fass, die Mutter stets Markenbutter nannte, weil Marken der Lebensmittelkarte fällig wurden, um sie überhaupt zu bekommen.

Im Aufgang des Gemeindehauses roch es nach Essen. Es fiel mir schwer, zu ergründen, ob Erbsen oder Weißkohl gekocht wurden. Die Ölfarbe an den Wänden, deren einst helles Gelb längst schmutzigem Mittelbraun gewichen war, das Treppengeländer aus dunkler Eiche, getragen von gedrechselten Ziersäulen, verbreiteten düsteres, dekadentes Flair, das depressiv stimmte. Eine ältere Frau, die grauen Haare zum Dutt hochgesteckt, bekleidet mit Schürze aus Dederon, auch Mutters gewohnte Putzkluft, Handfeger und Müllschippe in der Hand, schloss die Saaltür in der ersten Etage.
Trug Cordula etwa auch noch diese schweißtreibenden Kunststofflumpen?
„Entschuldigung", wandte ich mich an die Grauhaarige, „wo bitte finde ich Pfarrer Singer?"
„Quergebäude, zweiter Stock links", rief sie mir schrill zu, ergänzte: „Ist aber die falsche Zeit jetzt, junge Frau. Der Herr Pfarrer macht sicher sein Nickerchen."
Nach dreimaligem, schrillen Läuten öffnete Singer.
„Was ist, Kindchen?" fragte er ärgerlich.
Ich schätzte ihn um die Siebzig.
Er trug eine schwarze Hose, deren Bund einiges an Bauch umspannte, sowie ein kurzärmliges Hemd, dessen Farbmix über jeden Geschmack erhaben war. Irritiert wähnte ich mich Gottvater gegenüber, wäre da nicht dieses grässliche, vorlaute Hemd gewesen.

Um seine blanke Mittelglatze rankte sich ein weißgrauer Haarkranz und sein Vollbart wucherte herunter bis zum obersten Kragenknopf.
„Renger. Regina…", stotterte ich wie ein Schulmädchen, das den Religionsunterricht geschwänzt hatte. „Tut mir leid, wenn ich Sie störe, Herr Pfarrer, aber es ist wichtig. Ich hoffe, Sie haben Zeit für mich."
Singers Augen schienen jeden Moment zuzufallen. Der milde Blick, mit dem er mich ansah, stand in krassem Widerspruch zum markanten, von schroffen Falten durchzogenen Gesicht.
„Nun da Du schon vor der Tür stehst, komm", winkte er mich in den gut zehn Meter langen Korridor. Strafend setzte er hinzu: „Ich hätte aber trotzdem gern gesehen, Du hättest Dich ordentlich angemeldet."
Er führte mich in die gute Stube und bot mir Platz in einem der Sessel an, zwischen denen ein kleiner, ovaler Rauchtisch stand. Bevor er sich gegenüber niederließ, entnahm er dem mit Eibe furnierten Humidor eine Zigarre und schnitt sie bedächtig an.
Ich sah mich zaghaft um und besichtigte ehrfürchtig die Buchreihen, durchbrochen von Antiquitäten. Auf dem Schreibtisch, vermutlich als Briefbeschwerer, entdeckte ich eine kleine Figur, in der ich eine Arbeit von Marc zu erkennen glaubte.
„Was führt Dich zu mir, Mädchen?" fragte er, strich das Zündholz an, drehte die Zigarre langsam während er zog, um sie gleichmäßig in Brand zu setzen. Die verstohlenen Blicke, die er mir zuwarf, blieben

mir nicht verborgen. Es schien, als kramte er angestrengt im Gedächtnis.

Bevor ich den Mund aufbekam, frohlockte er: „Du bist eine Tochter von Hildchen Schmitz, richtig?"

„Ja…"

Phänomenal. Ich schaute Singer ungläubig an, als hätte er mir soeben seinen geheimsten Zaubertrick vorgeführt. „Sehe ich Mutter denn so ähnlich?"

Betroffen lauschte ich meiner ängstlichen Frage.

„Ich erinnere mich deshalb so gut", beeilte sich Singer, meine Sorge zu zerstreuen, „weil mich Deine Schwester vorigen Sommer angebettelt hat, ihr eine Grabstelle für eure Mutter auf unserem Friedhof zu bewilligen. Wer denkt schon zu Lebzeiten ans Sterben, nicht wahr. Die Bilder von euren Taufen sind gut verwahrt."

Für jeden Zauber fand sich eine simple Erklärung. Wie hatte ich vergessen können, dass ich gleich im November mit Cordulas alter Trauerkarte in der Tasche zu den Gräbern der Eltern gefahren war!

„Nun gut", befand Singer, als wäre dazu alles gesagt. „Also, was führt Dich her?"

„Marc Blumenthal."

„Wie das?" Er sah mich bass erstaunt an. „Marc ist tot, der Friedenskreis Geschichte. Umweltbibliothek, Razzia, Verhaftungen, hast Du sicher alles gehört. Hat sich ja wie ein Lauffeuer verbreitet." Er paffte einen prächtigen Ring, der, von der Sonne angestrahlt, dunkelblau zur Decke aufstieg.

Nichts wusste ich von all dem. Wortlos schaute ich ihm erwartungsvoll ins Gesicht, wodurch er sich animiert fühlte, weiter zu reden: „Ich kümmere mich hin und wieder um Marcs Grab, wenn ich in Nordend zu tun habe", sagte er von Trauer bedrückt. „Seine Eltern sind vorigen Sommer über Ungarn ausgereist. Was ihn bewegte, interessierte sie nie wirklich. Haben sich nicht wieder blicken lassen."

„Und Marcs Freunde...? Patrick und, und...?" fragte ich vorsichtig, verdrossen über mein Gestammel. Wieso verhaspelte ich mich dauernd?

„Dreckig geht's denen, wie sonst", verriet mir Singer knapp und sah mich wachsam an. „Was willst Du von ihnen?"

Obwohl es mich irritierte, verstand ich sein Misstrauen. Selbst die Gutwilligsten erkannten mittlerweile die vielen großen und kleinen Lügen, mit denen der Weg in die Einheit gepflastert war.

„Marc und ich trafen uns vor Jahren in der Kunstakademie, als dort Arbeiten von ihm ausgestellt waren", erzählte ich, zuversichtlich, nicht erneut ins Fettnäpfchen zu treten. „Ich wollte über ihn schreiben und traf mich ein paar Mal mit ihm und seinen Freunden. Der Artikel wurde nie gedruckt. Wenig später bin ich dann in den Westen und las entsetzt von seinem Tod. Daher mein Interesse. Fragen konnte ich ja bislang niemanden."

Die Augen geschlossen, eine professionell gottesfürchtige Miene ins Gesicht graviert, glaubte ich, ein verstecktes, mich Lügen strafendes Grinsen zu erkennen.

„Patrick arbeitet stundenweise als Gärtner auf dem Gemeindefriedhof." Abrupt schüttelte Singer den Kopf. Ich bangte um seine Zigarre und beobachtete gleichsam, wie er um Worte rang, bevor er weitersprach: „Drei Jahre Zuchthaus, mit Anfang zwanzig, wirklich schlimm... Keine Aussicht auf Ausbildung. Er wohnt mit seiner Miriam um die Ecke." Er wies in unbestimmte Richtung. „Gelegentlich besuchen sie mich. Neuerdings jagt Patrick der fixen Idee nach, den Halunken dranzukriegen, der ihnen das Leben versaut hat. Richtig ging das los, als ihm ein gewisser Wilke, Bürgerrechtler, falls ich nicht irre, der bei der Auflösung des Stasi-Nachlasses mitwirkt, ihm zu Marcs Geburtstag Papiere in die Hand drückte. Der Junge will nicht einsehen, dass Rache den Blick fürs Wesentliche verstellt. Vergeben und nach vorn denken, ist die Art Klugheit, die ihm abgeht."

Ich konnte nicht glauben, was Singer redete.

Papiere? Originale? Beliebig kopierbar...

Das war strafbar, aber wen scherte das. Kopien... Ich erinnerte mich schmerzhaft.

War Sylvia von Keller ausstaffiert worden? Möglich. Aber als Ex-Knasti und Aushilfsgärtner gehörte er kaum zu jener Elite, der die Sorge um illegale Millionen die Stirn krauste. Wie passte das? Was verband sie? Oder war sie ihm auf den Fersen, um ihn für sich einzuspannen?

„Sehe ich das richtig?" rang ich um Fassung. „Patrick weiß also, wer das Schwein war, das sie damals in die Schlangengrube geworfen hat?"

„Mir hat er nichts gesagt. Aber im derzeitigen Wirrwarr ist so gut wie alles denkbar", stellte Singer verschlossen fest. Animos fügte er an: „Dich treibt doch nicht nur pure Neugier zu mir." Das saß. „Möchtest Du Roten? Trocken, duftig?" fragte er, ohne den Grund für seinen Vorwurf zu offenbaren.

„Danke. Muss fahren", lehnte ich das Angebot brüsk ab und erkundigte mich indigniert: „Dürfte ich erfahren, was Sie zu dieser Annahme verleitet?"

„Mädchen! Ich bin zwar nah bei Gott, auch von alters her, aber nicht dement", entgegnete Singer sanft wie ein geschickter Schachspieler, der den Gegner unvermutet mattsetzt. „Montag war eine Frau Weber bei mir. Gab vor, für einen Verlag zu arbeiten und befasst sich nach eigenem Bekunden mit dem Widerstand in der DDR. Sie suchte nach Patrick und Nico. Wollte unbedingt Interviews. Und heute sitzt Du im gleichen Sessel und fragst mich ebenfalls nach ihnen. Soviel Aufmerksamkeit ist den Jungs nicht zuteil geworden, seit sie aus dem Knast raus sind. Selbstverständlich frage ich mich: Woher das plötzliche Interesse?"

Irre! Sylvia war bereits vor mir bei Singer gewesen, wollte Keller und Schwarz treffen. Doch dann erfuhr sie nebenher, wie ich eben, dass Keller Unterlagen besaß.

In meinem Kopf herrschte heilloses Durcheinander. Beiläufig erinnerte ich mich blass an Nico. Nico Schwarz, der dürre Jüngling mit den schulterlangen, mittelblonden Haaren. Das brachte sie mit Keller zusammen!

Singer ließ mir keine Zeit für klare Gedanken: „Nico ist in psychiatrischer Behandlung. Stationär. Auch nachdem sie wieder draußen waren, ließ man sie keine Sekunde aus den Augen. Wie der Kleine das Trauma verarbeitet, jetzt zumal, kann mir keiner sagen."

Ich bewunderte, wie sehr sich Singer bis heute für seine Schützlinge engagierte. Verlegen rieb ich mir den Nacken. Mein Kragen fühlte sich feucht an. Unsicher nestelte ich an der Manschette des Ärmels und überlegte, wie ich seine Einwände entkräften konnte.

„Ich bin mir zwar nicht sicher, ob sich Patrick an mich erinnert. Reden möchte ich aber schon mit ihm. Frau Webers Ambitionen sind gewiss nicht die meinen, ich habe allerdings den Eindruck, dass sie gedenkt, aus ihren Nachforschungen unfair Kapital zu schlagen."

„Will sie das?" horchte Singer auf und legte die Zigarre im Bernstein-Ascher ab. „Ihr kennt euch?"

„Bevor ich rüber bin, kannten wir uns. Heute hege ich Zweifel. Und wenn sie an einem Buch schreibt, heiß ich Jesus." Ich stockte ob des lästerlichen Vergleichs. „Ich fürchte, es geht ihr nicht darum, Patrick und andere zu rehabilitieren, sondern für ihre Zwecke einzuspannen."

„Du meinst, sie ist darauf aus, Schuldige von damals mit ihren Verfehlungen zu erpressen", bemerkte Singer eingeschnappt. „Was ist das nur für eine fürchterliche Zeit. Um an Patricks Adresse zu kommen, hätte sie mich nicht hinters Licht führen müssen."

„Sie konnte Ihnen ja wohl schlecht sagen, dass sie recherchiert, um Gewinn zu machen."

Ich unterschlug, was das mit mir zu tun hatte und bat ihn, mir Kellers Adresse aufzuschreiben.

„Und woher weiß ich, dass Deine Motive lauterer sind?" fragte er verbittert, während er sauber kleine Buchstaben aneinanderreihte. „Was wollt ihr von ihm? Der lässt sich nicht benutzen, darauf könnt ihr Gift nehmen."

Bestürzt fand ich mich kurze Zeit später in der *Altberliner Kaffeestube* wieder, saß an einem Vierertisch am Fenster und hielt krampfhaft den Zettel mit Kellers Adresse in der Hand.

Aus der Zeit gefallen sah ich dem Treiben an den Marktständen rund um den Arkonaplatz zu und versuchte bange zu ergründen, was in den letzten Minuten geschehen war, grübelte, ob Blackouts ebenso altersbedingt wären wie Panikanfälle in Aufzügen.

Die Frage der Kellnerin, was ich wünschte, befreite mich aus meiner merkwürdigen Selbstbesichtigung. Die Karte, die sie mir im Vorbeigehen auf den Tisch gelegt hatte, war abwechslungsreich wie die Offerte

einer Imbissbude. Ich wünschte eine Tasse Kaffee und den Apfelstrudel mit Vanilleeis.
Unablässig kreisten meine Gedanken um Patrick Keller, dessen etwas unscharfes Bild aus dem Schatten meiner Erinnerung getreten war.
Als netten Jungen mit dunkelbraunem, welligem Haar sah ich den forschen Studenten vor mir, der einundachtzig kurz vor Ende der Sommerferien meinen Weg kreuzte. Erfolglos versuchte ich, ihn mir, der gute Chancen als Dressman gehabt hätte, beim Graben und Pflanzen vorzustellen.
‚Ick bin all hier...', hörte ich Sylvia rufen und fühlte mich wie der bedauernswerte Hase.
Sylvia und Keller. Ungleicher hätte ein Paar kaum sein können, platonisch betrachtet. Sie, die versuchte mit Haien blinde Kuh zu spielen und er, der offenbar einen Schuldigen als Elixier für seine Selbstachtung suchte. Es mochte ja sein, dass Sylvia für ihren neuen Verlag im Fall Blumenthal recherchierte, aber gewiss nicht ohne eine tüchtige Portion Eigennutz, wie ich am eigenen Leib zu spüren bekommen hatte.
Erste Archive öffneten jetzt ihre Pforten. Knöpfte sie sich alte Gerichtsakten vor? Bestimmt. Wie sonst sollte sie auf Keller, den derzeit einzig fassbaren des ehemaligen Trios, gestoßen sein? Für *Links-Ruck* schrieb sie neuerdings, Bürgerrechtler..., erinnerte ich mich. Bürgerrechtler? Musste ich diesen Wilke kennen, von dem Singer gesprochen hatte?

Längst bekehrt, keine Intrige für unmöglich zu halten, kam mir in den Sinn, dass Wilke womöglich illegal Unterlagen weitergab, um sein eigenes Süppchen zu kochen. Im hiesigen Wirrwarr ist so gut wie alles möglich! Die Worte des Pfarrers passten wie die Faust aufs Auge!

Sylvia sprach bereits Montag bei Singer vor. Während dieses Gesprächs erfuhr sie durch ihn von Wilkes dubiosem Geschenk, das Keller nahe Marcs Geburtstag, dem 17. Juni. sprich vor etwa drei Wochen, in die Hand bekam. Wie ich sie kannte, rannte sie stehenden Fußes zu ihm, um ihn zu umgarnen. Außerdem stand sie vermutlich längst in Kontakt mit den alten Kadern, die das dringende Bedürfnis verspürten, ihrem einstigen Klassengegner ein finanzielles Schnippchen zu schlagen, und sie mit betörenden Versprechungen zur Strohfrau wählten.

Soweit, so gut... Ich zwang mich, die Sache mit einem Quäntchen Logik zu durchdenken.

Wen außer mir kannte sie eigentlich, der für den heißen Job ihrer Bonzen geeignet schien? Westkontakte? Waren mir in ihrem familiären Umfeld nicht bekannt.

Ging es ihr nur um mich...??? Sylvia wollte kassieren, möglichst viel und möglichst rasch.

Dazu schien ihr jedes Mittel recht. Kopien aus unbekannter Quelle, Kellers Morgengabe, Prozessakten, Interviews, Gerüchte... und nebenher der Millionendeal mit ihren „neuen" Bekannten.

Ihr Rachefeldzug und die Geldwäsche mussten daher nicht zwingend in direkter Verbindung stehen.
Das erschien mir zwar alles sehr spekulativ, aber es verdeutlichte, weshalb ihr so viel an Keller lag.
Wie würde er mir begegnen? Hatte ihm Sylvia erfolgreich eingeredet, ich wäre damals die Verräterin gewesen? Ich war mir des Risikos bewusst, ins offene Messer zu rennen. Nur fiel mir nichts Klügeres ein, um mich innerlich etwas zu beruhigen.
Alles wie immer. Jede Information warf mehr Fragen auf, als sie beantwortete. Das neue Geld, seufzte ich leise. Nur deshalb brodelte jetzt dieser ganze stinkende Schlamm hoch. Jauchegrube... Beiläufig kicherte ich zickig, was mir irritierte Blicke der Kellnerin eintrug. Ich zahlte, lief in der Hitze des Nachmittags zur Zionskirchstraße. Die aufgezogenen Wölkchen verdichteten sich nicht zum Gewitter, sondern lösten sich auf, was die Sonne weidlich nutzte.
Als blickte ich ins Kaleidoskop, sah ich mich mit voller Milchkanne an Omas Hand durch diese Straße trappeln. Not machte, wie man weiß, erfinderisch und so verkaufte ein findiger Bauer auf dem Hof hinter den grauen Fassaden, die allen Bomben getrotzt hatten, frische Milch von richtigen Kühen.
Meine Füße taten weh. Die unebnen Gehwegplatten, eingefasst von kleinen viereckigen Basaltsteinen, waren das Letzte für Absätze.
Die Treppen hinauf, zu Kellers Wohnung im vierten Stock, begleitete mich ein schwacher Krampf, der

sich vom Hacken zur Wade schlich. Hier quälte man sich noch mit Briketts. Ich dachte an Vater, der mehrmals täglich etliche Wischeimer voller Kohlen vier Stockwerke hinauf gebuckelt hatte.

Bange hob ich den Klingelbügel, der im Maul eines Löwenkopfes hing.

Über dem furchtgebietenden, aus Messing gegossenen Relief, klebte ein handgeschriebener Zettel, auf dem in krakeliger Schrift „P. Keller" stand.

Schritte schlurften zur Tür. Eine junge Frau öffnete.

„Was wollen Sie?" moserte sie gereizt.

Ich schätzte Miriam wenig älter als Corinna. Ihre honigblonden Haare waren ungekämmt und ihre rot geriebenen Augen verrieten, dass sie seit Langem heulte.

Meine Erinnerungen an Kindheitstage verflogen auf der Stelle.

„Guten Tag. Renger. Entschuldigen Sie, Pfarrer Singer gab mir Ihre Adresse. Ich würde gern Herrn Keller sprechen."

„Ist tot."

Ihr Schluchzen schmerzte, unmittelbar, körperlich.

So viel Pech war obszön. Sauer, dass sich der Zufall wagte, mir solch miesen Klamauk anzudrehen, und der flüchtigen Hoffnung beraubt, einem Wassertropfen in der Wüste auf die Spur gekommen zu sein, stand ich betroffen da.

„Kommen Sie."

„Mein aufrichtiges Beileid", flüsterte ich hilflos.

Mir war schlecht, weil ich mich genötigt sah zu trösten, wo ich viel lieber die eigenen Wunden geleckt hätte.

Miriam schluchzte fortwährend, während sie mich ins Mansardenzimmer führte, das durch die schräge Decke zum Fenster in der Gaube kleiner wirkte, als es wirklich war. Sofort erkannte ich die uniforme Anbauwand *Karat* wieder und setzte mich in einen der ältlichen Sessel.

„Was ist ihm zugestoßen?" fragte ich vorsichtig, vermied jede aufdringliche Neugier, damit sie nicht sofort wieder in Tränen ausbrach.

„Möchten Sie was trinken?" fragte sie ausweichend.

„Gerne. Mineralwasser."

Ich war zum Glück bislang von direkten, schmerzhaften Erfahrungen mit Krankheit oder gar Tod verschont geblieben und so blieb mir keine andere Wahl, als mir in düsteren Bildern auszumalen, wie Miriam sich fühlte. Stillschweigend hoffte ich, dass sie froh war, nicht allein zu sein und sich in Redseligkeit flüchtete.

Sie kam zurück und stellte das Glas hin. Die Kühle des Wassers sorgte im Nu dafür, dass es außen beschlug.

„Patrick wollte gestern Abend zu Nico", erzählte sie und plumpste erschöpft aufs Sofa. „Sein bester Kumpel." Sie zog ein zerknülltes Taschentuch unter dem Kissen hervor, das nicht mehr frisch aussah, um Tränen abzutupfen. Als sie fortfuhr, schimmerte

Sarkasmus durch ihre Worte: „Den einzigen, den er noch hatte. Na ja, lassen wir das. Jedenfalls, halb zehn standen die Bullen vor der Tür und sagten, Patrick befände sich im Krankenhaus." Tapfer kämpfte sie gegen eine Mischung aus Schluckauf und Seufzen, in deren Takt ihre runden Brüste unter dem Shirt bebten. „Er sei die nasse Schönhauser Allee entlang gerast, meinten sie, wollte einem Radfahrer ausweichen, verlor die Kontrolle, fegte ihn aus dem Sattel und krachte gegen einen Laternenpfahl."
Keller starb als Sylvia bei mir hockte!
Im Bruchteil von Sekunden kam mir die aberwitzige Idee, dass dahinter womöglich Absicht steckte. „Sein Auto ist technisch untersucht worden?" erkundigte ich mich daher vorsichtig.
„Weiß nicht", maulte Miriam abfällig. „Hatte neuen TÜV. Natürlich auf Pump geholt."
Unwohl musterte ich ihr graues Baumwollshirt, bedruckt mit Bruce-Willis-Kopf über dem Busen.
„Was bringt der Schrott denn?" fragte sie genervt.
„Kommt drauf an, was übrig ist."
„Versteh'n Sie richtig, keinen Dunst, wovon ich Miete zahlen soll, geschweige die Rate für seine Karre. Ich besitze ja nicht mal Fleppen", stieß sie hervor und betupfte ihre verheulten Augen. „Die Pimperlinge, die mir die Konsum-Halle zahlt, reichen nie…"
„Bei seriösen Krediten ist Todesfall abgesichert, eben damit am Ende niemand allein auf Schulden sitzen bleibt", beruhigte ich sie.

Ihr kurzer Haarschnitt sah zum pausbäckigen Gesicht mit der Stupsnase unvorteilhaft aus. Ziemlich kräftiges Mädchen. Nach meinem Geschmack passte sie nicht recht zu Keller, den eine Aura umschwebte, auf die Mädels nur zu gern hereinfielen.
Ich dachte an ihren drallen Hintern, der mir auffiel, als sie vorhin Wasser holte. Wo die Liebe hinfällt..., wie es so schön hieß.
„Eigentlich waren die Bullen ganz nett. Sie fuhren mich zur Notaufnahme. Als ich kam, lag Patrick längst im OP. Gegen ein Uhr nachts kam der Chefarzt, sagte, dass er nichts mehr für ihn tun könne."
Ich sah, wie sich die Miene auf Miriams ovalem Gesicht änderte, als begriffe sie erst jetzt, dass ihr jemand Wildfremdes gegenübersaß.
„Machen Sie auch Bücher?" wollte sie hastig wissen.
„Ich verstehe nicht ...", stellte ich mich dumm, um sie aus der Reserve zu locken.
„Na, Montag hat uns so 'nc aufgetakelte Tussi besucht. Weber hieß sie, glaub ich. Quetschte Patrick aus wie eine Zitrone, was damals wirklich gewesen wäre. Faselte von alten Akten und einem Buch", Miriam hielt kurz inne. „Er hat gesessen, wissen Sie, und sein bester Freund hat sich im Knast erhängt..."
„Ist mir bekannt."
„Hatte Patrick mal was mit Ihnen?"
Mir verschlug es die Sprache.
Bizarres Kompliment. Ihre schräge Vermutung amüsierte mich.

„Bisschen jung für mich", erwiderte ich belustigt. „Ich habe in Hamburg aus der Zeitung von Blumenthals Tod erfahren."

„Sie sind von drüben?" fragte Miriam überrascht.

„Abgehauen", stellte ich klar. „Kurz bevor die drei verhaftet wurden."

„Seit Wochen war es die Hölle mit ihm. Jeden Tag nur Zoff." Sie stand auf und lief am Teppichrand hin und her, „Interessierte sich für nichts anderes. Das elende Schwein muss bluten. Hat sich richtig reingesteigert in den Scheiß."

„Der Pfarrer erzählte mir, er hätte kürzlich Unterlagen zu der Sache bekommen."

„Unterlagen?" Miriam hob kurz den Kopf. „Wenn Sie den abgefackten Hefter meinen, den er fast mehr liebte als mich, wird's wohl stimmen."

„Sie sollten darauf bestehen, dass sein Auto kriminaltechnisch untersucht wird", riet ich ihr.

„Denken Sie, der Unfall war...?" fragte sie zweifelnd und drehte sich zu mir. „Wegen des Papierkrams?"

„Ihr Mann verhehlte seine Rachegelüste nicht und sie halten die Vermutung für abwegig?" Ich sah sie fassungslos an. „Vergeltung ist doch keine Einbahnstraße. Am anderen Ende steht meist einer, der sich mit Händen und Füßen sträubt."

Ihr Tippeln, als messe sie mit den Füßen die Teppichlänge, zerrte an meinen Nerven.

„Unsinn", wehrte sie ab. „Gebettelt habe ich. Such dir 'n Job, mach auf Entschädigung. Selbst Singer redete auf ihn ein wie auf einen kranken Gaul. Bloß gut, dass wir noch keine Gören haben."

Hoffentlich fiel ihr nicht ein, dass sie jetzt keine mehr von ihm bekommen würde, dachte ich boshaft, damit mir ein erneuter hysterischer Anfall erspart blieb.

„Fünf Mille, wenn er sie unterstützt. Aber er, er... ließ sie störrisch wie ein Esel abblitzen, statt die Kohle abzugreifen", stotterte Miriam wütend herum. „Dieser blöde, sture Bock!"

„Und weshalb?" fragte ich zweifelnd.

„Dummfug, verletzte Eitelkeit, was weiß ich. Wollte die Sache wohl alleine durchziehen. Keinen ordentlichen Fetzen auf'm Hintern, aber fünf Mille sausen lassen. Ich kapier es einfach nicht!"

„Und Frau Weber hat das geschluckt?"

Vier Tage nach der Absage an Sylvia gab er den Löffel ab... Ich weigerte mich, dem Gedanken weiter zu folgen und schaute zu, wie sich Miriams Gesichtsausdruck verfinsterte.

„Was sollte sie schon machen", Miriam schnappte ärgerlich nach Luft, „außer ihn für blöd zu halten."

„Und diese Akte ist jetzt wo?" fragte ich naiv.

„Kein Schimmer. Bei den Sachen, die sie mir heut Nacht mitgaben, war sie nicht."

„Sicher?"

„Ganz sicher!"

Ich sah ihr an, dass ihre Gedanken darum kreisten, was sie von mir bekäme, falls sie was fände.

„Gut, Miriam. Schade, dass alles so gekommen ist, wie es ist. Nehmen Sie am besten eine Tablette und schlafen Sie ein bisschen."

Mir klebten alle Sachen am Leibe, als ich in den kühleren Flur trat. Ich blickte in die Küche. Die Schlafzimmertür stand offen.

Die rationelle Ärmlichkeit, die ich selbst einmal als erstrebenswertes Lebensziel verkannt hatte, berührte mich seltsam.

Auf dem ersten Treppenabsatz drehte ich mich kurz um und winkte Miriam zu. Sie lehnte am Rahmen der offenen Tür und weinte wieder.

„Moment", rief sie mir zu. „Was würden Sie zahlen, falls ich was auftreibe?"

„Dasselbe", flüsterte ich und ging langsam die Stufen hinab.

5

Ich war heilfroh, endlich am Auto angelangt zu sein. Erschöpft vom ungewohnt langen Fußweg, zu allem Verdruss in untauglichen Schuhen, hockte ich platt wie ein luftleerer Reifen mit feuchten Augen hinterm Lenkrad.

Geschockt vom Witwenbesuch, brauchte ich einige Minuten, um meine innere Balance zu finden.

Je länger ich nachdachte, umso gewagter schien mir die spontane Eingebung während des Gesprächs mit Miriam, dass der Unfall ihres Mannes ein kaschierter Mord gewesen sein könnte.

Tötungsabsicht durch einen Unfall zu verschleiern, hielt ich für ziemlich unprofessionell. Es bedeutete, unentdeckt das Auto des Opfers zu frisieren, es zu observieren, Zeit und Ort des Geschehens dem Zufall in die Hand zu legen und womöglich nicht den erhofften Efolg zu erzielen.

Ich konnte nicht glauben, dass ein halbwegs intelligenter Täter derart riskanten Pfusch einfädelte. Vielleicht fehlte es mir aber auch nur am technischen Sachverstand, um sein Vorgehen zu verstehen. Durchaus möglich, dass Keller in seinem aufgestauten Zorn erfolgreicher gewesen war, als Singer, Sylvia oder Miriam vermuteten.

Die Gretchenfrage war, was gedachte er mit dem Wissen zu tun? Staatsanwalt einschalten? Presse informieren? Zielperson erpressen? Reichte das als Motiv, ihn umzubringen?

Denkbar. Es hing primär davon ab, inwieweit sich der Verräter von ihm existenziell bedroht sah.

Kellers Tod flößte mir Furcht ein, weil mir schwante, dass es entsetzlich blauäugig wäre, irgendeinen der Akteure in diesem Drama zu unterschätzen. Egal, ob Dreck aus der alten Ära an seinen Schuhen klebte, Geldgier sein Handeln bestimmte oder beides.

Sylvia... War ihr überhaupt klar, in welcher Gefahr sie schwebte? Risikoscheu war ihr zwar fremd, solange ich sie kannte, aber lebensmüde war sie deswegen noch lange nicht.

Weshalb hatte Miriam nicht längst vor meinem Besuch Pfarrer Singer informiert? Schwarz wurde in in einer psychiatrischen Klinik behandelt. Drei Jahre Zuchthaus waren unbestritten Gift für sensible Menschen. Warum aber verschwieg mir Singer misstrauisch, in welcher Klinik sich Nico befand?

Keller war auf dem Weg zu ihm. Teilte er sein Wissen mit Nico, obwohl der Unfall gestern den Besuch verhinderte? Dann schwebte Nico ebenfalls in Lebensgefahr! Ich nahm mir vor, Singer anzurufen.

Ich mochte das elende Puzzle nicht mehr. Genug um die eigene Achse gedreht. Nach Kladow war es weit und Corinna wartete sicher schon ungeduldig, dennoch musste ich vorher noch etwas erledigen. Mit Sylvia reden! Als der Motor lief, stellte ich den Temperaturregler hastig auf achtzehn Grad und pfiff auf die Gefahr, mir in der Kälte einen Schnupfen zu holen.

Den Veteranenberg hinab fahrend, sah ich zum Park, der auf einem Trümmerareal angelegt wurde, als ich etwa zehn Jahre alt war. Die Kindheitserinnerungen kamen zurück. Endlos lungerte ich hier auf dem Fahrrad herum. Der Spielplatz, der Rosengarten, der Teich und die Pergola mit den Bänken markierten das Revier unserer Clique. Auf einer davon hatte ich mich aus ungezügelter Neugier im zarten Alter von fünfzehn das erste Mal vögeln lassen. Kein bleibendes Erlebnis. Mein Gedächtnis stellte sich stur und verweigerte mir sogar eine bildhafte Erinnerung an den Spätsommerabend.
Peter Sommerlatte. Ich griente. Der Knabe hieß tatsächlich so und besuchte eine Klassenstufe höher das gleiche Gymnasium wie ich, das sich damals „EOS" nannte. Er spielte Schlagzeug in der Schulband, trug unbeirrt Jeans und ließ sich die Haare wachsen, bis sie die Ohrläppchen bedeckten.
Die doppelflügelige Tür des Friseursalons an der Brunnenstraße, wo Kathrin, Cordulas beste Freundin, einst lernte, stand weit offen.
Am letzten Silvester noch ohne Mauer, was natürlich keiner ahnte, war ich Cordula aus Langeweile hinterher gelatscht, die Kathrin von der Arbeit abholen wollte.
Als wir ankamen, wartete keine Kundin mehr.
‚Na Kleine, willst du mal 'ne scharfe Frisur', fragte mich Kathrin aufgekratzt. Sie machte so ziemlich alles mit mir, was sie drauf hatte.

Waschen, Wickeln, Toupieren und als Krönung sprühte sie mir irgendwelches Glitzerzeug auf die Haare. Ich fühlte mich todschick für die Fete bei Tante Trudchen, Omas Schwester, die am Gesundbrunnen im Westberliner Wedding wohnte.

Wen scherte die Grenze, die mit Kinderaugen nur daran zu erkennen war, dass sich beidseitig der Straße verschieden uniformierte Polizisten langweilten.

Mit stolzgeschwellter Brust, zugegeben, sehr viel sah man von ihr mit meinen dreizehn noch nicht, klingelte ich an unserer Tür. Als Lohn für Kathrins Mühen bekam ich von Mutter eine schallende Ohrfeige. Hinter der Gertraudenbrücke bog ich intuitiv auf die Fischerinsel ab und parkte in der Nähe vom *Ahornblatt*. Der skurrile Mehrzweckbau fungierte tagsüber als Kantine, abends als Restaurant oder auch als Disco.

Hier hatte Vater die Mittagspause verbracht. Baustatiker von Beruf, gehörte er zum Kreis Auserwählter, die für die Projektierung des Fernsehturms auserkoren worden waren. Später zog er als Angestellter des großkotzig von der Parteispitze erfundenen „Referats Sonderbauvorhaben Berlin" gegenüber in die Bauakademie, um den Prestigepalast zu planen.

Hoffentlich traf ich Sylvia an. Das boshafte Verlangen, die Kenntnis von Kellers Ableben mit ihr zu teilen und ihr das gestrige Attentat heimzuzahlen, trieb mich den mit Weiden und Akazien bestandenen Fußweg neben der Mühlendammschleuse entlang.

Nach allem, was ich erfahren und mir im Sinne des Wortes erlaufen hatte, wäre es zu schade gewesen, dem entsagen zu müssen.

Diagonal über den Parkplatz, auf dem einsam Sylvias Wartburg stand, kam mir ein Mann entgegen. Sofort, als ich ihn ansah, wusste ich, dass er mir nicht zum ersten Mal begegnete. Sein Name lag mir auf der Zunge, aber leider nicht mehr. Er trug ein brombeerfarbenes T-Shirt von Bertolucci, Designerjeans und bequeme italienische Schuhe. Ich verfluchte mein renitentes Gedächtnis, das mich stets im Stich ließ, wenn ich es dringend brauchte.

Ginseng! Vielleicht half der ja gleichermaßen bei Panik und Blackouts...

Die Ordnung der Klingelknöpfe neben der Eingangstür zum grauen Wohnturm mit den dunkelrot abgesetzten Balkonbrüstungen war ebenso unergründlich wie das Gewirr der Fäden, in denen ich mich verheddert wähnte.

Falls ich das Prinzip richtig deutete, wohnte Sylvia im vierzehnten Stock. Kein behagliches Plätzchen für Höhenneurotiker wie mich.

Ich drückte verzagt auf den Knopf neben dem Namensschild, begleitet von hässlichem Kribbeln in der Magengegend.

„Weber."

„Regina. Ich muss Dich kurz sprechen!"

„Was willst Du? Ich melde mich. Vergessen?"

Im Lautsprecher knackte es. Stille.

Offenkundig gehörte Mangel an Anstand ebenfalls zu ihren gewendeten Umgangsformen. Ich klingelte erneut, ohne den Finger vom Knopf zu nehmen.
„Was soll das?" zeterte sie. „Ich hab keine Zeit."
„Dann nimm sie Dir gefälligst", blökte ich lauthals. „Du stiehlst sie andern schließlich auch ungefragt."
Die Frau, die ins Haus wollte, in jeder Hand eine volle Einkaufstüte, sah mich scheel an.
„Beeil Dich. Vierzehn-Null-Zwo!"
Bleich trat ich aus dem Aufzug. Eine der Wohnungstüren stand spaltbreit offen. Sylvia war zumindest so fair, mir Rätselraten zu ersparen, hinter welcher der zehn Türen auf dem Etagenflur ich sie fand.
Ich stolperte in die quadratische Diele und warf die Eingangstür hinter mir zu.
Limonen-Duft schwebte in der Luft. Die Haare eingedreht, nur in BH und Slip, ein ärmelloses Sommerkleid in mintgrünem Pastellton über dem Arm, rannte Sylvia von einem Zimmer ins andere. Vorsichtig, auf jeden Schritt achtend, folgte ich ihr in den Wohnraum, von dem die Küche durch eine Art Tresen abgetrennt war.
„Was ist los?" moserte sie grußlos. „Hat Dein biederer Banker die Hose gestrichen voll?"
Den Blick auf den Boden gesenkt, fiel ich nervenflatternd in den nächstbesten Sessel.
„Keller ist tot", platzte ich stoßweise atmend heraus.
„Wie? Tot?" fragte sie derart bestürzt, dass sie sogar zu leugnen vergaß, ihn gekannt zu haben.

Sie zerrte geschwind ihr Bügelbrett aus der Nische zwischen Fenster und Anbauwand und wuchtete es laut klappernd quer vor den Couchtisch.
„Angeblich Autounfall. Gestern Abend, als wir uns gerade so nett unterhielten."
Befremdet sah ich zu, wie sie in die Hände klatschte, als wollte sie dem Bügeleisen Dampf machen.
„Und Du glaubst..." Sylvia bewegte die flache Hand horizontal vor dem Kehlkopf. „Scheiße..."
„Möglich", bestätigte ich unwohl. „Ich frag mich ja nur, ob Dir klar ist, welcher Gefahr Du Dich aussetzt."
„Sorgst Du Dich etwa um mich?"
„Nein. Ich versuch nur, Dich zu wecken!"
Sylvia bügelte in Eile. Alltägliche Handgriffe ohne Hektik waren ihr seit eh und je fremd. Kaum mit überflüssigem Fett gestraft zu sein, gehörte zur bewundernswerten Disposition ihres Typs.
„Ist Stalking Dein neues Hobby?" fragte sie feindselig.
„Hast Du wirklich gedacht, ich lass mich von Dir vorführen, ohne mit der Wimper zu zucken?"
„Und Kellers Kram?"
„Falls Du auf das Geschenk von Wilke anspielst, das ist weg. Kellers Frau ist sich sicher, dass nichts dergleichen bei seinen Sachen war."
„Scheiße", wiederholte sie sich. Verächtlich sah sie zu mir, verharrte mit dem Eisen auf der Stelle und verbrannte fast ihr Kleid. Fuchsteufelswild über ihre

Fehlleistung schnaubte sie: „Dann wär's wohl besser, Du achtest auf Dich, statt auf mich."

„Außer dem Schock über Deine abgrundtiefe Gemeinheit gibt es nichts, was mir Angst macht", entgegnete ich hochnäsig.

„Täusch Dich bloß nicht", reagierte Sylvia geringschätzig. „Inzwischen kann man Akten einsehen und schwarz auf weiß lesen, dass die Festnahme von Blumenthal, Keller und Schwarz auf Deine Kappe geht. Oder hast Du gestern Abend zeitweilig unter Legasthenie gelitten? Muss Dich doch nicht ansatzweise wundern, wenn Dir das jetzt auf die Füße fällt." Sie fummelte das Kleid auf einen Bügel, hängte ihn an ein Schrankteil und fiel mit einem Schnauferl in den Sessel am Fenster. „Heute interessiert herzlich wenig", setzte sie gallig fort, „wer wen, wann, bei wem, warum madig machte, Hauptsache, es verkauft sich, das weißt Du genau."

„Hat der Stasi bestimmt Spaß gemacht, mir als Abgängiger die Schweinerei aktenmäßig anzuhängen, damit ihr wahrer Informant nicht aus Versehen auffliegt. Und nun ist er fein raus, denkt er", hielt ich ihr ironisch vor.

„Vorstellbar. Aber kaum zu beweisen. Dein Risiko ist derzeit ungleich größer", erwiderte sie halsstarrig, griff zur Schachtel auf dem Tisch und brannte sich eine Zigarette an. Erstaunlich mild, lenkte sie nach dem ersten Zug ein: „Wenn Du nur nicht so stur wärst." Während ich auszumachen versuchte, was sie im Schilde führte, gestand sie: „Mir wäre nicht im Traum eingefallen, dass Du so dumm bist, meine Offerte auszuschlagen."

Ihr Bekenntnis klang falsch. Ich hütete mich, darauf hereinzufallen. „Und was hat das bitte mit der Aktenlage zu tun?"

Sie schien verunsichert, fing sich jedoch und erwiderte: „Das Du erpressbar bist. Gut, wenn wohlwollende Vorschläge auf taube Ohren treffen."

„Deine Scheiß-Kohle kannst Du Dir in den Hintern schieben! Klar?" fluchte ich bissig, besann mich dann aber wieder auf den korrekten Umgangston und fügte hinzu: „Du kennst außer mir niemand, der auf Deinen irren Vorschlag anspringen würde. So sieht's aus."

„Seit wann bin ich Dir Rechenschaft schuldig?"

„Solange Du mich in Ruhe lässt, mach was Du willst. Aber etwas mehr Ehrlichkeit hätte ich schon verdient, meinst Du nicht? Um Geld geht's immer, aber Dir geht's um mehr, selbst nach einem Jahrzehnt."

„Moralische Welle? Könnte Dir so passen! Ich bin Opfer. Mich hast Du schändlich hintergangen, wolltest immer die tolle ‚Femme' sein, die alle umschwärmen wie die Mücken das Licht. Du hast nicht den Hauch Ahnung, wieviel Kraft und Zeit es mich nach Deinem einsamen Entschluss gekostet hat, wieder in Tritt zu kommen." Sie stand auf und schlüpfte geschmeidig in das gebügelte Kleid: „Zieh mal den Reißverschluss hoch."

Ich erhob mich stöhnend aus dem Sessel. Als ich den Stoff berührte, knisterte es seltsam an den Fingerkuppen. Pure Kunstfaser, dachte ich angewidert.
Sie wirbelte indes herum, legte ihre Arme um meine Taille und zog mich an sich: „Jemand, der auf dem hohen Ross sitzt und nichts zu befürchten hat, kann große Töne spucken. Ich hänge in der Luft, hab kein Bild, wie mein Leben morgen oder übermorgen aussieht. Ist doch klar wie Kloßbrühe, dass man da aufgewühlt versucht, eine Chance zu ergattern."
Ihre Tagescreme flirtete mit meinem Make-up, an der Stirn piekten Lockenwickler und im Rücken krochen Hände in meinen Rockbund.
„Wieso hilfst Du mir nicht einfach?" hauchte sie.
„Jammern ist neu in Deinem Repertoire", verbat ich mir die Komödie. Behutsam schob ich sie beiseite. „Kriminell werden, um zu helfen? Seltsame Logik!"
„Sei nicht so zickig", spottete Sylvia und lief ins Bad. Es ähnelte dem in der Behausung, die ich zeitweilig mit Renger bewohnte. Im Spiegel, der die Holzklappe verkleidete, hinter der sich Rohre versteckten, prüfte sie ausgiebig, ob das groteske Intermezzo Spuren hinterlassen hatte. Ich lehnte mit dem Hintern an der Waschmaschine und schaute ihr zerstreut zu.
„Glaub mir, ich bin das kleinere Übel", beharrte Sylvia wie ein unartiges Kind. „Was soll passieren?"
Ich zählte die Wickler, die sie ins Waschbecken warf. „Instinktlose Raffgier ist sicher das letzte, was mir das Genick bricht."

„Du denkst auch, wir sind alle nur blöd! Oder?"
„Nein. ‚Wende-geschädigt'. Bildest Du Dir allen Ernstes ein, ich lasse mich von irgendwem benutzen? Mir langt's, aber sowas von! Ich werde ich dafür sorgen, dass Licht in die Sache kommt, darauf kannst Du Gift nehmen!"
„Jetzt wo jeder in die Kasse greift, sofern er kann, gibst Du die Moralische? Ich fass es nicht! Hau bloß ab, Du Mistkröte", brüllte sie übergangslos.
Wuttränen ruinierten ihre frische Wimperntusche.
Sylvias Zornausbruch nahm mir jede Ängstlichkeit. Ich rannte ins Zimmer, raffte meine Handtasche, die friedlich im Sessel lag, lief durch die Diele, riss die Tür auf, hastete ins Treppenhaus und knallte sie hinter mir zu.

6

Gegen neunzehn Uhr traf ich endlich in Kladow ein. Die Neuigkeiten aus Singers Mund, Miriams Tränen, Sylvias Sturheit, der Kerl auf dem Parkplatz, hafteten wie Kletten an meinen Gedanken.
Baden, Essen, Trinken...
Es gab wahrlich schönere Dinge, als sich in wilden Spekulationen zu sielen.
Ich warf meine Schlüssel auf die Kommode, schielte auf Johannas Speisezettel, schlenderte auf die Terrasse und freute mich auf die Badewanne. Endlich abschalten.
„Hi", begrüßte Corinna mich kühl. Sie erhob sich aus dem Sessel, kam mir entgegen, küsste mich artig links und rechts auf die Wange, um flapsig festzustellen: „Ich dachte, Du bleibst gleich über Nacht beim Pfaffen."
„Red' nicht so respektlos, der Mann ist über siebzig."
„Je oller, je doller, meinte Mama immer."
Ich vermisste ihre gewohnte Fröhlichkeit, und das nicht nur, weil Steven Kings *Das letzte Gefecht* aufgeklappt auf dem Tisch lag. Hübsch sah sie aus. Ihre Sonnenbrille steckte wie ein Diadem in den blonden Haaren und die weißen Jeans von der Konkurrenz saßen fast einen Zentimeter zu eng auf den Hüften. Ich streifte ihre kleinen, spitzen Brüste mit den Augen, die ihr türkisfarbenes T-Shirt minimal wölbten und für einen Augenblick entschädigte mich ihr Anblick für die letzten Stunden.

Hin und wieder fraß sich das Heulen frisierter Bootsmotore in die abendliche Beschaulichkeit.

„Nimm es mir nicht übel, aber ich verzieh mich erst mal ins Bad."

„Hunger?" fragte Corinna pflichtschuldig. „Johanna hat gekocht, als hättest Du die Crew eingeladen."

„Essen ist gut. Such Dir was aus."

Das Wasser rauschte. Ich sah in den Spiegel, steckte mir die Zunge raus und hoffte, dass Tage, die Jahre älter machten, nicht zum Normalfall wurden. Sorgsam entfernte ich die Schminke vom Gesicht. Der lästige Pickel nahe des Kinns kam zum Vorschein. Mist! Statt aufzugeben, wuchs er.

Gewarnt vom gestrigen Debakel, griff ich gleich nach der Duschhaube, um nicht wieder als Vogelscheuche aus der Wanne zu kommen. Umschmeichelt von plätschernden Wellen, schloss ich die Augen.

Urlaub...

Für jede Lösung gab es ein Problem, kam mir selbstironisch in den Sinn und das würde sich erledigen wie so vieles im Leben. Zumindest ein langes Wochenende auf Herberts Anwesen in der Provence sollte danach für Corinna und mich herausspringen. Im Bademantel warf ich mich aufs Bett. Milder Orangenduft streichelte meine Nase.

Ich nahm den Hörer ab.

„Auskunft, bitte warten", tönte es minutenlang.

„Macht schon", stöhnte ich und bewegte die freie Hand als mahlte ich Kaffee.

„Singer", nuschelte der Pfarrer. Er klang, als hätte er eine der dicken Zigarren im Mund.

„Renger. Guten Abend, Herr Pfarrer."

„Kindchen, Du störst beim Schach. Was ist?"

„Keller hatte einen tödlichen Unfall. Ist letzte Nacht bei der OP verstorben. Ich war bei seiner Frau, nachdem ich bei Ihnen weg bin und fand sie ziemlich aufgelöst vor."

„Wie bitte? Warum hat sie sich nicht gemeldet?"

Ich hörte Singer langgezogen schnaufen.

„Keine Ahnung. Ich glaube nur, Patrick wusste mehr, als Sie annehmen."

„Und Du meinst..."

„Nichts. Ich denke nur an Nico, Herr Pfarrer."

„Vielen Dank, Kindchen. Ich kümmere mich."

In einem karamellfarbenen Shirt begab ich mich hinab. Die ersten Minuten dieses Tages, in denen ich eine gewisse Ausgeglichenheit verspürte.

Ich fütterte den Rekorder. *The Winner takes it all*, wie passend. Mitsummend zündete ich die Kerze im Windlicht auf dem Terrassentisch an.

„Wo warst Du so lange?"

„Ich habe den Pfaffen angerufen. Bitte keine Sprüche. Hatte nur was vergessen."

Es war höchste Zeit, einen fetten Punkt unter diesen Tag zu setzen. Ich zog mir einen der Rattan-Sessel unter dem Tisch hervor. Das Geräusch vom Schurren auf den Fliesen ähnelte dem kratzender Fingernägel auf der Schultafel zum Verwechseln.

„Kannst Du den nicht anheben!" kreischte Corinna, der beinahe die Flasche Pinot aus der Hand gefallen wäre, mit der sie vom Weinregal kam.

„Ist ja gut. Beruhige Dich."

„Du auch?" fragte sie, mit einem Glas winkend.

Ich schaute zaudernd zu ihr.

„Ausnahmsweise."

„Essen dauert noch", bemerkte sie übellaunig.

Corinna stellte Kelche auf den Tisch, goss ein und setzte sich. Ich nippte vorsichtig, weil Rotwein bei mir gelegentlich Sodbrennen verursachte.

„Macht's Spaß, mich wie eine Idiotin aussehen zu lassen?" fuhr sie mich unvermittelt an.

Unruhig drehte sie mit Daumen und Zeigefinger ihr Weinglas am Stiel hin und her.

„Wieso? Weil ich Deine Schnapsidee nicht toll finde?"

„Nee!" motzte sie. „Super, dass ich wenigstens von Herbert erfuhr, dass eine Ex von Dir hier gestern Zoff gemacht hat."

Kotzbrocken! Wieso mischte der sich ein? Wohlbehagen ade. Mir genügte es, nette Stunden mit ihr zu verbringen. Verdammtes Gequatsche.

„Mit wem ich worüber rede, ist immer noch meine Sache!" giftete ich.

Wieso sollte ich sie in Dinge hineinziehen, für die sie zu grün war. Es machte für mich wenig Sinn, sie Gefahren auszusetzen, die ich selbst nur erahnte.

„Entschuldige", bat ich friedfertiger, „aber ich habe den halben Tag damit vergeudet. Jetzt ist Schluss."

Traurig musterte ich den Dunst, der sich wie Watte-
bällchen an die unteren Koniferenzweige heftete.
Verträumt sah ich zu den Rosen längs des Weges,
die von gelb bis dunkelrot blühten. Zwischen den
Tannen hastete ein Igelpärchen an das Schälchen,
das Johanna stets mit Milch füllte, bevor sie ging.
„Ich will Dir helfen."
„Mir ist nicht zu helfen! Dazu müsste ich erst einmal
richtig verstehen, was gerade passiert."
Der Rotwein schmeckte korkig. Schuld daran war
wohl der zu lange unterdrückte Hunger. Aus heiterem Himmel stiegen Tränen in meine Augen. Hörte
das heute gar nicht auf?! Corinna richtete das Essen
an, während ich den Tisch deckte.
San Fernando. Karibische Inseln. *Abba* begleitete
uns bei Johannas köstlichen Medaillons. Bloß weg
hier, flüsterte eine Stimme. Palmenstrände tauchten vor mir auf, eine herrliche Fata Morgana.
„Wenigstens ein Stichwort, was die will, bitte", löcherte mich Corinna penetrant.
„Du nervst", knurrte ich verärgert von ihrer Sturheit.
Nur Täuschung? Oder schwang Eifersucht in ihrem
inquisitorischen Ton? Am liebsten hätte ich sie samt
Herbert im Rucksack auf den Mond geschossen.
Noch ein versauter Abend war mir echt zu viel. Wütend klimperte ich mit Gabel und Messer auf dem
Tellerrand. „Sylvia Weber, und nenn sie um Him-
melswillen nicht ‚Ex', habe ich gestern nach neun
Jahren erstmals wiedergesehen, weil sie ungebeten

vor der Tür stand. Wir lebten schließlich bis dato unerreichbar beiderseits der Mauer", spielte ich den unerfreulichen Fakt herunter. „Die blöde Ziege denkt, sie könnte mich benutzen, um D-Mark aus schwarzen Ostkassen zu verstecken, weil man ihr ein Stück vom Kuchen versprochen hat."
Corinna sah mich ein wenig irritiert an.
„Warum solltest Du das tun?"
„Das ist eine lange Geschichte, die kneif ich mir jetzt", fügte ich drohend an, „Ich denke, Deine Fantasie reicht, um Dir auszumalen, was passiert, wenn man Kriminellen in die Quere kommt?"
„Ich glaub's nicht. Wo bist Du denn reingeraten?" fragte sie betroffen. Was sie aber nicht hinderte, anzufügen als könnte sie kein Wässerchen trüben: „Hast Du ein Bild von ihr? Nur so, interessehalber?"
„Komm, wir gehen rein."
Ihrer Fragerei überdrüssig, stand ich auf, räumte die Gläser und die leere Flasche vom Tisch. Sie sortierte Teller und Bestecke in den Geschirrspüler.
In einem der flachen Schränke unter den maßgefertigten Bücherregalen befanden sich Fotos von Sylvia, daran erinnerte ich mich. Aber in welchem?
Die Bilder besaß ich ohnehin nur, weil sie im Aktenkoffer steckten, den ich damals mit auf die Reise nahm. Ich kniete mich auf den Teppich und öffnete eine Klappe nach der anderen. Ordentlicher als von mir selbst erwartet, lag das Kuvert mit den Bildern neben Kamera und Zubehör.

„Morgen Boot?" wechselte Corinna Thema wie Kassette und entzündete die Kerze im silbernen Leuchter auf dem Glastisch.

Ich zog das obere Foto aus dem Kuvert. Es zeigte Sylvia am Schreibtisch, volles Sektglas in der Hand. ‚Frauentag 79' stand auf der Rückseite. Der Mann! Auf den Fluren im Verlag sah ich ihn, und zwar nicht nur einmal.

„Ich bin beim Geburtstag meiner Nichte."

Abwesend stierte ich das Foto an und sah Sylvia am Bügelbrett vor mir, spürte ihre Hände im Bund, erinnerte mich ihres Opfermonologs und fühlte mich als Glühfaden zwischen ihren bizarren Launen. Verrückt!

„Aha. Muss ich nicht wissen", meckerte Corinna enttäuscht, kniete sich hinter mich und nahm mir das Bild aus der Hand. Nach kurzem Blick fragte sie verschmitzt: „War sie im Bett so toll, wie sie aussieht?" Blöde Frage! Erwartete sie Komplimente?

„Wir waren mehr als zehn Jahre zusammen", sagte ich abweisend und zog die restlichen Fotos aus dem Umschlag. „Dazu braucht es mehr als ein Bett."

Ernüchtert ob meiner prosaischen Auskunft, öffnete Corinna eine neue Flasche. Ich wandte mich endlich dem Bourbon zu. Whisky bringt mehr Wahrheit ans Licht als Wein, bekam ich von Sylvia oft zu hören, wenn ich angesäuselt in strotzendem Weltschmerz jammerte wie ein Schlossgespenst.

Ihre Behauptung stimmte... Schober hieß der Lackaffe, der mir bei Sylvias Haus begegnet war. Er gehörte, glaubte ich, zu einer Stasi-Abteilung, die sich um die Linientreue von Künstlern und Journalisten sorgte.

Er besuchte Redaktionen, wühlte im Dreck, sammelte Gerüchte, Verdächtigungen und Verleumdungen so, wie andere Briefmarken. Wenn unsere Etage dran war, saß er zumeist beim Chef und die Korff, immer darauf bedacht, ja nichts zu versäumen, brühte ihnen Kaffee.

Mokkafix Gold! Sollte er bei Sylvia gewesen sein, oder wohnte er nur zufällig in der Nähe? Auf alle Fälle kannte sie ihn ganz sicher besser als ich.

Corinna tanzte barfuß auf dem Teppich, geschmeidig, absolut harmonisch zur Musik. Ich schaute ihr fasziniert zu und stellte mir wieder einmal die Frage, wo sie das wohl gelernt haben mochte.

Sie zog ihr T-Shirt über den Kopf und warf es mir zu. Hypnotisiert starrte ich auf ihre kleinen Brüste. Die braunen Warzen auf dem höchsten Punkt, waren kaum größer als Zweimarkstücke. Aufreizend in den Hüften schwingend, kam sie langsam auf mich zu und knöpfte den Bundknopf ihrer Jeans auf.

„Küss mich", flüsterte sie mir hitzig zu.

Sonnabend, 14. Juli 1990

1

Corinnas bisweilen kehliges Röcheln weckte mich. Ich drehte mich träge zur Seite und musterte den Wecker, als wär er mir noch nie unter die Augen gekommen. Neun Uhr drei.

Auf dem flauschigen Vorleger zwischen Zimmertür, Frisierschrank und Bett aalten sich Klamotten. Ich stutzte. Undurchdringlicher Nebel breitete sich über den Anlass für das Chaos und ungestümes Kopfweh verdunkelte meine Laune. Whisky auf Wein, das lass sein. Selbst unkorrekt zitiert, verlor die Volksweisheit nichts an Wahrheitsgehalt.

Mein Versuch, mich zu sortieren, führte in direkter Linie zu Sylvias Borniertheit, die mich gestern Abend in die Flucht schlug.

Abgesehen vom Verdruss über meine bisweilen mangelnde Souveränität, gelang es mir, dem Geschehen sogar Positives abzugewinnen. Ich fühlte mich bestärkt, Andrea zu besuchen, weil ich sämtlichen Differenzen zum Trotz darauf hoffte, zwei Fliegen mit einer Klappe zu schlagen. Cordula kannte gewiss einige Buchstaben, die in mein Kreuzgitter passten.

Ein perfektes Geschenk zu finden, war mir leichter gefallen als befürchtet. Gerade noch rechtzeitig besann ich mich aufs Naheliegende. Was war reizender für ein junges Mädchen, als sich von Kopf bis Fuß neu zu stylen?

Der von Barbara aufs Papier gezauberte Gutschein kam ins Sträußchen und fertig war die Laube.
Patentante! Derb knuffte ich mein schuldloses Kissen. Mutter und Cordula hatten das ausgeheckt, weil sie ignorant glaubten, es wäre ein Schritt, mich auf den nach ihrer Ansicht rechten Weg zu bringen. Nur das reizende Baby ließ mich letztlich das abgekartete Spiel ertragen.
‚Intoleranz ist die höchste Form von Selbstverliebtheit', besagte ein Aphorismus von Arthur Schnitzler. Danke. Goldmarie und Pechmarie... Nur gut, dass sich Cordula nach der Hochzeit an ihrem Gatten abarbeiten konnte, der, anders als ich, ihre pädagogischen Torheiten hinnahm wie eine sedierte Laborratte.
Heute kam keine Johanna und kochte Kaffee. Miesepetrig kroch ich in die Latschen.
„Wo willst Du hin?" fragte Corinna verschlafen.
„Sonnabend ist Selbstbedienung", erinnerte ich sie.
„Ist das ein Grund, mitten in der Nacht aufzustehen?"
„Es ist nach neun."
„Na und?" Corinna zog mich zurück auf das Bett, dessen Matratze dem Boden einer Hüpfburg ähnelte. Mein Widerstand war läppisch.
Gleich einer Meerjungfrau schmiegte sie sich an mich, schob ihren rechten Arm unter meinem Nacken hindurch und fuhr mit den Lippen zart meine Schulter entlang den Hals hinauf.

Kurz bevor sie den Mund erreichte, verschloss ich den ihren lachend mit der flachen Hand.
„Vorm Knutschen, nach dem Essen, Zähneputzen nicht vergessen", flötete ich prinzipienfest.
„Albern. Kapier ich nicht."
„Schmeckt besser. Ganz einfach."
„Aus dem Bett, aus dem Sinn", mäkelte sie und bewegte spielerisch die Finger unter der Decke, wo ihre breit auseinanderliegenden Beine zusammentrafen.
„Los, ins Bad. Die Koje wird schon nicht kalt."
„Wer's glaubt, wird selig", lästerte sie verschmitzt.
„Na warte!" Blitzschnell fuhr ich mit der Hand unter ihre Decke und kitzelte sie. Juchzend sprang sie aus dem Bett und rannte davon.
„Geht doch. Man muss nur wollen."
Als ich ins Bad kam, putzte sie bereits Zähne.
„Ehrlich, jetzt wäre mir Kaffee doch lieber", berichtigte ich mich flatterhaft, den Magen flau und leer.
„Ich hab's geahnt", stellte sie lachend fest, die Fäuste in die Hüften gestützt.
Während Corinna die ersten zwei Brötchen vom Toaster nahm, fragte sie anzüglich: „Hast Du schon mal nach draußen geguckt?"
„Ja. Gerda pflückt Erdbeeren. Macht wohl Kompott."
„Bei dem Wetterchen willst Du im Ernst in der Stube hocken?" überging sie meinen Scherz.
„Soll heißen?"
„Bootfahren ist bestimmt cooler, als bei irgendwelchen Spießern zu schwitzen."

Ich spürte, wie mein Magen krampfte, Sodbrennen aufstieg. Abends Streit, morgens Zwist und alles nur, weil es nicht nach ihrem neunmalklugen Köpfchen ging.
„Du kannst von mir aus rumtuckern, wer hindert Dich", entgegnete ich äußerlich ruhig.
„Bin ich so langweilig, dass Du keine zwei Tage durchhältst, ohne wegzurennen?"
„Jetzt mach aber mal einen Punkt!"
Ungestüm klatschte ich die Filtertüte samt Kaffeesatz in den Mülleimer und nahm die steinharte Butter aus dem Kühlschrank.
„Alles wichtig, nur ich bin nichtig", warf sie mir gekränkt an den Kopf.
„Wir waren erst vorigen Sonntag auf dem Boot... Und Ärger hab ich mehr als genug, auch ohne Deine Komplexe. Nicht nur mit halbem Ohr zuzuhören, wäre hin und wieder hilfreich."
„Ganze vier Stunden, weil blöde Nebenjobs immer vorgehen." Hochrot im Gesicht knallte Corinna den Topf mit Johannas selbst gemachtem Pflaumenmus auf den Tisch und rannte davon.
„Hallo?!" rief ich ihr mahnend hinterher.
Zu viele Gedanken kollerten gleichzeitig durch meinen Kopf und prompt schüttete ich Kaffee auf die Decke, anstatt in die Tassen. Eine Sylvia reichte! Jede Minute Lebenszeit ist ein Schatz und viel zu schade, dauernd an solche Lappalien verschwendet zu werden.

In Corinnas Augen glänzten ein paar Tränen, als sie wiederkam. Sie legte die Morgenpost halb in die Butter, die langsam weich wurde, klappte ihre Umhängetasche auf, die sie aus der Diele mitgebracht hatte und schob mir feinsäuberlich geordnet Papiere zu.

„Von gestern", maulte sie, mit Frosch im Hals. „Im grünen Ordner liegt, was Montag weg muss."

„Ich weiß", gestand ich offen ein. „Trotzdem fahre ich zu den Spießern. Und jetzt wird gefrühstückt."

Es war mir fast peinlich, wie Johanna zu klingen.

„Mach was Du willst!" Corinna sprang wie von der Tarantel gestochen auf, riss die Bootsschlüssel vom Haken, raffte ihr Buch und polterte die Treppe hinauf.

„Leg Dich nicht zu lange aufs Deck. Ich mag Hummer nicht", rief ich ihr boshaft hinterher.

2

Punkt zwei hupte das bestellte Taxi vorm Tor.
„Kienbergstraße 53", nannte ich dem Fahrer als Ziel, während ich einstieg. Vorsichtshalber drückte ich ihm den Schnipsel mit der Adresse in die Hand, den ich von Andreas Brief abgerissen hatte. Behäbig klemmte er den Fetzen in eine riesige schwarze Plastikklammer am Armaturenbrett, die einer mutierten Libelle ähnelte.
„Na denn man Tau...", brabbelte er norddeutsch.
Ich überlegte, ob ich wirklich alles gemieden hatte, von dem ich annahm, dass es Cordula gegen den Strich ging. Schwer bei ihren spartanischen Ansprüchen. Kein schrilles Make-up, um nicht überspannt zu wirken, kein freches Dekolleté, um kein übermäßiges Aufsehen zu erregen, schlichte Blümchen aus dem eigenen Garten, anstelle eines ausladenden Buketts...
Corinna im Streit zurückzulassen, bedrückte mich und die Ungewissheit, was mich erwartete, war auch kein Seelenbalsam. Fast neun Jahre lag es zurück, dass ich meine Anverwandten zum letzten Mal sah. Andrea war damals neun und Manuela fieberte der Jugendweihe entgegen.
Wir fuhren um den Strausberger Platz.
Gespannt schielte ich zum Haus mit der Zwölf, vor dem eine Marx-Büste auf dem Rasen stand. Hier hatten Cordula und ich drei Jahre bei den Großeltern gewohnt.

Die Schlüssel für die Wohnung erhielt Opa im Spätfrühjahr dreiundfünfzig als Anerkennung für tausend freiwillige Arbeitsstunden im Nationalen Aufbauwerk. Ein Paradies, verglichen mit der Bruchbude am Zionskirchplatz. Ein Zimmer für uns! Bad mit fließend Warmwasser aus der Wand...
Den Eltern ging die Trennung an die Nieren. Doch uns wohlbehütet zu wissen, überwog den Schmerz. Fahrten mit der kleinen Trümmerbahn, beladen mit dem Schutt vom Abriss, zu denen Opa mir verhalf, waren für mich das Größte. Was ich vom Juniabend, an dem die Krawalle vorm Fenster begannen, nicht sagen konnte. Oma stand bleich am Badezimmerfenster und wir bibbernd auf dem Klodeckel.
‚Der Spitzbart und die Brille, sind nicht Volkes Wille‘, grölten die Bauarbeiter. Oma hatte Angst um Großvater, der seit den Zwanzigern für den Kommunismus kämpfte, weil sie im Leben zu viele Straßenschlachten in Berlin erlebt hatte.
Mutter schluchzte tags darauf hysterisch ins Telefon, doch Vater, dessen Erfahrung mit Panzern und Gewehren noch taufrisch war, fand keinen Weg, uns auf sicheren Wegen nach Hause zu bringen.
Ich lächelte verkniffen. Neidisch durfte ich Cordula Tage später zusehen, wie sie als Junger Pionier den Sowjetsoldaten Blumen für deren angeblich selbstlosen Einsatz überreichte.
Traurig erinnerte ich mich, wie Opa drei Jahre später, bereits vom Tod gezeichnet, voll Scham erzählte,

dass er an diesem Tag auf der Arbeit Bonbons, wie der Volksmund SED-Abzeichen lästernd nannte, mit Kehrblech und Handfeger vor seinem Büro zusammengefegt hatte.

Die sechsspurige Allee, von keinem Baum gesäumt, wirkte fad, schien kurvenlos den Horizont zu durchstechen.

Wohnblöcke, ähnlich Bienenstöcken, aus Betonwaben montiert, glitten an den Autofenstern vorüber und versprühten einzigartige Tristesse, die der Kreativität unserer nützlichsten Insekten diametral gegenüber stand. Für Sekunden glaubte ich, linkerhand die Häuser zu erkennen, in denen Christian und ich Arbeitseinsätze für die AWG geleistet hatten. Ich verzog abfällig das Gesicht, bis ich mitbekam, wie mich der Fahrer im Innenspiegel musterte.

Inmitten all der Monotonie wunderte mich nicht, dass eingepaukter Müll aus dem Gerümpel-Keller ins Bewusstsein aufstieg.

‚Die Lehre von Marx ist allmächtig, weil sie wahr ist'.
Dem Nachplappern von aus dem Kontext gerissener, hohler Phrasen maßen die Parteioberen denselben Stellenwert zu, wie die Bayern dem Kruzifix in ihren Klassenzimmern.

Als ich aus dem beigefarbenen Ford-Scorpio stieg, sah ich auf der Loggia in der dritten Etage eine junge Frau aufgeregt mit den Armen rudern.

Andrea! Ich glaubte es nicht. Ihre Ähnlichkeit mit mir beängstigte mich so sehr, dass ich für Sekunden

dem Trugschluss erlag, ich betrachtete mein Abi-Foto. Die brachiale Gewalt, mit der mir die Halluzination den Verlust eigener Jugend vor Augen führte, verzerrte mein Zurückwinken zu einer linkischen, fast grotesken Geste. Erschrocken schlich ich in den Aufzug und klammerte mich an den Gedanken, nicht höher als ins dritte Obergeschoss zu müssen.
„Tante Regina, dass Du kommst!" juchzte Andrea freudestrahlend, die mich auf dem Treppenabsatz empfing. Ihre Augen glänzten feucht und sie drückte mich so fest, dass mich nicht nur der dicke Kloß im Hals daran hinderte, einen Ton herauszubringen.
Ich befreite mich, reichte ihr den Strauß und sagte heiser: „Herzlich Glückwunsch, Kleine. Alles Gute."
„Danke."
Sie nahm mich bei der Hand und ich zottelte hinterher, erfolglos bemüht, der gärenden Beklommenheit Herr zu werden.
„Und? Hat Dir Mama die Leviten gelesen, weil Du mich eingeladen hast?"
„Nicht wirklich."
Glücklich klang anders, dachte ich besorgt. Als wir ins Wohnzimmer kamen, erstarb das Stimmengewirr rund um die Tafel wie auf ein geheimes Kommando. Niemand außer mir schien das seltsame Sirren zu bemerken, so als stünde man unter einer Hochspannungsleitung.
„Tag, Schwester", grüßte mich Cordula eisig, als wollte sie die Torten auf der Tafel wieder einfrieren.

Bei Wolfgang reichte es gar nur zum Händedruck. Ich zuckte innerlich zusammen, als ich ihn ansah. Der nassforsche Elan des singenden Barden, den er früher gern herauskehrte, war verflogen. Auf dem Stuhl hockte ein Mann, der nur noch darauf bedacht schien, seine lichten Haare so zu kämmen, dass sie einigermaßen die größer werdende Glatze bedeckten. Vor mir saß nicht mehr der beredte Agitator, den ich kannte, von der Pike auf im Apparat, der oft genug kritische Kunst als vom imperialistischen Klassenfeind inspirierte Subkultur abgekanzelt hatte.

Ich unterdrückte den spontanen Impuls, auf dem Absatz kehrtzumachen, und quetschte mich auf den freien Stuhl neben Manuela, die mir schüchtern zulächelte. Der Unterschied zwischen ihr und der gleichaltrigen Corinna hätte kaum größer sein können.

„Ehrlich", flüsterte sie und beugte sich über den Tisch, um an die Kaffeekanne zu kommen, „ich hätte nie gedacht, dass wir uns nochmal wiedersehen. Kuchen?"

Ich erkannte die Kanne sofort. Als Cordula und ich Kinder gewesen waren, krönte sie Omas Prachtgeschirr, das nur an Festtagen den Tisch zierte.

„Kuchen später", lehnte ich bescheiden ab. „Und ich war am überlegen, wie der erste Schwiegersohn aussieht."

„Schwebt in der vierten Dimension", entgegnete sie reserviert. „Probleme gibt's auch so mehr als genug."

Vaters Beste, klug, strebsam, ehrgeizig. Jetzt, nach der Pubertät, verriet mir ihr Äußeres, dass der Apfel durchaus weit vom Stamm fallen konnte. Ihr fehlte die Lockenpracht aller Frauen in dieser Familie, die bei längeren Haaren wie meinen meist etwas wild aussah und anstelle unserer bräunlichen Augen, funkelten ihre hellblau wie Diamanten.

Meine alten Zweifel… Hatte sich die brave Cordula ihren Wolli doch nur als Retter in der Not nach einer wilden, vor allem aber ungeschützten Partynacht im Studentenklub geangelt? Ich grübelte, ob ich nicht nach dem Kaffee vielleicht doch besser wieder verschwände.

Temperatur und Stimmung verdichteten die Raumluft im Raum zu einem atemberaubenden, fast explosiven Gemisch.

Andrea tuschelte mit den Freundinnen und präsentierte stolz den Gutschein. Cordula sprang nach drei Schluck Kaffee und zwei Bissen Torte auf, strafte mich mit abschätzigem Blick, drehte sich weg und ging. Eher als ich mein Taschentuch zur Hand hatte, um den Schweiß auf der Stirn in Schach zu halten, tippte mir Andrea auf die Schulter, deutete mit dem Kopf Richtung Korridor und fragte leise: „Kommst Du?"

„Meinst Du wirklich?" Ich sah sie wenig erbaut an. „Lass sie doch lieber erst verdauen."

„Je eher, desto besser."

Trotz der eisigen Begrüßung tat ich Andrea den Gefallen. Der Zugang zur lang gestreckten Loggia, von der sie mir zugewinkt hatte, befand sich im Schlafzimmer.
Ich schüttelte den Kopf.
Cordula saß auf einem wackeligen Klappstuhl in der linken Balkonecke. Sie rauchte.
Ausgerechnet sie, die immer wusste, was das Beste für andere war!
Auf der Lehne kippelte ein kitschiger Glasaschenbecher. Klarer als früher erkannte ich Züge unseres Vaters in ihrem Gesicht. Von der Sonne geblendet, hielt sie die Augen geschlossen.
„Was willst Du hier?"
Ich zupfte an Andreas Ärmel, um sie von einer vorlauten Antwort abzuhalten, die alles vermasselt hätte.
„Meinem Patenkind zum Geburtstag gratulieren", antwortete ich aufrichtig.
Weniger Abneigung gegen Make-up hätte Cordula gutgetan. Ihre kastanienbraunen, ungefärbten Locken, von grauen Strähnen durchzogen, verliehen ihrem schmalen Gesicht mit markanter Nase einen herben Ausdruck. Wenige Pinselstriche, eine modischere Frisur, die weichere Übergänge schuf, und sie hätte sofort um einiges attraktiver ausgeschaut.
„Jetzt auf einmal?"
„Lieber jetzt, als nie", erwiderte ich ungerührt.

In ihrem Plisseerock und der grellroten, kurzärmligen Bluse, wirkte sie auf mich, als wäre sie eben einer alten *Sybille* entstiegen.

Schminke und Schmuck gehörten für sie seit jeher in Napf und Schatulle. Kein Wunder, dass ihre Töchter es nicht besser wussten. Ich war fast geneigt, ihr zu raten, dass sich die beiden irgendwann mit Corinna trafen, um sich ein paar einfache Tricks zeigen zu lassen.

„Ach ja?" fragte Cordula mit Chuzpe und sah mich verächtlich an. „Deinen Triumph willst Du auskosten, jetzt wo bei uns alles den Bach runtergeht. Andrea ist dafür nur die Staffage, gib's zu."

„Mama!" jammerte Andrea.

„Ist doch wahr!"

So wie sie redete, gehörte sie sicher nicht zu denen, die letzten Herbst auf die Straße gegangen waren. Hätte mich auch gewundert. Schließlich kam Goldmarie ganz gut damit klar, Linientreue in Karriere umzumünzen. Umso schmerzhafter musste es für sie sein, von der bitteren, zu oft verdrängten Wahrheit eingeholt zu werden.

Andrea tat mir leid. Den Tränen nah verzog sie ihr Gesicht, raufte sich das Haar, nahm es hinterm Kopf zusammen, als wollte sie es zum Pferdeschwanz binden.

„Blödsinn", schmetterte ich den dummen Vorwurf ab. „Ich habe die Mauer weder gebaut, noch eingerissen."

Triumph? Blöde Kuh! Ich brauchte keine Genugtuung, die über Nacht mein Leben zu ruinieren drohte.
„Zu erben gibt's nichts, falls Du das im Sinn hast", setzte Cordula provokant noch einen drauf.
„Mein Gott, wir haben nur noch uns", begehrte ich auf. „Ich will Ordnung in mein Leben bringen. Was weißt Du schon! Beschissen hab ich mich gefühlt, weil ich nicht kommen durfte."
„Heuchlerin", bezichtigte sie mich höhnisch. „Dir war nur peinlich, Christian, Sylvia oder uns ins Gesicht zu sehen. Hast Fakten gefürchtet, die Dir nicht passten."
„Blende die Realität aus, wenn es Dich glücklich macht. Wahr ist und bleibt: Ich hatte nicht den Ehrgeiz, in Bautzen zu enden."
Jeder in diesem Scheißosten wusste um den paranoiden Wahn, mit dem Abgängige bei Reisen ins kapitalistische Ausland verfolgt wurden. Nur sie nicht!
„Bautzen? Ich lach mich tot! Gäste brachten Geld", beharrte sie eigensinnig. „Mielke wollte schließlich auch nicht den hiesigen Fusel saufen."
„Ich frage mich ernsthaft, wo Du gelebt hast. Wir waren Aussätzige. Uns einzubuchten war denen wichtiger, als uns auszunehmen, ganz im Gegensatz zu den echten Wessis", redete ich mich in Rage. So doof durfte sie sich einfach nicht anstellen! Wer schreit, hat unrecht. Ich tat es dennoch: „Ich bin nicht Biermann, der Tage vor Havemanns Tod eben mal rein und wieder raus durfte."

Cordulas Blick sagte mir alles. Ich wünschte mich in die Provence, und zwar viel, viel schneller, als gestern sehnsüchtig erträumt.

„Außerdem, wozu das alles? Ich verliere auch kein Wort darüber, dass sich bisher keiner blicken ließ seitdem ihr rüber könnt."

„Hätte noch gefehlt! Erbärmlich fühlen kann ich mich auch ohne Rangelei um Almosen."

Sie griff nach einem der Haken, in denen die Blumenkästen hingen und zog sich aus dem Sessel.

„Mann, seid ihr krass! Könnt ihr nicht wie Normalos miteinander sprechen?" schluchzte Andrea, setzte sich auf das Fußteil des Sessels und vergrub ihr Gesicht in den Händen.

„Warst Du wenigstens mal auf dem Friedhof?"

Wie früher! Cordulas idiotisches Oberlehrergehabe...

„Als ihr dem Begrüßungsgeld hinterher gehechelt seid und hier die Straßen leergefegt waren, bin ich bei Mama und Papa gewesen."

„Die Jacke zieh ich mir nicht an", stotterte sie, drehte den Kopf zu mir und sah mich an, als wäre ich einem Ufo entsprungen. „Du warst das? Ich habe mich gewundert, wer die Tanne vor Totensonntag hingelegt hat. Entschuldige bitte..."

Was hatte sie denn gedacht, wer außer mir das gewesen sein sollte? Cordula löste sich von der Balkontür, legte ihr Sitzkissen auf den Betonsims hinter den Blumenkästen und stützte die Ellenbogen darauf.

Ich hielt mich vornehm zurück, wich keinen Millimeter von der Wand.

„He", rief ich Andrea zu, „hol mal was zu trinken."

„Okay", willigte sie artig ein, zwinkerte mir zu und verschwand.

„Möchte ich auch mal erleben, dass meine Töchter tun, was ich sage, ohne zu lamentieren."

„Rede mit ihnen, statt sie zu bevormunden."

„Merkt man, dass Du keine Kinder hast."

Dem Haus fehlte ein Gegenüber. Ich schaute über das Wuhletal und betrachtete die Häuschen mit Garten, die sich Intarsien gleich in die langweilige Plattenbaulandschaft fügten.

„Hast Du ein einziges Mal daran gedacht, was Dein kopfloses Handeln für Folgen hatte?" fragte Cordula. Kein bissiger Unterton?

„Dafür fehlte mir schlicht die Zeit", umging ich argwöhnisch eine konkrete Antwort.

„Nach zig Debatten haben sie mich sozusagen auf Bewährung weiter unterrichten lassen. Wolfgang erwartete ein Parteiverfahren. Hat man nur fallenlassen, weil sein Minister persönlich intervenierte", begann sie verbittert aufzuzählen. „Christian wurde Knall auf Fall ins Fernseharchiv abgeschoben. Sylvia litt unter Depressionen, wurde Monate stationär und ambulant behandelt, weil sie nicht einsah, wieso Du weggeblieben bist." Sie zupfte Unkraut zwischen den Blumen vor sich, fügte konspirativ hinzu: „Glaubst Du nicht, die hat mir ihr Herz ausgeschüttet. Hätte

nie gedacht, dass es ihr mal so mies gehen könnte..."
Ich schwieg.

Was hätte ich auch sagen sollen, ohne Öl ins Feuer zu gießen. Sylvia heulend an der Schulter meiner Schwester...

Das Bild überforderte meine Fantasie.

„Glaubst Du, sie hat sich in der Zeit, nennen wir es mal salopp... arrangiert?" erkundigte ich mich vorsichtig.

„Möglich. Konkret kann ich kaum was sagen. Vielmehr als Krokodilstränen hat sie ja nicht vergossen."

„Vorgestern stand sie ungebeten vor meiner Tür", gestand ich zögerlich, um den Eindruck zu erwecken, dass auch mir das Schicksal übel mitspielte. „Sich revanchieren, mich erpressen will sie."

„Erpressen?" Sie sah mich perplex an. „Inwiefern?"

„Die macht offenbar mit alten Genossen rum, die euren Staat beschissen haben, und die nicht daran denken, ihre schlechten Angewohnheiten aufzugeben."

„Na ja. Anders war sie schon, als sie sich wieder gefangen hatte. Ich wurde den Eindruck nicht los", äußerte Cordula nachdenklich, „dass sie glaubte, was Versäumtes nachholen zu müssen. Andauernd neue Weiber... Wolfgang war zumindest überrascht, dass man sie so flink zur Kulturchefin bei der *NBI* beförderte..."

„Kann ihr Burnout ja nicht ganz so schlimm gewesen sein..."

„Da war was, aber später" raunte Cordula unerwartet. „Muss im Jubeljahr gewesen sein."
„Jubeljahr?" stoppte ich irritiert ihren Gedanken.
„Siebenundachtzig. Das ganze Gedöns um 750 Jahre Berlin", blaffte sie zerstreut, „Kurz vor Pfingsten erzählte mir Wolfgang beiläufig vom Gerücht, sie hätte versucht, sich das Leben zu nehmen. Ich fiel aus allen Wolken."
„Wer? Sylvia? Niemals!" stutzte ich. „Ausgeschlossen. Vorgetäuscht vielleicht. Wer weiß, welche Laus ihr über die Leber gelaufen war."
„Ich glaub, es ging um mehr als eine winzige Laus", widersprach Cordula meiner Ansicht. „Sie war Monate mit der Chefkuratorin vom Staatlichen Kunsthandel zusammen, meinte Wolfgang zu wissen, Carmen Frings, wenn ich mich nicht täusche. Das ging in die Brüche, weil Frau Frings die liebe Sylvia hinter ihrem Rücken in kriminelle Schiebereien verwickelt haben soll. Wolfgang erzählte, die Sache wäre sogar beim Staatsanwalt gelandet."
Ich tat mich schwer damit, zu begreifen, was Cordula von sich gab. Sylvia, die allem konsequent aus dem Weg ging, was ihrer Karriere schadete, ließ sich so über den Löffel barbieren? In Gedanken versunken hörte ich Cordulas diskreten Themenwechsel nur mit halbem Ohr.
„Mutter hat sich so gequält, weil sie immer hoffte, sie sieht Dich vorm letzten Atemzug...", flüsterte sie bigott.

„Lass es einfach", brauste ich auf. „Zwei Besuche, als sie in Rente rüber durfte. Sonst nur einkaufen und Tschüss. Eventuell mal einen Anruf..."
Verbittert dachte ich an ihre Macke, mich zu verkuppeln, weil ich ihr partout keinen netten Schwiegersohn ins Haus schleppte. Cordula sollte nicht so tun, als wäre sie auf einem anderen Stern gewesen!
„Vielleicht hat sie auf eine Einladung gewartet..." Cordula brach den Satz ab, weil ihr wohl selbst auffiel, wie dumm ihre Ausrede klang.
„Wenn es um mich ging, wart Ihr euch doch immer einig. Mach mir nichts vor!" Bevor sie antworten konnte, tat ich, was ich schon als Kind gut konnte, imitierte Mutters Stimme: „Regina! Wenn Du Cordula nicht auf der Stelle von der Pelle gehst, setzt es was!"
„Doofe Ziege! Mach Dich nur lustig."
Andrea trat aus der Tür, mitten ins Gelächter ihrer Mutter. Wie vom Donner gerührt blieb sie stehen.
„Kommt rein", richtete sie aufgekratzt aus, „damit wir endlich anstoßen können."
Wolfgang glotzte in die Röhre, als hoffte er darauf, Honecker würde demnächst die Übung der finalen Katastrophe endlich für beendet erklären. Ich blickte kurz auf den Schirm, dann wandte ich mich gleichgültig ab.
Während der letzten Wochen hatte ich die beiden Ostkanäle häufiger gesehen, weil ich amüsant fand, wie sich das windende DDR-TV aufplusterte.

Mit Gysi, Uhlmann, Krause, Eppelmann oder Diestel im Fokus, entwarfen alte Macher, für ihre Intentionen nicht in jedem Fall optimal besetzt, Vexierbilder angeblich neuer Demokratie. Und das in dem Wissen, dass, wie alle naselang in der jüngeren deutschen Geschichte bewiesen, ihre Protagonisten nicht auf dem Kutschbock saßen.

In jeder Hand ein Sektglas, setzte sich Manuela neben mich. Mitten in der Bewegung, ihr eins abzunehmen, hielt ich inne. *‚Nachdenken über Deutschland'* titelte eine Talk-Runde großspurig auf dem Schirm. Der Moderator stellte seine Gäste vor: Dieter Schiller, hörte ich wie aus weiter Ferne, Abgeordneter der DSU, Chefredakteur vom *Magazin*... Beifall.

Elektrisiert musterte ich den Mann, der mich unterbewusst seit meiner Fahrt zu Pfarrer Singer beschäftigte. Der Drecksack hatte es tatsächlich geschafft, sich in die frei gewählte Volkskammer zu mogeln.

Ich staunte nicht schlecht. Sicher hoffte er, im Dezember in den ersten gesamtdeutschen Bundestag einzuziehen. Böhme und Schnur. Ich spürte dunkle Ahnungen bestätigt.

„Hallo, Tante Regina", hörte ich Manuela rufen, die mit der flachen Hand vor meinen Augen herum wedelte. „Du guckst ja, als wären die Büttenreden, die sich Papa andauernd reinzieht, brutale Horrorschocker."

„Ich bin entzückt vom unaufhaltsamen Aufstieg des Dieter S." Ich nahm das Glas Sekt, das sie mir immer noch hinhielt, während mein spöttisches Bekenntnis Wolfgang aus seiner Lethargie weckte.

„Große Nummer, Dein Schiller", konstatierte er jovial. „Hat voriges Jahr am 4. November auf dem Alex für den Journalistenverband gesprochen."

„Mein Schiller? Nicht Dein Ernst! Ich konnte Gesinnungsakrobaten noch nie ausstehen. Wenn das Alternativen sein sollen, dann Prost!"

„Alternativen? Das aus Deinem Mund?"

„Missverstehen klappt immer, man muss nur wollen", versetzte ich gereizt. „Was ich meine, ist, für Leute wie ihn war die Angst, der Protest, der Mut im letzten Herbst nicht die Mühe wert."

„Versteh' schon", fuhr Wolfgang unbeirrt fort. „Um wirkliche Alternativen ging's aber nie, außer vielleicht bei einer Minderheit Gutmenschen, die noch vor den Wahlen am runden Tisch eine neue Verfassung formuliert haben, nur dass die längst keiner mehr braucht. Die Mehrheit hat im März mehr mit der Geldbörse und weniger mit dem Hirn gewählt. Also gibt's für euch die goldene Nase und für uns die verfaulte Ananas."

„Goldene Nase?" fragte ich böse. „Ihr habt eure Illusionen bis zur Insolvenz gehätschelt, statt auf gesunden Menschenverstand zu bauen. Und nun gibt's die Quittung. So schaut's aus. Erklär mir lieber, was die DSU darstellt?"

„Allianz für Deutschland. Kohls fünfte Kolonne. Der Anwalt mit dem leichten Sigmatismus, der Leipziger

Bodybuilder und der charismatische Pfarrer", tönte Cordula, ehe Wolfgang den Mund aufbekam. Sie bedeutete ihm, ihr auf der Couch Platz zu machen und goss mit Verve Sekt ins Glas, der folgerichtig überschäumte. „Deutsche Soziale Union. Keine Ahnung, was die wollen. Ich weiß nur, dass denen unser Untergang immer noch nicht schnell genug geht."
Schiller konservativ? Von Marx, Engels und Lenin zu christlich-abendländischen Werten? Der Schritt von einem Dogma ins andere war meist kurz. Ich grinste verstohlen.
Überzeugung? Pustekuchen! Dem ging es um den Platz an der Sonne.
Wer Humor besaß, war ein Genie, wer sich für witzig hielt, machte sich oft nur lächerlich. Schade, dass mein Gekritzel von seiner Dünnbrettbohrerei im Parteilehrjahr längst entsorgt war.

3

Die stadteinwärts rollenden Autos ließen sich an den Fingern einer Hand abzählen, was den Dicken hinterm Lenkrad beflügelte, seinen Bleifuß aufs Gas zu stellen, so, dass er selbst mir bisweilen übergewichtig erschien.
Traumatisierung, Trauer, Trotz...
Wider Erwarten berührte mich Cordulas seelischer Zustand tief im Inneren. Beim Warten aufs Taxi, wir allein auf der Straße, beichtete Manuela, dass ihre Mutter seit der Wahl vom 18. März im Lehrer-Kollegium gemobbt wird, weil sie dem Rausch misstraute und es weiter mit der SED/PDS hielt. Vor allem jene stichelten, unterstellte sie, die der Diktatur von Geburt an als pseododemokratischer Schleier dienten, und jetzt darauf hofften, Mitverantwortung durch Übereifer vergessen machen zu können.
‚*Man kann gar nicht so viel fressen, wie man kotzen möchte*‘, kam mir ein Spruch des alten Liebermann in den Sinn und ich verspürte Sodbrennen, weil ich sofort das bevorstehende Einigungsspektakel mit den Ostliberalen vor Augen sah.
Andrea, die lernte, wo Cordula lehrte, tat mir besonders leid, weil ihre Mitschüler sie vermutlich für Mutters Uneinsichtigkeit abstrafen würden. Ausgerechnet im Abiturjahr!
In den letzten Monaten hätte es bei den Eltern keinen Tag ohne Zoff gegeben, gestand Manuela, und ich merkte ihr an, wie froh sie war, in Jena, fern von

Zuhause, für den Abschluss ihres Informatikstudiums zu büffeln.

Die Ängste von Cordula wunderten mich nicht wirklich. Ich wusste, was neu anzufangen bedeutete. Nur wusste sie das auch? Anders, als das tägliche Geschwafel zu suggerieren versuchte, gab es im realen Leben keinen Wandel, der nur Gewinner hervorbrachte. Die ungedeckten Schecks, die ihre Oberen ausgestellt hatten, mussten schließlich von jemandem bezahlt werden.

Manuela und Andrea ergriffen ihre Chance, da hatte ich keine Sorge. Aber Cordula und Wolfgang?

Ich bat den Fahrer, mich am *Dorfkrug* abzusetzen. Die bräunlichen Ziffern der Digitaluhr im Armaturenbrett zeigten 20:32. Obwohl ich länger unterwegs gewesen war, als anfangs kalkuliert, wollte ich unbedingt ein paar Schritte zu Fuß gehen.

Einen Hunderter gezückt, sah ich auf die Anzeige des Taxameters.

„Bitte vierzig zurück."

„Besten Dank, Gnädigste."

Ich überging den flegelhaften Unterton des feisten Typs, der mir zwei grüne Scheine reichte.

„Schönen Abend noch", wünschte ich süffisant.

Unzufrieden mit sechs Mark Trinkgeld! Frechheit! Was der sich einbildete!

Flache, beständige Wellen rollten zaghaft gegen die Uferböschung und ermunterten die Seele zum Baumeln.

Tief sog ich den aromatischen Tannenduft in die Lungen. Das anonyme Missbehagen nach der Bewegungsarmut der vergangenen Stunden verflüchtigte sich nur langsam. Ich schwor mir, den Verdruss vom Morgen gleich beim Abendessen auszuräumen.
Cordulas Story über Sylvias angeblichen Suizidversuch ging mir nicht in den Kopf. Für Sylvia gab es keine ausweglosen Situationen, nicht eine in all den Jahren, die wir zusammenlebten. Täuschen, Tricksen, Aufmerksamkeit provozieren, ja, aber ernstgemeint? Das hätte wahrhaftig den Glauben an meine Menschenkenntnis zerstört. Kunsthandel, Antiquitäten, Schiebereien? Ich sollte wissen, was konkret vorgefallen war! Am Tor angelangt, fand ich seltsamerweise alles verschlossen. Erstaunt kramte ich das Schlüsselbund aus der Handtasche.
Von Corinna keine Spur. Schipperte sie etwa immer noch auf dem See? Verübelte sie mir so sehr, dass ich mich Herbert statt ihr anvertraut hatte, trug sie mir exzessiv nach, dass ich nicht geblieben war?
Ich zuckte mit den Schultern und sah beeindruckt gen Himmel, der dem Foto auf einer Kitschpostkarte ähnelte. Die Sonne versank tiefrot hinter dem Horizont, als wollte sie mit dem in Schatten getauchten *Bürgerhaus* kollidieren und im Havelbett schien Blut zu fließen.
Nachdem ich in die Hausklamotten gewechselt war, wanderte ich ein wenig ratlos am Regal mit den Krimis im hinteren Teil des Wohnzimmers entlang. Es

fiel mir schwer zu entscheiden, ob ich mir die Zeit vertreiben oder Sorgen um Corinna machen musste. Die Muße, Bücher zu lesen, war mir fast verloren gegangen. Eigentlich ein Trauerspiel, weil mich die Welt der Buchstaben in ihrer schier grenzenlosen, fantastischen Universalität seit meiner Kindheit zutiefst beeindruckte.

Von Lieblingsautorin Elisabeth George fehlte mir Neues. Ich griff ein Paperback von Martha Grimes, schob es jedoch umgehend zurück. Die Behäbigkeit von Inspektor Jury reizte mich im Augenblick wenig. Die clevere Art der Kinsey Milhone von Sue Grafton traf mein aktuelles Befinden besser. Wohl, weil ich mir heimlich wünschte, in Lebenslagen wie der gegenwärtigen, einige ihrer Tugenden zu besitzen.

Grüblerisch hielt ich das Buch regungslos in der Hand, weil sich einfach kein Abstand zu den vergangenen Stunden einfinden wollte.

War ich tatsächlich die narzisstische, falsch gepolte Ziege, die selbst meine Schwester in mir sah?

Ich hatte nur ein Leben. Wann, wenn nicht in diesem, sollte ich glücklich sein, Träume verwirklichen oder Niederlagen kassieren, leben mit allen Vorzügen und Macken, die zu mir gehörten wie ein Steuer zu jedem Boot? War das selbstsüchtig?

Der Zufall gönnte mir eine einzige Chance, mich zwischen den Welten entscheiden zu dürfen. Sie bedeutete, buchstäblich binnen Minuten radikal alle Brücken abzubrechen.

Selbst wenn ich hätte bedenken können, was Sylvia oder Cordula mir jetzt vorwarfen, hätte ich nicht anders entschieden! Die Enge, die Heuchelei, die Bevormundung, die ich zurückließ, wollte ich um keinen Preis länger ertragen. War das rücksichtslos?
Damals in der S-Bahn am Rheinufer entlang, ging es mir dreckig wie nie zuvor. Mir saß die Furcht im Nacken, alles falsch zu machen, wie viele andere vor mir irgendwann an der sozialen Nadel zu hängen, und trotzdem schwamm ich zugleich auf einer Woge von Glück, nach langer, langer Zeit endlich wieder ich selbst sein zu dürfen. Ein Gramm Arroganz billigte ich mir zu, gegenüber den Angepassten, denen nun Gleiches zum Nulltarif in den Schoß fiel, ohne einen Finger gerührt zu haben.
Ich legte das Buch auf den Tisch, öffnete die Terrassentür, weil mir die Luft plötzlich stickig vorkam. Einen beruhigenden Schluck Whisky im Glas, setzte ich mich aufs Sofa und starrte hinaus.
Tanze mit Ideen auf dem Seil, balanciere mit Worten auf dem Schwebebalken, turne mit kritischem Verstand zwischen den Zeilen, wenn du das nicht auf die Reihe bringst, dann lass es lieber sein, lautete das simple Fazit meines ersten Chefs am Ende des Volontariats.
Zuhören, Funktionieren im allgegenwärtigen Kollektiv, gehörte partout nicht zu meinen Vorzügen. Aber ich kämpfte, sein Credo im Kopf, für meinen Traum, bis die letzte Hoffnung aufgebraucht war, je in einer

Wirklichkeit anzukommen, die für mich die Bezeichnung Sozialismus verdiente.

Vaters Tod im September fünfundachtzig traf mich hart und zeigte mir, was es hieß, vor einer undurchdringlichen Mauer zu stehen. Von hochfliegenden Plänen getragen, war ich Monate zuvor nach Berlin zurückgekehrt. Obschon ich Hamburg gern mochte, war ich rasch dahinter gestiegen, dass ich in dieser Stadt nie dazu gehören würde, ewig Fremde bliebe. Berlin: Das war meine Stadt, sie liebte Mode und die Fördertöpfe, die Zulagen boten zusätzlich Anreiz. Ich mietete mich in dieses Haus ein, verbunden mit einer Kaufoption, die ich bereits zwei Jahre später einlöste.

Ich hasste den Tag bis heute, an dem ich aufgeregt vor Freude bei Tante Trudchen anrief, um mich mit ihr zu verabreden, und sie mir erzählte, dass sie am Morgen von Vaters Tod erfahren hatte.

Ein Jahr später ging Mutter in Rente und kam einmal im Quartal einkaufen. Zweimal besuchte sie mich bis zu ihrem Tod im vorigen Sommer, Monate bevor der eiserne Vorhang fiel. Sonst Konversation am Telefon, wenn sie bei Tantchen statt bei mir Kaffee trank. Ich hatte ihre Ansprüche nicht erfüllt, und basta! Schon deshalb sah ich nicht ein, warum ich mir von Cordula Schuldgefühle einreden lassen sollte.

Ich sah auf die Armbanduhr. Ein paar Minuten vor halb zehn.

Langsam wurde ich kribbelig, holte mir ein Wasser und hörte kurz Nachrichten. Topmeldung des Tages: Der bayerische Volksschauspieler Walter Sedl-mayr wurde ermordet.
Super!
Im Schlafzimmer schlüpfte ich in einen Jogginganzug, wollte laufen, an den Liegeplätzen vorbei, weil Kreislauftraining nie schaden konnte. Ich erkannte von Weitem, dass mein Kajütboot, fest am Poller vertäut, sanft in den Wellen schaukelte. Ich hielt nach Corinnas Auto Ausschau. Fehlanzeige.
Wie bei Fieber, hielt ich die Hand an die Stirn. Wieso hatte ich ihr Cabrio nicht vermisst? Ich wäre den Weg bis zum Steg ja wohl auch nicht gefahren. Horst Krause, Faktotum der Marina, schlich an den Stegen herum.
„Horsti", rief ich lauthals und winkte ihm zu, „hast Du gesehen, wann die Kleine reingekommen ist?"
„Welche Kleine?"
„Weißt schon, die junge Blonde, mit der ich vorige Woche draußen war."
Er schlingerte vier, fünf Schritte, fing sich wieder. Inzwischen war ich so nah bei ihm, dass ich die Summe der Bierchen schnupperte, die er vorn bei Britta am Kiosk genascht hatte.
„Holde Maid, entschuldige, Frau Renger, Dein flotter Kahn hat sich heute keinen Meter bewegt. Ich schwöre es, war den ganzen Tag hier", behauptete Krause leicht schwankend.

Corinna belog mich. Starr vor Enttäuschung krallte ich mich am Geländer fest. Hinterging sie mich?
Um mich abzureagieren, rannte ich zurück. Außer Atem warf ich mich in den Sessel. Am liebsten hätte ich das Whiskyglas, das auf dem Tisch stand, durch die geschlossene Terrassentür geschmissen.
Mich einfach sitzen zu lassen, war so ziemlich das Letzte, was sie mir antun durfte. Mir fehlte jede Idee, wo verdammt ich nach ihr suchen sollte. Trieb sie es mit dieser Liane?
Verzweifelt lauschte ich dem Tuten im Hörer und sah das lindgrüne Telefon auf dem Kiefernholzbord im Korridor ihrer Wohnung vor mir.
Heimliche Eskapaden? Ich zählte weiß Gott nicht zu den Kontrollfreaks, aber das wäre mir nie im Leben entgangen. Womöglich zwei Irrtümer an einem Tag? Die Skepsis bezüglich meiner Menschenkenntnis wuchs. Waren die Amouren der Grund für ihren Wunsch nach eigenen vier Wänden und nicht das nervige Pendeln zwischen ihrer WG-Wohnung in Strausberg und der City? Zugegeben, ihr Traum beunruhigte mich nicht, weil ich ein bisschen Privatsphäre seit den Jahren mit Sylvia für wertvoller hielt, als welkende, biedere Zweisamkeit. Die Lösung war schnell gefunden, direkt gegenüber vom Kreuzberg, von dem sich ein künstlicher Wasserfall herabstürzte und einen Hauch wilder Natur zwischen die protzigen Gründerzeithäuser zauberte. Keine fünf Minuten zu Fuß zur Firma.

Ungewollt erinnerte ich mich meines launigen Beitrags zur Einweihungsfete. Penetrant löcherte ich sie mit der Frage, warum sie Monate vor dem Abitur, ohne Abschluss in einen ziemlich unattraktiven Job abgetaucht war. Mein kapriziöses Beharren hatte ihr gründlich die Laune verdorben. Schweren Herzens rückte sie irgendwann damit raus, dass sie, kaum in der vierten Klasse, von Eltern und Lehrern in seltener Einigkeit auf eine Elite-Sportschule verfrachtet worden war, um Weltspitze im Wasserspringen zu werden. Ein Jahr vorm Abitur feuerte man sie, weil sie sich störrisch sträubte, Sportärzten und Trainern blind zu vertrauen. Was blieb ihr also anderes übrig? Scheiße! Wieder ein Abend versaut. Wie lange sollte das weitergehen? War sie entführt worden? Mir war es fast lieber, mit dem Schlimmsten zu rechnen, als mich von ihr getäuscht zu fühlen.
Gelähmt saß ich da und starrte aufs Telefon. Rief ich planlos Polizei oder Krankenhäuser an, machte ich mich lächerlich. Hin und her gerissen zwischen Angst und Kränkung, wählte ich wie in Trance Herberts Nummer.
„Sander."
„Renger", knurrte ich genauso unhöflich zurück.
„Corinna ist weg."
„Was heißt weg? Hast Du sie verloren?"
„Dass sie nicht da ist, wo sie hingehört", bellte ich.
„Also nicht unter Deinen Fittichen", spottete er verdrossen.

„Hör zu, wir hatten heute früh Zoff. Ich wollte zu meiner Schwester, sie aufs Boot. Ist sie aber nicht. Stattdessen ist sie mit dem Auto weg."

Ich erwartete keine Wunder, aber eine Spur Mitgefühl sollte er sich gefälligst abringen.

„Hast Du Angst, sie geht fremd? Erwarte nicht von mir, dass ich wüsste mit wem, oder wo."

„Arsch! Ich mache mir Sorgen, verstehst Du. Ihr könnte ja auch etwas passiert sein!"

„Vielleicht ist sie eifersüchtig auf diese Ex, was weiß ich. Liegt jedenfalls nahe."

Statt um Zuhören, ging es ihm deutlich um Abwimmeln. Bestimmt lag ein Häschen unter seiner Decke.

„Ohne Dein dummes Gerede gäbe es das Problem nicht, Blödmann!" machte ich meinem Ärger Luft.

„Entschuldige, aber Corinna wollte wissen, weshalb Du voll aus der Spur bist. Soll ich für Dich jetzt auch noch lügen?"

„Du mich auch."

Ich knallte den Hörer auf.

Idiot! Corinna eifersüchtig auf Sylvia, zum Kringeln...

Ich hielt inne. Ihre bohrenden Fragen... Traf seine alberne Annahme etwa den Nagel auf den Kopf?

Die Fotos.

Ich riss die Klappe des Unterschranks auf und zerrte die Bilder aus dem Kuvert. Eins fehlte. Sylvias Kärtchen aus der Schale in der Diele war ebenfalls verschwunden.

Närrin! Ich rannte die Treppe hinauf, griff ein T-Shirt aus dem Schrank, zwängte mich in abgetragene Jeans und warf mir eine Weste über. Bloß gut, dass ich mich noch nicht abgeschminkt hatte. Das sparte Zeit.

4

Viertel nach zehn. Der Verkehr pulsierte stärker, als es mir in den Kram passte.
Whisky! Bloß keine Kontrolle. Ich schwitzte Blut und Wasser, fuhr viel zu schnell. Was, wenn ich sie nicht auf der Fischerinsel vorfand? Der Gedanke drückte mir derart die Kehle zu, dass ich mir fast wünschte, Herbert behielte recht.
Die Parkplätze bei den Hochhäusern waren unbeleuchtet. Lampen hinter den Fenstern in den unteren Etagen verstreuten spärliches Licht.
Die Stellplätze vorm Aufgang, in dem Sylvia wohnte, waren besetzt. Ihre Wartburg-Limousine wirkte wie ein Fremdkörper zwischen den parkenden Fahrzeugen, inzwischen fast zwei Drittel Westfabrikate.
Mich ständig umschauend, lief ich ruhelos weiter. Nahe dem Block mit der Vier entdeckte ich das Cabrio, Verdeck offen. Corinna saß auf dem Beifahrersitz, sah aus, als schliefe sie, an die Kopfstütze geschmiegt. Mir wurde schwindlig. Trotzdem rannte ich alarmiert los wie eine aufgescheuchte Henne.
„Corinna!" schrie ich hysterisch.
Verzweifelt erhoffte ich eine Regung. Fenster gingen auf und an etlichen, die offen standen, tauchten schemenhaft Köpfe auf.
Bei ihr angelangt, tastete ich nach der Halsschlagader, bemerkte im gleichen Atemzug das schmale, dunkelrote Rinnsal, das sich am Nacken herunter zum Blusenkragen schlängelte.

Blut. Ich sah die große Platzwunde halb rechts am Hinterkopf und spürte zugleich ihren Puls.
Gott sei Dank! Nur bewusstlos!
Unschlüssig verharrte ich neben ihrem Auto und überlegte, ob ich den Notruf wählen sollte.
Ich stockte. Der Arzt würde zwingend die Polizei alarmieren. Auch ohne Sylvias Beihilfe durch die Presse gezerrt zu werden, war so ziemlich das Letzte, was ich jetzt gebrauchen konnte.
Gehirnerschütterung? Ich entsann mich, wie gefährlich es sein konnte, Verletzte in diesem Zustand zu bewegen.
Gebannt starrte ich auf den Schlüssel, der im Zündschloss steckte. Bar jeder Vernunft stieg ich ein und fuhr im Schritttempo vom Parkplatz.
Die Unfallstation der Charité war kaum zwei Kilometer entfernt, bis dahin musste sie einfach durchhalten. Und wenn nicht?
„Regina?" stöhnte es neben mir, als ich am Prunkpalast in die Französische Straße einbog.
„Halt die Klappe!"
Meine Hände umklammerten das Lenkrad, als gelte es, einem Orkan zu trotzen. Sacht bremste ich, um in der Erregung keinen Unfall zu bauen.
„Du musst doch ein Rad abhaben! Wärst jetzt besser nicht aufgewacht. Ich sollte Dir eine runterhauen für so viel Dämlichkeit."
Der Damm, hinter dem sich die Anspannung aufgestaut hatte, brach, die Wimperntusche löste sich in

Tränen auf. Sicher sah ich fürchterlich aus.
Doch das interessierte mich im Augenblick wenig.
„Tut es sehr weh?"
„Ich konnte nichts erkennen", flüsterte Corinna. Mit der Linken tastete sie nach meiner Hand auf dem Schaltknauf. „Niemand da. Dann dieser Typ, der Schmerz, die Dunkelheit... Verstehst Du?"
„Sei still. Wir sind gleich in der Charité. Die kriegen das hin."
Ich fuhr skrupellos die Rampe zur Notaufnahme hinauf, die Rettungsfahrzeugen vorbehalten war. Im Laufschritt stürmte ich zur Anmeldung. Die Schwester las seelenruhig in einer Akte, ohne mich eines Blickes zu würdigen.
„Abend", sprach ich sie direkt an. „Die junge Frau im Auto", ich zeigte zum Eingang, „schwere Kopfverletzung. Streit vor der Disco..."
Die Brünette sah auf: „Sie müssen vor der Tür weg. Ist verboten."
„Rufen Sie jemand, der sich kümmert", entgegnete ich ebenso pampig, „dann bin ich sofort weg."
„Ausweis?" Griesgrämig schaute sie mich an, ohne sich zu bewegen.
„Welchen Ausweis?"
„Krankenversicherung! Was sonst!"
„Später", vertröstete ich sie aufgelöst. „Sonst könnte es sein, dass sich Hilfe erübrigt!"
Ich drehte mich weg, griff mir den erstbesten Arzt, der mir über den Weg lief, wich ihm nicht von der

Seite, bis er das Nötige veranlasst hatte und Corinna von Pflegern mit einer fahrbaren Trage auf die Station bringen ließ.

Die Uhr über der Anmeldung näherte sich Mitternacht. Hundemüde dachte ich jäh an Miriam, die vorgestern um diese Zeit vom Schicksal härter bestraft worden war.

Pietätlos stellte ich mir vor, wie sie ihre Bude auf den Kopf stellte, um die Papiere zu finden.

„Haben Sie den Ausweis?" fragte Amelie, deren Name auf dem Schild über der linken Brusttasche ihres hellgrünen Kittels stand. Zur Tür mit Piktogramm weisend, bot sie mir an: „Wenn Sie länger warten müssen, können Sie sich dort frisch machen."

Als ich zurückkam, warf ich ihr den Versichertenausweis aus Corinnas Handtasche hin.

„Ist ja eine Westversicherung."

„Seit zwei Wochen wird überall im Land mit gleicher Münze gezahlt, wo ist das Problem?"

Mir schwoll erneut der Kamm.

„Ausstehende Verträge", antwortete sie lakonisch. „Privatrechnung. Müssen Sie sehen, wie Sie mit Ihrer Kasse klarkommen."

Sollte sie machen, was sie wollte. Ich hatte keine Lust, mich auch noch im Gestrüpp von Vorschriften zu verheddern. Schlimm genug, dass ich mir wegen Corinnas Irrsinn die Nacht um die Ohren schlagen durfte. Zum Glück gab es noch den Sonntag vor dem Montag.

„Frau Renger?" rief jemand in den Raum. Der Arzt, den ich zum Auto gezerrt hatte, suchte mich mit den Augen.

„Ja bitte?"

„Seidel", stellte er sich vor. „Frau Renz muss bleiben. Die Gehirnerschütterung bedarf stationärer Behandlung. Jetzt schläft sie. Haben Sie den Hergang des Überfalls, respektive der Schlägerei verfolgt?" Er sah fragend über seine Brille.

„Nein. Ich fand sie blutüberströmt und bewusstlos in ihrem Auto. Hat sich wohl noch auf den Beifahrersitz geschleppt."

Ich schätzte Seidel auf Mitte fünfzig, aber vielleicht lag das auch nur an seinem bereits völlig ergrauten Haar.

„Mich besorgt", fuhr er mahnend fort, „das bei dem Angriff ein Totschläger oder eine Art Schlagring im Spiel gewesen sein muss. Sie sollten auf jeden Fall die Polizei einschalten." Väterlich fügte er an: „Fahren Sie nach Hause. Schlafen Sie sich aus. Sie sehen ziemlich ramponiert aus. Morgen Nachmittag ist Frau Renz sicher ansprechbar."

Wer schlug Corinna auf diesem Parkplatz nieder? Wem war sie in die Quere gekommen? Die Frage missfiel mir ebenso wie der Gedanke, mein Auto im Osten stehen zu lassen.

Sonntag, 15. Juli 1990
1

Kadaver stanken allenthalben, vergifteten letzte Überlebende mit Agonie. Häscher, gepanzerte Gestalten ohne Gesicht, Lanze voran, jagten jedes Wispern, jedes Stöhnen. Zombies, Corinnas blutbesudeltes Haupt als Trophäe, reckten dreist ihre Hände, drängten ans Gestade des Wachseins. Verstörendes Kauderwelsch, das einem Gemälde von Pieter Breughel gleichkam.

Schweißdurchnässt heftete ich den Blick an die Übergardinen. Sonnengeflutet leuchtete das Olive des Leinens, als befände sich die Lichtquelle in seinem Innern.

Ich setzte mich im Bett auf, knickte das Kopfkissen und schob es hinter den Rücken. Missmutig bemerkte ich den feuchten Fleck zwischen den Brüsten, Überbleibsel der gespenstischen Träumerei, das sich dunkel vom beigen Seidennachthemd abhob.

Ich hätte zu gern länger geschlafen und war doch heilfroh, wach zu sein.

Die nächtliche Szenerie auf dem Parkplatz stand mir sofort vor Augen. Ich schämte mich für meine Selbstsucht. Ich hatte eine Straftat verschleiert und mutwillig den Tatort ruiniert. Wer Waffen benutzte, tat das nicht versehentlich. Polizei? Vielleicht reichte es zunächst, wenn ich diesen Schulz ins Vertrauen zog, sobald der Kontakt hergestellt war.

Ich griff eilig zum Hörer und wählte die nachts rasch auf einen Zettel gekritzelte Nummer.

„Charité, Schwester Brauer. Was kann ich für Sie tun?" plärrte es wie eine Bandansage.

„Morgen. Renger. Ich hätte gerne Herrn Doktor Seidel gesprochen."

„Moment. Ich verbinde."

„Na hoffentlich klappt's", raunte ich in die rasch zugehaltene Sprechmuschel.

„Seidel. Ja bitte?" meldete sich der Arzt schneller als erwartet, rang hörbar nach Luft.

„Guten Morgen. Renger. Ich wollte mich erkundigen, wie Frau Renz die Nacht überstanden hat."

„Renz? Augenblick."

Ich hörte leises Rascheln.

„Schädeltrauma, richtig?" fragte er rhetorisch, um sich zu konzentrieren.

Anstelle einer überflüssigen Antwort, überlegte ich, wie lange er wohl noch Dienst tun musste. Mir war bereits in der Nacht aufgefallen, dass er sich wohltuend von Wichtigtuern seiner Zunft unterschied, die ihr Fachchinesisch oft genug dazu benutzten, dem Patienten subtil ein Gefühl von Unterlegenheit einzureden.

„Lage ist stabil. Sie schläft. Keine Komplikationen. Sollte heute Nachmittag ansprechbar sein."

„Darf ich Sachen mitbringen, kann sie mit nach Hause?" fragte ich eilfertig, drehte mich zur Seite, weil das Genick zu schmerzen begann.

„Nach Hause heute? Auf keinen Fall. Sie wissen, Sonntag... Wichtige Checks können definitiv erst morgen gemacht werden."

„Schade. Trotzdem vielen Dank."

Beruhigt und zugleich enttäuscht kletterte ich aus dem Bett, duschte ausgiebig und bekleidete mich notdürftig mit einem älteren Bikini.

Nach dem Abstecher in die Küche schlenderte ich auf die Terrasse. Während ich Kaffeetopf und Untertasse, auf der sich ein einsamer Marmeladentoast gruselte, auf den Tisch stellte, bildete ich mir ein, Johannas strafende Blicke im Rücken zu spüren. Unbehaglich, gerade so als hätte sie mich wirklich ertappt, setzte ich mich und lauschte zwei Amseln, die im Geäst der hausnächsten Kiefer um die Krone für den Meistersänger stritten. Das Phlegma, mit dem sich die Natur durch den Sonntag träumte, übertrug sich nicht auf mich.

Traurig sah ich zum Cabrio, das ich vorm Garagentor abgestellt hatte. Sein meerblauer Metalliclack reflektierte das Sonnenlicht und blendete mich.

Corinnas seltsames Verhalten in den letzten Tagen verstörte mich. Wie kam sie auf die verrückte Idee, mir unbedingt etwas beweisen zu müssen? Unterstellte sie, ich hielte sie außer im Bett für entbehrlich? Was erwartete sie? Ich hatte keine Ahnung.

Ging es um Liebe?

Ich scheute mich, sie für derart einfältig zu halten. Romantische Schwärmerei, vielleicht...

Gebranntes Kind! In Momenten wie diesem, bar jeder Illusion, befiel mich wieder Bindungsangst, gaukelte mir mein Kopf schlimmste Visionen von Beziehungskriegen vor.

Über Corinnas Eltern wusste ich kaum etwas, nur soviel, dass sie, wie Mutter auch, beim DDR-Außenhandel tätig gewesen waren und Mitte der Achtziger nahe Sotschi bei einem Flugzeugunglück ums Leben kamen.

Trieb sie Geborgenheitssucht? Sah sie in mir eine Ersatzmutter? Eine, mit der es hin und wieder nicht unbehaglich im Bett war? Die Vorstellung stach direkt ins Herz. Hoffnung war die begehrteste aller Lügen und die wohl schlimmste zugleich.

Hastig zerriss ich den Faden, um mich nicht emotional zu verrennen. Die Ereignisse der Nacht zu überdenken, hielt ich im Moment für wichtiger.

Mit dem letzten Bissen Krümeltoast im Mund, holte ich Fleckenspray, Bürste, Lappen und heißes Wasser. Betriebsam rubbelte ich mich in Schweiß, um die Blutflecken aus dem Bezug des Beifahrersitzes zu entfernen.

Corinna war kein zufälliges Opfer, Doktor Seidels Hinweis auf die Schlagwaffe unterstrich das definitiv. Jemand, der Sylvia beschattete, erkannte sie und bekam Angst, von ihr entdeckt zu werden. Mir fiel auf, wie wenig ich wirklich über sie wusste.

Ich war gespannt, was sie mir nachher erzählen würde, woran sie sich überhaupt erinnerte.

Wer observierte Sylvia? Trauten die Finanziers ihr nicht über den Weg? War es jemand, der Enthüllung oder Erpressung fürchtete?

Ihre Observation, die auf mich stasireif wirkte, sagte mir, dass sie die Gefahr, in der sie schwebte, hochmütig unterschätzte. War ihr sonst scharfer Verstand so von Raffgier umnachtet, dass sie an Wahrnehmungsstörungen litt?

Schober fiel mir ein. Nur Zufall? Ihm traute ich zu, dass er jetzt auf halbseidenen Bällen tanzte.

Mitten im anstrengenden Bürsten hörte ich im Wohnzimmer das Telefon läuten.

„Morgen", grüßte Herbert wie das schlechte Gewissen in Person. „Ich wollte nur horchen, ob sich Dein Goldstück wieder angefunden hat."

„Mein Goldstück liegt im Krankenhaus", erwiderte ich kurz angebunden. Er verdiente es nicht besser.

„Was ist passiert?"

„Sie wurde überfallen."

„Rowdys?" fragte er bestürzt.

„Nein. Absicht. Geschah nahe der Wohnung meiner unerwünschten Besucherin."

„Stimmte meine Vermutung also", stellte er selbstgefällig fest.

„Zufallstreffer", holte ich ihn vom hohen Ross. „Abspeisen wolltest Du mich wie einen räudigen Köter!" Langsam verrauchte mein Zorn auf sein gestriges, ungehobeltes Benehmen.

„Und was sagt die Polizei?"

„Nichts", erwiderte ich einsilbig. „Ich habe sie allein dort weggeholt."
„Tut mir sehr leid", druckste Herbert. „Aber Dein Anruf gestern war suboptimal. Doch dafür habe ich eben mit Schulz telefoniert, Kripo. Du weißt..."
„Und?" fragte ich ungeduldig.
„Morgen, 15.30 Uhr, *Café Adler*. Ich hoffe, ist Dir recht?"
„Ist es", stimmte ich zu. „So geht's nicht weiter."
Ich angelte mir den Kalender. 15.30 Uhr war okay. Der Vorstand tagte erst übermorgen.
Verflixt, vorher musste ich noch Jäger und Zapf drankriegen und den Termin mit diesen Ostliberalen machen!
„Und dieses Café ist wo?"
„Checkpoint Charlie."
„So gut hundert Meter vor der Kochstraße?" vergewisserte ich mich, um sicherzugehen
„Genau. Bis morgen und grüß Corinna von mir."
„Danke für den Anruf. Schönen Sonntag noch."
Beim gleichen Fuhrbetrieb wie gestern bestellte ich mir zu dreizehn Uhr eine Taxe.
Hoffentlich kam nicht wieder der unverschämte Flegel, der sich über sechs Mark Trinkgeld mokierte. Vielleicht hätte ich auch gleich nach Mengenrabatt fragen sollen?
Erst das Auto abholen? Keine gute Idee. Besuchszeit, Parkplatzsuche? Ich schüttelte mich. Außerdem brannte ich darauf, Corinnas Geschichte zu hören.

Anschließend zu Fuß zur Fischerinsel?
Für hartnäckige Autofahrer wie mich waren Fußwege über hundert Meter Landstreicherei. Mir taten die Füße jetzt noch weh, wenn ich an die Zionskirche dachte.
Irgendwie musste ich ans Auto kommen. Vielleicht sollte ich es ausnahmsweise mit dem Bus versuchen, mir die aus dem traumatischen Dämmerschlaf der Mauerjahrzehnte erwachende Friedrichstraße ansehen?
Innerhalb achtundvierzig Stunden sauste ich zum dritten Mal auf dieses verhexte Eiland in der Stadtmitte.
Wäre Sylvia nur nie aufgetaucht!
Nachdenklich tappte ich die Stiege zum Oberdeck meines Hauses hinauf, öffnete die vier rechten Türen des achttürigen Kleiderschranks, in der Hoffnung, etwas Passendes zum Anziehen zu finden.
Nach ellenlangem Suchen nahm ich mir das Figur betonende, dünne Baumwollkleid in hellem Orange heraus, mit schmalen Trägern und weitem Dekolleté. Ich suchte nach der kurzärmligen, taillierten Jacke, etwas dunkler im Ton, um die Sache rund zu machen.
Das Chaos in der Schmuckschatulle beunruhigte mich so sehr, dass ich mich entschloss, erst nach Dusche und Lackierung weiter darin zu kramen.

2

Farbige Pfeile jagten mich durch labyrinthische Korridore, während der in den Wänden nistende Desinfektionsmief die Nase traktierte. In Kurven, in Einengungen, erforderten Rollbetten agilen Slalom. Vermutlich akuter Raumnot geschuldet, waren einige mit Patienten belegt. Von Besuchern im Leid wie Obdachlose begafft zu werden, förderte gewiss spektakuläre Therapieerfolge.
Corinna teilte das Zimmer mit drei Patientinnen. Das Fenster stand offen, lenkte das Auge direkt auf die Linden an der Hannoverschen Straße, deren Abstand von fern nicht breiter wirkte als der zwischen Zaunlatten. Teils verdeckt, konnte man den Klinkerbau der Pathologie dahinter nur erahnen.
Für einen Moment plagte mich die abscheuliche Vision, ich stünde eben dort neben einer Bahre... Der flüchtige Eindruck schnürte mir die Kehle zu und entfachte erneut Zorn auf Corinnas Torheit.
„Na Du", trällerte ich leichthin, ohne mir etwas anmerken zu lassen. „Geht's besser?"
Verträumt küsste ich ihre Wange, die nach billiger Flüssigseife roch, und schaute mich nach einem Gefäß für die cremefarbenen Rosen um, die ich in der Hand hielt.
„So lala", antwortete Corinna leise. „Wozu Blumen? Ich dachte, wir fahren nach Hause."
„Ein paar Tage wirst Du bleiben müssen, sagt der Doktor."

Auf dem Rand des Waschbeckens stand ein sauberes Honigglas. Ich füllte es mit Wasser, drapierte den Strauß und stellte ihn auf den Tisch an ihrem Bett.
„Ich will hier raus. Das ätzende Gejammer geht mir auf den Zeiger", quengelte sie.
Ich verstand, doch Flüchten war keine Option. Mutig hob sie den Kopf. Zentimeter, dann begannen Tränen zu kullern.
„Lass das! Bitte!" ermahnte ich sie. „Nicht gleich wieder Heldentum."
Sie sank zurück auf das Kissen. Vom Bett direkt unter dem Fenster klang schwaches Röcheln herüber. Warme Zugluft fegte durch das Zimmer und schlug krachend die nicht eingeklinkte Tür zu.
„Unfall, Motorrad, linkes Bein ab", raunte Corinna mir kaum verständlich zu. „Frau, Anfang Zwanzig..."
Besser dran als Keller', schoss es mir durch den Kopf und ich schämte mich augenblicklich.
Ich zog mir den ältlichen Holzstuhl heran, der darauf wartete, gebraucht zu werden, und setzte mich zu ihr. Der Stuhl erwies sich als hart und unbequem. Vermutlich hatten sich die Stationsoberen für diese Sitzmöbel entschieden, um die Patienten vor exzessiv geheucheltem Mitleid zu schützen.
„Jetzt erklär' mir um Himmelswillen, was Du dort zu suchen hattest", forderte ich sie schroff auf.
„Ist, wie es ist", gab sie unumwunden zu. „Ich wollte sie eben sehen... Man soll stets wissen, was Konkurrenten treiben. Weiß ich von Dir."

Schuldbewusst zog sie ihre blaugrau bezogene Zudecke hoch, als erwartete sie eine Tracht Prügel.
„Und war es das wert, sich dafür den Kopf lädieren zu lassen?" fragte ich bitter.
„Hab's für Dich getan! Aber das raffst Du ja nicht. Hätte ja sein können, dass es was bringt! Mich kennt die schließlich nicht", verteidigte sie ihren Flop.
„Wer nicht hören will, muss fühlen. Hat meine Mutter immer gesagt."
Sie funkelte mich an. Ihr Mullverband ähnelte einem Schweißband, das Tennisdamen trugen, um nasse Haare von den Augen fernzuhalten. Ich hoffte, man hatte ihr die hübsche Frisur nicht zu sehr verschnitten.
„Ich bin keine Zierpuppe, die auf Knopfdruck plappert oder stillsitzt", fauchte sie.
Wieso dieser Ton? Ich erinnerte mich der Gedanken unter den heimischen Tannen. Zwischen Zeitvertreib und sich das Leben zu teilen lagen Welten. Leben teilen im Wortsinne? Neugierig, was Corinna zu berichten wusste, wechselte ich rasch das Thema.
„Okay. Ist mir klar, dass Gutgemeintes oft schlecht rüberkommt", entschuldigte ich mich. „Erzähl mir lieber, was genau passiert ist."
„Nichts", raunte sie, griff nach meiner Hand wie letzte Nacht im Auto und drückte sie. „Etwa halb vier war ich dort. Hab geklingelt. Flyer, Werbung, Du verstehst? Sie öffnete, also wusste ich, dass sie da ist."
Ihre Miene verriet mir, dass sie unter Schmerzen litt.

Ich unterdrückte das erneut wie Sodbrennen aufsteigende Unverständnis: „Tablette?"
„Geht schon", nuschelte sie wegen der trockenen, rissigen Lippen. Hastig reichte ich ihr die Flasche vom Tisch.
„Knapp eine Stunde später hastete sie aus der Tür", schilderte Corinna. „Ich hatte mir derweil am *Ahornblatt* Kaffee und Eis geholt. Aufgemotzt, als wäre sie voll auf Spaß aus, stürzte sie los. Trabte ins Nicolaiviertel zum *Spreecafé*, wo sie erwartet wurde. Ich in den Wintergarten und checkte sie und den Mann."
„Und? Wie sah er aus?" fragte ich gespannt.
„Smarter Typ. Längliches Gesicht. Älterer Bruder von Springsteen, triffts am besten. Arrogant. Sportlich. Ihr Alter. Auf alle Fälle super gefetzt, so 'ne Art Ehekrach."
Ihr Scharfblick verdiente Achtung, aber leider waren Rockstars nicht meine Welt. Mir fiel auf Anhieb niemand ein. ...Schober war sportlich, sicher arrogant wie viele seines Schlages und das Alter kam hin.
„Na, sagt Dir ihr Verehrer was?" Sie sah mich fragend an.
„Verehrer? Sie? Nur wenn am Äquator Schneesturm vorhergesagt ist!"
Wenigstens eine nützliche Info als Äquivalent für ihre Blessur wäre gerecht gewesen, überlegte ich enttäuscht.
„Warum bist Du so still?" fragte Corinna.
„Sagt Dir der Name Heidewald was?"

„Wer soll das sein?" rutschte mir verblüfft raus.

„Also, ihr Date ging halb sechs zu Ende", nahm sie mir das Rätseln ab. „Sie ging. Zum Glück. Der Kaffee kam mir aus den Ohren und das Eis schmeckte, als wollte der Wirt mit Wasser zum Millionär werden."

Ich hörte eine Schwester auf dem Gang rumoren, die das Ende der Besuchszeit ankündigte.

„Sie im Oldtimer, raus nach Weißensee. Orankestraße 27", fuhr Corinna fort. „Feine Gegend, aber abgelegen. Schwer, nicht aufzufallen." Sie hob die Hand auf meiner Seite, deutete an, dass ich das Kopfteil etwas heben sollte. „Schätze, zwei Stunden drehte ich Däumchen. Gegen neun stiegen sie und Frau Heidewald, falls der Name auf dem Türschild stimmt, ins Auto und fuhren Richtung Zentrum. Gingen aber nicht ins Haus, sondern steuerten direkt die Kneipe am Spree-Arm an."

Was sie sagte, klang desillusioniert. Ich verkniff mir die Binsenweisheit, dass Bondfilme auch nichts mit dem Leben zu tun haben.

Fast eine halbe Stunde saß sie bewusstlos im Auto? Ich schluckte.

Eine Schwester öffnete burschikos die Tür: „Bitte, meine Herrschaften, verlassen Sie jetzt die Zimmer. Besuchszeit ist zu Ende."

„Als ich Dich fand, hast du auf dem Beifahrersitz gesessen. Wieso?"

„Hab Kaugummi gesucht im Handschuhfach", erklärte sie müde. „Kam mir verflucht kindisch vor.

Stand beim Block nebenan, um keine Welle zu machen. Sah noch, dass die Frauen in meine Richtung liefen. In dem Moment wurde es schwarz."

„Hat Dir der Doktor eigentlich gesagt, dass der Schläger Profi war?"

„Hä? Egal. Meine Erinnerung ist so was von hin."

„Waffen, Schlagring oder Totschläger seien im Spiel gewesen, meint er, wie er an Deiner Wunde erkennen könne. Ich hoffe, Du glaubst mir jetzt, wie gefährlich die Leute sind."

„Der konnte doch nicht wissen, dass ich da rumhänge", widersprach sie heftig. „Der muss eindeutig sie im Visier gehabt haben."

„Da sind wir uns absolut einig. Trotzdem musst Du ihm zufällig aufgefallen sein und vor allem hat er Dich erkannt. Und mir ist schleierhaft, woher Dich solche Typen kennen?"

„Mir auch."

„Denk mal drüber nach."

3

An der Endhaltestelle Schumannstraße stand ein alter Ikarus-Bus. Von wegen Oberdeck!
Ich war sauer. Ums erhoffte Vergnügen betrogen, warf ich mich auf den einzelnen Platz direkt hinter dem Einstieg beim Fahrer. Zischend, von gequältem Quietschen begleitet, schlossen sich die Türen. Holprig kam die Kutsche in Fahrt.
Ich schaute aus dem Fenster, nahm indes aber kaum Notiz von den belebten Gehwegen und gut besetzten Straßencafés. Nur vage mogelten sich Impressionen zwischen meine chaotischen Gedanken.
Die Dinge wollten sich nicht fügen. Vielleicht, weil ich den Wald vor lauter Bäumen nicht sah, vielleicht, weil mir Schober als Vermittler zwischen Sylvia und den Finanzjongleuren fast zu perfekt passte. Sicher war nur eins, alle Fäden endeten bei ihr.
Was unternahm Keller zwischen Montag und seinem tödlichen Unfall? Hatte er aller Vermutungen zum Trotz eruiert, wer sein Ziel war? Suchte er Kontakt und erlebte ein Fiasko? War das der entscheidende Impuls für ihn, bei Sylvia ins Boot zu steigen?
Sicher gierte sie fieberhaft nach seiner Akte, um sie mit den Schnipseln abzugleichen, die sie mir unter die Nase gerieben hatte und scheute fraglos keine Mühe, irgendwie an Nico heranzukommen, falls es ihr gelang, seinen Aufenthaltsort zu erfahren. Oder war der Hefter längst bei ihr und ich war vorgestern erneut einer ihrer unzähligen Lügen aufgesessen?

Langsam zermürbten mich die Fragen, die endlosen Konjunktive...

Die Ziehharmonika, die Bug und Heck des Busses verband, gab in den Kurven fürchterliche Geräusche von sich. Nicht von Ungefähr nannte man die Ungetüme im Osten liebevoll „Schlenkis". Besonders im hinteren Teil wurden die Fahrgäste geschüttelt und gerüttelt, als befänden sie sich im Cocktailmixer.

Orankesee? Ich war dort gewiss nicht zu Haus, aber zumindest soweit mit der Umgebung vertraut, um mir vorzustellen, dass sich selbst routinierte Verfolger schwer damit taten, in diesem Kiez unauffällig zu bleiben. Corinna hatte eingeräumt, dass sie sich als auffällig empfand, im Cabrio, stundenlang vorm gleichen Haus. Sie dagegen bemerkte nichts Auffälliges, weil sie nicht ansatzweise damit rechnete, dass sich außer ihr noch jemand für Sylvia interessierte. Wer fürchtete Corinna? Eigenartig. Wieso wurde sie erst nach der Rückfahrt attackiert? Erschien dem Täter das Gelände am See ungeeignet, um sie auszuschalten oder brauchte er Zeit, sich zu vergewissern, keiner Selbsttäuschung aufzusitzen?

Wir bogen in die Breitestraße ein. Ich sah zum *Marstall* hinüber, vor dessen Eingang einsam eine jungfräuliche Litfaßsäule stand.

Im Untergeschoss, mit Fensterfront zur Spreeseite, befand sich früher die *Akademiegalerie*. Hier begegnete ich Blumenthal zum ersten Mal, dem vierschrötigen, jungen Mann mit Brecht-Brille, anderthalb

Kopf größer als ich. Keiner hätte dem Steinmetz die Feinmotorik in den Pranken zugetraut, die seine Arbeiten widerspiegelten.

Ich erinnerte mich an unsere aufgekrazte Plauderei, daran, wie froh ich gewesen war, jemanden kennenzulernen, der die uralten Sehnsüchte nach Würde, Gerechtigkeit und Frieden detailversessen in Stein abbildete. Sein Zorn und die Trauer, mit denen er sich dem fortwährenden Konflikt zwischen Anspruch und Sein widmete, verblüfften und ängstigten mich gleichsam.

Was wäre wohl aus ihm geworden? Auch nach den Jahren, die seither ins Land gegangen waren, rieselte mir ein Schauer entrückter Ergriffenheit über den Rücken.

Erleichtert sah ich den Jaguar aus dem Busfenster unversehrt am Straßenrand stehen. An der Haltestelle, fast in Höhe des Hauses, hinter dem ich Corinna gestern Nacht aufgelesen hatte, stieg ich aus. Mit einem Druck auf die Fernbedienung öffnete ich die Fahrertür, warf Jacke und Tasche auf den Beifahrersitz und fuhr los.

Singers Klage über Marcs Eltern fiel mir ein. Wie hatte er sich die Einfalt bewahrt, die ihn störrisch glauben ließ, die Welt besser machen zu können?

Wahrscheinlich war es nur verträumten Utopisten wie ihm geschenkt, beharrlich zu bestreiten, dass die Welt moralische Wesen hasste, zu Zynikern machte oder in den Tod trieb.

Mehr als einmal hatte mir die Jungenfreundschaft zwischen Blumenthal und Keller ein spöttisches Lächeln entlockt, wobei Keller sich zumeist als der Realist in alltäglichen Dingen erwies. Auch wenn ihn die gleiche Abneigung in den Widerstand trieb, jede Abweichung vom Dogma als Beschädigung der Macht anzusehen, konnte ich mir gut vorstellen, dass er weit weniger bierernst an seinen Prinzipien hing wie Blumenthal.

Ich bereute meine Kleiderwahl. Zu eng von der Taille abwärts, erwies sich das Kleid als ungeeignet zum Autofahren. Ich hätte es wissen sollen!

Verärgert schob ich den Saum bis Mitte der Schenkel hinauf, um mir Bewegungsfreiheit zu verschaffen. Pikiert über die Situation, in die ich mich gebracht hatte, kam ich mir vor wie eine Edelhure auf Anmache.

Meine Ungeschicklichkeit verhinderte zum Glück nicht, dass sich weit weg ein Türchen in meinen Erinnerungen öffnete, durch das in blasser Kontur eine Gestalt aus Fleisch und Blut lugte.

Gudrun Heidewald, Malerin. Ebenso wie an Marc, erinnerte ich mich ihrer dank des früheren Jobs.

War sie Sylvias aktuelle Geliebte?

Achtundsiebzig, anlässlich der biennalen Exposition bildender DDR-Kunst in Dresden, machten viele Kritiker, ich eingeschlossen, viel Tamtam um ihre ausgestellten Gemälde. War sie es gewesen, vor deren Haus sich Corinna gelangweilt hatte?

4

Ich wich dem muffigen Gang aus, verließ die Garage durchs Tor und lief die Rampe hinauf ins Freie.
Nach Krankenhaus, Bus und Autofahrt sog ich begierig die warme Frischluft ein, die duftete, als backe jemand Kienäpfel im Steinofen. Heiseres, zänkisches Möwengeschrei mischte sich vereinzelt in das fortwährende Getöse der Badelustigen am nahen Havelstrand.
Zwischen Kiefern und Tannen heftete sich aus heiterem Himmel Einsamkeit an meinen Rockzipfel. Die Rosen am Wegesrand ließen ihre Köpfe hängen und das leere Haus schien mürrisch Trübsal zu blasen.
Im Schlafzimmer waberte eklige Hitze, weil ich zerstreut losgerannt war, ohne das Fenster zu schließen. Wieder im Bikini, mied ich den geliebten Bourbon, mixte mir alternativ Orangensaft mit einem Spritzer rotem Wermut und warf Eiswürfel hinein. Mit Glas, Notizblock und Stift auf dem Tablett schlenderte ich zum Tisch auf der Terrasse. Zehn vor sieben. Die Quecksilbersäule rührte sich nicht. Neunundzwanzig Grad. Bevor ich mich niederließ, spannte ich den grünweißen Sonnenschirm auf.
Seufzend sortierte ich, was mir die vergangenen Tage über alle Maßen versüßt hatte, um auf das Treffen mit Herberts Anverwandtem vorbereitet zu sein.
Ich bemerkte verdrossen, wie meine Zweifel bezüglich des Ostpolizisten erneut aufflammten. Deprimiert ließ ich die qualvollen Stunden nach Sylvias

Besuch Revue passieren, die zugleich jene gewesen waren, in denen Keller sein Leben verlor. Als hätten sie nur aufs Stichwort gewartet, meldeten sich neuerlich penetrante Bedenken.

Mord? Oder doch nur Unfall? Ich hoffte, dass Schulz trotz Suspendierung über Beziehungen verfügte, die ihm erlaubten, sämtliche Berichte zum Vorfall vom Donnerstag einzusehen. Wenn Mord, konnte das Motiv nur in den Akten versteckt sein. Silvia durchstöberte sie, Wilke verschenkte sie. Glaubte man den Gazetten jeder Couleur, erlebten Enttarnung, Vorverurteilung und Erpressung derzeit unglaubliche Kurssprünge, auch weil allenthalben im Kontext mit der zu erwatrtenden Einführung unseres Rechtssystems das Wort Siegerjustiz fiel.

Am Montag vor dem Unfall, als Sylvia den Pfarrer hofierte, trieb sie vor allem der Ehrgeiz um, weitere Fakten über mich und für ihr Enthüllungsbuch in die Finger zu bekommen. Vermutlich war sie bereits anderweitig auf Kellers Namen gestoßen.

Singers verblüffendes Abschweifen zu Wilke, sein Verweis auf den Vorgang in Kellers Händen, ließ sie völlig aus dem Häuschen geraten. Ein gefundenes Fressen. Klar, dass sie nichts Eiligeres zu tun hatte, als Familie Keller zu besuchen. Doch er verweigerte die Kooperation, wollte partout sein Ding alleine machen.

Soweit, so gut. Aber nach meiner Ansicht hatte das wenig bis gar nichts mit verborgenen Geldflüssen zu tun. Millionen verschob man nicht zwischen Tür und Angel. Solche Jobs wurden im inneren Zirkel roter Seilschaften erledigt oder in Problemfällen von armen Irren, die unter ihrer Knute standen. War ich eine Irre? Nach Sylvias Meinung durchaus. Ich sei erpressbar, ein unschätzbarer Vorteil, wenn außergewöhnliche Offerten auf taube Ohren stießen, war es nicht das, was sie mir an den Kopf warf, als ich vorgestern bei ihr im Bad stand? Was Sylvia zur Annahme verleitete, ich wäre leicht käuflich, blieb für mich im Dunkel. Womöglich inspirierte sie meine hiesige Karriere in den letzten Jahren fälschlicherweise dazu, wer weiß...

Der Inhalt der Tüte jedenfalls, die sie mir auf den Tisch fledderte, stammte demzufolge kaum von Keller, so wie er sie abblitzen ließ. Bei Schober, der ehedem andere ausforschte, schien es mir dagegen nicht zu weit hergeholt, dass er jetzt als Adlatus ehemaliger Führungskräfte operierte, die ihre Beute nicht aus den Krallen lassen mochten. Außerdem wäre es für ihn ein Leichtes gewesen, seine Schnüffelei zu summieren, um Sylvia mit einem ordentlichen Druckmittel auszustatten.

Ihre Auftraggeber, Schober als Vermittler eingeschlossen, dessen war ich mir sicher, kannte Sylvia nicht erst seit gestern, unter Umständen sogar bereits seit ihrer gescheiterten Affäre mit Frau Frings und der Faden war entweder nie gerissen oder im aktuellen Chaos neu geknüpft worden.

Allerdings fehlte mir jede Idee, was das Interesse dieser Spezies an ihr weckte. Sie besaß weder Verwandte im Westen, noch geschäftliche Kontakte. Die logische Konsequenz, ihr einziges Medium zu sein, verstörte mich daher eminent. Benutzen, dann wegwerfen, auch einer dieser Sprüche, mit dem sie sich hervorgetan hatte. War das der Plan B ihres Rachefeldzugs? Mit einem solch einfältigen Manöver, wenn sie doch Kenntnis besaß, was sich in Kellers Besitz befand? Immerhin Originale, die Zweifel am Inhalt ihrer schludrigen Schnipsel-Sammlung nahelegten. Handelte sie unter Zeitdruck, weil das Ende des Ostens so gut wie terminiert war?

Das Igelpärchen schlich vergnatzt um die Untertasse. Ich entschuldigte mich für meine Unaufmerksamkeit und goss Milch nach.

Zurück am Tisch schaute ich so verdrießlich auf das Blatt wie die Igel eben auf ihren leeren Teller.

Schneider, mein Nachbar zur Rechten, lief am Zaun entlang, winkte mir grüßend zu und stellte seine Rasensprenger an, obwohl die Gemeindeordnung solche Vergeudung nur in der Zeit nach zweiundzwanzig Uhr erlaubte. Aber was kümmerte den arroganten Pinsel, der seit neuestem einen knallgelben Porsche fuhr, schon die Gemeinschaft.

Entnervt warf ich den Stift aufs Tablett. Es schepperte. Demoralisiert, den Tatsachen hinter dem Nebel aus Lügen und Intrigen keinen Schritt näher gekommen zu sein, gab ich fürs erste auf.

Montag, 16. Juli 1990

1

Endlos wühlte ich in Kissen, sielte mich auf Daunen, von Morpheus fade geschmäht. Kein Seufzen im Geäst, kein Flüstern sanfter Wellen schenkte mir die erflehte Ruhe. Trunk und Pillen versagten mir boshaft den Dienst und grausam schlug die Uhr im nahen Turm, tat mir Stunde um Stunde die wach verlorene Zeit kund.

Ein ekelhaftes, Morsezeichen verwandtes Pfeifen schreckte mich auf. Wann hatte ich mir zuletzt den Wecker gestellt, der doch nur als Zierde für den Nachttisch diente? Verwirrt vom bizarren Gefühl, aufzuwachen, ohne eingeschlafen zu sein, quälte ich mich aus dem Bett.

Mist! Johanna hatte für heute wegen ihres Sommerschnupfens abgesagt. Ich erinnerte mich des gestrigen Anrufs, kurz nachdem ich die dann doch in dünne Worte gefassten Hypothesen überflogen hatte, drauf und dran, sie sogleich wieder in Stücke zu reißen. Zum Glück kam es nicht soweit, weil der Bauch der mäkelnden Vernunft entschlossen genug Paroli bot.

Das Treffen mit Schulz... Unter der Dusche, gehöriges Kribbeln im Bauch, malte ich mir in Regenbogenfarben aus, ob es brächte, was ich mir erhoffte: Mein Leben zurück.

‚Hast fromme Wünsche am frühen Morgen...'

Nachdem ich eine Stunde, angetrieben von rätselhaftem Elan, so ziemlich alles tat, was Johanna an mir hasste, Föhnen in der Küche, Kaffee im Stehen, Essen unterlassen, zog ich mich an, setzte mich ins Auto und fuhr los.

Schwungvoll öffnete ich die Tür zum Refugium. Augenblicklich fiel übelriechende, von der Sonne aufgeheizte Luft über mich her, als hätte sie das ganze Wochenende nur darauf gelauert, von mir freigelassen zu werden.

Mief kalter Kippen peinigte meine Nase und der eigenartige Enthusiasmus, den ich vermutlich hochgradiger Insomnie verdankte, erlitt einen Rückschlag.

Ich stellte den Aktenkoffer ab, warf meine Handtasche in den Sessel und riss angeekelt die Fenster auf. Grantig raffte ich den vollen Ascher vom Tisch, ließ die Tür offen, damit es ordentlich durchzog.

„Kaffee, Frau Renger?" rief Barbara aufgeräumt.

„Ja, bitte."

„Wenn Sie möchten...? Ich habe frischen Obstkuchen."

Kuchen? Erschrocken blickte ich zum Schreibtischkalender. In der Sonntagsspalte stand säuberlich: Barbara Geburtstag.

„Herzlichen Glückwunsch nachträglich und alles Gute. Blumen später", gratulierte ich zerknirscht und überlegte, wen ich auf die Schnelle ins Nachbarhaus zur Floristin schicken konnte.

Faxseiten, Musikkassetten, Skizzen, Post in Häufchen, Ordner, Stapel von Zeitschriften, auf meinem Schreibtisch sah es aus wie unter Hempels Sofa.
Barbara stellte meinen blauen Pott nebst Kuchenteller mitten in das Chaos. Ihr Kaffee war so stark, dass der Löffel darin stand und mir sein Aroma etwas bitter auf der Zunge lag. Gerade, als ich mich der Fronarbeit des Aufräumens hingeben wollte, läutete das Telefon.
„Renger."
„Charité, Schwester Amelie."
„Ist was mit Corinna... Frau Renz?" Ängstlich presste ich den Hörer ans Ohr, hoffte, dass sie anrief, weil sich neuerlich bürokratische Hürden auftürmten.
„Null Problem", besänftigte sie mich. „Ich soll Ihnen von Doktor Seidel ausrichten, dass Sie Frau Renz, falls keine Probleme auftreten, morgen abholen können. Ich nehme an, Sie möchten sie abholen?"
„Selbstverständlich."
„Ab fünfzehn Uhr wäre gut."
„Vielen Dank."
Sollte es tatsächlich ein gutes Omen sein, dass Schneiders dummer Kater heute verschlafen hatte? Als ich das Garagentor schloss, begegnete mir statt Mäxchen, der sonst bettelnd um meine Füße strich, der Kladower Schornsteinfeger. Aberglaube und schwarze Kunst gehörten nicht zu meinen Hobbies, trotzdem bildete ich mir ein, dass dies dem Tag eine positive Aura verlieh.

Corinna ging es besser. Meine Tatkraft kehrte auf leisen Sohlen zurück und die Aussicht auf Beistand hob meine Stimmung. Offenbar ging es mir zu gut. Hätte mir in den letzten Tagen jemand prophezeit, ich käme freiwillig auf die Idee, graue Zellen an meinen Exmann zu verschwenden, wäre ich wohl vor Lachen ins Koma gefallen. Aber... Seine Schwäche für Klatsch und Tratsch über Leute aus Kunst und Kultur im Osten, seine wie Wurzelwerk verwachsenen Kontakte, hatten die Zwangsversetzung ins Archiv, die Cordula mir am Sonnabend unter die Nase rieb, sicher überstanden. Kannte er nützlichen Tratsch? Schmorte er noch im Archiv, katalogisierte Magnetbänder, wühlte sich durch Blechrollen, beschrieb Karteikarten? Brachte es was, Christian ausfindig zu machen? Seltsame Idee am Morgen.

Ich schmunzelte. Zeit, um nachzuholen, was ich ähnlich Stoffbahnen beim Zuschneiden vor mir herschob.

„Bitten Sie Herrn Sander zu mir", forderte ich Barbara auf und begann, das Chaos in eine überschaubare Unordnung zu verwandeln.

„Na? Wie geht's unserer Prinzessin?" fragte er keine Minute später neben mir.

„Morgen, lieber Herbert", begrüßte ich ihn fidel, Kopf unter dem Tisch, weil ich meinen Papierkorb ähnlich einer Mastgans stopfte. „Corinna darf morgen raus."
Während ich mit dem Kopf ans Licht kam, schob Barbara beflissen Kaffee und einen Teller mit zwei

Stücken Kirschkuchen vor Herbert auf den Tisch. "Selbst gebacken..."
"Gewöhn Dir bloß an, Deine stinkenden Kippen selbst zu entsorgen", pfiff ich Herbert in ihrem Beisein an, weil mich ihr einfältiges Grienen störte. Als sie abdrehte, nicht ohne bösen Blick, fragte ich ihn süßlich: "Wäre es zuviel verlangt, wenn Du beim Schillertheater vorbeifährst?" Auf Protest gefasst, wies ich lächelnd auf Webers Entwürfe zur Bühnengestaltung.
"Vorbei fahre ich da öfter", reagierte er mit einem Kalauer. "Hat das nicht Zeit, bis Corinna wieder da ist?" Er atmete tief durch, sein weinrotes Nicki spannte sich über der Brust und der aufgedruckte Schriftbalken *NY Jazz Kollegium* verzerrte sich in den Proportionen, als wäre er unters Nudelholz geraten.
"Nein", widersprach ich. "Sie kommt morgen raus, was keineswegs bedeutet, dass sie gesund ist. Und uns rennt die Zeit davon."
Mürrisch, in typischer Montagslaune, biss er in den Kuchen und erwischte einen Kern.
Auf Zoff eingestellt, stand ich auf und ging zur Musikanlage, die auf einem verchromten Rollwagen zwischen den Fenstern stand. Bevor ich ein Tape in den Schacht steckte, schloss ich die Jalousie ein Stück, weil das sich in den Fenstern der Häuser jenseits der Bahngleise spiegelnde Sonnenlicht blendete.
"Unsere Musik?" fragte er aufhorchend, als sich Syntheziserklänge aus den Boxen wanden. "Geht, oder?"

„Wenn Du das sagst. Corinna sieht das anders."
„Wummert nicht wie der Techno-Müll, den sie sich dauernd reinzieht", brabbelte er. Ungeniert wischte er sich mit dem Handrücken über den Mund, klopfte die Kuchenkrümel von der beigefarbenen Jeans und meinte dann gehässig: „Würde mich nicht wundern, wenn sie Dich kommenden Sonnabend auf diese Love-Parade am Ku'damm schleppt."
„Hier, von Barbara", überhörte ich seinen taktlosen Einwurf und reichte ihm einen Zettel. „Jansen vom ICC hat angerufen. Die Licht-Steuerung im kleinen Saal spinnt. Sieh zu, dass Du trotzdem im Zeitlimit bleibst."
„Monday, Monday", trällerte Herbert besser gelaunt die ersten Takte eines Kultsongs aus den Sechzigern und fügte ohne seine Miene zu verziehen hinzu: „Übrigens, liebe Regina, wollte ich nur sagen, dass Nadines kleine Unpässlichkeit keine gravierenden Folgen für uns hat."
Überrascht sah ich ihm ins Gesicht und stellte fest, dass heute Rasur im Kalender gestanden haben musste. Woher hatte er schon wieder Wind davon bekommen, dass Nadine schwanger war?
„Ach", rief ich scheinbar verblüfft. „Und welcher Quelle verdanken wir Deine Weisheit?"
„Hab ihre Schwester getroffen am Samstag auf der Party bei Maike."
„Getroffen? Gevögelt trifft es wohl besser", stellte ich unverblümt fest.

Sieh an, mit Kerstin hatte er sich vergnügt, als ich anrief. Er sollte sich nur nicht pausenlos einbilden, dass er mich für dumm verkaufen konnte.
„Apropos treffen, Du redest heute mit Roland?"
„Welchem Roland?"
„Schulz!"
„Sicher. Halb vier, wie verabredet."
Was trieb ihn neuerdings auf die Newcomer Feten? Ich verfolgte misstrauisch, wie sich die seit den Achtzigern ziemlich abgewirtschaftete Berliner Modeszene auffrischte. Angelockt vom Aus des Inseldaseins und vom fulminanten Aufbruch, starteten Monat für Monat Labels, häufig mit bombastischem Tamtam, aber auch viel Enthusiasmus, der mich besorgte.
Die traditionelle „Berliner Durchreise" im Frühjahr, die Anfang März zum ersten Mal im Berliner Osten stattfand, schien mir Initialzündung dafür gewesen zu sein. Das Pergamonmuseum präsentierte sich als perfekte Bühne für die große Show, zwar noch mit geringer Nachhaltigkeit, aber man wusste ja nie...
Ich bewunderte Herberts Disziplin. Wie viel Überwindung musste es ihn gekostet haben, nach Kaffee und Kuchen auf seine geliebte Zigarette zu verzichten?
Pflichtbewusst rief ich Jäger und Zapf an. Gott sei Dank gelang es mir, beide zu beschwatzen, sich kurzer Hand über Mittag frei zu machen.
Ihre Zusage in Sack und Tüten, setzte ich mich mit einem gewissen Kienert in Verbindung, angeblich

graue Eminenz im Ostberliner Verband der LDPD, die seit Februar wieder LDP hieß. Oder nannte sie sich inzwischen Bund Freier Demokraten? Ich wusste es einfach nicht.
Das Telefonat nach Drüben erwies sich als äußerst strapaziös und nervig. Kienert legte sich gehörig ins Zeug für die zweifelhafte Fusion in gut einem Monat und wusste nach meinem Gespür mehr als ich von den Absichten unserer Oberen. Ein Termin mit Claudine, meiner bezaubernden Pariser Partnerin, zum Cappuccino auf Montmartre zu verabreden, hätte mich nicht halb soviel Stress gekostet wie dieser Mann. Als gäbs nichts Wichtigeres, feilschte er minutenlang mit mir darum, was der passende Ort für unser kurzes Treffen wäre. Schweren Herzens gab ich zu guter Letzt seinem Wunsch nach, sich im *Johannishof* zusammenzusetzen.
Jeder Ort in unserer Spielfeldhälfte wäre mir zwar tausendmal lieber gewesen, doch ich brauchte Erfolge, weil mir nichts daran lag, dem Vorstand bei der Tagung am Dienstag Angriffsflächen zu bieten.
Die Defizite innerdeutscher Kommunikation frisch vor Augen, überlegte ich, ob ich tatsächlich probieren sollte, Christian zu erreichen. Von Ehrgeiz gepackt, untersagte ich mir einen Rückzieher. Keine Viertelstunde, zwei Fehlversuche inbegriffen, und es gelang mir, die Zentrale in Adlershof zu erreichen.
„Miesling. DDR-Fernsehen. Sie wünschen?"

„Tag. Renger. Ich würde gern meinen Mann sprechen", tönte ich forsch, um meine Hemmungen zu kaschieren.
„Wen bitte?"
„Christian Renger. Archiv."
„Haben wir hier nicht" moserte Miesling. „Augenblick: Raabe, Reiher, Renger... Steht im Verzeichnis, aber bei *Elf Neunundneunzig*."
„Geben Sie mir einfach den, den Sie haben", forderte ich ihn beherzt auf. Der Wachmann schien nicht besonders helle und ziemlich humorlos.
Meinen Mann!
Ich hielt mir den Mund zu, verkniff mir ein lautes Lachen. Über eine von Staats wegen beauftragte Kanzlei bekam ich zweiundachtzig das Scheidungsurteil zugestellt, ohne mich in der Sache äußern oder Forderungen geltend machen zu dürfen.
„Renger. Elf Neunundneunzig. Kultur."
„Klingt ja fast wie früher", täuschte ich Leichtigkeit vor, die mir unsagbar schwerfiel.
„Regina...?" rief Christian derart entgeistert, als würde ich ein RAF-Attentat vorhersagen.
„Hundert Punkte. Grüß Dich."
„Wie hast Du mich gefunden?"
„Hörte von Cordula, dass Du in Adlershof gelandet bist."
„Gelandet? Klingt voll Spitze", erwiderte er bissig und tat erstaunt: „Du warst freiwillig bei Cordula?"
„Traust Du mir keine guten Vorsätze zu?"

„Was ich Dir zutraue, behalt ich lieber für mich", quittierte er meine Frage spöttisch. „Und wie geht's so?"

„Ich sitz grad tüchtig in der Scheiße. Aber das ist eine andere Geschichte", antwortete ich knapp, weil ich ihm keine Märchen auftischen wollte. „Und wie steht's bei Dir, nach all den Tiefen?"

„Ach weißt Du...", murmelte Christian, brach ab. Als er fortfuhr, kam sein dereinst berufsbedingter Optimismus zum Vorschein: „Heute müsste ich Dir dankbar sein."

„Wieso mir?" fragte ich unsicher.

„Der Karriereknick hat mich im Tumult der letzten Monate ins Dissidentenlager gespült."

„Was bedeutet eigentlich *Elf Neunundneunzig*?" erkundigte ich mich flugs ausweichend.

„Jugendfernsehen. Ähnlich *DT 64* im Radio, falls Du noch weißt, wovon ich rede..."

„So, so", zog ich ihn auf, „und da hast Du Chancen?"

„Natürlich nicht vor der Linse", räumte er verschnupft ein. „Aber Redaktion..."

„Freut mich. Hab seit Tagen Zoff mit Sylvia."

„Weswegen?" fragte Christian wachsam, weil er ohrenfällig ein Motiv für das seltsame Telefonat suchte.

„Cordula, Sylvia, jetzt ich... Heimweh?"

„Sicher nicht! Aber mir will jetzt jemand als Retourkutsche das Spitzel-Etikett anheften", erklärte ich leise.

„Wie jetzt? Ausgerechnet Dir?"

„Na ja. Sylvia behauptet, Beweise zu besitzen, dass ich drei Pazifisten verpfiffen hätte, ehe ich endgültig fort bin."

„Ach? Alte Wunden lecken?" pöbelte er ungehalten.

„Kann man von ausgehen. Nicht die einzige, der heute was stinkt. Cordula deutete an, dass sie sich arrangiert hätte, um nicht abzustürzen wie viele andere vor ihr, entschuldige..."

„Mach Dir keine Platte. Wäre sowieso bald ausgemustert worden. Fast vierzig..." Ich hörte, wie Christian ein paar Schluck Kaffee trank, bevor er fortfuhr: „Hab Sylvia gelegentlich getroffen. Lesungen, Premieren, Maifeiertag, das Übliche eben. Aber arrangiert? Mit der Staatssicherheit? Glaub ich nicht. Was aber nichts heißen muss."

„Kann man so sagen", meldete ich spöttisch Zweifel an, „Cordula kann das doch nur von Wolfgang haben. Sie selbst hat nie was von Tratsch gehalten."

„Ist ja gut. Natürlich habe ich ein paar Sachen gehört, aus denen Legenden werden. Aber eben anders. Depressiv und in Therapie war sie... lange", er räusperte sich verlegen, „war aber weniger Deine Schuld. Kurz nachdem Du die Mücke gemacht hast, wurde das *Forum*, unser Wochenblatt, eingestellt, und alle Mitarbeiter in anderen Jobs untergebracht. Natürlich gab das jede Menge böses Blut und genügend Neider, weil sie, kaum wieder auf den Beinen, quasi über Nacht Kulturchefin bei der *NBI* wurde."

„Nachgeholfen?"

„Sicher. Einer der Sekretäre vom Zentralrat wird's schon gerichtet haben..."

„Carmen Frings?" fragte ich leise und fern.

„Ach? Woher weißt Du, dass sie siebenundachtzig versucht hat, sich umzubringen?"

„Du kennst doch Cordula. Immer happy, wenn sie die Chance wittert, mir Furcht einjagen zu können. Mehr als Theater kann der angebliche Suizidversuch aber kaum gewesen sein. Nicht bei der Sylvia, die ich kenne."

„Vorgetäuscht? Vielleicht, vielleicht auch nicht", fiel mir Christian ins Wort. „Die Frings war nicht irgendwer bei den Kunsthändlern. Direktion. Sensibler Bereich, verheiratet, Reisekader, Du verstehst?"

„Verheiratet?" mir blieb die Spucke weg. „Tollen Fisch an Land gezogen."

„Bisschen Sex, viel Heimlichkeit, hier und da was Illegales als Nervenkitzel, ich denke, da lag das Problem."

„Passt nicht zu Sylvias Strickmuster."

„Vielleicht war sie die Beute und nicht Jägerin. Langweilig, immer nach Schema eff." Er lachte. „Der Gipfel ist, just die Frings, lange außerhalb jedes Verdachts, verscherbelte Ware vorbei an den Büchern ihres Vereins. Devisenvergehen, muss Dir nicht erläutern, was das bedeutete! Und Sylvia jäh mittendrin, weil ihr unheimliches Liebchen still und leise heiße Ware bei ihr deponiert haben soll. Hing alles am seidenen Faden. Staatsanwalt, Kripo... In der

Lage die Nerven zu verlieren, ist durchaus denkbar, oder? Keinen Schimmer warum, aber die Ermittlung verlief am Ende sang und klanglos im Sande."

„Denkbar ist vieles. Aber die Einstellung des Verfahrens ohne Billigung der Stasi nicht", warf ich ein. „Ich halte eher für möglich, dass die Frings mit unerwünschten Äußerungen angeeckt ist und deshalb kaltgestellt werden sollte. Sylvia hat die fiese Tour durchschaut und, radikal wie sie war, großes Theater inszeniert, um ihre Flamme zu beschützen."

„Was genau passiert ist, wird das Geheimnis der beiden bleiben", bemerkte Christian unentschieden. Nach einer kurzen Pause schlug er vor: „Wollen wir vielleicht mal zusammen Kaffee trinken, einfach so. Oder höre ich erst 2000 wieder von Dir?"

„Vielleicht könnten wir ja wirklich mal reden", versprach ich vage.

2

Kurz vor Eins stellte ich mich ordnungswidrig auf den Parkplatz vor dem Bühneneingang zum Friedrichstadtpalast in der Johannistraße. Verblüfft fiel mir auf, dass erste Bruchbuden im Scheunenviertel saniert wurden. Woher kam auf einmal das Geld? Doch nicht aus dem Osten!

Auf dem Areal, wo 1984, meinem dritten Jahr in Hamburg, die nagelneue Varietébühne eröffnet worden war, schnupperte ich als Dreikäsehoch an Papas und Cordulas Hand erste Zirkusluft. Hier stand bis Ende der Fünfziger die feste Zirkusmanege von *Barlay*, die an einem kalten Abend bis auf die Grundmauern niederbrannte, während Direktor und Artisten in Dunkelheit und Chaos nebst Hab und Gut über die offene Grenze in den Westen türmten.

Wir Kinder konnten vordem kaum erwarten, sonntags in den *Barlay* zu gehen, weil die Clowns in den Pausen Lutscher, Lakritze und Luftballons an die Kleinen verteilten.

Ich entsann mich meiner Krokodilstränen, als Cordula Lakritze bekam, während ich leer ausging. Der Rotnasige hatte ein Einsehen und schenkte mir einen Luftballon. Lakritze und Luftballons waren damals in Berlin viel, viel seltener als Tuberkulose oder Kinderlähmung.

Der *Johannishof*, zur Gründerzeit als Industriebau errichtet, seit Ende der Siebziger Gästehaus der Ostregierung, schmucklos, grau im Erscheinungsbild, fiel durch einigen nachgerüsteten Pomp auf, der mir dank früherer Jobs hinlänglich bekannt war.

Ein Mann meines Alters trat selbstsicher durch die geöffnete Tür ins Freie, grauer Anzug, die Haare pomadig, beinahe zu akkurat frisiert und zündete sich eine Zigarette an. Während ich den Raucher, der für mich durchaus Kienert sein konnte, skeptisch musterte, steuerten Jäger und Zapf von der Friedrichstraße her auf mich zu. Offenbar ähnliche Gedanken im Sinn wie ich, warf der Mann die Kippe weg und winkte mir zu. Ich überquerte die Fahrbahn und gesellte mich zu den Vorstandskollegen.

„Hallo, Frau Renger. Erfreut, nicht nur ihre Stimme kennenzulernen", empfing uns Kienert gespreizt.

„Herr Jäger, Herr Zapf", stellte ich kühl meine Begleiter vor.

Das augenfällig antiquierte Entrée vermittelte dem Besucher pointiert den Einduck, dass es der Direktion am Herzen lag, die provinzielle Spielart hiesigen sozialistischen Barocks zu hegen und zu pflegen. Kienert passte in dieses Ambiente, als wäre es für ihn maßgeschneidert.

„Nach Mitgliederzahl und Mandaten, dürfte es nicht viel Zeit brauchen, ein akzeptables Agreement auszuhandeln", warf Kienert auf dem Weg zu einem der Salons im Parterre beiläufig hin.

„Gerade fünf Prozent bei der Wahl im März, kein Fuß im Magistrat? Für mich sieht Aufbruch anders aus", widersprach ich ungerührt seiner Angeberei.

Kienert hatte eindecken lassen. Kleine Variante: Kaffee, Wasser, Kekse, ebenso wie ich es von vielen banalen Pressetreffs kannte. Konnte gut sein, dass er glaubte, durch größeren Aufwand selbst kleiner zu wirken.

„Bitte, nehmen Sie Platz", lud uns Kienert ein, setzte sich führungsbewußt auf den Stuhl an der Stirnseite des Tisches und fuhr, ohne viel Luft zu holen, dreist fort: „Bei kürzlichen Gesprächen mit führenden Parteifreunden…"

Was sollte das jetzt werden? Er bestätigte nicht nur selbstgefällig meinen Verdacht, dass er längst höheren Orts seine Schleimspur zog, sondern war auch noch so töricht, uns intrigant ins Bockshorn jagen zu wollen. Mich beschlich das Gefühl, mit einem Zwerg am Tisch zu sitzen, dem eine böse Fee das Talent in die Wiege gezaubert hatte, den Schatten eines Riesen zu werfen.

„Bei allem Respekt, Herr Kienert, aber wir sind nicht hergekommen, um kostbare Zeit zu vertrödeln", fuhr ich ihm frostig in die Parade, „sondern um einen Fahrplan zu verabreden, der so rasch wie möglich die Bildung eines schlagkräftigen, gut aufgestellten Gesamtberliner Landesverbandes zum Ziel hat, der vom Parteitag in vier Wochen abgesegnet werden kann."

„Ohne Mitglieder, ohne Menschen, die bis in die Haarspitzen motiviert sind, wird das kaum gehen", wandte Kienert trocken ein.

Wieso klangen seine Worte, als dächte er fortwährend an sich. Ich mochte mir nicht vorstellen, dass der Bundesvorstand Leuten seines Schlages aus Rücksicht fragwürdige Zugeständnisse machte.
„Richtig", pflichtete ich ihm bei, während Jäger und Zapf eifrig nickten. „Es gilt, Dezember ins Abgeordnetenhaus zurückzukehren, um geordnete Verhältnisse herzustellen. Dazu brauchen wir Anlaufstellen vor Ort, gewählte Orts- wie Bezirksverbände, geordnete Finanzen und natürlich auch Parteifreunde, die firm sind..."
„Kann es sein, dass ich in Ihrer Lektion die derzeit vielerorts spürbare Arroganz erkenne", fiel mir Kienert sarkastisch ins Wort, „dass auf unserer Seite durch die Bank politische Amateure am Werk sind?"
Die Finesse, hunter der Kienert eigene Ambitionen tarnte, regte mich wahnsinnig auf. Ich nahm mir vor, Ludwig morgen reinen Wein einzuschenken, um weitere lästige Debatten abzuwenden.
Etwas später und heilfroh, Kienert endlich los zu sein, beäugte ich grinsend die defekte Neonreklame der russischen Eisenbahn an der Stirnwand der plüschigen Nobelherberge. Hätte Interflug an dieser Wand Mallorca-Flüge für jedermann beworben, wäre der Osten womöglich weniger flott aus der Geschichte gefallen.
Schrecken ohne Ende? Alternative...?
Stimmengewirr vertrieb meine trüben Gedanken. Ich wandte mich um. Junge Frauen drängten gackernd

aus dem Bühneneingang, erinnerten mich für Sekunden an das Gejohle nach verpatzten Proben in unserem Metier.

Mein Magen knurrte. Die Tricks, mit denen ich ihn seit dem Kirschkuchen in Schach hielt, rächten sich. Der kühle Wind, der durch die Straßen wehte, sanft die Hitze zwischen den Häuserzeilen vor sich hertrieb, jagte mir eine Gänsehaut auf die Arme.

Ich legte den Aktenkoffer ins Auto, setzte mich auf den Fahrersitz, klappte den Spiegel herunter, frischte das Make-up etwas auf und malte die Lippen nach. Den Blazer über der vanillefarbenen, kurzärmligen Bluse, die in Walnussbraun glänzende Handtasche geschultert, beschloss ich, meinem leiblichen Wohl Gutes zu tun. Das Bild, dem Kommissar essend gegenüber zu sitzen, empfand ich als reichlich taktlos.

Für diese Tageszeit befremdlich, war ich einziger Gast im netten, kleinen Bistro am Oranienburger Tor. Entweder fiel es den Leuten schwer, mit anderem Geld zu rechnen oder sie trugen es in den Westen. Vielleicht lag die Flaute aber auch nur daran, dass die Studenten der nahen Charité derzeit in den Semesterferien faulenzten.

Der warme, rötliche Braunton, mit dem die Wände getüncht waren, erinnerte an Chili con Carne. Die Keramikaschenbecher auf den Tischen und die Stoffbilder an den Wänden imitierten indigene Folklore.

Kleine runde, fast schwarz gebeizte Tische, an denen zwei oder drei gleichfarbige nicht gepolsterte Holzstühle standen, verteilten sich auf zwei Ebenen, terrassenförmig aufsteigend zum halbrunden Tresen hin.
Einige Grünpflanzen mehr hätten nach meinem Gusto wahre Wunder bewirkt. Vom Logenplatz, den ich mir ausgesucht hatte, sah ich auf Kohls östlichen Außenposten, bis vor Kurzem noch die *Ständige Vertretung.*
Die hellgraue Fassade, dem Bauhausstil nachempfunden, erhielt wie vieles in diesen Tagen neuen Anstrich. Ich fragte mich, inwieweit die direkte Nachbarschaft zu den stinkenden Ställen des Veterinärinstituts der Humboldt-Uni Honeckers Standortauswahl seinerzeit mitbegründet haben mochte.
TV-Bilder sprudelten in meine Gedanken wie das Wasser aus dem schmiedeeisernen Brunnen gegenüber, der, von Grün umgeben, das unbebaute Eckgrundstück zur Oase machte. Die Einkesselung, die wahllose Verhaftung derer, die im exterritorialen Gebäude Schutz suchten, standen mir vor Augen, ebenso wie die vielen Menschen mit Kerzen in schweigendem Protest.
Zehn Monate lag das erst zurück. Unfassbar! Noch vor Jahresfrist hätten die Schergen mich hier vom Stuhl weg eingebuchtet. Das Omelett mit Champignons und der frische Pampelmusensaft schmeckten trotzdem.

Drei Punks, gepierct, die Arme mit auffälligen Tattoos geziert, trotteten ziellos über die Straße. Fast sah es aus, als würden sie von ihren Hunden gezogen. Nur wer seine Ketten klirren hört, bewegt sich... Junge Garde... Kaum etwas war schneller zu Bruch gegangen, als das heile Jugendbild, an dem sich die selbsternannten Arbeiterführer seit Staatsgründung aufgegeilt hatten. Jetzt, fieberhaft auf sich selbst fixiert, um den Dreck am Stecken wie Giftmüll bei Nacht und Nebel auf hoher See zu verklappen, trat das Resultat ihrer Ignoranz offen zutage.

Verlassen in der verwesenden Idylle, suchten viele Junge Halt am linken, wie am rechten Rand oder gingen in die Ferne. Ich war mir sicher, dass meine Nichten zu denen gehörten, die in die Ferne gingen.

Mit dem zweiten Blick identifizierte ich einen der Punks als weiblich. Sie trug zusammengeheftete Fetzen über den Hotpants, die mich animierten, Stift und Papier aus der Handtasche zu holen.

In ein quadratisches, dünnes schwarzes Tuch, dessen Material mir Rätsel aufgab, weil es aussah wie aus dem Müll geklaubt, hatte sie mittig ein ausgefranstes Loch als Ausschnitt gesäbelt. Brust- und Rückenteil hielten große Sicherheitsnadeln zusammen und ein schmaler Strick schlang sich um ihre Taille. In gewisser Weise Anleihe bei der römischen Antike. Ich bezweifelte, dass sie darum wusste.

Der Blick auf die Uhr über dem Ausschank nötigte mich, aufgeregt der Kellnerin zuzuwinken.

3

Ich wunderte mich, wo die Zeit geblieben war. Pünktlichkeit ist die Höflichkeit der Könige, sagte man nicht so? Wollte ich der Peinlichkeit entgehen, gleich beim ersten Date mit dem herbeigesehnten Beistand unpünktlich zu sein, musste ich mich sputen.
Café Adler. Ausgerechnet diese Spelunke als Treff zu verabreden, verdankte ich bestimmt Herberts Hang zu schwarzem Humor. Mich auf die Glienicker Brücke zu schicken, hätte ihm vermutlich noch einen Tick besser gefallen, doch das erschien letztlich wohl selbst ihm als zu abgefahren. Kultstatus besaß die Kaschemme wegen ihrer Lage direkt an der mittlerweile sinnentleerten Mauer, von der die Zimmerstraße bis vor Kurzem längs des Bordsteins getrennt worden war. Unscharf liefen kurze Sequenzen aus dem Film *Der Spion, der aus der Kälte kam* vor meinen Augen ab, in dem sie, wie ich meinte, in der Szenerie mitwirkte.
Mein Verdacht, dass diese Kneipe in den Boom-Jahren des Kalten Krieges realer Nachrichtenladen war, verführte mich zu illustrer Träumerei. Wider besseres Wissen gaukelte mir die Fantasie vor, wie Günter Guillaume hier das letzte, und Wolfgang Stiller, hochrangiger Stasi-Offizier, der wichtige Informationen an die NATO verkaufte, sein erstes Bier im Westen trank.
Die seltsame Spinnerei aus dem Kopf verbannt, näherte ich mich der äußerlich unscheinbaren Kneipe.

Nahe der Kochstraße, im Parkverbot am Checkpoint Charlie, fuhr ich in eine unbesetzte Lücke und betrat zwei Minuten nach halb vier den Gastraum.
Das Interieur versetzte den Gast stilsicher in eine typische Berliner Stampe aus den Zwanzigern. Kaffeeduft, Bierdunst und Zigarettenrauch benebelten mich und ich glaubte, um mich herum das polyfone Wispern geheimnisvoller Gäste zu hören, die John Le Carrè und Harry Thürk gleichermaßen inspiriert hätten.
Ich verfluchte meine Oberflächlichkeit.
Woher sollte ich wissen, wie Schulz aussah. Herbert vergaß, ihn zu beschreiben und ich, ihn zu fragen.
Zum Glück erblickte ich den einzelnen Gast an einem der Zweiertische. Vor ihm stand ein kleines Pils und durchs Fenster links von ihm sah man auf bisher nicht niedergerissenen, grauen Beton.
Der gedeckte Einreiher, das rubinrote Hemd mit angesetztem weißen Kragen, die silbrige Krawatte, sein ausnahmslos akkurates Äußeres, stand in so krassem Kontrast zum schrägen Charme der Destille, dass mir ein Irrtum ausgeschlossen schien. Als ich mich geradewegs auf seinen Tisch zubewegte, erhob er sich.
Der Mann war gefühlt fast einen Kopf größer als Herbert. Instinktiv übertölpelte mich der Gedanke, dass mir seit Stoltenburg kein derart markanter Typ mehr über den Weg gelaufen war. Kein Traumschiffkapitän, mehr preußischer General, dennoch hätte ich

mich am liebsten in seine Arme geworfen, die eine Geborgenheit versprachen, von der ich zittrige Knie bekam.

„Frau Renger?"

Ich nickte.

„Schulz. Guten Tag,", stellte er sich ebenso höflich wie distanziert vor. Kavalier der alten Schule, nahm er mir den Blazer ab, rückte den zweiten Stuhl zurecht, wies galant auf den Platz und sagte: „Bitte."

Während er zum fünfarmigen Garderobenständer lief, setzte ich mich und bugsierte die Handtasche umständlich auf das schmale Fensterbrett.

„Erfreut, Sie zu treffen", flötete ich einfallslos. Bemüht, das eigenartige Prickeln zu überspielen, fügte ich platt an: „Danke, dass Sie Zeit für mich haben."

„Die Freude ist ganz meinerseits", konzedierte er mit sich widersprechender Miene.

Kurze, sorgsam frisierte, beinahe weiße Haare betonten ein kantiges Gesicht, das durch Blessuren fesselte, die, wie ich annahm, von gefahrvollen Verbrecherjagden herrührten und bemerkte, wie er auch mich taxierte.

In seinen eisgrauen Augen erkannte ich neben Interesse am schlichten Goldkettchen, das meinen Hals zierte, etwas Belauerndes, das eine verstimmte Saite in meinem Innern zum Klingen brachte, als suchte er regelrecht zu erforschen, inwieweit mir über den Weg zu trauen wäre.

„Was darf ich Ihnen bestellen?"

„Kaffee bitte. Kännchen."

Es brauchte geraume Zeit, bis die Kellnerin reagierte. Ihre Trödelei kam mir entgegen. Ich tat mich schwer. Mein Blick verweilte auf der kupferfarbenen Maschine, seitlich auf dem Tresen, die Kaffeebohnen mahlte und jede gewünschte Art der Kaffeezubereitung beherrschte.

„Ich weiß nicht, was Herbert erzählt hat", suchte ich Halt im Ungewissen, „aber ich sitze in der Patsche und bräuchte dringend einen gewieften Detektiv."

Gewiefter Detektiv? Was schwatzte ich für Blödsinn! Die fade Wortwahl brachte mich aus dem Konzept. Ihn neben Maigret aufs Podest zu hieven, half bestimmt nicht, seinen Beschützerinstinkt zu wecken.

„Herbert hat kaum etwas erzählt", störte Schulz meine stumme Selbstschelte. „Ich hoffe, er hat Sie informiert, dass ich abgesägt in der Warteschleife kreise. Entlassung absehbar."

Er nippte am Bier, sah mich verdrossen an.

„Hat er", bestätigte ich. „Passt doch. Gibt's keinen Ärger mit Nebenjobs, oder?"

Seine Mimik verriet mir sofort, dass ich mich zu weit aus dem Fenster gelehnt hatte. Ungewollt belästigte mich der veritable Spruch, dass der erste Eindruck keine zweite Chance bekommt.

„Sagen Sie mir, was anliegt, alles andere ergibt sich", enthielt er sich eines Kommentars.

„Seit Donnerstag werde ich erpresst, wirft man mir vor, der Stasi in die Hände gespielt zu haben. Man verlangt, dass ich als Preis fürs Schweigen schwarze Kassen roter Bonzen beiseiteschaffe. Ein Mann, der einen früheren Spitzel auf dem Kieker hatte, dem er Jahre Haft verdankt, verunglückt am gleichen Abend wie bestellt und meine Assistentin liegt dank Neugier mit Schädeltrauma in der Charité. Schlimmer geht nimmer", zählte ich auf, um seine Neugier anzufachen. Auffordernd blickte ich zur Kellnerin, die unlustig auf mein Gedeck wartete. Verlegen schaute sie über mich hinweg. „Seit Freitag", wandte ich mich an Schulz, „verfolgt mich das elende Gefühl, auf glühenden Kohlen zu tanzen."

„Soll enorm die Selbstdisziplin stärken", lästerte er und gestand freimütig: „Wird Sie kaum wundern, dass ich mich erkundigt habe, auf wen ich treffe. Wie ich dabei erfuhr, zählen Sie zu den Promis in dieser Stadt, wenn ich das so hemdsärmelig sagen darf."

„Na und?", verwahrte ich mich gegen sein abwertendes Fazit. „Das heißt doch nicht, dass Aladins Wunderlampe bei mir im Keller steht."

„Bitte, Frau Renger, wir wissen doch beide, dass ihr Senat über Dienste verfügt, die sich liebend gern Ihrer Nöte annehmen", wandte er süffisant ein, während er mürrisch zum Fenster blickte, durch das nur grobkörniges Grau schimmerte. „Wozu ich?"

Langsam trieb mich dieser Frust auf die Barrikade! Alle rissen sich danach, ins Wunderland zu kommen, zitterten jedoch vor Angst, dabei aus dem Tritt zu geraten.

Sah so die Trauerarbeit am Totenbett des verhassten Regimes aus? Im Moment des Verlustes erwacht das Verlangen nach Wiederkehr von Liebgewonnenem.
Weniger schwülstig: Erst, wenn man's verliert, erkennt man, was man hatte.
„Wenn Sie sich schon umgehört haben, dann sollten Sie wissen, dass ich abgehauen bin", raunte ich bissig und verstummte. Die Kellnerin schob klappernd das ovale Silbertablett mit Kännchen und Tasse auf den Tisch, in dessen Mitte ein Marmorquadrat eingelassen war.
Der Fleck, den ich auf ihrer weißen, spitzegeränderten Schürze entdeckte, ärgerte mich.
„Nicht wiedergekommen", verbesserte Schulz reserviert. „Ist mir bekannt."
„Westgeld unter Ostmatratzen, infame Lügen, bestellte Unfälle, obskure Profischläger. Soll ich mich lächerlich machen beim LKA, beim Verfassungsschutz oder riskieren, dass die ihre Klappe nicht halten?" insistierte ich.
„Gebranntes Kind? Die tun doch jetzt, als müssten sie allen anderen den Job erklären", warf er verbittert ein.
„Ich hab null Bock aufs Medienschafott, verstehen Sie?" Nach kurzem Pusten nippte ich am Kaffee, suchte vergebens nach einem Hauch Verständnis und fügte deshalb trotzig an: „Übrigens, Herbert hat mir dazu geraten, mit Ihnen zu reden. Er hat mich überzeugt, dass Sie fitter sind in den Dingen, die mir

im Augenblick fürchterlich auf den Senkel gehen. Die meisten unserer Inselbeamten kennen den Osten doch nur aus Bilderbüchern."

Schulz schmunzelte, zog die schwarze Ledertasche an ihrer Schlaufe vom Knauf der Rückenlehne des Stuhls. Keine gewöhnliche Tasche, sondern eine Pfeifentasche, wie ich erkannte, als er den Reißverschluss aufzog.

„Danke für die Blumen. Ist nichts Persönliches. Ich finde nur gerade alles zum... reichlich widerwärtig", räumte er ein, füllte hingebungsvoll Tabak in die Pfeife, deren Modell mich an alte Kriminalfilme erinnerte.

„Kann ich verstehen", stimmte ich zu. „Ich komme mir auch vor wie auf dem Jahrmarkt. Jede Menge Buden, aber überall nur Nieten im Topf."

Das Ritual, das er genüsslich zelebrierte, erforderte Innehalten, beförderte Sinnlichkeit ebenso wie Kreativität.

Der erste Vanillehauch, der zu mir herüberwehte, duftete angenehm. Kein Vergleich zu Herberts übelriechendem Kraut, nicht mal zu Singers Zigarren.

Aufmerksam bestaunte ich die emaillierten Schilder im Retrostil rings um die Theke, die der Wirt offenkundig eifrig sammelte. *‚Der Aufenthalt unter schwebenden Lasten ist verboten. Zuwiderhandlungen werden mit 60 Reichsmark Strafe geahndet'*, las ich, dachte an Corinnas demoliertem Kopf und grabbelte nach den Notizen.

Wortlos reichte ich ihm das Blatt.
„Was soll das sein?"
„Hypothesen, Fakten. Alles, was mir gestern Abend in den Sinn kam, als mir die Decke auf den Kopf fiel."
Schulz griff ins Innere des Sakkos, holte ein Etui heraus, öffnete es und setzte die schmale Brille auf. Ich folgte kurz seinen Augen, die über die Zeilen huschten, sah dann aber fasziniert zum Mann am Spielautomaten neben der Theke. Ruhelos steckte er Münze um Münze in den Schlitz, trank abgestandenes Bier und starrte mit großen Kinderaugen auf das flimmernde Tableau.
„Fakten?" fragte Schulz anzüglich, faltete das Blatt und steckte die Brille weg. „Dünn, wenig Fassbares."
„Wundert Sie das?" konterte ich rebellisch. „Wäre es anders, säße ich jetzt sicher an einem netteren Ort."
„Abweichende Meinungen sind nicht wirklich Ihr Ding, was?" stellte er spöttisch fest.
Netterer Ort? Kein Frust beim Blick zum Fenster! Tisch wechseln, überlegte ich vorbei an seiner entbehrlichen Kritik. Blick auf die Friedrichstraße, wo im Minutentakt Touristen aus Reisebussen quollen. Schulz reinigte indes bedächtig den Pfeifenkopf.
„Gut, gehen wir die Sache mal vorurteilsfrei an" schlug er vor. „Anfang vom Lied ist Frau Webers Besuch, die vorige Woche ohne Vorwarnung aufkreuzte und Ihnen die Pistole auf die Brust setzte..."
„Abgesehen von ihrer spitzen Zunge, kam sie unbewaffnet, brachte sogar Blumen mit", korrigierte ich

fatalistisch. „Der erste Kontakt, seit ich alle Brücken hinter mir abgebrochen hatte. Klar, flogen die Fetzen, folgte ein Vorwurf dem anderen, was denn sonst. Dann plötzlich, als wäre das alles längst vergessen, rückte sie lammfromm mit der Wahnidee raus, doch lieber die Gunst der Stunde zu nutzen, um richtig abzukassieren."
„Heiße Luft? Die muss doch stinksauer auf Sie sein?"
„Klar, ihren dicken Hals konnte man kaum übersehen. Nachsicht gehörte nie zu ihren Vorzügen. Immerhin waren wir seit der Uni befreundet. Weil ich aber selbst nicht genau wusste, was ich wollte, entschied ich erst auf dem Bahnhof voll aus dem Bauch heraus, zu bleiben. Dass ich so ungewollt Repressalien aus dem Weg ging, war für mich gut, dass sie dabei ahnungslos auf der Strecke blieb, für sie schlecht. Mit ihren angeblichen Beweisen hat das jedoch nichts zu tun. Die Katze holte sie erst aus dem Sack, als ich sie mit ihrer bizarren Idee im Regen stehen ließ, weil mir unüberlegtes Risiko gegen den Strich geht."
„Ich denke schlicht, Frau Weber ist überzeugt, dass Sie ihr was schulden", resümierte Schulz.
„Wofür?" fragte ich barsch. „Bin ich die Nanny? Jeder ist für sich selbst verantwortlich."
„Klingt uneinsichtig" widersprach Schulz. „Und am Freitag sind Sie gleich Hoppla hopp los, um Licht ins Dunkel zu bringen?"
„Wie hätten Sie denn auf den Tiefschlag reagiert?"

„Nachgedacht", knurrte er, gestand dann aber mild zu, „verzeihen Sie. Okay, kann ich verstehen."
Abwesend rührte ich mit dem Löffel im Kaffee, obwohl ich nie Zucker nahm.
„Weiter", befand Schulz eilig. „Ihr Weg zu Keller, einem der Opfer des noch unbekannten Spitzels, führt Sie zu Pfarrer Singer, von dem sie perplex erfahren, dass der über eine Akte zu seinem Fall verfügt, die Freiheitskämpfer Wilke eben mal für ihn abgezweigt hat. Während Frau Weber, die um jeden Preis an deren Inhalt will, längst an Kellers Fersen klebt."
„So sieht's aus", bestätigte ich matt. „Ist zum Glück gescheitert."
„Statt auf Keller, treffen Sie wenig später seine in Tränen aufgelöste Frau Miriam, die Sie mit dem Unfalltod ihres Mannes schockt, was Sie aus der Hüfte folgern lässt, dass er ermordet wurde."
„Bitte!" wies ich seine unfaire Quintessenz zurück. „In der Kürze liegt nicht immer die Würze."
„Frau Renger", lenkte er nachsichtig ein, „sehen Sie die Unstimmigkeiten vor lauter Bäumen nicht? Seine Frau, der Pfarrer, die Weber, alle bezweifeln, dass Keller bis zu seinem Unfall die Identität des rätselhaften Verräters gelüftet hatte."
„Nicht jeder hängt seinen Erfolg an die große Glocke", unterbrach ich ihn genervt.
„Das passt nicht", fuhr er stur fort. „Haben Sie irgendwann in letzter Zeit Kellers Atem im Nacken gespürt? Nein! Es sei denn, Sie belügen mich, ohne rot

zu werden. Ich gebe durchaus zu, dass man die abgängige Akte als Indiz für ein Tötungsdelikt werten könnte, doch das reicht keinem Staatsanwalt."
„Sie denken also, es entlastet mich, dass ich bis Freitag mit keiner Silbe ahnte, was Keller trieb?"
„Wenn man so will, ja. Keller war betroffen, wollte Rache, war gründlich und hielt Geld lediglich für ein nötiges Übel. Träfe fündig geworden zu sein zu, wie Sie annehmen, wäre außer Unfall ein verschleiertes Tötungsdelikt nicht völlig ausgeschlossen. Frage ist: Wer stand auf Platz eins seiner Charts? Wie es sich bislang für mich darstellt, nicht Sie."
„Tröstet mich ungemein."
„Sollte es auch, weil sich Ihre verständliche Angst vor lückenhaften, losen Blättern damit als unbegründet erweist. Ihre Bekannte hätte sich bestimmt nicht mit Hingabe an Kellers Fersen geheftet, wäre sie sich des Werts ihrer Pamphlete absolut sicher gewesen."
„Lücken scheren Frau Weber einen feuchten Kehricht. Ihre Liebe gehört längst knalligen Schlagzeilen", verteidigte ich mich resigniert, druckste kurz, unsicher, was Cordulas und Christians Hinweise tatsächlich wert waren, gab mir dann aber einen Ruck. „Ich hörte übrigens, dass Frau Weber bereits vor Jahren in illegale Geschäfte involviert gewesen sein soll. Sie und eine Carmen Frings vom Staatlichen Kunsthandel sollen Gegenstände, Bilder veruntreut und illegal veräußert haben. In der Sache soll

sogar ermittelt worden sein." Ich verspürte Appetit auf Eis und sehnte mich danach, mit Schulz im Biergarten des *Dorfkrugs* zu sitzen. Sonderbare Gelüste!
„Wenn was dran ist, gibt's Akten", erklärte Schulz kurz und bündig. „Abgesehen davon, hat Frau Weber, wie ich las, nicht nur Kontakte zur Devisenmafia, sondern fühlt sich ebenso berufen, überstürzte Bewertungen zur hiesigen Opposition zu veröffentlichen. Erhärtet meine Annahme, dass es ihr allem voran um Geld und Ruhm mit Enthüllungen geht. Das Strohfeuer bei Ihnen diente ihr lediglich dazu, Sie einzuschüchtern."
„Ihr Wort in Gottes Gehör." Seine Ironie gefiel mir.
„Abstrus", setzte er angewidert hinzu, „ich frage mich, wie man Schelte des Systems, dem sie Jahrzehnte als Sprachrohr diente und Beihilfe zu Vergehen derjenigen, die es repräsentierten, unter einen Hut bekommt."
„Sie wird ihren Job los, muss sehen, wo sie unterkommt und greift nach jeder Chance."
„Sehen, wo er bleibt, muss jeder", konstatierte er bitter. „Ist aber lange kein Grund, aus dem Zeitgeist Kapital zu schlagen oder straffällig zu werden."
Hartgeld rasselte aus dem Automaten.
Wenigstens einer, den das Glück nicht im Stich ließ, dachte ich.
„Ich nehme Weißwein. Sie noch ein Bier?"
„Aber nur alkoholfrei", bat Schulz, fragte skeptisch: „Glauben Sie immer noch, den Kneipenbesuch mit

Blumenthal und seinen Freunden von damals sowie das Gespräch am nächsten Tag genau zu erinnern? Wäre genial! Ist nun über neun Jahre her."
„Ich weiß nicht mehr, was ich denken soll. Bislang war ich mir sicher, mit dem Chef allein diskutiert zu haben."
„Was nährt Ihre Zweifel?" wollte er wissen.
„Beate Korff, damals wie heute Chefsekretärin. Frau Weber meinte, von ihr käme der Tipp, dass ich Blumenthal, Keller und Schwarz verraten hätte. Gelauscht, was aufgeschnappt? Ich weiß es nicht. Ich kenne nur ihr loses Mundwerk. Keinen Schimmer, wen sie damit querbeet belästigt hat."
„Gelauscht?" vergewisserte sich Schulz ungläubig und leerte sein Glas. „Gibt's Anlass für die Vermutung?"
„Wäre nicht das erste Mal gewesen", klagte ich bitter.
„Verraten Sie mir, wie der Chef hieß?"
„Schiller", entfuhr es mir perplex. „Hab ihn vorgestern zufällig als Gast einer Talkrunde im Fernsehen gesehen."
„Dieter Schiller?" hakte er gedehnt nach. „Ungünstige Konstellation."
„Weshalb?"
„Schiller, der vorgibt, nie ein glühender Sozialist gewesen zu sein", polemisierte Schulz zynisch, „nebenbei bemerkt sehr modisch im Moment, gehört der DSU an."
„Hörte ich bei meiner Schwester. Und?"

Kannte er Schiller? Erinnerungen bei Cordula vor der Glotze kamen hoch und ich wunderte mich, wie nah Schulz bei meinem Urteil lag.

„Herr Diestel, Chef dieser Union, ist seit März mein Minister. Da liegt der Hase im Pfeffer."

Schulz betonte ‚Minister', als spräche er von Typhus und ich entdeckte ein rachsüchtiges Flackern in seinen wachen Augen. Was bewegte ihn? Roch er Lunte oder schreckte ihn die Nähe, weil er zu retten hoffte, was nicht zu retten war?

„Was hatte Ihre Angestellte eigentlich bei Frau Weber zu suchen?" wechselte Schulz abrupt das Thema.

„Keinen Schimmer", log ich, weil mir widerstrebte, mein Innerstes nach außen zu kehren. „Auf eine gescheite Erklärung für ihren Ausflug habe ich vergebens gewartet."

„Nun", zeigte sich Schulz versöhnlicher, „zumindest in dem Punkt sind wir uns einig: Wer immer Frau Weber observierte und fürchtete, dabei von Ihrer Angestellten entdeckt zu werden, kann nur jemand sein, den sie kennt. Könnte ich mit ihr sprechen?"

„Wenn alles gut geht, kann sie morgen nach Hause."

„Okay. Ich werde mich um Kellers Fahrzeug kümmern und am besten gleich morgen Frau Weber einen Besuch abstatten. Und dann sehen wir weiter."

Die Serviererin brachte die bestellten Getränke. Bevor sie die Gläser abstellte, wischte sie mit einem feuchten Lappen über den Tisch, der so schmuddelig war, wie der Blick, mit dem Schulz ihr in den Ausschnitt gaffte.

Zu lange unglücklich oder gar nicht verheiratet? Frustriert, aber trotzdem liebenswert... Ich verspürte ein schleierhaftes Unvermögen, mit den eigenen Gedanken ins Reine zu kommen.

„Ist vielleicht doch nicht so übel, wenn Sie meine anstehende Stütze aufbessern", stellte er verschmitzt fest und hob sein Glas.

„Gründen Sie eine Detektei. Klienten gibt's genug. Sehen Sie ja..."

„Wenn Sie mir ausreichend Kleingeld vorschießen", antwortete er schmunzelnd. „Oder Frau Weber sponsert mich, falls sie nicht weiß, wohin mit dem ganzen Geld."

4

Das unvermeidliche Knöllchen steckte unter dem rechten Wischer. Ohne viel Aufhebens zog ich es hervor und versenkte es im grünen Abfallbehälter an der nächsten Laterne. Seltsame Zettel zierten heute alle Nase lang das Auto. Wer wollte mir verübeln, dass ich den Liebesbrief der Politesse für schlecht gemachte Pizzawerbung hielt?
Mein kindischer Protest gegen die als Parkraumbewirtschaftung getarnte Abzocke, gab mir nur kurzzeitige Genugtuung. Die Rechnung kam früh genug. Finster kramte ich den Autoschlüssel vor, legte den Blazer ordentlich auf die Rückbank, stieg ein, warf die Tasche wie ein Bund Flicken auf den Beifahrersitz, wechselte die Schuhe und fuhr los.
Komischer Kauz, dieser Schulz: Brachte es binnen einer guten Stunde fertig, ebenso Respekt einflößend wie einfältig zu wirken... Fachlich kompetent, zweifellos. Womit ich jedoch partout nicht klar kam, war diese verfluchte Verliererhysterie, die mir drüben allenthalben entgegenschlug.
War sie echt, hielte ich sie für verhängnisvoll, war sie Masche, hielte ich sie für niederträchtig.
Weil mir weder die beschränkte, noch die schäbige Variante gefiel, zitierte ich Goethe, um dem Dilemma geistig zu entfliehen: *‚Du musst steigen oder sinken, Du musst herrschen und gewinnen oder dienen und verlieren, leiden oder triumphieren, Amboss oder Hammer sein...'*

Ich empfand es als selbstverständlich, die nahe Einheit vor Augen, dass die Mär von den zu kurz Gekommenen jenseits der Mauer ausgedient hatte. Wir, allesamt, waren stinknormale Konkurrenten um Chancen, Erfolg und Teilhabe. Insofern bezweifelte ich, ob die nicht zu leugnenden Startnachteile der bald Beitretenden zu Präsenten berechtigte, die nach Schmiergeld rochen und Illusionen weckten. Es ging nicht um Heimkehr ins Paradies, wie viele irrtümlich glaubten, sondern um den Einzug in ein anderes Lebensmodell, das vielmehr einem Jahrhundertprojekt glich.
Gänsehaut kroch über meinen Rücken, als ich in der östlichen Charlottenstraße das Gebäude mit hellgrauer Fassade sah, dessen hohe Fenster von halbrunden Bögen gekrönt waren.
Zwanzig Jahre umsorgte Mutter dort als Schutzpatronin den Direktor des Chemieaußenhandels.
Nur wegen Cordula und mir, so ihre bei jeder Gelegenheit kolportierte, eitle Behauptung, hätte sie verzichtet, mehr aus sich zu machen. Wahrscheinlich speiste ihr dogmatischer Glaube an die selbst erfundene Legende ihren oft lästigen Eifer, eigene Träume auf uns zu projizieren.
Tage vorm dreißigsten, passte ich sie zum Feierabend beim Pförtner ab, tischte ihr brühwarm meine Heiratsabsichten auf. Ich erinnerte mich dieses Tages so genau, weil er zu den wenigen gehörte, an denen ein fiktives Nähegefühl zwischen uns aufkam.

Wir bummelten, kauften ein, im *Exquisit* und *Delikat*, tranken Kaffee. Sie war zufrieden mit mir und stolz auf sich. Der Makel, ein fehlgeleitetes Kind geboren zu haben, schien getilgt. Was für ein erbärmliches Schauspiel!
Orankestraße 27. Was war die Heidewald? Aktrice oder Statistin? Quasselten Sylvia und sie, hielten sie Händchen, sielten sie sich auf der Matte? Es kümmerte mich nicht wirklich. Dachte ich. Unversehens beschlich mich das dämliche Gefühl, die Dame schäkerte mit einer Puppe, die sie aus meiner Spielkiste geklaut hatte.
Ich fasste es nicht!
Kurz entschlossen drehte ich an der Leipziger Straße das Lenkrad nach rechts, statt nach links. Man sollte die Feste feiern, wie sie fallen... Erst einmal zu Hause, wären Elan und Neugier gewiss verflogen.
Eins ihrer Bilder spukte mir seit Sonnabend durch den Kopf, das bei der letzten Dresdner Kunstschau, die ich rezensierte, für Furore und Aufregung sorgte. Ich sah Eltern im halbdunklen Zimmer sitzen, Mutter links, Vater rechts am kreisrunden Tisch, voneinander abgewandt, kein Wort füreinander. Im Lichtkegel vor der Tür zum Flur verharrte ihr Kind in ferner Distanz, verstört, den endlosen Streit leid. Tabubruch jubelte ich, fand es an der Zeit, dass sich jemand der Entfremdung in Familien widmete, steigendem Wohlstand und oft unbefriedigter Konsumlust geschuldet. Trotzig war ich mit den Eltern ins

Gericht gegangen, die ihre Karriere im Blick hatten, Pflichten nur zu gern anderen überließen, ermuntert vom Staat, der wie einst der Gaukler aus Hameln die Flöte spielte.

Heute staunte ich über meine naive Arroganz, mit der ich weitaus gefährlichere Phänomene ignorierte: Die eigenen vier Wände als nur vermeintlich sichere Burg, der in Fleisch und Blut verinnerlichte Januskopf, der Sud aus Selbsterniedrigung und Denunziation, die alltäglichen Lügen, die den Geist verbogen. Imprimatur verweigert! Chefs waren eben auch Eltern.

Plötzlich packte mich unterschwellige Angst, morgen die Zeitung aufzuschlagen. Sylvia fackelte nicht lange! Ich verwarf den Geistesblitz, bei der Pressestelle die Schlagzeilen abzufragen.

Wer im Glashaus saß, sollte besser nicht mit Steinen werfen. Als wäre dies das Stichwort gewesen, kreisten meine Gedanken um Herbert. Ich regte mich längst nicht mehr darüber auf, dass er jedem Rock nachjagte, auch der eigenen Nerven wegen. Wenn seine vulkanische Aktivität schwoll, ihm nötige Selbstbestätigung verschaffte, dann konnte ich damit leben, selbst wenn es, soweit sie sich im Hause entlud, nie ohne überflüssigen Ärger abging. Hastig verdrängte ich die Frage, welcher Frühling sich um vierzig eigentlich einstellte.

Was aber, wenn er an Absprung dachte? Maike oder Kerstin, egal, waren beide keine Schmusepuppen.

Und Herbert ein zu wichtiger Teil meines Erfolgs, als dass ich ihn ziehen lassen konnte.
Puppenkiste, Schmusepuppe, Zierpuppe.
Behandelte ich Corinna tatsächlich so, wie sie gestern beklagte? Ich war froh, dass ich sie morgen endlich nach Hause holen durfte. Der gärende Konflikt, wie wir uns sahen und miteinander umgingen, träufelte, Wermut gleich, einen Hauch Bitterkeit in meine Freude. Natürlich ließ ich mich nicht auf diese Love-Parade schleppen, wie mir Herbert mit singulärem Feingefühl unterstellte.
Mich beschäftigte vielmehr, was Corinna erwartete und die Suche nach Antwort auf die quälende Frage, wer von uns sich etwas vormachte. Sie, die bei mir Geborgenheit und Bestätigung suchte, oder ich mit meinem irrationalen Flitz, unsere Beziehung auf bedarfsorientierte Charterflüge ins Paradies zu reduzieren.
Ariadne hatte ihren Faden, ich nicht! Womöglich waren wir beide schief gewickelt... Ich steckte fest im Labyrinth und verfluchte den beängstigenden Drang nach Erklärung. Gefühle waren Dschungelpfade, die sich in Serpentinen zu einem Abgrund schlängelten, der sich jeder Einsicht entzog. Und unsichtbar im grünen Tal sangen Sirenen: Spring!
Am Rosenthaler Platz, nach kaum der Hälfte des Weges, bereute ich meine Spontanität.
Der Berufsverkehr eignete sich herzlich wenig für Spazierfahrten. Ich wich auf Schleichwege aus, weil

ich hier im Kiez, in dem ich aufgewachsen war, fast jeden Stein kannte. Überrascht von den sich täglich ändernden Öffnungen in der Mauer, fand ich mich erstaunt auf der Bernauer Straße wieder.
Wenige Tage nach meiner Rückkehr aus Hamburg, erklomm ich das hölzerne, einem Anstand ähnelnde Podest am Ende dieser Straße, dem Ende der Westwelt, Winkbühne und Heulboje zugleich, sah deprimiert auf Stacheldraht, Postenweg, Hunde und Strahler vor der Demarkationslinie.
Dafür war unser Zuhause einfach in die Luft gejagt worden! Grimmig dachte ich an den Augustsonntag, dem wir diese Katastrophe verdankten.
‚Hier spricht der Sender Freies Berlin... In der vergangenen Nacht haben Ostberliner Kampfgruppen, starke Verbände der Zonenarmee, unterstützt von den Sowjets, die Grenze zu Westberlin abgeriegelt...', verkündete der Sprecher mit harter Stimme.
Cordula und ich saßen bei Tante Trudchen, ferner von zu Hause weg als je zuvor im Leben.
Freitag hatten wir ihren 70. Geburtstag gefeiert. Die Eltern mussten heim, Sonnabend arbeiten, während wir in den Ferien faulenzten und erst Sonntag nach dem „illegalen" Kinobesuch heimkommen sollten. Entsetzt über das Unfassbare, schaffte uns Tantchen stattdessen jedoch gleich nach dem Frühstück zur nunmehr dichtgemachten Grenze. Mutter schrie hysterisch aus dem Fenster, als sie uns kommen sah.

Zum Glück besaß Cordula einen Personalausweis. Selbst die Posten sahen uns an, als wären wir nicht ganz bei Trost, während sie uns durch Drahtgewirr und stählerne Reiter über die Fahrbahn geleiteten.
Ich bog links in die Greifswalder Straße ein und fuhr in Richtung Weißensee. Wieder Stau! Die als Verkehrspolizisten getarnten Personenschützer auf dem bisherigen Highway des Politbüros, gehörten leider längst der Geschichte an.
Im Innenspiegel nahm ich einen moosgrünen Lada war.
Seit wann folgte er mir?
Er wich nicht aus meiner Spur, blieb in konstantem Abstand hinter mir.
Ohne zu blinken, fuhr ich vor dem Antonplatz rechts in eine Nebenstraße, um die Buschallee auf Umwegen zu erreichen. Der gefühlte Verfolger fuhr locker geradeaus.
‚Blöde Zicke!', schalt ich mich wütend.
Beklommen wurde mir deutlich, wie dünnhäutig ich reagierte, seit mir Sylvia im Nacken saß.
Kaum zehn Kilometer vom Zentrum entfernt, entpuppte sich die Siedlung am Orankesee als intime, grüne Zuflucht, wo sich Fuchs und Hase gute Nacht sagten. Ich hatte mich nicht geirrt. Das Haus, zu dem ich wollte, war nur ein halbes, eine Doppelhaushälfte.
Tief atmete ich die blumenduftige Luft ein. Der auffrischende Wind brachte klare Gedanken.

Auf der schmalen Tür stand der Name Heidewald. Insgeheim wünschte ich mir, mein Garten sähe dem hinter dem Maschendrahtzaun ein stückweit ähnlich. Auf den ersten Blick wild anmutend, umarmte er den grell geweißten Bau und folgte einem verborgenen Plan. Blumeninseln, in denen ich mehr als solides Handwerk zu erkennen glaubte, verliehen ihm Opulenz. Von kreativer Hand gepflanzt, bestachen die vielfaltigsten Gewächse in ihrer Farbkomposition. Klarheit?
Statt lang und breit olle Kamellen im Kopf aufzuwärmen, wäre sinnvoller gewesen, mir einen triftigen Grund für meinen spontanen Auftritt zu überlegen. Wenn sich Sylvia am Sonnabend bei Gudrun Heidewald über unser missglücktes Wiedersehen ausgeheult hatte, war selbst die klügste Lüge keinen Pfifferling wert.
Meine Chancen, nicht vorgeführt zu werden, schienen gen Null zu tendieren. Während ich mich vom Auto abwandte, überschlugen sich die Ereignisse.
Aus der Gegenrichtung näherte sich ein dunkelgrüner Lada, hielt etwa hundert Meter entfernt. Und im Moment, in dem ich gebannt zu erkennen hoffte, wer drinnen saß oder ausstieg, sprach mich eine dunkle, kratzige Frauenstimme von hinten an.
„Kann ich Ihnen behilflich sein?"
Ich drehte mich verdattert um, schaute der Frau ins Gesicht, etwa Anfang der fünfzig, wegen der ich halb Berlin durchquert hatte.

Sie trug von Kopf bis Fuß schwarz. Ein filigran gehämmertes Amulett, das an die aztekischen Sonne erinerte, baumelte an einer Silberkette zwischen ihren flachen Brüsten und zog den Blick magisch auf sich.

„Wenn Sie mir eventuell ein paar Minuten Zeit opfern würden, Frau Heidewald?"

Mich fröstelte. Der Blazer lag im Auto und das grüne Ungeheuer, das geduldig lauerte, ängstigte mich.

„Kennen wir uns?" fragte sie überrascht und kniff die Augen zusammen.

„Renger. Journalistin", stellte ich mich verlegen vor, jede Sekunde darauf gefasst, zum Teufel gejagt zu werden. „Hab früher fürs *Magazin* geschrieben."

„Und jetzt?" fragte sie spitz. Es klang, als sänge sie allabendlich Blues zwischen Scotch und beißendem Tabakqualm. „Für die neuen Schmierfinken?"

„Frei", log ich, wenig erbaut vom Gerede am Gartenzaun.

„Ist rar geworden, dass sich Deine Spezies blicken lässt."

„Bin nicht beruflich hier", zog ich mich aus der Affäre, hob verschämt die Hand, mit der ich den Autoschlüssel umklammerte. „Ist was Persönliches, worüber ich nicht gern auf der Straße sprechen würde."

„Persönliches?" Sie verdrehte seltsam die Stimme. Spielten mir die Nerven einen Streich oder hörte ich den gleichen Ton aus ihrem Mund, in dem Singer mir unterstellt hatte, eine Lügnerin zu sein?

„Na dann. Bitte. Gehen wir rein."
Ich holte die Handtasche und folgte ihr. Vor den Stufen zur Haustür raffte sie ihren schwarzen Crinclerock, um sich nicht mit den flachen Sandalen in den Saum zu treten. Der Diele folgten Wohnraum und Arbeitszimmer in einem, eingerichtet mit Möbeln aus dunklem Eichenholz, ihr Faible für Antiquitäten war augenfällig. Mir gefiel das Zimmer nicht. Es wirkte auf mich fast Suizid provozierend, hätte nicht der Blick zum Wintergarten, der nach Atelier ausschaute, diesen Eindruck gedämpft.
„Nimm Platz." Sie wies auf einen Sessel, der wie sein Pendant seitlich eines flachen Couchtisches stand, im Raumteil unterhalb zweier Stufen.
„Was zu trinken?"
„Nein, danke", lehnte ich bescheiden ab und sank tief in den Sessel. Ich stellte meine Handtasche auf den Fußboden, hielt verschämt die Knie zusammen, stützte die Ellenbogen in den Schoß.
Die Heidewald strahlte deutlich Dominanz aus, was Sylvia kaum ertragen hätte. Gleich und gleich gesellte sich nicht immer gern. Liebelei oder gar mehr, schloss ich schlicht aus. Ihr schwarzes Haar glänzte bläulich. Sie tönte es. In der Mitte gescheitelt, leicht gewellt, umrahmte es ihr verhärmtes Gesicht mit hoher Stirn, das um die Augen sowie zwischen Nase und Mund charakteristische Fältchen aufwies.
„Ich wüsste nicht, worüber wir reden sollten", stellte sie kühl fest, während sie Karottensaft ins Glas goss.

Den Saft und eine Schachtel Karo in der Hand, setzte sie sich in den Sessel gegenüber.
„Sie sind mit Sylvia Weber befreundet?" fragte ich ungestüm, um Boden unter den Füßen zu spüren.
Als hätte ich einen Zauberspruch aufgesagt, lächelte die Heidewald.
„Eifersüchtig?" ulkte sie angriffslustig. „Keine Angst. Ich steh nicht auf Frauen. Ist mir emotional viel zu anstrengend. Du bist die Modetante, von der Sylvia uns was vorgeschwärmt hat. Wieso belügst Du mich?"
Wann hatte Sylvia geschwärmt?
„Bitte? Ich verstehe nicht...", rang ich um Contenance.
„Gudrun", warf sie ohne jeden Bezug ein. „Willst Du nicht doch einen Schluck?"
„Regina", erwiderte ich überrumpelt, angewidert von der Marotte, sich als Genossen immerfort zu duzen. „Gibt's auch was Stärkeres?"
„Sherry."
„Na gut", stimmte ich zu. Als sie mir das Glas hinstellte, fragte ich gesammelt: „Also, Klartext, was heißt ‚Modetante' und wann hat sie geschwärmt?"
„Designerin, Verzeihung", berichtete sie sich verächtlich, trank Saft. „Party vor sechs Wochen etwa."
Überhebliche Kuh! Woher sollte ich wissen, wann sie Partys gab.
„Tatsächlich?" stellte ich verschnupft fest.
„Du liest keine Zeitung, was?"

„Ostzeitungen? Wozu?"
„Wie kann man so verblöden, wenn man hier groß geworden ist", kanzelte sie mich ab, gestikulierte heftig mit der Linken, eine kalte Karo zwischen den Fingern.
„Ich bin hier aufgewachsen. Groß bin ich woanders geworden", entgegnete ich hochnäsig. „Und was habe ich so Wichtiges verpasst?"
„Dass ich in die Kunstakademie gewählt worden bin und mir deswegen seit Mai eine Ausstellung gewidmet ist. Ist doch Grund zu feiern, oder nicht?"
„Grund zu kondolieren", erwiderte ich frostig, „wer will schon hinten in den Zug gezerrt werden, der vorn bereits entgleist."
Wenn Blicke töten könnten... Ich schaute kurz zu ihr und begriff, was der bühnenreife Spruch meinte. Ihr Feuerzeug klickte in der Stille metallisch hart. Unwohl vom krummen Sitzen im kuriosen Fauteuil, der etwa in den Neunzigern des letzten Jahrhunderts gefertigt worden war, schob ich mich etwas zum Rand und reckte mich. Gudrun blieb äußerlich völlig beherrscht.
„Der Zug rollt, meine Liebe... Verlass Dich drauf! Es gibt genug Menschen, die nicht daran denken, sich rosa angepinselten Egoismus als blühende Zukunft aufschwatzen zu lassen", meinte sie dann, ohne direkt auf meine Spitze zu reagieren. „Ich weiß, es ist jetzt nicht hipp, alternative Modelle zu diskutieren. Anecken halte ich aber allemal für besser, als Dinge

hinzunehmen, von denen nur behauptet wird, sie wären gut, wie sie sind."

„Träume auf Pump machen die Welt nicht besser", hielt ich dagegen. „Und was an Gleichmacherei sozial gerecht sein soll, wäre auch noch zu klären."

„Sind das die Spätfolgen von Gehirnwäsche?" blaffte Gudrun sarkastisch.

Ich überging die Unverschämtheit, um keine neuen Gemeinplätze zu provozieren: „Was war nun mit der Feier?"

Eine Antwort auf die Frage war mir wichtiger, als das marxistische Geschwätz. Rasch kippte ich den abscheulichen Sherry hinunter.

„Ja, was war", nachdenklich strich Gudrun Haare hinters linke Ohr. „Ich schätze, dreißig Leute waren da, saßen im Atelier, oben im Musikzimmer und was weiß ich wo. Wie es eben so ist. Irgendwann saß ich zufällig mit Sylvia und zwei Kerlen zusammen." Während sie weitererzählte, stand sie auf und lief ins Atelier. „Wir philosophierten selbstironisch, was die Rolle rückwärts denn für jeden so brächte." Sie kam mit weißen Blättern in der Hand zurück, setzte sich, und begann mit flinker Hand zu zeichnen. „Sylvias Lobhudelei auf Deine Karriere, die ihr sichtlich imponierte, kippte die Stimmung. Die Ironie verflog, weil Schober grad nichts Besseres vor hatte, als ihr ein Loch in den Bauch zu fragen. Mir war's längst zu langweilig. Der andere, mir unbekannt, lächelte nur debil und spielte an seinem dicken Klunker."

Mir blieb der Mund offenstehen.
„Schober?" fragte ich konsterniert, als müsste ich mich vergewissern, mich nicht verhört zu haben. „Kompliment. Nette Gäste."
„Blödsinn", fauchte sie, warf die Kippe wütend in den Aschenbecher. „Ich hab mit dem Verein nix am Hut. Konnte kommen, wer wollte. Ist bei Feten üblich."
Schober auf ihrer Fete... Und der Fremde?
Ich sah mein Konterfei auf dem Papier entstehen.
„Denkst Du, ich wüsste nicht, wo und wer Schober war", räumte Gudrun lapidar ein, „schlich schließlich oft genug im Verband rum. Arme Sau! Amt aufgelöst, Drähte gekappt. Stasi in die Produktion... Vermutlich sucht der krampfhaft nach Kontakten."
Von wegen Drähte gekappt! Künstlerin, stets etwas alltagsfern. Sieh an. Bei dieser Party trafen sich Sylvia und Schober also wieder. Bestimmt gab's viel zu erzählen.
„Freitag musste ich dringend zu Sylvia. Sie bewundert mich nämlich nicht bloß, sondern erpresst mich auch", reizte ich Gudrun, stocherte wie beim Joggen durch den Kladower Forst im Ameisenhaufen. „Wer läuft mir in die Arme? Schober! Meine Direktrice, sicher zu ungestüm, folgt Sylvia am Sonnabend und wird niedergeschlagen. Nennst Du das Drähte gekappt? Aber hallo!"
„Unsinn", ereiferte sie sich. In Rage fiel ihr das Blatt zu Boden. „Was bildet ihr euch ein, Leute zu verfolgen. Und Du regst Dich über Schober auf?"

„Ich rege mich auf, weil sie verletzt in der Charité liegt", verwahrte ich mich gegen ihr eigenwilliges Rechtsverständnis. „Sie sagt, Du und Sylvia wart auf dem Weg in die Kneipe, kaum mehr als hundert Meter weg, als es passierte. Ihr müsst doch jemand gesehen haben."

Mich hielt es nicht mehr im Sessel. Mir tat der Magen weh vom eingesunkenen Sitzen. Sie hob das Zeichenpapier auf, legte es auf den Tisch und stand ebenfalls auf.

„Nicht, dass ich wüsste", sagte sie und winkte mir zu. „Komm ich zeig Dir was."

Hochsommer, der Wintergarten fühlte sich an, als hätte jemand geheizt. Auf dem Ecksofa lag ein Stubentiger in der Sonne.

„Jetzt, wo Du es sagst", erinnerte sie sich und blieb stehen. „Zwischen den Autos schlich wirklich jemand rum. Untersetzt, Kapuzenpullover, aber..."

„Würdet Ihr ihn wiedererkennen?"

„Wie denn? Dafür war es viel zu dunkel."

Von unseren Schritten gestört, sträubte der Kater sein grauschwarzes Fell und schnurrte feindselig. Gudrun zog das von Farbflecken übersäte Leinentuch von der Staffelei. Sylvia blickte mich an.

Geradlinig, selbstsicher, in den Augen eine Prise Skepsis. Bei aller raffinierten Verfremdung zauberte mir die stilistische Kinderstube ein patziges Lächeln aufs Gesicht. Nichts sah man von nachtragendem Wesen, Gier oder Rachlust.

„Zwischen uns herrschte neun Jahre Funkstille", rief ich Gudrun ins Gedächtnis. „Aber die Sylvia, die ich dieser Tage kennenlernte, trifft es nicht besonders."
„Deshalb war sie vorgestern hier", verriet Gudrun mir achselzuckend und hängte ihr Werk pedantisch wieder zu. Anklagend fügte sie hinzu: „Umbringen wollte sie sich vor drei Jahren, weißt Du davon?"
„Hab ich läuten gehört, ja", gab ich wortkarg zu. „Ich bin mir nur sicher, dass es kein Ernst gewesen ist."
„Sie hat Demütigungen geschluckt, Nackenschläge eingesteckt, bis ihr all die vergeblichen Hoffnungen zum Halse raushingen. Was bitte ist daran nicht todernst?"
„Es ging nicht ums Weltenelend, sondern um eine gescheiterte Affäre", widersprach ich. „Und wenn dabei der Verstand aussetzt, weil man den Hals nicht vollkriegt, kann es passieren, dass man zu unlauteren Inszenierungen greift. Daran ist nichts todernst."
„Wieso werd ich das Gefühl nicht los, Du willst sie zur Verbrecherin stempeln? Von ihr hörte ich immer nur, dass ihr ein Herz und eine Seele gewesen seid."
„Waren wir. Erinnere mich dunkel. Inzwischen hat sie das Stempeln selbst erledigt! Stimmt doch, dass damals der Staatsanwalt ermittelte, oder?"
„Jetzt vergiss doch mal den Fauxpas mit der Frings. Da ist sie reingeschlittert, blauäugig vielleicht, aber ohne zu wissen, wie ihr geschieht."
„Und ihr Turteln mit Schober? Auch ein Ausrutscher?"

Zurück am Tisch im dunklen Zimmer griff ich nach meiner Handtasche.
„Dir ist nicht zu helfen", meinte Gudrun seelenruhig. Sie hielt mir ihre Zeichnung hin. „Da. Andenken."
Ihre weltfremde Gutgläubigkeit ging mir auf die Nerven. Nichts hören, nichts sagen, nichts sehen. Mir platzte der Kragen! Schnell schloss ich die Autotür auf.
„Frag Dich mal, was Du tun würdest, wenn Dir binnen Monaten das Leben kurz und klein geschlagen würde", hörte ich sie hinter mir her brüllen.
Bestimmt nicht blindlings in kriminelle Abenteuer tappen, dachte ich.
„Weiß ich besser als Du", schrie ich zurück.
Ich achtete nicht darauf, ob der Lada wartete oder mir folgte. Wenn, würde ich es noch früh genug merken.

5

Sylvia steckte mit Schober unter einer Decke, sinnbildlich. Ich lächelte. Recht gehabt! Die Mühe hatte sich tatsächlich gelohnt, das starrsinnige Gezänk, das ich als Gegenleistung dafür ertragen durfte, änderte nichts.
Gudruns Sozialromantik hielt jedem Vergleich mit Cordulas biederem Weltbild stand. Ich fragte mich, ob das am Groll auf die eigene Gutgläubigkeit oder am verinnerlichten Defizit beim Trennen zwischen Wunsch und Wirklichkeit lag.
Mühsam nährt sich das Eichhörnchen, wie es im Volksmund hieß. Untersetzter Typ, Kapuzenshirt und Prügelwerkzeug in der Tasche? Woher kannte Corinna solche Typen? ‚*Hättest dich schon ein wenig mehr für ihr Leben interessieren können*‘, nörgelte es zwischen anderen Gedanken in meinem Kopf. Vielleicht gelang es mir morgen, ihrem Gedächtnis mit der vagen Schilderung als Anreiz auf die Beine zu helfen. Auf jeden Fall war meine Vermutung, dass sich Schober und Sylvia im *Spree-Café* gefetzt hatten, ins Faktische gerückt.
Auch nicht schlecht!
Vielleicht wollte sie ihm verklickern, dass sie anders als versprochen mehr Zeit benötigte, um mich weichzuklopfen und er faltete sie zusammen, weil ihm missfiel, dass sie mit Keller nebenher andere Katzen kämmte.

Hatte er deshalb in alter Manier jemand auf sie angesetzt? War der Vogel mit dickem Ring Drahtzieher allen Übels, dem die Angst auf die Stirn geschrieben stand, dass ihm die Felle davon schwammen?

Zu wissen, wieso Carmen Frings damals ungeschoren davonkam, wäre sicher ebenfalls interessant. Eine Nachricht von Miriam war bisher ausgeblieben, was wohl bedeutete, dass sie nichts gefunden hatte. Der Lada fehlte mir im Rückspiegel. Stadteinwärts fuhr es sich gegen sieben prächtig, vor allem ohne Verfolger. Trotzdem fehlte mir die Lust, noch bei ihr anzuhalten. Wo zum Teufel befand sich Kellers beschissener Hefter?

Hatte er ihn wirklich dabei, als er sich um den Mast wickelte? Unbegreiflich angesichts des Wertes, dem er ihm angeblich zumaß! Ich bemühte mich vergebens, Zugang zu Kellers Gedanken zu finden, weil alles von der Beantwortung der Gretchenfrage abhing, fündig oder nicht, wie Schulz es vorhin auf den Punkt brachte. Fühlte er sich bedroht nach missglücktem Anlauf? Wäre dem so gewesen, konnte ich mir vorstellen, dass er sich gegen seine ursprüngliche Absicht mit Sylvia einließ oder ihren blumigen Versprechungen glaubte. Furcht hatte Miriam nicht erwähnt. Wenn ja, wäre es viel vernünftiger gewesen, das Original Pfarrer Singer anzuvertrauen.

Herberts Volvo versperrte die Garagenzufahrt und Corinnas Flitzer stand zu meinem Verdruss immer noch mitten auf dem Zierrasen.

Ich traute meinen Augen nicht. Johanna servierte karibisch anmutende Drinks, während sich die zwei köstlich amüsierten.
„Fahr gefälligst Deinen Schlitten weg", grölte ich geladen aus dem Seitenfenster.
„Reg Dich ab, Engelchen. Ich komm ja schon." Mit den Armen rudernd, stürmte Herbert quer über den Rasen. Engelchen!? War er schon besoffen von diesem giftgrünen Zeug?
Nachdem er weggefahren war, rollte ich mit dem Auto in die Garage und ging durchs Haus zur Terrasse.
„Wieso bist Du hier?" ranzte ich Corinna grußlos an. Bevor ihr ein dummer Spruch einfiel, fuhr ich sauer auf ihren Leichtsinn fort: „Mir wurde mitgeteilt, dass ich Dich morgen abholen darf."
„Hei. Bin auf eigenes Risiko weg", erwiderte sie kampflustig und strahlte. „Hast doch gesehen, was da los ist. Da hab ich es hier hundertmal besser."
Das weiße Frotteetuch, das sie sich nach dem Duschen um den Kopf gewickelt hatte, ähnelte einem Turban.
„Als Krankenpflegerin werd ich aber nicht bezahlt, Fräulein Renz", monierte Johanna steif, die in ihrem Rücken stand.
Ertappt zog Corinna den Kopf ein.
„Dürfte ich erst mal...?" Ich zeigte auf Corinnas Cocktailglas und setzte mich neben sie.
„Bourbon?" fragte Johanna weise lächelnd.

„Ja, bitte. Bloß kein Schlabberzeug!"
Endlich was Ordentliches. Der Sherry und Gudrun lagen mir im Magen wie Blei.
„So", prustete Herbert und sprang über die als Terrassenumrandung aufgeschichteten Feldsteine. „Der Mohr hat seine Schuldigkeit getan. Das Häschen ist im Bau. Ich verdufte."
„Ist nicht Dein Ernst, oder?" Corinna sah ihn stutzig an. „Warte besser ein Stündchen."
Mir stieß die Fahrt am Sonnabend unangenehm auf, während Johanna einen reichlich Doppelten hinstellte.
„Sie hat recht. Setz dich", forderte ich ihn auf. „Was sagt unser Mann vom Kulissenbau, wie lange wird's dauern?"
„Typisch Chefin. Schönes Wetter, passable Drinks und ihr fällt nichts Besseres ein als Arbeit", drückte er sich um eine konkrete Antwort. „Sei lieber froh, dass Du unser Goldstück wiederhast."
„Eiere nicht rum!" verbat ich mir die Ausflüchte. „Du warst nicht da, richtig?"
„Ja, ich bin gleich zu Jansen", wand er sich, „und habe getestet, wie wir die erste Probe bei halbem Licht fahren."
„Und auf dem Weg zu ihm konntest Du nicht am Schiller-Theater halten? Mein Gott, wenn man Dich schon mal um was bittet", schimpfte ich.
„Ist kein Hit. Kann ich machen", sprang Corinna ihm eilig bei, die ihm die Heimfahrt schuldete.

„Hast Du sie noch alle?" kläffte ich sie an. „Von wegen Arbeiten. Du siehst aus wie ein Schluck Wasser. Willst Du Dir eine Pudelmütze oder eine ausgeleierte Perücke aufstülpen?"

„Jetzt komm mal runter", bremste mich Herbert selbstsüchtig. „Du bist ja ekelhafter als eine Glucke. Sie ist alt genug, um zu wissen, was sie tut."

„Bezweifle ich."

„Schönen Gruß von Barbara", wechselte er rasch das Thema. „Ein gewisser Schiller will Dich sprechen."

„Ach wirklich?"

Ich ging zur Hausbar, um Nachschlag zu holen: „Reichlich kauzig dieser Schulz, finde ich."

„Schulz?" fragte Corinna befremdet.

„Verwandter von Herbert. Echter Kriminalist."

„Hat eben jeder seine eigenen Macken", meinte Herbert anzüglich. „Er hat was auf der Kirsche, allein das zählt."

„Ganz im Gegensatz zu Dir", zog ich ihn auf.

„Igitt bist Du hässlich heute. Hat Dir jemand die Smarties geklaut?" flachste Corinna übermütig.

Nachdem Herbert angesäuselt losgefahren war, blieben wir auf der Terrasse.

Ich drehte mich im Sessel sitzend zu ihr, damit ich sie nicht nur im Profil sah. Corinna zuckte heftig zusammen, weil ich prompt das eklig schurrende Geräusch auf den rauen Bodenfliesen verursachte.

„Ich war vorhin ein bisschen zu grob. Nimm's nicht übel", entschuldigte ich mich, inzwischen zur Ruhe gekommen. „Aber Dein Übermut geht mir in letzter Zeit reichlich auf die Nerven."

„Alles halb so wild. Ein paar Tage Pillen, Freitag werden die Fäden gezogen und dann ist alles paletti."

Da ist er wieder, dachte ich resigniert, der prägnante Unterschied zwischen uns: Aus ihr spricht jugendlicher Leichtsinn, aus mir schlechte Erfahrung.

„Ich war am Orankesee", sagte ich rasch, um dem Schwermut keinen Raum zu lassen. „Frau Heidewald malt. Gestern Abend fiel mir wieder ein, woher ich sie kenne."

„Malt?" fragte Corinna naiv. „War die Weber etwa in Weißensee, weil sie renovieren lassen will?"

„Quatsch, Bilder. Pinsel, Palette, Leinwand", klärte ich sie auf. „Hat mir ein Bild von Sylvia gezeigt. Deshalb ist die da rausgefahren."

„Toll! Hat sich die Langeweile ja echt gelohnt?"

„Wenn nicht, wäre mir schlicht eine Chance entgangen", besänftigte ich sie. „Sie konnte mir wichtige Details verraten."

„Ach ja?" nörgelte Corinna unzufrieden.

„Ja. Sylvia mauschelt mit jemand, der vor Kurzem noch bei der Stasi war. Übrigens hast Du sie mit ihm gesehen."

„Ist ja 'n Ding", tat Corinna neugierig. „Und was wollen die von Dir?"

„Unsern Laden zum Geldwaschen benutzen, hab ich Dir aber erzählt", erwiderte ich enttäuscht. „Übrigens die Malerin meint, sie hätte jemand gesehen, der sich zwischen den Autos rumgedrückt hat. Kräftig, untersetzt, Kapuzenpulli. Fällt Dir dazu vielleicht was ein?"

„Ich weiß wirklich nichts. Retrograde Amnesie meint der Arzt. Kann sein, dass irgendwann was wiederkommt."

Ich unterließ es, weiter unnütze Fragen zu stellen. Gegen zehn steckte ich Corinna gegen ihren harten Widerstand allein oben ins Bett und schleppte meine Decke herunter auf die Couch. Sie brauchte Ruhe.

Ein, zwei Nächte auf dem Sofa musste ich durchstehen. Ich spähte nach dem Buch, in dem ich vorgestern nicht gelesen hatte. Es lag aufgeklappt, mit dem Einband nach oben, auf dem Beistelltisch unter der Stehlampe aus Messingrohr. Hoffentlich gelang es mir heute zu lesen, anstatt nur abwesend Buchstaben anzugaffen.

Ein halbes Stündchen und dann traumlos durchschlafen, mehr wünschte ich mir nicht nach diesem anstrengenden Tag.

Ich sah zur Funkuhr des Rekorders. Zweiundzwanzig Uhr vierzehn blinkte sie mir grünlich entgegen.

6

Fernes Läuten holte mich aus dem ersten Schlaf. Ungelenk fuhr ich hoch. Der Krimi war mir aus der Hand gerutscht und ich wunderte mich, dass ich es noch geschafft hatte, das Licht zu löschen.
Kurze Stille, dann läutete es wieder. Das Telefon klingelte. Schlaftrunken setzte ich mich auf. Null Uhr sieben. Welcher Idiot rief um diese Zeit an?
Aufgeregt riss ich den Hörer an mich, damit Corinna nicht aufwachte.
„Renger", schnaubte ich schaumgebremst.
„Schulz."
„Sind Sie verrückt? Wissen Sie, wie spät es ist?"
„Ja." Er räusperte er sich. „Tut mir furchtbar leid. Hab eben auf kleinem Dienstweg erfahren, dass sich Frau Weber umgebracht hat."
„Wie?" entfuhr es mir einer Ohnmacht nah.
„Gesprungen. Aus dem Fenster ihrer Wohnung..."
„Niemals!" Ade zur guten Nacht...
Wie lange fiel man aus der vierzehnten Etage?
Ich zitterte wie Espenlaub. Meine Fantasie sprang im Quadrat! Pillen, Pulsadern, Pistole, hätte sie eine besessen, alles möglich, aber nie dieser Sprung, selbst in größter Hoffnungslosigkeit nicht. „Freiwillig gesprungen. Nie im Leben! Sie wähnte sich gerade als Hans im Glück."
„Ich kenne die Fakten nicht, aber laut Pathologen gibt's bislang keine Spuren von Fremdeinwirken."

Cordula, Christian, Gudrun!
Keinen hatte ich gefragt, wie sie es beim angeblich ersten Mal versucht hatte?

„Herr Schulz?" quälte ich weinerlich hervor.

„Ja?"

„Wie wäre es mit einem Drink? Schlaf ist nach Ihrer Hiobsbotschaft hinfällig."

„Macht keinen Sinn", brabbelte er nachsichtig. „Wir können nichts tun und als Seelentröster bin ich drittklassig."

Einem Häufchen Elend gleich, kauerte ich unter der ausgeschalteten Stehlampe. Mir liefen Tränen über die Wangen und ich gestand mir ein, dass er recht hatte.

„Ich komme zu Ihnen, morgen gegen elf", schlug er vor. „Passt das?"

„Ja, ja."

Am Boden zerstört, starrte ich in das milchige Halbdunkel. So also sah es aus, das Ende des Traums vom Geld und Ruhm. Ich trat ans Fenster. Mobiliar und Kiefernzweige warfen im Mondlicht Scherenschnitt ähnliche Schatten auf die Terrassenfliesen. Die Szenerie, die sich mir bot, hätte surrealer kaum sein können. Es kam mir vor, als sähe ich nicht in den Garten hinaus, sondern träumte vor einem wildromantischen Gemälde Casper David Friedrichs.

Ich spürte nichts. Vierzehn Stockwerke, rund zweiundvierzig Meter freier Fall, drei, vier Sekunden, unendlich lang, den unausweichlichen Tod vor Augen.

Nie, nie, nie hätte sie das getan! Die nackten Zahlen schockierten mich.
Sacht öffnete ich die Tür und trat ins Freie. Obwohl nur im Nachthemd, tat mir die nächtliche Kühle gut. Jede Fehde mit Sylvia wäre mir jetzt um ein Vielfaches lieber gewesen, als unseren Abschied im Widerstreit unabänderlich zu ertragen. Streit! Der laue Abend im Mai, mein dreißigster Geburtstag...
Seit drei Jahren wohnten wir in einer kleinen Wohnung in Karlshorst, direkt unter dem Dach. Sylvia resignierte selten. Mangel war ihr ein Dorn im Auge. Und selbst in heikelsten Situationen holte sie ein Ass aus dem Ärmel.
„Machst Du nun Trauzeugin? Oder muss ich jemand von der Straße auflesen?" pflaumte ich sie an.
Das Fenster stand sperrangelweit offen. Ich lümmelte im Sessel, den Bademantel offen. Kein Lufthauch war zu spüren, was mich nicht hinderte, mir eine Zigarette aus der Schachtel zu ziehen, die auf dem Tisch lag.
„Hallo, red' mit mir!"
Ich warf mit dem Handtuch nach ihr, mit dem ich mir die Haare trocken gerieben hatte.
„Worüber reden? Bei Dir ist Hopfen und Malz verloren. Zieh Deinen Egotrip durch, aber lass mich damit in Ruhe!"
Sie saß ausgehfertig auf dem rostroten Sofa, das aus Cordulas Habe stammte und für uns abgefallen war, als sie mit Mann und Mäusen im Frühjahr in ihre

Neubauwohnung nach Marzahn gezogen war.

Sylvia blätterte im *Neuen Deutschland*, ohne wirklich zu lesen.

Sie trug Bundfaltenjeans. Hochmodisch und doch abscheulich, weil Hüften und Hintern stets dicker wirkten, als sie waren.

Ich fand rätselhaft, was sie an diesen „Karotten" fand. Das Feuerzeug klemmte. Mir schmerzte der Daumen, bevor endlich die Flamme kam.

„Na fein! Dann sollten wir möglichst bald würfeln, wer auszieht, anstatt Essen zu gehen!"

Ich musterte den Tulpenstrauß auf dem Tisch, neben dem die silberne Armbanduhr aus Glashütte lag, weiß gebettet in einer blauen Schatulle. Ich spürte, dass nur das berühmte Tröpfchen fehlte, um das Fass zum Überlaufen zu bringen. Das Formular vom Standesamt ignorierte ich geflissentlich.

„Der Trauschein ändert doch nichts."

„Glaubst Du den Käse echt, den Du andauernd absonderst?" lästerte Sylvia im Tonfall, der wehtat und reizte. „Und ob der was ändert! Deine dämliche Heuchelei kotzt mich an. Familie, Leumund, Karriere, alles und jedes ist wichtiger als ich. Wenn Du mich nur fürs Bett brauchst, dann leck mich."

„Ist mir zu früh", stichelte ich böse. „Ich verspüre null Ehrgeiz, lebenslang am Ende der Schlange zu stehen. Alles klar? *‚Nicht für den Einsatz in Leitungsfunktionen geeignet'*, heißt das auf Parteideutsch. Und das kotzt mich sowas von an!"

„Mach, dass Du fertig wirst. Ich will beim *Tarnovo* keine Wurzeln vor der Tür schlagen, bis wir platziert werden. Mir hängt der Magen in den Kniekehlen", grollte sie.

Sylvia drehte sich nach rechts, legte ein Bein hoch und zupfte an ihrer burgunderfarbenen Bluse mit Dreiviertelärmeln, die, wie die Knopfleiste, von Rüschen geschmückt waren.

„Hast Du nur vergessen, Christian einzuladen? Vielleicht wäre ja ein Ritt zu dritt den Versuch wert. Könnte sein, dass ich mich dran gewöhne. Was meinst Du?"

Ich drückte die halb gerauchte Zigarette in den Keramik-Ascher, Souvenir einer Bulgarienreise, und verzog mich nach nebenan. Die Schiebetür zwischen Wohnraum und Schlafkammer, in der gerade Platz für Kleiderschrank und die aus Brettern gezimmerte Liege war, quietschte. Wäre ich mir nicht sicher gewesen, dass ihr Männer so suspekt waren wie die harmlosen Spinnen, die sich gelegentlich von den Kastanien vor dem Fenster in unser Zimmer abseilten, hätte ich ihr wohl eine geknallt.

So aber zog ich seelenruhig den Slip hoch, stieg in einen beigefarbenen Popeline-Rock, nahm einen weißen BH und streifte den Sweater im rötlichen Braun der Herbstastern über den Kopf, der, in Makramee geknüpft, einem Kettenhemd ähnelte.

„War's nett beim Kaderboss?" erkundigte sich Sylvia indes hinterlistig. „Ist die affige Trauung seine Idee,

Kulturressort gegen Ehe sozusagen, wie man munkelt?"

Wortlos krachte ich die Schranktür zu, auf deren Innenseite sich der Spiegel befand. Es klirrte.

„Würde Blödheit langmachen, könntest Du aus der Regenrinne Wasser saufen", zischte ich. „Sieh doch zu, wo Du was zu Fressen herkriegst..."

Wütend griff ich meine Handtasche und stürmte los. Stinkig setzte ich mich in die *Wernesgrüner Bierstube*, die ausnahmslos Studenten der nahen Hochschule für Ökonomie besuchten.

Currywurst mit Salat, Bier. Wahnsinniges Menü. Überzeugt, dass es das nicht gewesen sein konnte, holte ich mir in der Spätverkaufsstelle am Bahnhof Karlshorst ein Flasche *Falkner Whisky*.

Lautlos schloss ich die Tür auf, wie als junges Mädchen, wenn mich die Eltern nicht hören sollten. Sylvia schlief auf dem Sofa. Als sie aufwachte, hockte ich heulend vor der halb geleerten Flasche. In Versöhnungen waren wir geübt. Selbst wenn es eine von uns gewollt hätte, es würde keine mehr geben. Nie!

Ich tastete mich zur Hausbar und nahm mir eine Zigarette aus der zur Abschreckung gedachten, angebrochenen Schachtel. Seit der Todesnachricht fühlte ich mich Jahre gealtert. Mit dem Glimmstängel im Mund schlich ich die Treppe hoch ins Bad, um mir eine Notfalltablette zu holen.

Über ein Jahrzehnt vor und fünf verkorkste Tage nach neun Jahren wohltuender Abstinenz...

Mir war übel vor Wut und Trauer! Ich kroch in mich hinein, entdeckte Angst, wo ich den Verlust eines Teils von mir hätte beweinen sollen. Verständnis hatte Gudrun gefordert. Wofür?

Dafür, dass Sylvia von Furcht getrieben, durch die Einheit die Gosse hinab gespült zu werden, ihrem inneren Schweinehund freien Lauf ließ? Apathisch hockte ich im Rattan-Sessel auf der Terrasse. Ausholend schnippte ich die Kippe ins Gras, schluckte die Pille und trank das Glas Wasser in einem Zug leer. Die Plörre schmeckte, als hätte jemand filterfeinen Rost darin aufgelöst.

Seltsam, alles, was wir gemeinsam erlebten, passierte in einem Land, das sich mittlerweile jede erdenkliche Mühe gab, aller Welt zu zeigen, dass es nur ein Treppenwitz der Geschichte war.

Vergessen harrte Corinnas Cabrio mit offenem Verdeck auf dem Zierrasen aus. Geduckt zum Sprung wie eine Wildkatze sah es mich an. Ich hoffte, dass es in der Nacht nicht regnete und verzog mich ins Zimmer.

Als ich fahren lernte, waren Frauen hinterm Steuer noch die Ausnahme gewesen. Großzügig hatte mir Vater am Tag nach der Prüfung die Schlüssel unseres Wartburgs in die Hand gedrückt, weil er nach zehn Jahren harter Wartezeit einen neuen Lada sein Eigen nennen durfte. Stundenlang fuhr ich mit Sylvia auf einer LPG-Straße nahe Wartenberg auf und ab, um Fahrsicherheit zu erlangen.

Wir wollten zur Ostsee, nach Sellin auf Rügen. Ein ungetrübtes Wochenende, wäre auch auf der Rückfahrt alles glatt gegangen.
„Was bedeutet das?" Sylvia sah mich fragend an.
Aussetzer schlichen sich in das gleichmäßige, blecherne Trompeten des Auspuffs.
„Keine Ahnung. Ich kann Dir sagen, wo die Haube aufgeht. Das war's." Oranienburg siebenundzwanzig Kilometer, las ich beunruhigt auf dem Schild an der Fernverkehrsstraße.
Nach gut fünfhundert Metern ersoff die Maschine endgültig. Ich lenkte das Auto auf die Grasnarbe neben der Fahrbahn, stieg aus und reckte mich.
Baff entdeckte ich im Gebüsch einen Fuchs, der traurig abzog, als hätte ich eben seine Jagd vergeigt.
„Los", befahl Sylvia, „setz eine hübsche Fratze auf und zieh wen aus dem Verkehr, der uns schleppt."
Sie öffnete in der Zwischenzeit mit roher Gewalt die Motorhaube und täuschte Erfahrung mit Pannen vor. Nach wenigen Minuten stoppte eine Familienkutsche, Moskwitsch-Kombi. Die Frau sah ihren Mann strafend an und schenkte uns böse Blicke, in denen zu lesen stand, dass sie uns für ausgebuffte Weibsen hielt, die einen anrüchigen Streich im Schilde führten. Die Knaben im Fond, um die zehn, Zwillinge, stritten derweil neunmalklug, ob unser Auto Coupé oder Limousine wäre.
„Nu, meine Gutsten, wo hapert's?" tönte der Kavalier in lupenreinem Sächsisch.

Ihm stand auf die Stirn geschrieben, dass er uns zum Tanken für zu blöd hielt.

„An allem", erwiderte Sylvia mit ernstem Gesicht.

Der Pantoffelheld zupfte am Campinghemd, das über den Bermudashorts hing, klemmte sich demonstrativ hinters Lenkrad und fummelte am Zündschlüssel.

Außer dem bekannten Stottern passierte nichts.

„Sprit kommt", murmelte er großspurig. „Hängerkupplung ist bei mir dran, Seil ist auch da. Ich schlepp euch nach Löwenberg, da ist eine große *Minol*-Tankstelle, denen wird sicher was einfallen."

Seine spärlich behaarten Waden zwischen Hosensaum und Socken reizten mich zum Lachen.

Verärgert gab mir Sylvia zu verstehen, seiner Hilfsbereitschaft abträgliche Regungen zu unterlassen.

Nachdem uns der solidarische Sachse am Ziel ausgeklinkt hatte, dauerte es Minuten, bis Hilfe kam.

„Verteilerkopf", erklärte das Bübchen in Latzhosen vorlaut. Als wären damit sämtliche Weltprobleme umrissen, setzte es hinzu: „Finger ist hin."

„Und? Heißt was?" spulte sich Sylvia gestresst auf.

„Austauschen. Ansonsten dreht sich kein Rad", ließ sie das schmächtige Kerlchen wissen und spreizte sich wie ein Pfau. „Ich hätte einen nagelneuen hinten liegen."

„Komm aus dem Knick", schnauzte Sylvia ungeduldig. „Wer baut den ein? Was soll's kosten? Versteh

mal, wir haben keine Lust, in diesem Kaff zu übernachten."
„Keine schlechte Idee", tat der Kleine verwegen kund, druckste und bewegte die Finger in der Hosentasche.
„Dreißig West. Oder die Bahn."
„Verarsch uns nicht, Du Nappsülze", brüllte Sylvia den Hänfling an.
Ihre Halsschlagadern schwollen. Sie riss die hintere Tür auf, zerrte ihre Tasche raus, hielt ihm das aufgeklappte Portemonnaie unter die Nase.
Ich erkannte den roten Presseausweis sofort, der das Staatssiegel trug.
„Weber. Staatssicherheit", fuhr sie den sich clever fühlenden Bubi kalt wie Hundeschnauze an und klappte das Fach ebenso rasch wieder zu. „Entweder Sie bauen dieses Teil auf der Stelle zu landesüblichen Bedingungen in dieses Fahrzeug ein oder wir klären das auf der zuständigen Kreisdienststelle. Alles klar?!"
Und sie sollte den Freitod gewählt haben???

Dienstag, 17. Juli 1990

1

„Liebe Güte, Frau Renger!"
Johannas verstörter Morgengruß bohrte sich in mein Ohr ähnlich dem zudringlichen Sirren einer Mücke. An meiner lädierten Schulter rüttelte es grob, doch der Arm gehorchte mir nicht.
Das Schlafmittel... Als ob mich ein Fausthieb niedergestreckt hätte... Widerwillig hob ich die Lider spaltbreit und nahm verdutzt blankes Metall wahr. Ich lag auf dem Fußboden, in der Lücke zwischen Sofa und Tisch, eins der verchromten Beine vorm Gesicht, die Zudecke zerknüllt unter mir.
„Alles in Ordnung?" fragte Johanna anzüglich.
Es klang, als bestünde keinerlei Zweifel, dass exzessiver Whiskygenuss Ursache des fatalen Absturzes war.
„Sylvia ist tot", stammelte ich schlaftrunken.
„Wer ist tot?"
„Ach, kennen Sie nicht", besänftigte ich Johanna.
„Corinna brauchte Ruhe. Ich komm schon klar."
Ich zog mich an der Tischkante in die Senkrechte und wankte in die Küche. Kaffee! Nicht mal Corinna durfte mich so sehen. Und das heute! Am liebsten hätte ich mich zähneklappernd im Keller verkrochen.
Zigarette? Hatte ich nachts geraucht? Verträumt sah ich zur Küchenuhr. Halb neun.

In zwei Stunden stand Schulz auf der Matte! Hektisch rannte ich hinauf. Johanna und Corinna kamen mir entgegen. Die schmale Treppe war hoffnungslos überfordert.
„Bist Du auf der Flucht?" Irritiert von der Hektik suchte Corinna Schutz hinter Johannas Rücken.
„Sylvia ist gestern Abend ermordet worden", rief ich ihr zu. „Schulz kommt gegen elf ins Büro."
Im Augenwinkel fiel mir auf, wie sich Corinnas Hand ums Geländer krampfte.
Müde, verheult, umarmt von bleiernen Zweifeln, zitterte ich unter der Dusche wie Espenlaub.
Sylvia freiwillig aus dem Leben geschieden? Niemals! Getrickst ja, siehe vor drei Jahren. Ernst gemacht? Auf diese Art? Nein, nein, nein.
Sie schmiedete Pläne, hatte Ziele vor Augen, da lag man nicht am Boden. Sie forderte die Gefahr reinweg heraus, setzte auf Schobers Rückendeckung. Was so arrogant wie dumm war!
Keine Fremdeinwirkung? Wer wusste das? Dies festzustellen, bedurfte der Autopsie und weiterer Tests, die länger als ein oder zwei Stunden dauerten.
Ruckartig stellte ich das warme Wasser ab, hielt die Luft an und jagte mir mit einem eiskalten Schauer die lausige Nacht aus den Knochen. Etwas erfrischter, frottierte ich mich ab.
Ich interpretierte ihren Tod als Fingerzeig, dass mein Bauch nicht komplett schief lag. Zwei Morde für ein paar Seiten Papier?

Wer schlotterte so vor Angst oder suchte so brutal seinen Vorteil, dass er Mord in Kauf nahm? Es bestätigte das Bild, dass mir Sylvia von den Turbulenzen in manchen Köpfen Drüben vermittelt hatte. Geld, Verrat, Erpressung: Alle Zutaten für einen Bestseller. Allerdings nur, solange man nicht zu den Betroffenen zählte.

Das Anziehen erforderte heute wenig Grips. Den Umständen und der lästigen Vorstandssitzung angemessen, verordnete ich mir „graue Maus".

Die Belebung von der kalten Dusche hielt nicht lange an. Die Sonne feierte seit über einer Woche unseren WM-Titel im Fußball und der morgendliche Autostrom glich einem langatmigen, Kitsch triefendem Heimatfilm, der die Fahrt in die City einmal mehr zur Tortur machte.

2

Nach der Strapaze endlich im Geschäft, blätterte ich stehend den Berg Tageszeitungen durch, der mitten auf dem Schreibtisch lag. Ich fand weder eine Zeile über Sylvias trauriges Schicksal, noch eine über mich. Ob das mehr bedeutete, als nur dem Redaktionsschluss geschuldeter Aufschub, würde sich zeigen.
Vorerst beruhigt, stellte ich meine Utensilien ab, zog die Jacke aus und ließ mich häuslich nieder.
Es klopfte. Barbara öffnete spaltbreit die Tür, steckte den Kopf herein und hielt die Klinke mit der Rechten niedergedrückt. Bevor ich zu Wort kam, verkündete sie höflich irgendwo zwischen Frage und Feststellung: „Ein Herr Schulz wäre jetzt da. Hätte einen Termin?"
„Schicken Sie ihn rein!" verlangte ich gereizt, weil mich ihr Auftritt sehr an die nervende Pose der Korff im früheren Leben erinnerte. „Und bitte Kaffee nicht vergessen!"
„Nobel, nobel", hörte ich Schulz bewundernd ausrufen, eine Prise Neid obenauf, während er sich ungalant an Barbara vorbei drängte. „Ich bitte um Vergebung für die nächtliche Störung. Ich hoffe, Sie haben trotzdem etwas schlafen können."
„Zwei, drei Stunden, ja, dank Pille."
Seine Kleidung verriet mir, dass die tragischen Ereignisse mich Paradiesvogel in seinen Augen über Nacht in einen Menschen verwandelt hatten, der

nicht Stehkragen, sondern Unterstützung verdiente. In sportlichem, hellgrauen Hemd, Ärmel hochgekrempelt, klassischen Jeans, die den Bauch einzwängten, wirkte er regelrecht befreit.
Um so mehr wurmte mich, dass ich gerade heute distinguiert wie eine Bankdirektorin daherkam. Das dunkelblaue Nadelstreifenkostüm, zu dem mich die düstere Stimmung am Morgen verleitet hatte, roch mir auf einmal zu sehr nach trauernder Witwe und die cremefarbene Bluse betonte störend die abgehobene Blässe meines müden Gesichts, wogegen das dunklere Make-up als für gewöhnlich auch nichts ausrichtete.
„Bitte, nehmen Sie Platz. Kaffee?"
„Danke, nein", verzichtete Schulz. Er setzte sich, schlug lässig die Beine übereinander und sah mich fragend an.
„Na gut. Reden Sie mit mir, bitte", forderte ich ihn ungeduldig auf. „Was ist passiert?"
„Laut Zeugen hat sich Frau Weber gegen halb zehn fast geräuschlos aus ihrem Wohnzimmerfenster gestürzt." Er hielt inne, zog eine gestopfte Pfeife aus der Ledertasche, die neben ihm lag.
„Ich darf doch...?" fragte er, als wäre meine Zustimmung Formsache.
„Bitte."
„Kein Zeuge sah eine zweite Person", setzte er fort, „die Mannschaft war zwanzig Minuten nach Notruf vor Ort. Oberkommissar Jonas, derzeit Leiter der

MUK, der Pathologe und die Kriminaltechnik stellten weder an der Toten, noch in der Wohnung Spuren von Fremdverschulden fest. Typische Abwehrverletzungen Fehlanzeige. Autopsie, Analysen, Auswertungen sind in Arbeit." Während er mit der Flamme über dem Pfeifenkopf kreiste, sprach er weiter: „Bis Ergebnisse vorliegen, wird von Suizid ausgegangen. Abschiedsbrief gab es keinen. Für mich bislang einziges Indiz, genau hinzusehen."

„Klingt nicht sehr sorgfältig. Mein Gefühl sagt mir ziemlich deutlich, dass Keller kein Unfallopfer und Frau Weber keine Selbstmörderin ist", schimpfte ich unzufrieden. „Oder würden Sie kurz vorm Finale das Handtuch werfen? Das glaubt doch keine..., kein Mensch!"

Ich goss Kaffee aus der Thermoskanne, die Barbara auf den Tisch gestellt hatte, in meinen Pott.

„Glaube und Gefühl gehören in die Kirche, Frau Renger", belehrte er mich gelassen. „Die Ermittler müssen dem Staatsanwalt Beweise auf den Tisch legen. Apropos. In welcher Beziehung standen Sie eigentlich zur Toten? Dazu haben Sie gestern kein Wort verloren."

„Wieso kein Wort? Wir waren seit Studienzeiten befreundet, sagte ich doch", drückte ich mich elegant.

„Das definiert ihre Beziehung zueinander nicht." Er warf mir ähnliche Blicke zu, wie gestern dem Busen der Kellnerin. „Jonas sind in der Wohnung Fotos in die Hände gefallen, auf denen sie beide Spielchen treiben, die definitiv nicht jugendfrei sind." Schulz stieß eine bläuliche Wolke aus und ergänzte: „Ich hielt ihn hin, sagte, dass ich nicht wisse, wer die zweite Frau ist."

Blödes Weib! Was wollte sie mit den alten Juxfotos? Mir zitterte die Hand und fast hätte ich mir vor lauter Wut Kaffee auf die Bluse gekleckert.

„Das war mal..." Angewidert von den affigen Fantasien, drehte ich mich mit dem Sessel nach links.

Nervös nestelte ich am Armreif und sah schweigend aus dem Fenster.

Die Baumkronen gegenüber, hinter den Gleisen der S-Bahn, die hier in einer breiten Schneise zwischen den Häuserfronten verliefen, sahen durch die halbgeöffnete Jalousie aus, als wären sie in Scheiben geschnitten. Ich war zornig, auf Schulz, auf mich, weil dieser subalterne Blödsinn nur in die Irre führte.

„Ja, mein Gott, wir standen uns nah. Meine Flucht beendete die Geschichte logischerweise. Familiennachzug kam für uns ja wohl kaum in Betracht."

„Und jetzt?" bohrte Schulz, begleitet von einer doppeldeutigen Handbewegung.

„Für wen halten Sie mich?" entgegnete ich schnippisch. „Die schneit rein, setzt mir das Messer an die Kehle und Sie meinen, mir fällt nichts Besseres ein, als mit ihr in die Kiste zu springen? Das ist mir jetzt wirklich zu blöd!"

„Das Leben ist sehr vielfältig", flüsterte er versonnen. „Was ich da schon alles erlebt habe..."

Die Erinnerungen der letzten Nacht träufelten wie aus einer Pipette zurück in meinen Kopf.

„Sind Kellers Akte oder die losen Blätter bei ihr aufgetaucht?" erkundigte ich mich. „Die zu finden, wäre weit wichtiger als der Mist von früher."

„Keine Ahnung, wie genau von den Beteiligten in der Nacht gesucht worden ist", meinte er unwillig und stand auf.

Mich hielt es auch nicht im Sessel, mein Blutdruck fuhr Achterbahn, als kündigte sich eine gefürchtete Panikattacke an und der Verdruss über seine flegelhafte Vermutung übersäuerte meinen Magen: „Bildchen anglotzen! Postpubertäre Typen Ihre Männer, was", warf ich verächtlich hin. „Frings. Sie erinnern sich? Kunstschieberei. Bevor die Ermittlung versandete, soll Sylvia versucht haben, aus dem Leben..."

„Selbstmordversuch?" murrte Schulz. „Woher wissen Sie das? Wird Jonas gefallen."

„Von meiner Schwester und Frau Heidewald, bei der ich gestern war, hat's bestätigt", gestand ich. „Das ist die Frau, vor deren Tür..."

„Ich weiß, wer das ist", schnitt er mir das Wort ab. „Spielen Sie jetzt Detektiv?"

„Nein. Aber ich werde ungeduldig, weil ich nicht tiefer in diesem Sumpf versinken will. Ich muss mich schließlich um den Laden hier kümmern."

Todmüde, von Übelkeit gereizt, verharrte ich hinterm Schreibtisch und fühlte mich nicht besonders Ernst genommen.

„Wem das Wasser bis zum Hals steht, muss nicht fürchten zu verdursten", entgegenete Schulz sarkastisch und fuhr pedantisch fort: „Erpressung, Rache, Schwarzgeld. Ich kann mir viel vorstellen, was Spekulationen ins Kraut schießen lässt. Nur solange Indizien für ein Verbrechen fehlen, kann ich mir das in die Haare schmieren, weil kein Staatsanwalt ohne Anfangsverdacht Ermittlungen aufnimmt."
Ungeschickt rempelte er die Tonanlage an, die wie von Geisterhand bedient, an der Stelle weiterspielte, wo ich sie gestern vermeintlich abgeschaltet hatte. Überrascht zog er den Stecker und sah sich die großformatigen Fotos an der Wand an.
„Nicht schlecht", lobte er entrückt. „Aber für den Durchschnittsbürger kaum bezahlbar, was?" Er verharrte am hinteren Fenster, bog mit den Fingern die Lamellen auseinander. Während er die hellgrauen Wolken beobachtete, aus denen endlich ein paar Tropfen fielen, deutete er friedfertiger an: „So... privat ist mehr Spielraum. Eine Situation, die für mich zugegeben noch ungewohnt ist."
„Ach was!" rief ich verblüfft.
„Angenommen, Keller und die Weber sind ermordet worden, heißt das, Motiv, Methode und Gelegenheit genauer unter die Lupe zu nehmen."
„Mit der Theorie hab ich's nicht so. Für mich sind die Story und die Leute dahinter wichtiger. Gudrun Heidewald hat ja nicht nur ihre Sicht auf die Affäre Frings und Sylvias Suizid-Inszenierung zum Besten

gegeben, sondern auch ihre Party geschildert, nachdem sie in die Kunstakademie gewählt geworden ist."
„Verschonen Sie mich um Himmelswillen mit diesem albernen Tratsch!"
„Keine Angst, lass ich weg", besänftigte ich ihn. „Interessant ist aber schon, dass sich Sylvia und Herr Schober auf dieser Party zufällig wiedertrafen und dass er nicht allein kam, sondern einen Gast mitbrachte, Anfang, eher Mitte fünfzig, dunkelbraunes Haar, auffällige Geheimratsecken, Siegelring, von dem ich intuitiv annehmen würde, dass er einer der Drahtzieher hinter der Transaktion sein könnte." Ich tupfte mir mit dem Taschentuch die Stirn ab. Elend setzte ich mich.
„Herzerfrischend, wie Sie so ungestüm drauflos spekulieren." Schulz lächelte mild. „Als Hintergrund okay. Nur ohne Motiv, Methode und Gelegenheit geht es nun mal nicht. Motiv lass ich weg, weil Rachsucht, Neid, Habgier starke Beweggründe für Mord sind. Bei der Methode kommen wir dagegen sofort ins Schleudern. Unfall inszenieren, ohne zureichende Gewähr, ans gewünschte Ziel zu gelangen? Wer macht denn sowas?"
„Hab ich mich schon tausend Mal gefragt", gab ich zu. „Leider ergebnislos."
„Ich war gestern noch beim KDD, kurz Kellers Unfallakte durchblättern. Das Fahrzeug steht zwar bei der KTU, wurde aber aus Zeitnot noch nicht behandelt. Fakt ist, dass demzufolge noch unbekannt ist,

ob mutwillige Beschädigung, Bremsversagen oder Ähnliches vorliegt."

„KDD?" fragte ich vorsichtig.

„Kriminal-Dauerdienst der zuständigen Direktion", erklärte er nicht ganz uneitel. „Der Unfallzeuge heißt übrigens Horst Stahlberg und liegt mit seinen Knochenbrüchen noch im Krankenhaus."

Er setzte sich ebenfalls und tastete die Brusttaschen vom Hemd ab, suchte nach seiner Brille. Nachdem er die Lesehilfe auf die Nase geschoben hatte, zauberte er behäbig ein Notizbuch aus der Gesäßtasche.

„Auch, wenn Sie mich wieder als Kassandra beschimpfen: Das Fehlen der Akte am Unfallort wundert Sie nicht?"

„Glauben und Wundern sind nicht mein Fach. Ich bin kein Pfarrer", blubberte er. „Emotionen sind Nebelkerzen und nicht sehr hilfreich."

„Tage nach dem Partytreff beginnt Sylvia bei *Links-Ruck*", ließ ich nicht locker, „beschäftigt sich mit Akten. Blumenthals lag vermutlich ganz oben. Im Juni erhält Keller laut Pfarrer Singer von Wilke den damaligen Vorgang. Die Währungsunion tritt in Kraft. Am 9. Juli, also vergangene Woche Montag, rennt sie zu Singer, anschließend zu Keller, der lässt sie auflaufen. Donnerstag erscheint sie bei mir. Die Ausrisse, mit denen sie mich bedrängt, sind Kopien, die aus meiner Sicht nur Schober zur Verfügung stehen. Nur zu schade, dass weder Singer, noch Miriam wussten, ob und zu wem er zwischen Montag und Donnerstag

Kontakt suchte..."

Ich brach verzweifelt ab und sah völlig durch den Wind aus dem Fenster.

„Keller scheucht Judas auf, wird bedroht, bekommt kalte Füße und flüchtet sich unter die Fittiche von Frau Weber", brachte Schulz es auf den Punkt. „Denkbar. Dumm ist nur, dass wir bei ‚Gelegenheit' genauso in der Tinte sitzen wie bei der ‚Methode.'" Er sah kurz auf, hielt inne, um winzige Zeilen in sein Büchlein zu kritzeln: „Ich mach's jetzt mal wie Sie. Was die Todesfälle anbetrifft, scheint sich alles um die Akte zu drehen. Keller war auf Rache aus. Nichts weiter. Frage ist, wer will sie weghaben oder benutzen. Frau Weber, Herr Schiller oder Frau Korff, vielleicht auch ein in den Friedenskreis eingeschleuster Spitzel, oder jemand, der bislang nicht auf der Rechnung steht. Sieht rundum ganz schön trist aus mit Methode und Gelegenheit..." Nachdenklich fügte er hinzu: „Versuchen Sie mal, jemanden betäubt, egal womit, ohne Abwehrspuren aus einem Fenster in der 14. Etage zu stürzen..."

„Auftrag", flüsterte ich.

„Auftragsmörder?" Sein Gesicht verzog sich, als würde er an unverdünntem Zitronensaft nippen. „So inkompetent?"

„Weiß man's?"

„Wer anderen eine Grube gräbt, ist ein Erdarbeiter", ulkte er mahnend. „Die archäologische Methode ist immer noch die erfolgreichste." Vergnügt über meine

irritierte Miene, präzisierte er: „Schicht für Schicht freilegen, Scherbe für Scherbe einsammeln, dann schlussfolgern und Krug zusammensetzen."
„Sie mögen Altertumswissenschaft?"
„Weniger. Ich grabe bestimmt nicht Troja aus, aber Ausdauer und Methodik sind durchaus beispielhaft, was zu Unrecht häufig belächelt wird."
„Chefredakteur Schiller hat sich gestern gemeldet", ließ ich beiläufig fallen. „Möchte mich dringlich sprechen."
„Tatsächlich?" versteinert sah Schulz über den Brillenrand zu mir. In jenem Sarkasmus, der mir schon häufiger aufgefallen war, fügte er hinzu: „So unter Auserwählten?" Er räusperte sich bedeutungsvoll und ergänzte: „Für mich hatte er keinen Termin frei."
„Auserwählt? Wer Rote im schwarzen Tarnanzug mag", bemerkte ich ähnlich hämisch.
„Sie haben sich schon verabredet?"
Missmutig schob er sein Notizbüchlein in die Gesäßtasche zurück.
„Ich spüre kein Verlangen."
„Sollten Sie aber."
„Wieso?"
„Weil es vielleicht unsere einzige Chance ist, mit ihm zu plaudern, ohne sofort den Minister auf dem Hals zu haben."
„Sie meinen, wir zusammen...? Wie soll das gehen, ohne ihn misstrauisch zu machen?"
„Kreativität ist Ihre Stärke", entgegnete er polemisch.

Wieso klang bei ihm alles, als wollte er mich auf den Arm nehmen? Oder bildete ich mir das nur ein?

„Ich kann Sie ja als meinen Mann verkaufen. Die unglaublichste ist häufig die überzeugendste Erklärung." Ich sah gespannt zu ihm.

„Meinen Sie, Schiller wird leichtsinniger, wenn er meint, dass Ihnen der gute Geschmack flöten gegangen ist?"

„Netter Versuch, Komplimente zu fischen", bemerkte ich erheitert.

„Ich werde Druck bei der KTU machen, damit Kellers Fahrzeug untersucht wird, danach besuche ich den Pathologen", wechselte er hastig das Thema.

Erfreut entdeckte ich erstmals einen Hauch Verlegenheit in seinem Gesicht.

„Wird Zeit, dass es greifbare Resultate gibt."

„Sie klingen wie mein Chef", machte sich Schulz erneut lustig. Ernster fügte er hinzu: „Wenn ich Ihnen einen guten Rat geben darf, reden Sie mit meinen Kollegen, bevor die an Ihre Tür klopfen."

„Wieso sollte ich mir das antun?" verwarf ich seinen Vorschlag unüberlegt.

Es dauerte einen Moment, bis ich im Chaos auf dem Schreibtisch die Notiz von Barbara mit Schillers Rufnummer entdeckte.

„Denken Sie besser in Ruhe darüber nach."

Zaghaft tippte ich die Zahlen ein und legte mir Worte zurecht, um nicht verlegen ins Stottern zu geraten oder in die Defensive gedrängt zu werden.

„Korff, Chefredaktion *Magazin*", meldete sich die mir bekannte, markant schrille Stimme.

„Beate?"

Es knackte. Rauschen waberte im Draht. Gab es sie etwa noch, die heimlichen Mithörer oder hatten inzwischen andere ihren Platz eingenommen?

„Regina? Bist Du es wirklich?"

„Ja", antwortete ich gedehnt, „bin ich. In Lebensgröße."

„Und? Wie geht's so?" echauffierte sie sich.

„Ging mir nie besser." Gewiss, dass sich ihr meine Ironie nicht erschloss, bat ich spöttisch: „Genosse Schiller bat um Rückruf. Stellst Du mich bitte rein."

„Du hast Deinen Kalender wohl seit vorigem Jahr nicht umgeblättert?" rüffelte sie mich pikiert.

„Schiller", dröhnte übergangslos ein sonorer Bass aus der Hörmuschel.

„Na, Allergie gegen Abtrünnige verflogen?"

„Ah Regina, habe gehofft, dass Du zurückrufst."

Er klang verlogen.

„Hast Du mich derart ungezogen in Erinnerung?"

Ich sah zu Schulz, der sich einen lauten Lacher verkniff.

„Wie ich höre, könnt ihr gar nicht schnell genug mit den liberalen Pappnasen ins Bett steigen?" schlich er wie die Katze um den heißen Brei.

„Wenn ich Lust auf Smalltalk bekomme, gebe ich Dir rechtzeitig Bescheid", bremste ich ihn. „Mir ist völlig schnurz, ob jetzt aus roten, schwarze, gelbe oder

grüne Nasen werden. Also, wo drückt der Schuh?"
„Kalter Kaffee scheint ein Sommerhit zu werden. Irgendwer investiert da richtig Kraft und Zeit."
„Irgendwer?"
„Deine Busenfreundin zum Beispiel..."
„Tröstlich, dass Dein infantiler Witz die Wende überlebt hat. Da weiß man wenigstens, was man hat", stoppte ich ihn bissig. „Weiter? Ich kriege jede Minute Besuch."
„Was momentan läuft, könnte uns ernste Probleme bereiten. Darüber sollten wir besser vorher reden."
„Wieso uns?"
Schiller atmete schwer, schwieg aber.
„Pass auf", schlug ich ihm deshalb knapp vor, „komm heute Abend gegen sieben ins *Assado Steakhaus* am Ku'damm. Ich will eh mit meinem Mann Essen gehen."
„Mann?" jaulte er, als hätte ich ihm den Kiefer ausgerenkt. „Wieviel Existenzen willst Du noch ruinieren?"
„Du kommst?"
„Ja."
„Ist das in Ordnung für Sie?" fragte ich Schulz der Form halber, nachdem ich aufgelegt hatte.
„Na klar." Er erhob sich leise stöhnend und griff nach seiner Pfeifentasche. „Sehe ich etwa aus, als würde ich freiwillig drauf verzichten, mit einer schönen Frau auszugehen? Also, bis um sieben."
Die Geister, die ich rief...

Mir blieb der Mund offenstehen. Ich vergaß sogar das Aufstehen, das sich für eine Gastgeberin gehörte.

„Wiedersehen", murmelte ich, als er schon fast zur Tür raus war und schüttelte den Kopf.

Ich zog mir den Aktenkoffer heran, stellte die Zahlenkombination für die Verschlüsse ein und holte meinen Terminplaner heraus.

Nicht bei der Sache, suchte ich die Seite mit den Notizen zum Gespräch mit Kienert. Sich auf lästige Tätigkeiten zu konzentrieren, belegte weiß Gott keinen Spitzenplatz unter meinen Präferenzen und so floh ich gedanklich schneller vor den trockenen Sätzen, als mir zuträglich war.

Über Tote soll man nichts Schlechtes sagen, hieß es immer, aber verbot sich damit auch von allein, es zu denken? Die mir fremde Sylvia wirkte bei den letzten kurzen Treffen auf mich trunken vom Duft vermeintlich unbegrenzter Freiheit. Jetzt, da ihr alles machbar schien, fand sie offenbar Gefallen am fatalen Irrtum, dass die Anarchie beträchtliches Potential für Selbstfindung besäße. Fremdbestimmtes Handeln war im Endeffekt Jahrzehnte essentieller Teil ihres Weltverständnisses gewesen und die Resultate der Indoktrination spiegelten sich halt in sehr verschiedenen individuellen Facetten wider.

Vielleicht hatte sie sich in der Gunst der Stunde tatsächlich vehement eingeredet, wie Schulz annahm, dass ich ihr was schuldete. Zurückgewiesen, als sie ihren Tribut einforderte, kam statt Zuckerbrot die

Peitsche! Wenn ich nicht spurte, sollte ich gefälligst büßen, sprich: Mitziehen oder Untergehen! Als IM entlarvt, öffentlich beim Namen genannt zu werden, lag hier und heute nah bei der Diagnose, mit AIDS infiziert zu sein.

Schillers Wink beim Telefonat sagte mir, dass auch er ihre Passion zuuspüren bekommen hatte. Könnte am Freitag gewesen sein, überlegte ich, als sie mich gar nicht schnell genug loswerden konnte. Reagierte sie deshalb so betroffen, als ich ihr die Nachricht von Kellers Tod und meine Mordfantasien anvertraute? Fürchtete sie, ihr letzter Mosaikstein wäre endgültig verloren, vielleicht von Kellers Mörder vernichtet?

Unschlüssig stand ich auf und pulte an den Pflanzen, um Ordnung in meine Gedanken zu bringen.

Keine Kampfspuren, keine Gegenwehr. Wie wollte man an Sylvias zermalmtem Leib Hinweise finden? Psychopharmaka, Drogen, spukten mir im Kopf herum. Der Täter setzte sie schachmatt und hievte ihren willenlosen Körper aus dem Fenster... Das verlangte sicher enorme Kraft. Der untersetzte Schläger im Kapuzenshirt kam mir wieder in den Sinn. Ich betete, dass der Pathologe Profi genug war, gründlich arbeitete und Beweise fand, die Freitod widerlegten...

Traurig entdeckte ich am Gummibaum zwei gelbe Blätter. Ich drehte sie ab und sprach beruhigend auf ihn ein. Nachdem ich sie entsorgt hatte, setzte ich mich wieder.

Akte weg, Umschlag weg. Oder nicht gesucht?
Schlapp starrte ich auf die Zeilen, schloss die Augen und zermarterte mir den Kopf, wann und warum sich Keller auf Sylvia einließ. Bei seiner Hafterfahrung bezweifelte ich, dass er unbedarft auf Augenwischerei hereinfiel und glaubte, durch eine vernichtende Schlagzeile über Nacht ans Ziel seiner Wünsche zu gelangen.
Mein Gewissen schlug. Corinna hockte krank zu Hause und ich würde erst spätabends wieder bei ihr sein. Um meinen Frust zu lindern, nahm ich mir vor, auf der Fahrt zur Sitzung etwas Schnuckeliges für sie zu kaufen. Als ich die Jacke aus dem Schrank nehmen wollte, läutete das Telefon.
„Renger", nörgelte ich, weil Barbara dran war.
„Ihre Nichte möchte Sie sprechen. Es sei dringend, behauptet sie", sagte sie gewarnt von meinem Ton.
Mir fiel ein, dass seit gestern Schulferien waren und Andrea nun ihren Gutschein einlösen wollte.
„Richten Sie ihr aus, sie möchte mich heute Abend zu Hause anrufen. Ich habe jetzt wirklich keine Zeit. Vorstand, Sie wissen..."
Bevor der Hörer völlig auflag, rief Barbara erneut: „Frau Renger?"
„Was denn noch?"
„Ihre Nichte Manuela sagt, es sei wirklich sehr dringend", flüsterte sie entschuldigend.
„Manuela?" fragte ich perplex.

Bevor ich zur Besinnung kam, vernahm ich Manuelas verheulte Stimme.

„Hallo, Tante Regina. Mutti ist seit gestern im Krankenhaus."

„Kind, beruhige Dich", bemühte ich mich, sie trotz aller Ungeduld zu trösten, „was ist passiert?"

„Kollaps, Infarkt, Schlaganfall. Ich weiß nicht. Der Zoff in letzter Zeit...", schluchzte sie. „Papa wollte nicht... Aber ich dachte, Du solltest es wissen und sie vielleicht besuchen."

„Selbstverständlich. Ist nett von Dir, dass Du Bescheid sagst", bedankte ich mich bekümmert. „Und wo hat man sie eingeliefert?"

„Im OZK."

„Wo?"

„Entschuldige. Oskar–Ziethen–Krankenhaus."

3

Ich fragte mich, wieviele Knüppel mir das Schicksal noch zwischen die Beine werfen würde und spürte eine übermächtige Sehnsucht nach erholsamen Tagen. Obsessiv träumte ich von der Provence.
Herberts Hütte thronte auf einer lichten Anhöhe am Rande von Chateaurenard. Im Geiste flog mein Blick von der breiten Terrasse über das herbe Rhone-Tal nahe Avignon, zum Glück weit, weit weg vom schrillen Glamour der Côte d'Azur. Abgelenkt von Mistral, sanft hügeligen Auen, tausend und einem wohlriechenden Duft von Lavendel sowie endlosen Weinbergen, wäre ich fast auf den Golf vor mir aufgefahren, dessen penibler Fahrer hektisch bei Gelb bremste.
Mir fiel *Sebastians Frischeparadies* ein. Zugereist aus Aix-en-Provence, beauftragte ich ihn gelegentlich mit dem Catering für kleinere Feiern.
Verkehrswidrig bog ich von Linksaußen rechts in die Lietzenburger Straße ein.
Sebastian kam mir mit den Händen fuchtelnd entgegen und überhäufte mich wie gewohnt mit zu dick aufgetragenen Komplimenten.
Ich sah mich um, bat ihn, einen netten Korb zu füllen und nach Kladow zu liefern. Obenauf legte ich ein Briefchen für Corinna, in dem ich ihr schrieb, dies sei der Vorgeschmack auf baldige sonnige Tage.
In mich gekehrt, glaubte ich ihre halsstarrigen Zweifel an der Ehrlichkeit meiner Worte direkt fühlen zu können.

Die spärliche Zahl Autos hinter der Schranke des Parkplatzes verwunderte mich.
Vermutlich waren viele sofort am ersten Ferienwochenende dem städtischen Sommersmog entflohen.
Der elektronische Parkwächter foppte mich nicht zum ersten Mal. Zentimeter zu weit rechts angesteuert, erwies sich mein linker Arm als zu kurz, um die Chipkarte im Schlitz zu versenken. Nach erfolgreichem zweiten Anlauf, zwei Schmerztabletten zur Stärkung im Mund, lief ich Richtung Seitenflügel.
Ich schaute hinauf zum Balkon am sandsteingrauen Gebäude, über der mit Grünspan überzogenen Tür. Von dort hatten im Juni 1963 Kennedy und Brandt hunderttausenden Berlinern zugewinkt, ein Bild, das zu meinen frühesten Fernseherinnerungen gehörte.
Anfang dreiundsechzig kaufte Vater die erste Flimmerkiste für unser neues Domizil, in das wir verschleppt worden waren. Von einem Mitschüler Cordulas bekamen wir sogar einen eigens für uns gebastelten UHF-Konverter, um das brandneue *ZDF* zu empfangen. Ein rabenschwarzer Tag. Endlos stritten wir uns, was gesehen werden sollte, weil Mutter immer wieder sonntags das Westprogramm für die Folgewoche vom Bildschirm ablas und akribisch in ein Diarium pinselte.
Cordula und ich bettelten unaufhörlich, keinen Takt des neuen Beats aus Liverpool zu verpassen und ernteten verständnislose Schelte von allen Seiten.

Mutter, die Kennedy über alles liebte, Oma und ich sahen stundenlang dessen triumphale Fahrt durch Berlin zu. Vater hingegen verschwand und ging seinen Hobbies nach. Seit der Gefangenschaft in Gottes eigenem Land, brachte er für Amerikaner wenig Zuneigung auf.

Beinahe jähzornig bestritt er, dass es ihm besser ergangen wäre, als jenen, die Russen, Engländern oder Franzosen in die Hände gefallen waren, was für ihn durchaus nicht bedeutete, Russen zu mögen. Nur eins mochte er noch weniger: Unter *„AmiFuchtel"* zu stehen, wie er es nannte. Sein Trauma nach Jahren in der Wüste Arizonas, raubte ihm soweit die Vernunft, dass er stur die Avancen von Mutters Verwandten auf dem Wedding ausschlug, doch besser „rüber" zu kommen.

„Mahlzeit", grüßte der Wachmann im Foyer hinter der Seitentür. Meine Armbanduhr verriet mir, dass ich in die Mittagspause platzte. Langsam spazierte ich zum Flügel, in dem sich die Arbeitsräume befanden. Die Sitzung des Vorstands begann erst in einer Stunde. Geruhsam schlenderte ich die Treppe hinauf, bog in den Gang ein, der zu den Büros führte und stand vor meiner verschlossenen Tür.

Löblein, gute Seele des Büros, die bereits etliche Vorstandsmitglieder bemuttert hatte, saß noch in der Kantine. Ich durchwühlte die Handtasche und fand die Schlüssel unter Taschentuch und Schminke versteckt.

Löbleins Computer summte leise, als ich eintrat, Monitor dunkel. Sie liebte Sponti-Sprüche, von denen eine Auswahl die Pinnwand hinter ihrem Arbeitsplatz zierte, umrahmt von sonnengebleichten, staubigen alten Wahlplakaten.

‚Wer Schrauben anzieht, ist noch lang kein(e) Modeschöpfer(in)‘. Ein Schelm, wer Böses dabei dachte. Immerhin witziger als Schillers debile Pöbelei.

Nachdem meine Bagage neben dem Schreibtisch verstaut war, setzte ich mich. Das karge Zimmer roch aus jedem Winkel nach Askese. Ich legte allerdings auch keinen Wert darauf, mich hier wohl zu fühlen. Auf meiner Seite stapelten sich Vorlagen, fein säuberlich in Mappen sortiert, manche sogar gebunden und Häufchen loser Blätter, die sich in den letzten Wochen angesammelt hatten.

Im Moment, als ich gerade nach den obersten griff, betrat Löblein das Zimmer: „Nanu, Frau Renger, Sie sind ja schon da", rief sie erstaunt aus und legte ihre gelbe Tupperbox in die unterste Schreibtischlade.

„Muss mich akklimatisieren", gestand ich flügellahm und blätterte in den dicht beschriebenen Seiten.

„Mitnehmen und studieren. Sagt Ludwig", meinte sie wichtig, während sie sich vergeblich bemühte, ihrem Computer zu sagen, dass die Pause beendet wäre. Gnatzig richtete sie mir aus: „Der hat übrigens schon nach Ihnen gefragt. Sie mögen gleich zu ihm kommen, wenn Sie da sind."

„Hat er gesagt, was er will?"

„Bin ich ihm viel zu popelig für", schnaufte Löblein beleidigt.

Ich erhob mich. Den Stuhl mit den Kniekehlen nach hinten zu drücken, erwies sich als grandiose Fehlleistung. Die ramponierte Querstrebe unterm Sitz zerriss mir die Strumpfhose. Verzweifelt pflügte ich meine Tasche um, in der sich stets Ersatz befand. Erfolglos! Eilig zog ich die Jacke aus, hängte sie über die Stuhllehne, dann half mir Löblein aus der Not und versiegelte die Masche mit Nagellack, während ich darauf vertraute, dass der Rocksaum den Schaden ausreichend verbarg.

Bewaffnet mit Kalender und Stift, sagte ich: „Okay. Ich schau mal, was er will."

Ludwigs Bitte bot den Vorteil, ihn unter vier Augen über Kienerts peinlichen Auftritt zu informieren.

Ich klopfte, hielt inne, trat unaufgefordert ein.

„Hallo, Frau Renger", quittierte er meine Anwesenheit zugeknöpft.

Ludwig hob kaum den Blick, blieb gebeugt, täuschte Aktenstudium vor. Ich verharrte mitten im Raum, dachte nicht daran, mich zu rühren oder etwas zu sagen, ehe er sich nicht hochbequemte.

„Wie ich höre, wollen Sie Parteifreund Voskamp im Herbst beerben?" bemerkte er süffisant, lehnte sich zurück und musterte mich verschlagen.

Was sollte das jetzt werden? Er ließ mich stehen wie eine hergelaufene Dirne und schlug taktlose Töne an, die einem Verhör ähnelten?

„Und wer verbreitet diesen Unfug?" fragte ich gereizt.
„Je höher die Etage, desto dünner die Wände, wie Sie wissen", vermied er, Ross und Reiter beim Namen zu nennen. „Eine einfache Antwort würde genügen."
Ärgerlich setzte ich mich auf den nächstbesten Stuhl und rätselte, wer ihm das anvertraut haben mochte. Er dagegen machte keinerlei Anstalten, sich von seinem Sessel zu erheben.
„Denken kann ich mir viel. Geäußert habe ich nichts dergleichen", begehrte ich auf. „Wie wir mit den roten Läusen verfahren, die wir uns demnächst in den Pelz setzen, scheint mir da wichtiger."
„Papperlapapp! Es geht darum, Mitglieder zu generieren, eine neue Klientel anzuzapfen und die Kontrolle zu behalten. Sie wollen nach dem Ende des Maggi-Senats doch auch zurück auf die Abgeordnetenbank." Exaltiert fuhr er sich mit den Fingern einem Kamm gleich durch die blonden Haare. „Zeigen Sie sich teamfähig und Sie können auf zielführende Unterstützung zählen."
„Ich bin bislang gut allein klargekommen."
„Einbildung hat nichts mit Bildung zu tun, auch wenn es zuweilen scherzhaft behauptet wird", stellte er gehässig fest. „Korpsgeist, sagt Ihnen sicher was?"
„Inhaltsleere tiefsinnig zu artikulieren, ist Ihr großes Talent, ich weiß", revanchierte ich mich.
„Momentan steht ziemlich viel auf dem Spiel. Partner in jetziger Lage vor den Kopf zu stoßen, ist taktisch unklug."

„Drohen Sie mir?" Das Motiv seines Eiertanzes lag für mich total im Dunkel, daher sah ich ihn verwirrt an.

„Unter uns", senkte er seine Stimme, wechselte ins Kumpelhafte, „wie ich hörte, haben Sie sich vor Kurzem geweigert, teures Gut in den sicheren Hafen zu bugsieren, um Zugriff durch Treuhand oder Finanzverwaltung abzuwenden."

Ich erschrak. Wem verdammt schuldete Ludwig diesen Gefallen? Eine waschechte Intrige.

„Geweigert?" Ich knallte sauer den Planer auf den Tisch. „Reden Sie nicht von Blindschleiche, wenn Sie Mamba meinen."

„Im Leben geht's nie ohne faule Kompromisse, es gibt Zwänge...", deutete Ludwig rätselhaft an. „Ist jedem schon passiert. Wichtig ist, als wohlmeinender Akteur mit weißer Weste wieder rauszukommen. "

„Erpressung ist für mich kein fauler Kompromiss. Zweifelhafte Rückendeckung gegen Existenz? Würden Sie einen so hohen Preis bezahlen?"

„Nichts wird so heiß gegessen, wie es gekocht wird. Dafür sorge ich", beschwichtigte er. „Ich empfehle, die Sache in Ruhe zu durchdenken."

Ich sah keinen Anlass, zu denken! Der zweite gute Rat. An einem Tag! Ganz so dünn wie Ludwig meinte, waren die Wände anscheinend doch nicht. Sylvias Tod war ihm bisher wohl nicht zu Ohren gekommen. Auf dem Gang zitterten mir die Knie. Keine Idee, wer hinter dieser Schweinerei steckte. Reichte der Arm widerlicher Seilschaften bis in Parteivorstände? Wie hieß es so schön: Wer nette Kollegen hat, braucht keine Feinde! Ludwig als Verbündeten Krimineller zu erleben, war für mich eine beschämende Erfahrung. Woher rührte seine Eitelkeit, zu glauben, ich würde ihm keinen Strick daraus drehen? Einbildung! Hielt er sich wider jede Vernunft für sakrosankt?

Beim Kaffee, den mir Löblein rasch brühte, nahm ich eine Auszeit. Fünfzehn Minuten bis Sitzungsbeginn. Ähnlich wie am Morgen, bekam ich Lust auf eine Zigarette. Um dem Suchtverhalten zu trotzen, bat ich sie, mich mit dem Krankenhaus zu verbinden. Untersuchen, Ordnen, Terminieren zählten zu Löbleins markantesten Vorzügen, solange ich sie kannte.

Ich sah derweil aus dem Fenster. In die kuriose Kontroverse vertieft, geriet mir unbewusst ein silbergrauer Daimler ins Blickfeld, der gemächlich auf den Parkplatz rollte. Erst als der Fahrer hielt und ausstieg, weckte der alltägliche Vorgang mein Interesse. Steinkirch holte seinen Aktenkoffer aus dem Fond und verschwand langsam aus dem Sichtfeld.

Tagte die CDU ebenfalls? Scheiße! Fehlte nur, dass mir Voskamp über den Weg lief. Natürlich wusste ich, dass Ludwig und er seit Jahrzehnten tief im Berliner Filz steckten. Sollte der vielleicht...?

„Das Krankenhaus", riss Löblein mich aus den trüben Gedanken.

„Guten Tag. Renger. Ich wüsste gern, wie es um meine Schwester steht? Cordula Klemm."

„Welche Station?"

„Kardiologie, nehme ich an."

„Moment bitte."

„Intensivstation, Doktor Förster."

„Renger. Schwester von Frau Klemm. Ich hoffe, Sie können mir kurz sagen, wie es Cordula geht? Kann ich sie besuchen?"

„Infarkt. Zu spät diagnostiziert. Ist um Haaresbreite bei uns geblieben. Ist auf der Intensiv. Geht aber schon etwas besser. Morgen wird sie ansprechbar sein."

Beruhigt legte ich auf.

„Okay. Ich verziehe mich dann mal in den Debattierklub", meldete ich mich bei Löblein ab.

„Viel Spaß", erwiderte sie hämisch grinsend.

4

Überzeugt, die mieseste Vorstellung im Vorstand gezeigt zu haben, die ich mir je geleistet hatte, starrte ich die Wand hinter Löblein an. Geknickt, aschfahl im Gesicht, saß ich ihr schweigend gegenüber.
Zu sehr fixiert auf die widerliche Intrige, wegen der mein Vier-Augen-Gespräch mit Ludwig völlig anders verlaufen war als gedacht, ignorierte ich seine Intention, indem ich Kienerts egoistische Haltung als beispielhaft für absehbare Folgen der Fusion zu verdeutlichen suchte. Tatenlos durfte ich anschließend zuhören, wie Ludwig die Einwände im Handstreich vom Tisch fegte, weil für ihn die Vorgabe des Bundesvorstandes und die daraus resultierende Beschlusslage längst fest standen.
„Tun Sie mir einen Gefallen, bitte", bat ich Löblein mürrisch, „bestellen Sie einen Tisch im *Assado* am Ku'damm für neunzehn Uhr. Dieser Tag schuldet mir was!"
Sie hängte sich sofort ans Telefon.
‚Reden ist Silber, Schweigen ist Gold, über andere reden Blech', las ich hinter ihr und schöpfte Mut. Verzweifelt bemühte ich mich, die Papiere im Aktenkoffer zu verstauen, zwei Drittel gewiss überflüssig.
Nur keinem beggnen, dachte ich und überlegte, wie ich möglichst ungesehen aus dem Haus kam.
„Steakhaus ist gebongt", rief mir Löblein forsch zu, maß mich aber mit besorgten Blicken.

„Danke." Während ich die Jacke anzog, fragte ich anstandshalber: „Und? Wohin geht's dieses Jahr?"
„Grundstück", ließ mich Löblein einsilbig wissen. „Valentinswerder, Tegeler See."
„Kopf hoch! Haben Sie keine Sorgen mit Fliegern", tröstete ich sie trivial, spähte auf der Tür und verabschiedete mich: „Also, schöne Ferien. Bis Ende August."
Die Überdosis Kaffee quälte. Leider befand sich das WC im Treppenhaus des Querflügels. Mir blieb keine andere Wahl, als den leidigen Umweg in Kauf zu nehmen.
Ausgerechnet als ich geräuschlos an Ludwigs Tür vorbeihuschen wollte, öffnete sie sich und Steinkirch trat auf den Gang, eine manierierte Floskel auf den Lippen.
„Frau Renger" posaunte er affig, begleitet von einer ungelenken Bewegung, um mich nicht anzurempeln. „Na, geht's auch endlich in die Ferien?"
Konsterniert starrte ich ihn an. Was suchte der Gernegroß bei Ludwig? Ängstlich spähte ich nach Voskamp.
„Verlängertes Wochenende. Mehr ist nicht drin", erwiderte ich desorientiert, weil mir sofort klar wurde, woher Ludwig von meinen Absichten wusste.
„Schade für Sie", bemerkte Steinkirch hinterlistig grinsend und eröffnete mir blasiert: „Ich fliege mit Family auf die Balearen, Finka, Sie verstehen?"
„Schön für Sie. Viel Spaß", wünschte ich spitz.

„Na dann", Steinkirch reichte mir die Hand.

Die Lichtreflexe seines Siegelrings an der Rechten, sie hatten mich nach der IHK-Sitzung im Aufzug irritiert! Wortlos reichte ich ihm die Hand, während Schweißperlen im Überfluss meinen genialen Einfall flankierten. ‚Um die fünfzig, braune, wellige Haare, tiefe Geheimratsecken', leierte eine Endlosschleife hinter meiner Stirn.

Den erzwungenen Abstecher hinter mir, hastete ich zum Auto. Steinkirchs Mercedes stand unberührt an seinem Platz. Kaum eingestiegen, klappte ich hastig das Handschuhfach auf. Die Polaroid lag, wo sie hingehörte, griffbereit bei eventuellen Unfällen. Im Stillen flehte ich, dass Fotopapier eingelegt und auch noch brauchbar wäre. Ich konnte mich nicht erinnern, wann ich sie zuletzt benutzt hatte. In den Sitz gekauert, wartete ich fast zehn Minuten, bis Steinkirch angeschlendert kam. Als er die Fahrertür öffnete und gedankenverloren herübersah, schoss ich ein hoffentlich verwertbares Foto. Angeekelt starrte ich auf das Bild, während es auf dem Glanzpapier Farbe und Kontur gewann.

Du führst mich nicht vor, Du Schleimscheißer! Zu gern hätte ich darauf gespuckt. Ich hielt an mich, um es nicht zu verderben. Womit verdiente der Mann sein Geld? Nichts wusste ich über ihn oder das Gedächtnis ließ mich einmal mehr im Stich... Sylvia, Schober und Steinkirch als Trio auf Gudruns Sofa? Es fiel mir schwer, damit umzugehen.

Wie beschissen musste sie sich gefühlt haben, wenn sie sich mit solchen Typen einließ?

Ich benutzte das Telefon im Auto selten. Jetzt war ich froh, dass es da war, versenkt in der Mittelkonsole.

„Willert. RR-Mode..."

„Renger", unterbrach ich Barbaras geübt klingende Begrüßung. „Checkliste? Probleme?" Rasch fügte ich hinzu: „Was mich betrifft, ist Büro für heute passé. Hab' noch ein Geschäftsessen."

„Oberkommissar Jonas von der Polizei bat um einen Termin", informierte sie mich verunsichert. Das hörbare Vibrieren ihrer Stimme gefiel mir gar nicht.

Gerüchte und Unterstellungen mussten endlich aufhören, wenn nicht alles im Desaster enden sollte.

„Morgen, elf Uhr passt", entschied ich resolut. „Und prüfen Sie bitte mal für mich: Steinkirch, Bernhard. Handelsregister, Bonität, Creditreform, Sie wissen schon."

„Geht in Ordnung, Chefin."

Die Augen geschlossen, verharrte ich Minuten regungslos im Sitz und überlegte. Erst am Vormittag hatte ich hoch und heilig versprochen, nicht Detektiv zu spielen. Ich pfiff auf Skrupel. Neue Fakten gingen vor alte Versprechen. So einfach war das! In Kindertagen hätte ich vermutlich bockig mit den Füßen getrampelt, weil ich um alles in der Welt wissen wollte, ob sich mein kurioser Verdacht als real erwies oder lediglich in die Kategorie frommer Wünsche fiel.

Die Einzige, die helfen konnte, war die Malerin. Während ich die Zündung einschaltete, sah ich auf die Uhr. Knapp zwei Stunden blieben mir bis zum Rendezvous im Steakhaus. Hoffentlich war die reizende Frau Heidewald nicht ausgeflogen.
Beschissen gefühlt? Sylvia? Blödsinn!
Meine absurde Rührseligkeit entsetzte mich. Sie war nicht geködert worden. Es war ihre Idee, mich zu benutzen. Sie erkannte die Chance, schwärmte, um sich als Retterin zu preisen.
Vermutlich forderte sie für ihre ach so edle Hilfe einen vergleichsweise geringen Preis. Und man wurde sich schnell einig. Der eloquente Schober und der schmierige Stcinkirch wären ohne ihr Gesäusel nie und nimmer auf mich verfallen. Als erfahrene Rosstäuscher kalkulierten sie Widerstand und Schober besorgte ihr Druckmittel. Doch das magere Zeitfenster und meine Aufsässigkeit drohten, das Vorhaben ins Fiasko zu stürzen. Uneins über das weitere Prozedere, trennten sich Schober und Sylvia am Sonnabend im Streit. Das besorgte mich.
Steinkirch, sofort informiert, wendet sich in der Not an Ludwig. Der, ahnungslos, was gespielt wird, aber mit schräger Ansicht über Korpsgeist, fordert von mir Teamfähigkeit. Eigentlich brauchte man die Fakten nur verknüpfen und auf einen vernünftigen Nenner zu bringen, doch das klappte auch jetzt nicht.
Hatte Steinkirch nur mit Ludwig geredet... oder hatte er auch...?

Sylvia wusste womöglich mehr über seine Geschäfte, als ihm lieb war, kannte vielleicht die Quelle des Geldes und ahnte, wie es in seinen Besitz gelangt war... Zugetraut hätte ich es ihr, nach all den Jahren im Dunstkreis der Größen aus Kunst und Kultur. Ließ er sie ausschalten, um sich zu schützen?
Vielleicht. Aber der Haken an meiner Super-Theorie war, dass er keinen Grund hatte, Keller zu fürchten. Akte und Schwarzgeld waren zwei verschiedene Paar Schuhe, wie Schulz zu Recht annahm, die lediglich eins verbandelte, nämlich die Schnürsenkel in Sylvias Hand. Sollten Keller und sie von verschiedenen Tätern umgebracht worden sein? Ich stöhnte leise.
Jonas? Was sollte, was konnte ich ihm sagen? Erst einmal musste ich ihn wahrscheinlich davon überzeugen, dass es überhaupt um Mord ging, ohne mich in die Schusslinie zu begeben.
Bodega El Toro las ich auf der anderen Straßenseite. Der Name passte nicht zum Lokal, das in meiner Teenie-Zeit Geheimtipp war und schlicht *Bei Dorle* hieß.
Wegen Sommerlatte rannte ich der Schulband wie ein Groupie hinterher. Auf ihren Touren spielten die Jungs als *The Prey-Birds* auch dort, wo Abend für Abend auf dem kleinen Podium in der mittleren Nische Bands auftraten, meist musikalisch minderbemittelt, englisch unterbelichtet, aber laut.
Mir kam entgegen, dass ich zu dieser Zeit viel Freiraum besaß.

Die Eltern arbeiteten an ihrer Scheidung, statt zwanzigsten Hochzeitstag zu feiern. Cordula studierte und Oma, die bei uns wohnte, pflegebedürftig, redete wirres Zeug. Mutter heulte viel und ich nutzte ihr Leid ungezogen aus, um mich vor allen möglichen Pflichten zu drücken. Oft genug schlich ich erst weit nach Mitternacht in mein Zimmer. Vier getrennte Leben in einer Wohnung. Ich schüttelte mich. Erst als Großmutter starb, ich ebenfalls nach Greifswald ging, besannen sich unsere Eltern. Die Wunden heilten nicht, eiterten bis zuletzt.

Belustigt stellte ich mir das Gesicht der Heidewald vor, wenn ich unerwartet vor der Tür stand. Man traf sich immer zweimal im Leben... Himmelhochjauchzend würde sie mich kaum begrüßen.

Die Sonne blinzelte verlegen durch Wolken, die ungewaschenen Kopfkissen ähnelten. Es nieselte. Im Orankesee tummelten sich Hartgesottene und an Parkplätzen herrschte kein Mangel. Ich klingelte beherzt. Als ich bereits enttäuscht abdrehen wollte, klimperten innen Schlüssel.

„Du schon wieder?" nörgelte Gudrun argwöhnisch.

„Wär's nicht wichtig, stünde ich nicht hier", schwor ich mit Leichenbittermiene. „Sylvia ist tot."

„Was...?" stotterte sie entsetzt. „Komm rein. Ich steh nicht gern im Regen."

Wer wollte das schon!

Während ich in das Zimmer schlich, das bei bedecktem Wetter noch trauriger wirkte als sonst, fragte ich mich seltsam fern, ob sie überhaupt Kleidung besaß, die nicht schwarz war.

„Setz Dich!", forderte Gudrun energisch, fragte zweifelnd: „Hat sie wieder versucht..."

„Nein. Aber der Polizei wär's scheinbar recht, doch ich glaub's einfach nicht. Passt nicht zu ihrem Naturell", behauptete ich bange, weil ich fürchtete, mir im Fauteuil endgültig den Magen zu ruinieren. „Ich denke vielmehr, dass sie ermordet worden ist."

„Mord? Erzähl keinen Scheiß", blaffte sie. „Das Leben ist kein Fernsehkrimi. Zum Glück! Was ist passiert?"

Ich stellte die Handtasche auf die Lehne und sah zu, wie sie zittrig ihre kalte Zigarette anzündete.

„Sie soll aus dem Fenster gesprungen sein. Ist alles, was ich weiß. Ohne Abschied, ohne nichts! Lachhaft!" berichtete ich bitter. Gudrun zählte nicht zu den Frauen, bei denen ich mich unter alltäglichen Umständen ausgeheult hätte. Aber im Elend fühlte ich mich auf einmal nah bei Sylvia, die auch entgegen ihrer Aversion meiner Schwester ihr Herz ausgeschüttet hatte. „Sie stöberte in Archiven, wollte untergetauchte Spitzel entlarven, hatte ihre Finger in unlauteren Geschäften, hat versucht, mich zu erpressen, willst Du mehr hören? Und alles nur, weil sie um jeden Preis zu den Gewinnern gehören wollte?"

„Sonnabend, als uns Deine..., was weiß ich, gefolgt ist, war sie in Laune" ignorierte sie meine Vorwürfe.

„Jetzt das! Klingt wie ein missglückter Jux."
„Eben. Trauerspiel in drei Aufzügen", pflichtete ich ihr bei. „Ist das der Mann, den Schober mitbrachte?"
Ich zog das Polaroidfoto heraus und zeigte es ihr.
„Ist er", bestätigte sie ohne Umschweife. „Hab ziemlich lange überlegt, nachdem Du gestern weg warst. Lass uns in den Wintergarten gehen, da ist es angenehmer."
Ich steckte das Bild ein und trottete hinter ihr her. Der Stubentiger dachte nicht daran, seinen Lieblingsplatz zu räumen. Aus Furcht vor seinen Haaren klemmte ich mich vorsichtig auf die Sofakante.
„Er heißt Steinkirch, ist CDU-Mann und war bis zu Dicpgens Abwahl voriges Jahr Abgeordneter."
„Wirklich?" Gudrun warf ihre Kippe in den bereits überquellenden Ascher, der auf dem Zeitungsständer stand. „Und was wollte der hier?" Grübelnd sah sie in den Garten, zu den orangenen Gladiolen inmitten der Rabatte aus blauen Lobelien. „Schalck sagt Dir sicher was?"
„Wem nicht. Bei dem Sturm quer durch alle Medien."
Ihre Worte erinnerten mich augenblicklich an Sylvia.
„Im Verband hörte ich gerüchteweise", erzählte sie weiter, „dass es in dessen Bereich eine Firma namens *Kunst & Antiquitätenhandel* gab, die über ein Lager in Mühlenbeck verfügen soll und Kunst aller Couleur in den Westen verscherbelte. Vorrangig von Ausreisewilligen. Aber auch aus privater Hand und sogar aus Museums-Magazinen."

Sie drückte die Fingerspitzen beider Hände gegeneinander und es knackte in den Gelenken ihrer langen Finger. Mir lief es kalt über den Rücken.

„Keine Ahnung, womit Steinkirch Geld verdient", gab ich unumwunden zu. „Bin ich dran. Möglich, dass er in der Kunst-Branche mitmischt. Apropos, hast Du eine Ahnung, wo Frau Frings abgeblieben ist?"

„Soweit ich weiß, hat man ihr nach dem Skandal in der Kunstakademie Asyl gewährt. Frag mich nicht, wo", erinnerte sich Gudrun versonnen.

„Vielen Dank für Deine Hilfe", verabschiedete ich mich kommentarlos.

„Was wird denn mit Sylvias Beerdigung?" erkundigte sie sich, während sie mich zur Tür begleitete.

„Keine Ahnung. Ich weiß ja nicht einmal, ob ihre Mutter noch lebt."

Auf dem Weg zum Ku'damm lief mir plötzlich die Zeit davon, weil ich mehr stand als fuhr. Ich nahm den Hörer ab und rief zu Hause an. Trotz Wiederwahl meldete sich niemand. Johanna war gegangen und Corinna schlief sich vielleicht richtig aus, tröstete ich mich.

Was Gudrun eben en Passant erzählt hatte, konnte bedeuten, dass Steinkirch und Schober sehr wohl Gründe besaßen, Sylvia loszuwerden.

An der Kongresshalle, die hinter dem Tempel der sozialistischen Lehrerschaft kauerte, den ein Fassadengemälde von Womacka zierte, das die Berliner Schnauze jovial Bauchbinde nannte, warben Banner

für die erste Erotikmesse im Berliner Osten. Mich packte für Sekunden ein Lachkrampf. Hier hatte ich achtundsiebzig beim jährlichen Geburtstagsball der FDJ den Kontrakt mit Mephisto herausgefordert.
Bis zu diesem Abend beschränkten sich meine Kontakte zu Renger ausschließlich auf die Arbeit. Im Gegensatz zu etlichen anderen auf der Führungsetage der SED-Kaderschmiede, empfand ich ihn als locker im Auftreten, als einen, der nicht in jeder Situation stur auf Formalitäten pochte und sich nicht scheute, auch mal Unkonventionelles zu diskutieren. Natürlich kannte ich ebenso Gerüchte von seinen Amouren, um Scheidung und Parteiverfahren...
Die geladene Presse hockte wie gewöhnlich am Katzentisch, dennoch behielt ich ihn im Auge.
Gegen Mitternacht, Honecker und Krenz brachen auf, die straffe Sitzordnung wich gewohnter Cliquenbildung und geförderte Bands trugen ambitionierten Deutsch-Rock vor, der bisweilen Fluglärm ähnelte, gelang es mir endlich, ihn mit kompetent inszenierter Zufälligkeit nahe der Bar vor dem Gelben Salon abzufangen. Ermutigt von der abwegig anmutenden Beobachtung, keine Konkurrentin in seiner Nähe zu erspähen, ging ich in die Offensive.
Ich erinnerte mich, wie ich genau in dem Moment mit meinem Outfit haderte. Der selbst genähte, rostrote Hosenanzug, Parteiabzeichen am Revers, die blaue Bluse darunter, waren kein Dresscode, der Männern den Kopf verdrehte.

„Na, wie wär's, von Mensch zu Mensch?" schrie ich, bevor er mich fast umgerannt hätte, und hielt ihm ein Glas Sekt unter die Nase. Die tosende Musik endete in diesem Moment und meine letzten gebrüllten Worte veranlassten einige Leute, sich neugierig nach uns umzusehen. „Ich denke", fuhr ich gedämpfter fort, „es wäre an der Zeit, dass wir unsere Kontroverse über Sinn und Form von Kunst einfach mal links liegen lassen."

„Kontroverse?" Er winkte großspurig ab, "Kunst ist das, was uns im Alltag motiviert und geistig nach vorn bringt. So einfach ist das."

„Lass es! Kunst ist kein Sklave von irgendwem, sondern Erbauung und Stachel im Fleisch der Selbstgerechten... Aber das erörtern wir jetzt besser nicht."

Christian, schwarzhaarig, Schatten ums Kinn, Macho-Typ, was ihm nicht gerecht wurde, winkte jemandem zu, dann erwiderte er spottend: „Ideologiefrei saufen ist reaktionärer Alkoholismus. Ist Dir hoffentlich klar?"

„Reaktionärer Suff ist mir trotzdem lieber, als revolutionärer Bluff", schoss ich zurück, amüsiert über das Blitzen in seinen Augen, in denen ich las, dass er mich, wie andere, nicht von der Bettkante schubsen würde.

„Halt Dich lieber zurück", drohte er grinsend, „sonst hast Du schneller Kratzer im Lack als Dir lieb ist."

„Kennst Dich aus damit. Ist kein Geheimnis", konterte ich selbstsicher. „Was uns nicht umbringt,

macht uns härter. So sagt ihr doch immer, oder?"
Die Nacht endete nicht im Bett, weil ich mich beizeiten auf Mutters Spruchbeutel besann: Zappeln lassen, den Bogen nicht gleich überspannen. Ich hoffte, trotz mangelnder Übung die richtige Balance gefunden zu haben.
Im Taxi nach Haus flennte ich wie ein trauriger Dackel, voller Hass auf meinen widerlichen Ehrgeiz, auf die Lügen, die mir das Abenteuer unweigerlich abverlangen würde.

5

Kurz nach neunzehn Uhr betrat ich das Steakhaus. Im Gastraum saßen drei Gäste an zwei Tischen. Von Schulz und Schiller keine Spur. Es dauerte, bis mir einer der Kellner die erwünschte Aufmerksamkeit schenkte.
„Señora wünschen?" fragte er näselnd.
Ein südländischer Typ, wie ich ihn weniger mochte. In Kreuzberg, vielleicht auch Neukölln, aufgewachsen, sprach er deutsch mit geübt klingendem Akzent und permanentes Lächeln hatte signifikante Spuren in sein vom Studio gebräunten Gesicht unter schwarzem Haar gekerbt.
„Renger. Ich habe reserviert", erklärte ich genervt.
„Beste Plätze, wir für Sie haben gehalten frei", stümperte er gelangweilt.
Sein Bemühen, fühlbare Antipathie hinter sympathischen Antlitz zu verstecken, hielt sich in Grenzen. Er musterte mich, als hielte er selbstsichere Frauen für eine unheimliche Spezies, allein dazu geschaffen, des Mannes Stolz zu untergraben. Der Tisch, den er mir anbot, entschädigte zum Glück für seine Allüren.
Sichtgeschützt stand er in einer mit Buche hell getäfelten Nische und durchs Fenster konnte man gelassen der Hektik auf dem Prachtboulevard zusehen, den erste scheue Sonnenstrahlen nach einer kräftigen Dusche in mannigfaltige, gleißende Nuancen von Orange bis Rot tauchten.

McDonalds für gehobene Ansprüche, witzelte ich anzüglich im Stillen. Vielleicht schossen Steakhäuser in besten Lagen deshalb wie Pilze aus dem Boden.
Bei Apfelschorle las ich die Karte, die mir der Möchtegern-Gaucho hingelegt hatte.
Gelangweilt fragte mich, wo die Herren wohl blieben. Wenn man sich mit Männern einließ…! Akkurat, verlässlich, diszipliniert? Denkste…!
„T'schuldigung", japste es seitlich neben mir aus heiterem Himmel. „Ist ja obszön, so viele Halteverbote. Hoffe, eure Politessen machen Ferien auf Mallorca."
Schiller, das apfelgrüne Jackett offen, plumpste kurzatmig auf den Stuhl gegenüber und richtete pedantisch seine in Herbstfarben melierte Krawatte an der Knopfleiste des beigen Oberhemds aus.
„Parkhaus. Ist Baldrian fürs Nervenkostüm. Solltest Du Dir inzwischen leisten können", zog ich ihn auf.
„So sieht man sich also wieder", ignorierte er ungerührt meine Spitze.
„Eigenartig, dass man sich überhaupt trifft. Vor weniger als zwölf Monaten hättest Du mich vermutlich nicht mit spitzen Fingern angefasst."
„Übertreiben ist Deine zweite Natur." Sicher, dass ich ihn am Telefon nur gefoppt hatte, fragte er: „Wolltest Du mir nicht Deinen Mann vorstellen?"
Anders als im Fernsehen, ungeschminkt, wirkte er auf mich nicht wie ein strahlender Komet am gesamtdeutschen Polithimmel. Er sah verbraucht, geradezu verlebt aus.

Ich schämte mich meiner schweigenden Mäkelei. Was wusste ich, wie er mich sah? Schließlich waren wir beide um beinahe zehn Jahre gealtert.

„Muss jeden Moment kommen."

„Und wieso heißt Du dann noch Renger?"

„Wer wessen Familiennamen trägt, ist zum Glück längst Wurst", belehrte ich ihn lächelnd. „Aber ohne Spaß, mein Name steht für ein etabliertes Label und das wirft man nicht einfach weg."

„Klingt logisch", nahm Schiller mein Argument hin, weil ihn andere Probleme sichtlich stärker belasteten.

Aufmerksam folgte ich seinen hinter den Brillengläsern unstet huschenden, grünlichen Augen, als müsste er ständig alles im Blick haben. Das unvorteilhafte Gestell, das inzwischen weitläufige Verwandte von Likörgläsern einfasste, glich modisch einem himmelblauen Trabbi.

„Die stürmischen Böen, die seit Kurzem allen Staub von ollen Ordnern fegen, gehen mir sowas von auf die Nerven", fiel er mit der Tür ins Haus. „Ich denke, da muss man mit Blick nach vorn sofort energisch gegensteuern, verstehst Du doch. Ist schlecht fürs Geschäft..."

„Parteijargon? Ist nicht leicht abzulegen, was?" lästerte ich. „Und ob ich verstehe! Hab Dich im Fernsehen gesehen und mich gekringelt. Ich frag mich ja nur, was Du von mir willst?"

„Dein Betthäschen..."

„Hat Dich das Gerücht gemieden, dass Sylvia gestern ermordet wurde?" fiel ich ihm ins Wort.

„Ermordet?" Schiller erblasste sichtbar. „Ich hörte von Suizid. Hoffentlich erwartest Du keine Beileidsbezeugungen von mir."

„Idiot! Nichts erwarte ich, von niemandem", Ich fuhr ihn an: „Glaubst Du diesen Suizidblödsinn etwa?"

„Nee", stellte er mürrisch fest. „Uns wollte sie treffen, sorgte sich um ihren Dissidenten-Thriller, der Aufsehen und Kohle bringen sollte."

„Uns?"

„Ja, uns! Ohne Deinen fahrlässigen Ehrgeiz wäre ja nicht viel passiert", er belauerte meine Reaktion. „Du wolltest Blumenthal als kommenden Stötzer preisen, hast mir vorgeheult, dass er durch radikale Ideen und die Arbeit im Kirchenkränzchen Deine brillante Story versaut hat."

„Die paar Fetzen Papier waren futsch, ja", verwahrte ich mich, „...aber das rechtfertigt doch keine drei ruinierten Leben!" Ich schob ihm die Karte zu, weil kein Kellner Anstalten machte, an den Tisch zu kommen. „Mir tut's heute noch leid, dass ich damals so blöd war, die Wahrheit auszuplappern, statt einen risikofreien Grund zu erfinden, weshalb die Idee in die Hose ging."

„Meinst Du?" zweifelte Schiller. „Ob lügen den Jungs viel geholfen hätten, weiß ich nicht. Aber wie wir gekniffen hätten, wäre das Malheur aus anderer Quelle publik geworden, das weiß ich."

„Fasel nicht ewig im Plural", flocht ich ein. „Woher weiß eigentlich die Korff davon? Könnte sie...?"
Er blätterte in der Karte und schielte verlegen auf die Preise. Sein Gesicht bekam eine Leidensmiene und glich plötzlich dem des berühmten Säufers, den einst der russische Puppenspieler Obraszow erfand. Was mich daran erinnerte, dass er frühestens in zehn Tagen erstes Westgehalt bekam.
„Wer kann das noch ausschließen", räumte er nach langer Kunstpause missmutig ein.
„Bist eingeladen", äußerte ich derweil spendabel und bestellte für ihn ein großes Pils, was die Vorurteile des Kellners bestärkte.
„Sylvia wollte Dich also, ebenso wie mich, erpressen, unterstellte, dass wir die Kreuzigung zu verantworten hätten?" fasste ich zusammen. „Beweise?"
„Keine, nur Hörensagen und Verleumdungen." Nach einem kräftigen Schluck, fügte er hinzu: „Woher auch. Die Infos liefen doch stets nach gleichem Muster: Wir hatten geplant..., ging aber nicht, weil wir Leuten, denen Pazifismus heiliger ist als wehrhafter Friedenskampf, kein Podium bieten wollen... bla, bla, bla. Was Gerüchte gelegentlich beflügelt."
Wollte er mich ein weiteres Mal für dumm verkaufen?
Keiner von denen hätte solch unkonkretes Gewäsch toleriert und womöglich Fehlstellen frei ergänzt.
„Und sie hatte keinen braunen A-4 Umschlag mit?"
„Gestern, wenn man so will, Stunden vor ihrem Tod",

erzählte Schiller nachdenklich, an meiner Frage vorbei, „hat sie mir ein Fax geschickt. Solltest Du lesen. Dürfte Dir ziemlich die Laune verhageln."
„Ich überleg's mir." Schulz stieg auf der Promenade aus einem orangen Skoda und verschloss penibel die Tür. „Egal, was wo steht, ich muss mir nichts vorwerfen", unterstrich ich ostentativ, ließ ihn nicht aus den Augen. „Wusstest Du eigentlich, dass Keller, einer von Blumenthals Freunden, die Akte von ihrem Vorgang besaß?" fragte ich obenhin.
„Woher?" tat er verblüfft.
Mir schien, als täuschte er seine Unwissenheit nur vor. „Wilke soll der Spender heißen. Angeblich Bürgerrechtler, der die Stasi mit auflöst", klärte ich ihn auf. „Kennst Du ihn zufällig?"
„Nie gehört."
„Aber Keller sagt Dir was?"
„Als Name ja, aus den Unterlagen. In Persona nicht."
„Der fährt sich tot, Akte weg. Sie stürzt in die Tiefe, Umschlag verschollen... Wer weiß, was noch passiert. Zufall geht für mich anders."
„Unterstellungen, Verleumdungen, Zwietracht, verdammt, dahinter steckt derzeit Methode. Merkst Du das denn nicht?" konstatierte er äußerlich ruhig, doch sein gehetzter Blick sprach Bände. „Falls Dich die Hysterie einsetzender Wechseljahre verleitet", fauchte er feindselig, „anzunehmen, ich hätte meine Finger dabei im Spiel, vergiss es. Ich habe fundierte Alibis. Kulturausschuss, Vorträge et cetera."

„Und im Himmel ist Jahrmarkt", erwiderte ich kühl. „Ich bin nicht die Polizei."

„Abend", grüßte Schulz und trat an den Tisch.

„Mein Mann", stellte ich ihn flinker vor, als Schiller seine Schandschnauze aufbekam.

Verdammt, Vorname?

Ich schwor mir, endlich Ginseng zu nehmen und erfasste Schillers widerliches Grinsen, weil er mein Zögern sehr wohl bemerkte. Roland, verdammte Lücke, setzte sich, bemächtigte sich der Karte und besaß keine Hemmung, mich zu duzen. Offenbar beim Entree von ihm auf die Zehen getreten, kam der lahme Kellner mit zwei Pils und einem Glas Merlot angestürmt.

„Na dann, Prost", wünschte Schulz gut aufgelegt und hob das Glas. Verwundert über das Schweigen fragte er verstimmt: „Störe ich?"

„Nö. Nur unser Disput war gerade unter der Gürtellinie", besänftigte ich.

„Sylvia?" fragte Schulz vorsichtig aufs Stichwort.

„Sie kennen sie?" erkundigte sich Schiller hellhörig.

„Hab von ihr gehört", wiegelte Schulz ab. Er deutete auf mich. „Sie war schließlich außer sich."

„Darf ich fragen, was Sie machen?" Schiller beugte sich neugierig über die Tischkante nach vorn.

„Kripo Ost", log er. „Am Start zum Vorruhestand."

„So alt hätte ich Sie nicht geschätzt", staunte Schiller befremdet. Dreist fuhr er fort: „Ist ja genau der Richtige für Deine impertinenten Unterstellungen."

„Alt? Sechsundfünfzig.", protestierte Schulz. „Unsere Generation wird gerade komplett in die Wüste geschickt. Gründe sollten Sie kennen."

Schiller gab sich beleidigt und wechselte schnittig das Thema: „Wie wär's mit etwas Wohlwollen als Äquivalent für die bizarren Vorwürfe? Oder fällt das unter unerlaubte Vorteilsnahme?"

In seiner Miene kreuzte sich Ironie mit Hinterlist.

Ich fühlte mich unangenehm an Sylvia erinnert.

„Vorwürfe? Welche?" argwöhnte Schulz.

„Sie unterstellt mir en Passant, dass ich zwei Morde auf dem Kerbholz hätte", Schiller zeigte auf mich, „meint…"

„Und was bitte schwebt Dir als Entschädigung vor?" unterbrach ich ihn unsanft.

„Olympiade. Man tuschelt, Berlin will sich für 2000 bewerben", flüsterte er einfältig. „Wie ich hörte, wird Dein Parteifreund Nawrath die Sache deichseln. Ein gutes Wort einzulegen, wäre sicher nicht verkehrt."

„Leute jenseits der fünfzig", rutschte mir eitel raus, „haben bestenfalls Chancen bei den Paralympics."

„Danke auch."

„Ich wollte nur keine falschen Hoffnungen wecken", verteidigte ich mich. „Versuchen kann ich es, versprechen nichts."

Während sich Schiller erhob, erinnerte ich mich an Winter, unseren Wirtschaftssenator. Ehe ich Dritte protegierte, sollte ich mich lieber um die eigenen Belange kümmern.

„Willst Du nicht mit uns essen?" fragte ich verdutzt, als Schiller mir wortlos die Hand reichte.

„Geht nicht", entschuldigte er sich. „Runder Tisch." Die Notlüge war ihm anzusehen.

„Pfeffersteak", entschied Schulz, ohne zu zögern, „sonst kommt mir die Galle hoch. Der Typ ist ja noch schmieriger, als ich dachte."

Die Miene von Frust gesäuert, stürzte Schulz den Rest Pils hinter und schnippte unkultiviert mit den Fingern, um den Kellner zu wecken.

„Amateurhaft, unsere Aufführung. Ist unklug, Schiller zu unterschätzen", warnte ich, vorrangig an mich selbst gewandt. „Übrigens, würde ich gern zum ‚Sie' zurückkehren." Mein Erröten, das dem Gesuch widersprach, schob ich auf den Wein: „Ich habe heute aus Versehen den Kassenwart der millionenschweren Schatulle enttarnt."

„Tatsächlich?" fragte Schulz überrumpelt.

In Siegerpose kramte ich den Schnappschuss hervor: „Bernhard Steinkirch. Frau Heidewald hat ihn zweifelsfrei identifiziert."

„Ich krieg die Krise mit Ihnen", klagte er, als wäre ich ihm mit dem Pfennigabsatz auf den großen Zeh gestiegen. „Und wo haben sie das gemacht?"

„Parkplatz, Innsbrucker Straße", erklärte ich stolz.

„Sitzt im Berliner CDU-Vorstand. Bei der IHK treffe ich ihn auch mitunter. Ich habe erstmal gebeten, Handelsregister, Kreditreform, Bonität et cetera zu prüfen. Na, Sie wissen schon."

„Keine Ahnung, wovon Sie sprechen", veralberte er mich. „Ist seit neuestem die Sache der Zentralen Ermittlungsgruppe Regierungs- und Vereinigungsvergehen. Wäre was für Sie."
„Ihr Stellvertreter hat sich angemeldet. Kommt morgen ins Büro."
„Vorsicht", mahnte Schulz. „Fabulieren Sie nicht zügellos. Beschränken Sie sich auf das Beweisbare." Schulz kramte eine seiner Pfeifen hervor und zelebrierte das gewohnte Ritual. Nach drei Zügen berichtete er: „Ihre Bekannte besaß im Verlag ihr eigenes Büro. Heute früh meldete ein Wachmann, dass dort eingebrochen wurde. Jonas wurde informiert, da sie auch das Umfeld des Opfers im Blick haben. Seit ich davon weiß, halte ich Suizid für unwahrscheinlich. Hab ich ihm auch gesagt", stellte er nachdrücklich fest. „Von der Pathologie gibt es bisher leider keine endgültigen Resultate."
„Schade", rutschte es mir betrübt raus. „Diese Ungewissheit macht echt krank, vor allem, wenn man nur eins und eins zusammenzählen muss."
„Pathologen sind Mediziner und keine Mathematiker", bemühte sich Schulz, in blauen Dunst gehüllt, meine Unmutsfalten durch Witz zu glätten.
„Keller, mir unklar warum, besinnt sich auf Sylvias Angebot", flüsterte ich, motiviert nach seinem schalen Scherz. „Er schickt am Unfalltag sein Material an den Verlag. Einschreiben. Quittung und damit Empfänger-Adresse liegt im Auto. Deshalb Einbruch."

„Okay", lobte Schulz, „vielleicht ist an Ihnen ja doch eine fähige Mitarbeiterin verloren gegangen."
„Interesse spornt an", weigerte ich mich, falsche Lorbeeren einzuheimsen.
„Wenn ich morgen von der Technik höre, dass Kellers Opel tatsächlich frisiert wurde, was ich nach wie vor für unterirdisch blöd halte, könnte man getrost annehmen, dass der Täter als erster nach ihm am Unfallort war, Nothilfe leistete, im Chaos Keller sowie dessen Mühle durchsuchte. Die Sanis mussten sich schließlich auch um den verletzten Stahlberg kümmern. Falls der Ansatz stimmt", überlegte er, „wieso sollte der Täter dann das Risiko auf sich nehmen, Frau Weber zu beobachten. Er brauchte doch nur warten, dass die Sendung zugestellt wird. Dass ihn das neuerliche Fiasko im Büro pappe satt in ihre Wohnung trieb, ist logisch."
„Er wusste, wohin die Sendung geht, wann sie zugestellt wird, Sonnabend oder erst Montag, konnte er nur raten. Er wollte nichts verpassen."
„Der Verlag ist Sonnabend zu", wandte Schulz ein.
„Sollte Corinna, sterben oder nur kurz ausgeschaltet werden?" negierte ich seinen legitimen Einwand. „Ist sie in Gefahr, weil ihre Erinnerung, wenn sie wiederkommt für ihn gefährlich ist?" Die Angst folgte auf dem Fuße. Ich trank einen Schluck Merlot, um mich zu beruhigen und sagte dann durch den Wind: „Gemeldet hat sie sich vorhin nicht, als ich versuchte, sie anzurufen."

„Affekt", beschwichtigte Schulz. „Muss ein neurotischer Typ sein, wenn er gehetzt Zeit verplempert."
„Sicher?"
In meinem Kopf rumorten die Gedanken, die ich nach seinem Besuch im Büro durchgespielt hatte.
„Ich bin in Physik keine Leuchte gewesen, trotzdem bilde ich mir ein, dass es einen Unterschied macht, ob Sylvia freiwillig gesprungen oder betäubt aus dem Fenster gestürzt worden ist."
„Macht es. Aber bei einer Fallhöhe um die vierzig Meter ist die Beurteilung nicht so einfach", dämpfte Schulz meine Erwartung. „Wenn der Bericht vorliegt, werden wir es wissen."
Der Kellner kam, Pfeffersteak in der einen Hand, Salat vom Chef in der anderen, die er vorstreckte. Schulz wies dezent auf mich und machte Platz für seinen Teller.
„Wilke ist übrigens nicht Wilke", stellte er trocken fest, als hätte darüber nie Unklarheit bestanden.
„Aha…" Ich sah, dass meine fragende Miene seinem Selbstwertgefühl guttat.
„War nicht einfach einzufädeln, doch ich habe mit einem Stasi-Abwickler am Rodelius-Platz zwei Kaffee getrunken. Anschließend habe ich dessen Schilderung mit dem Melderegister abgeglichen. Was denken Sie?"
Ängstlich verfolgte ich, wie Schulz gestikulierte und erinnerte mich meiner Gedanken nach dem Besuch bei Singer.

„Stimmenthaltung", zierte ich mich. „Sie wollen mich nur wieder auf den Arm nehmen." Ich spießte ein Salatblatt mit der Gabel auf und ergänzte: „Ich denke, er suchte Keller als Handlanger aus."

„Für den echten Wilke, auf den die Daten passen wie mit Schablone gemalt, wurde in der Charité ein Totenschein ausgestellt. Prostatakrebs." Nachdem er den Kellner um die Dessertkarte gebeten hatte, fuhr er fort. „Selbst in dieser Unordnung ist kein Kinderspiel, die Identität zu wechseln. Es ist demzufolge denkbar, dass der Unbekannte alias Wilke, selbst der Firma angehörte und sich inmitten des erzürnten Volks ideal getarnt glaubt."

„Vielleicht will er offene Rechnungen begleichen", ergänzte ich seine Vermutung, „hat Keller bewusst ausgewählt, ihn an freundschaftliche Hilfe glauben lassen. Ich verstehe nur nicht, warum er ihn dann nicht vor Schaden bewahrte?"

„Um keinen Preis auffallen oder erkannt werden, heißt das topaktuelle Motto. Daran wird's liegen."

6

Mit Geduld und Spucke fand ich mein Auto im Parkhaus Uhlandstraße wieder. Hätte ich mir die Schildkröte, das Memorybild des Decks eingeprägt, wäre alles halb so schlimm gewesen. Dem Besitzer des Jeeps, links neben mir, mangelte es deutlich an Gespür für Abstand. Verrenkt wie eine Kautschukbiene im Zirkus, erklomm ich den Fahrersitz.

Bohrender Kopfschmerz und das für meinen Gaumen abartig säuerliche Dressing machten mir die Fahrt zur Hölle. Ich kramte in der Handtasche, tastete nach Tabletten und steckte mir zittrig zwei in den Mund.

Der steife Abschied gab meiner defekten Laune den Rest. Während Schulz ihn nur zu gern an den Rand des Universums verschoben hätte, trieben mich Witwenaufzug und das Bedürfnis, Corinna nicht bis in die Puppen warten zu lassen, dazu, kurzen Prozess zu machen. *‚Die Harmonie zwischen Freiheit und Notwendigkeit ist stets so konkret wie kompliziert'*, spukte mir ein lästiger Gedanke durch den Kopf… Ich spürte erneut armseligen Schiss im Bauch. Was, wenn ihr Trauma keine Kurzschlusshandlung gewesen war?

Schlich der Kerl bereits in Kladow ums Haus? Ich rügte mich und suchte selbstquälerisch Lösungen, wie wir die Kuh vom Eis bekamen und unsere verkorkste Beziehung vom Kopf auf die Füße.

Die Sonne stand tief am locker bewölkten Himmel über dem Kaiserdamm, wirkte fremd, fast künstlich, als hätte jemand eine Melonenscheibe an den Horizont geheftet.

Trotz Sichtschutz geblendet, quittierte ich angefressen, dass eine Leuchtstoffröhre über meinem Laden am Theodor-Heuss-Platz kein Lux von sich gab.

Selbst Betrügern übelster Sorte gelang es zum Glück nicht, sich auf ewig zu verstecken. Ein Fakt, der mich aufbaute und meinen Gerechtigkeitssinn streichelte.

Was für ein irrer Tag.

Steinkirch als Devisengaukler im roten Zirkel! Zornesröte schoss mir ins Gesicht. Hatten Schober und er tatsächlich nichts mit Sylvias Fenstersturz zu tun? Zweifel waren erlaubt. Würden sie mich jetzt in Ruhe lassen? Im Gegensatz zu Schulz, war ich mir dessen keineswegs sicher. Meinen Seelenfrieden legte ich jedenfalls keiner Abteilung in die Hände, die sich eben erst konstituierte.

Besorgt dachte ich an Cordula und der Verdruss vom Sonnabend kehrte zurück. Sie konnte sich doch einfach ausrechnen, dass ihre Mobber Oberhand behielten, und legte sich trotzdem quer. Häufiger als sie ahnte, hatte ich sie für diese Konsequenz bewundert, auch wenn sie mir mit ihrer windschnittigen Konformität oft gehörig auf den Zeiger ging. Irgendwie musste ich mir morgen die Zeit nehmen, sie zu besuchen.

Die anbrechende Dämmerung erschien mir diffus wie meine Stimmung. Die letzten Badegäste belagerten die Bushaltestelle am *Dorfkrug*. Ich fuhr Richtung Uferpromenade an ihnen vorbei und kämpfte verzweifelt mit dem verstimmten Magen. Als wäre mir nicht schon übel genug, brachte mich das kaum merkliche Wanken des Autos auf den Kopfsteinen aus Zeiten des Großen Fritz fast zum Erbrechen.
Der schwache Lichtschein hinter der Haustür, das Cabrio an seinem Platz, zerstreuten meine Bedenken, dass sich Gefährliches ereignet hätte.
Hastig atmete ich den erdigen Duft ein, der vom Boden aufstieg. Sanfter Pilzgeruch veralberte meine Nase, weil die paar Tropfen am Tage keinen Pfifferling animiert hätten, den Kopf rauszustrecken. Den knappen Zentimeter, den der Rasen seit dem Morgen gewachsen war, bildete ich mir dagegen leider nicht ein. Die kurzen Wellen rollten so leise gegen die Böschung, als hätte man ihnen verboten, die Abendruhe zu stören. Neidisch huschte mein Blick zur einsam am Ufer kauernden Trauerweide, die vom Wind bewegt, dem Partydampfer mitten auf dem Fluss zuwinkte.
Endlich mit Sack und Pack in der Diele, knipste ich die Leuchten neben dem Spiegel über der Kommode an. Ein Blick in die Küche genügte, um zu erkennen, dass die Präsente unberührt auf dem Tisch standen. Einem Hologramm gleich trat Corinna aus dem Schatten, lehnte sich gegen den Rahmen der Wohn-

zimmertür und verschränkte ihre Arme vor dem Bauch.

„Auch schon da?" maulte sie grußlos.

„Wieso hebst Du nicht ab?"

„Tät ich gern. Aber die Erdanziehung ist nicht so einfach zu überlisten!"

Ihre renitente Rhetorik zeugte von gärendem Frust, der nach Ventil suchte. Ich tobte vor Begeisterung, sah in ihre roten Augen und fand, dass sie zerzaust, gestutzt und ohne Verband aussah, als wäre sie mit der Punkerin verwandt, die mir kürzlich über den Weg gelaufen war.

„Sieben Sachen sind gepackt", fuhr sie zeternd fort, ehe ich den Mund aufbekam. „Wäre ich feige, säße ich längst auf Hiddensee am Strand und würde kiffen."

„Was soll das?", ranzte ich sie patzig an. „Denver Clan?"

„Nee, Geisterhaus!"

Ich hängte die Jacke auf und schlüpfte in die Latschen.

„Los, setz Dich hin", forderte ich sie grob auf.

Bevor Corinna sich versah, packte ich sie am Arm und schob sie ins Wohnzimmer.

„Aua", jammerte sie. „Was soll das?"

„Sylvia ist tot", fuhr ich sie harsch an. „Es gibt also keinen Grund, falls es überhaupt je einen gab, sich wie eine Idiotin aufzuführen." Obwohl ich viel lieber die steifen Klamotten in die Ecke gefeuert hätte, goss

ich mir gelassen Bourbon ins Glas und sagte gefasst: „Ich habe echt keinen Nerv, mich chronisch zu rechtfertigen oder täglich verrückte Launen auszubaden."
„Außer für Dich, hast Du für nichts einen Nerv!"
Sie schien baff, dass ich keinen Wert auf ihren Stunk legte. Inzwischen hätte sie mich besser kennen sollen. Verstimmter Magen, Whisky auf Wein? Ich fläzte mich auf den Zweisitzer und legte das rechte Bein hoch, um wenigstens einen Fuß zu entlasten.
„Scheiß auf Deine Sylvia! Ich hab's einfach satt! Alleinsein kann ich auch allein sein, dabei muss mir niemand zugucken", schluchzte sie.
„Kann es sein, dass Dein Blackout krasser, statt besser wird?" lästerte ich. „Mir fliegt gerade mein Leben um die Ohren und Du Ärmste fühlst Dich vernachlässigt und verkannt? Wie billig ist das denn?"
„Billig? Zusammensein ist mehr als in ein Bett zu steigen, hast Du doch unlängst gesagt. Aber dafür bin ich Dir ja wie es scheint nicht gut genug. Gib zu, Dir geht's nur ums Poppen!" krakeelte sie. „Du redest nicht mit mir, ich soll da sein, aber nicht zu nah sein, außer in bestimmten Fällen natürlich, alles, was ich will, ist falsch oder doof! Das macht doch keinen Sinn!"
„Du rennst eifersüchtig fremden Leuten hinterher, hast neunundneunzig Luftballons im Kopf und bildest Dir ein, das Leben ist ein Ponyhof", hakte ich verächtlich ein. „Akzeptanz braucht bisweilen etwas Realitätssinn."

„Was ist falsch an den Luftballons?" wehrte sie sich. „Ich weiß, dass neunzig platzen, aber neun steigen dann immer noch in den Himmel."

„Corinna, bitte! Hirngespinste kosten auch Geld. Den Überblick, was wann geht und was nicht, solltest Du mir schon zutrauen." Es leid, auf diesem Niveau Zeit zu verplempern, stellte ich mein Glas mit Verve auf den Tisch und drückte mich lendenlahm aus dem Polster. „Glaub, was Du willst!" Bitterernst, um ihr die Gefahr, in der sie schwebte, vor Augen zu führen, fügte ich an: „Schluss mit Pillepalle. Du hast zurzeit weiß Gott andere Sorgen."

„Ach ja?"

„Mal daran gedacht, dass der k.o. Schlag eventuell tödlich sein sollte."

„Du meinst..." Corinna verdrehte die Augen.

„Ja, meine ich. Glaubst Du wirklich, der will tagtäglich vor Angst schlottern, weil Du Dich erinnern könntest", schürte ich seltsam benommen Angst. „Sylvia war auch so arrogant, zu glauben, ihr könnte keiner was..."

„Klasse. Soll ich Judo- oder Karatekurse besuchen?"

„Gut wär's", rief ich auf der Treppe. „Und wir 'ne Eheberatung, die uns lehrt, Macken zu tolerieren."

Kaum im Bad, war ich binnen Sekunden nackt und streckte mich. Langsam renkte sich mein Magen wieder ein. Ich wäre zu gern in die Wanne gehüpft, aber das kostete zu viel Zeit. Weiß der Teufel, auf welche dummen Ideen sie kam, wenn ich zu lange wegblieb. Schnell entfernte ich das Make-up und trat unter die Dusche. Ich tanzte unter dem Wasser wie eine Pflanze, die Tage beim Gießen vergessen worden war.

Auf mystische Weise mischten sich Bedenken in mein aufloderndes Wohlbehagen.

‚Geh nicht zu hart mit ihr ins Gericht', mahnte mich tiefere Einsicht. ‚Sie ist jung, sie ist lebenshungrig'. Wer die Latte ängstlich zu hoch legt, darf sich nicht wundern, wenn sie ihm auf den Kopf fällt. Und irgendwie hatte Corinna ja auch ein Stück weit recht: Vorm gegenwärtigen Chaos war unser Arrangement nahezu perfekt und plötzlich wussten wir beide nicht mehr, wie wir damit klarkommen sollten. Mir helfen? Ha, ha und wie, wenn niemand wusste, wozu die Beteiligten tatsächlich fähig waren?

Durch das Ornament-Glas sah ich Corinna, die den WC-Deckel hochklappte und sich setzte: „Denk ja nicht, dass Du mich mit zwei, drei Leckerlis bestechen kannst", murrte sie aufsässig.

„Ich weiß, es gibt keine falsche Zeit, um das Richtige zu tun", gestand ich. „Wenn ich fertig bin, trinken wir ein Gläschen und sehen weiter."

Ich bürstete die Haare durch, während mich mein Abbild im Spiegel ungeniert angähnte.

Schlafmangel, Strapazen und Stress trafen sich im sehnsüchtigen Wunsch, auf der Stelle in Morpheus Arme zu sinken. Ich riss mich zusammen und drillte das Nackenhaar in einen Gummi. Den Stummel, der

dabei entstand und einem Rasierpinsel ähnelte, fand ich reichlich drollig. Nebenan sprang ich in einen Slip, streifte mir ein drei Nummern zu großes, beiges Shirt über und griff mir das Bettzeug, das Johanna säuberlich aufgeräumt hatte. Als ich erfrischt, mit meinem Pack unter dem Arm wieder herunter kam, brannte die Kerze, Corinna saß auf ihrem gewohnten Platz und die Flasche Wein aus dem Korb war geöffnet. Alles sah nach etwas Frieden aus.
Ich warf die Nachtuntensilien auf die Couch, setzte mich zu ihr.
„Merkst Du eigentlich, dass Du mehr schnüffelst als arbeitest?" sülzte Corinna. „Der Schulz hat was, gib's zu. Zur Strafe hättest Du die weiche Birne verdient."
Sie griff süßsauer lächelnd zur Weinflasche. Beim Eingießen zitterte ihre Hand leicht.
„Nett der Schulz, aber privat marginal", log ich unverfroren. „Ich will endlich den Scheiß vom Hals haben, ist doch wohl nicht zu viel verlangt!"
„Dein Leben, Deine fixe Idee, überall mitzumischen, einen Problemfall wie mich am Hacken, Du kannst einem echt leid tun. Wer sucht, der findet Wege, lästige Differenzen auszublenden", warf sie mir altklug vor.
„Schlaues Mädchen", zollte ich Beifall. „Toleranz und Konzilianz sind Schwestern von gesundem Menschenverstand"
„Doll, was Du so alles weißt. Tu doch einfach mal so, als ob Du es nicht nur wüsstest!"

Aus Furcht, den Magen erneut zu reizen, nippte ich nur: „Den Brief hast Du nicht gelesen, oder?"

„Ist seit ewig und drei Tagen müßig, geplatzte Seifenblasen zu zählen", tat sie meine Frage ab.

„Wenn wieder alles im Lot ist, fahren wir zur Hütte. Ehrenwort. Kein Rückzieher!"

Corinna traute dem Frieden nicht und sparte sich die Antwort.

„Ich mach mir Sorgen um Herbert", wechselte ich ohne Umschweife das Thema. „Ich glaube, der arbeitet seit geraumer Zeit am Absprung."

„Jetzt? Ist der irre?" eiferte sie sich.

„Der hängt mir zu viel bei Maike herum, vögelt mit Nadines Schwester Kerstin. Ich weiß nicht?"

„Dem fehlt wieder mal ein Ordnungsgong, meinst Du nicht?" schimpfte Corinna.

„Schieß nicht gleich wieder übers Ziel hinaus", mahnte ich leise. „Aber falls ich mich nicht täusche, fände ich es gut, wenn Du Dich mit seinem Metier vertraut machen würdest."

„Weiber auf Zack bringen? Bin ich mir nicht so sicher, ob das mein Ding werden kann."

„Ich sagte ‚nachdenken', nicht gleich wieder voreilig Urteile fällen."

„Der Schläger hat eine auffällige Narbe an der Hand", flüsterte sie kaum hörbar statt einer Antwort.

„Was?" erkundigte ich mich dümmlich.

„Eine fette Narbe", wiederholte sie abwesend.

„Hast Du geträumt?" Zweifelnd legte ich den Arm um

sie, zog sie zu mir herüber und drückte sie.

„Weiß nicht", meinte sie unentschieden.

„Du bist Dir sicher?"

„Ganz sicher." Sie legte den Kopf an meine Schulter und gestand schüchtern: „Ich kenne die Hand."

„Woher?"

„Bin vorhin bei einer langweiligen TV-Show eingenickt", erzählte sie leise und richtete sich auf. „Plötzlich steht mir diese Hand vor Augen, tiefe längliche Narbe zwischen Daumen und Zeigefinger rechts, hab selbst das Nahtmuster erkannt. Hagen Nadlers Hand, Athletiktrainer an unserer albernen Sportschule."

Ich starrte Corinna an.

Wenn Nadler Sylvia verfolgte und Corinna bemerkte, erklärte sich schlagartig, warum er zuschlug. Und wenn er der war, der, in wessen Auftrag auch immer, den Papieren nachjagte, hatte er Keller und Sylvia auf dem Gewissen, was es umso wahrscheinlicher machte, dass Corinna in Gefahr schwebte.

Mittwoch, 18. Juli 1990

1

In wehendem Gewande schritt geistgleich ein Phantom durch finstere Gewölbe, als wäre Alexander VI., der brillanteste aller Borgias, auferstanden. Mal sah ich Steinkirchs, mal Schillers Züge in seinem maskenhaft, starrem Antlitz. Gift! Die Schimäre steckte dem dunkelhaarigen Macho, der selbst den Teufel weniger fürchtete, als den Niedergang seiner Gattung, grienend ein Flakon zu und gab ihm arglistig auf, Tröpfchen der Tinktur heimlich in meine Speise zu träufeln. Angstgelähmt wartete ich auf die Rückkehr des widerlichen Brechreizes.

Er blieb aus. Verwirrt öffnete ich die Augen und realisierte verschlafen, dass ich im Bett anstatt auf dem Sofa lag. Gewarnt durch den fatalen Absturz in der Nacht zuvor, hatte ich mich nach Wein und Whisky offenbar besonnen und das schräge Experiment abgebrochen.

Kaum wach, traktierten mich auf der Stelle unausgegorene Gedanken, um die ich vorläufig viel lieber einen großen Bogen gemacht hätte.

Falls die Dinge lagen, wie ich vermutete, hatte Sylvia den *OV Barlach* vorgestern mit nach Hause genommen und förmlich verschlungen. Natürlich hätte sie ihn niemals im Büro liegen lassen! Hätte sich der Einbrecher auch denken und auf seinen gewagten Einbruch verzichten können.

Was mir überhaupt nicht in den Kopf wollte: Wieso faxte Sylvia, als sie endlich die Pfunde besaß, mit denen sie wuchern wollte, gerade Schiller angebliche Beweise, die ihn nichts angingen? Versuchte sie, ihn in Sicherheit zu wiegen, ihn zu manipulieren? Was war da am Freitag zwischen ihnen gelaufen? Für wen arbeitete Nadler? Ich kapitulierte.
Durch die geöffneten Türen sah ich ins Bad. Corinna duschte. Sie wackelte mit dem Hintern, als kreise ein Hula-Reifen um ihre Hüften und der Singsang, den sie absonderte, klang reichlich abgefahren.
Durchzug bewegte die Vorhänge und wehte den Duft frischer Brötchen aus der Küche herauf, wo Johanna mit Geschirr klapperte und beim Amsel-Wettsingen schien der Sieger längst nicht gekürt.
„Was treibst Du da eigentlich?" rief ich Corinna zu.
„Ich bleibe keine Stunde länger allein hier."
„Ach ja?" Ich erhob mich, warf den Morgenmantel über, band den Gürtel pedantisch zur Schleife, die der Krönung eines tollen Präsents zur Ehre gereicht hätte. „Und wie soll das mit der derangierten Frisur gehen?"
„Irgendwie krieg ich das hin. Keine Angst."
Mich beschlich Unbehagen. Von einem Tag zum anderen bewegten sich die Dinge fast zu sehr im grünen Bereich.
Hatten mich die Tiefschläge derart mitgenommen, dass ein leiser Anflug von Normalität Unruhe stiftete, statt gute Laune zu verbreiten?

Vögel, die morgens sangen, holte abends die Katz, sagte der Volksmund. Ich beruhigte mich mit der Floskel, dass jeder Nacht ein neuer Morgen folgt.

Corinna öffnete die Schiebetüren und trat tropfnass auf den Vorleger, um sich abzutrocknen.

„Sag mal, Nadler", fragte ich unbeholfen, „weißt Du privat irgendwas, das interessant ist?"

„Eh, ist Jahre her", stöhnte sie. „Was soll ich wissen. Ich war dreizehn. Der hat mich interessiert wie ein umgekippter Sack Reis in China. Ich weiß nur, dass er ein ziemlicher Arsch war. Richtiger Schleifer."

„Versuch's", bat ich. „Ist wichtig, wenn mich der offizielle Kriminalist nachher beehrt."

Mit einem Bein in der Dusche, verfolgte ich fragenden Blicks Corinna, die vorm Spiegel herumzappelte, weil sie mit ihren Haaren nicht wie gewünscht zu Rande kam.

„Flog Anfang der Achtziger aus Rostock ein", strapazierte sie ihr Gedächtnis, „vielleicht wollten die ihn nicht mehr. Was der trieb, null Ahnung. Wohnte sogar eine Zeit im Internat." Sie unterbrach sich und fluchte derb: „Mist! Die wollen einfach nicht." Dann setzte sie fort: „Die Jungs munkelten, der Brüllaffe wäre vorm Trainerjob Kampfschwimmer gewesen. Daher vielleicht die Narbe."

Stimmte, was sie erzählte, schoss es mir durch den Kopf, war es sicher kein Zufall, dass sie noch lebte. Im Gegenteil! Unter diesem Aspekt wirkte sein Anschlag höchstens kurios.

Den lästigen Traueraufzug im Kopf, suchte ich einen leichten, seidigen Sommerrock mit Dehnbund. Top und dünnes Jäckchen darüber, Ton in Ton, und die Sache war geritzt.

Corinna verkroch sich wie gewohnt in Bluse und Jeans, bediente sich aus meiner Schmuckschatulle, um seltsame Blicke auf ihre zauseligen Haare abzuwenden.

„Frühstück?" fragte Johanna bestens gelaunt, als wir in die Küche kamen. Den Schalk im Nacken bemerkte sie: „Schön, dass ihr beiden mal wieder friedfertiger drauf seid."

Corinna trällerte ein paar Takte, sah grundlos, aber intensiv aus dem Fenster und schlürfte Kaffee.

„Rührei wäre nicht schlecht", äußerte ich beiläufig, während ich mir die *Morgenpost* angelte.

Johanna und Corinna schauten mich an, als hätte ich einen schlüpfrigen Witz gerissen.

„Wird kein Zuckerschlecken heute", rechtfertigte ich meinen Appetit. „Ich hab's im Urin."

„Na dann, Rührei", jubilierte Johanna. Sie zog ein Gesicht, als fürchtete sie, ich könnte es mir im letzten Moment anders überlegen.

Auch heute fand ich im Nachrichtenteil keine Zeile, die aufregte. Erfreut überflog ich die Seiten, bis ich an einer Meldung hängen blieb.

Weder Johanna, noch Corinna bekamen mit, dass ich verwirrt auf die Seite starrte, als hätte ich Ecstasy in den Kaffee geschüttet.

Gründerboom im Osten
Etwa 65.000 Firmen wurden laut Wirtschaftsminister Gerhard Pohl im ersten Halbjahr 1990 in Ostdeutschland gegründet. Viele seien aus ehemals staatlichen Kombinaten oder Betrieben entstanden, betonte Pohl anlässlich der Eröffnung des „Hauses der Wirtschaft" im Osten Berlins. Zugleich verwies er auf die angespannte Auftragslage in der Ostindustrie. Er setze jedoch darauf, so Pohl, dass sich die Binnennachfrage in der zweiten Jahreshälfte erhole und besonders der wachsende Export in die UdSSR die Situation stabilisieren werde.

Witzbold! Wer gründete drüben was, vor allem womit, fragte ich mich einigermaßen ratlos. Sie schufen Fakten! So sah es aus. Welches falsche Spiel trieb die Regierung de Maiziere? Hoffentlich las Voskamp das ebenfalls!
„Sieh an", murmelte ich fasziniert, „kein Vertrag unter Dach und Fach, aber den Ramsch aufteilen."
Ich sah einmal mehr bestätigt, dass Ostkader fitter waren, als etliche hierzulande. *Jetzt, wo jeder skrupellos in die Kasse greift...* Sylvias Ansicht!
„Was ist kaputt?" erkundigte sich Corinna, die mir nur mit halbem Ohr zugehört hatte. „Wer wird aufgeteilt?"
„Ursprüngliche Akkumulation", prahlte ich mit peinlichem marxistischen Restkenntnissen, „die Knaben an der Quelle raffen, was sie kriegen können."

Sie sah mich an, als frage sie sich, ob ich mit dem falschen Fuß aus dem Bett gestiegen wäre.

„Na gut", fokussierte ich mich auf wichtigere Dinge und legte das Blatt beiseite. „Auf dem Weg nach Kreuzberg zu Frau Frings. Bin dann etwas später im Büro."

„Wer ist denn nun wieder Frau Frings?" erkundigte sich Corinna verblüfft.

„Nachfolgerin von mir bei Sylvia. Aber deswegen will ich mit der nicht reden. Die war bis '87 beim Kunsthandel und kennt sich in der Branche blendend aus. Steinkirch, Du verstehst? Etwa elf Uhr Kripo. Schulz meldet sich, wenn er mehr von seinen Technikern weiß." Ich stockte kurz. „Meine Schwester ist im Krankenhaus, die will ich heute auf jeden Fall auch besuchen." Ich sah zu Corinna: „Wird also einiges auf Dich zukommen, nur damit Du nicht gleich auf die Palme gehst."

„Weshalb Krankenhaus?" fragte sie mitfühlend.

„Herzinfarkt."

„Ich dachte, ist Männersache."

„Nicht nur", berichtigte ich. „Ist bei Frauen nur seltener, sie wurde zu spät diagnostiziert und wäre beinahe..."

„Tut mir leid."

„Na, auf. Fahren wir. Werden uns bestimmt lang genug die Reifen platt stehen."

„Seit Montag sind Ferien."

„Mir hat's gestern gereicht", widersprach ich.

Kaum im Auto, vor mir stop-and-go auf dem Kladower Damm, hinter mir Corinna, ging die Leier wieder los, die mich seit dem Wachwerden verfolgte.

Nadler? Kampfschwimmer? Das bedeutete für mich Profi und ich bildete mir zu Recht ein, dass sie den Angriff nicht überlebt hätte, wäre er auf Töten aus gewesen. Aber sei es, wie es ist, Leben ist vielfältig, wie Schulz gestern richtig bemerkte.

Nadler frisiert also Kellers Opel, folgt ihm auf dem Weg zu Nico, ist unmittelbar hinter ihm, als der Unfall passiert, sucht erfolglos die Papiere, findet nur den Schein und erfährt, wohin die Post geht. Psychopath ist er nicht, okay, er will die Akte, nicht, dass Keller stirbt. Corinna Zeugin? Er geht lediglich auf Nummer sicher, will unerkannt bleiben. Er klebt an Sylvia, weil er fürchtet, den richtigen Moment zu verpassen. Corinnas Vergehen ist allenfalls Stalking. Nichts, was ihn konkret bedroht!

Montagabend bricht er im Verlag ein, wieder kalt. Wutentbrannt überfällt er Sylvia zu Hause. Keine Spuren gewaltsamen Eindringens. Wieso lässt sie ihn rein?

Egal, mit welcher Lüge er sich Zutritt verschafft, als sie seine Absicht schnallt, wehrt sie sich, schreit, beisst und kratzt, bis ihm der Kragen platzt... Alles angeblich ohne dabei Verletzungen zu erleiden?

Wer ist Auftraggeber: Steinkirch, Schiller oder Wilke, von dem niemand etwas weiß? Und was ist dem Anstifter Nadlers Mühe wert?

Jonas wird mir kaum sagen, was bei Sylvia gefunden worden ist. Möglich auch, dass Schober längst alles wieder verschwinden ließ, bevor es überhaupt entdeckt werden konnte.

Wie würde Jonas reagieren, wenn ich ihm ohne einen schlagkräftigen Beweis vorzulegen, Steinkirch und Schober auf dem Silbertablett servierte? Was besagte es schon, dass Sylvia mit ihnen plauschte? Würde er mich überhaupt Ernst nehmen? Wendete er sich an die neue Abteilung oder nahm er sich der Sache an?

Ich zweifelte.

War es am Ende nicht besser, dem Rat von Schulz zu folgen und nicht unüberlegt vorzupreschen?

Nicht zuletzt: Schiller. Ich mochte mich nicht daran erinnern, wie der sich gestern aufführte. Ohne Namen, hätte er mit Stasi-Leuten gesprochen!

Wer's glaubte, wurde selig... Er wusste um die Gerüchte, die Frau Korff streute und verschwendete keinen Gedanken daran, ob sie womöglich als *IM* unterwegs gewesen war? Wie passte das? Was, bitte schön, wollte er von mir, außer einem Platz im Olympiateam?

2

Diszipliniert widerstand ich der Verführung, in die Falle verlockender Bequemlichkeit zu tappen, fuhr auf den erstbesten freien Parkplatz nahe des Deutschen Theaters und freute mich kolossal, meinem neuen, liebsten Hobby zu frönen: Fußläufiger Fortbewegung.

Von Trabbi über Volkswagen bis Wartburg, BMW und Daimler stand fast alles am Bordstein beiderseits der Hermann-Matern-Straße, was der nunmehr gesamtdeutsche Automarkt hergab.

Die rechte der zwei doppelflügeligen Eingangstüren zum Akademiegebäude stand weit offen. Vermutlich glaubte jemand, mit diesem cleveren Schachzug frische Morgenluft ins Hausinnere zu locken.

Auf dem grauen Putz neben dem geöffneten Zugang erinnerten goldene Buchstaben auf einer quadratischen, schwarzen Marmortafel stolz daran, dass Wilhelm Pieck in diesem Hause 1953 und 1957 von der Volkskammer zum Präsidenten der DDR gewählt worden war. Ich hielt es für unabwendbar, dass die Stunden solch synthetisch anmutenden Brauchtums gezählt waren.

Der Empfang befand sich links im geräumigen Foyer. Hinter den großen, geteilten Glasscheiben, deren rechte Hälfte hinter die andere geschoben war, saß ein ergrauter Herr mittleren Alters, las *Berliner Zeitung*, vor sich ein aufgewickeltes Stullen-Paket und einen Pott Kaffee.

„Guten Morgen", platzte ich forsch in seine routinierte Zeremonie.

„Sie wünschen, bitte?" Seine Hände sanken samt Zeitung, die sie hielten, auf die Tischplatte.

Er sah mich schief an, als wäre es obszön, ihn morgens vor zehn zu belästigen.

„Ich würde gern Frau Frings sprechen."

„Frau Doktor Frings", korrigierte er mich missbilligend.

„Und Sie sind?"

„Renger. Design und Mode."

„Ich versuch's mal bei den Kunstsammlungen, vielleicht sitzt sie aber auch noch drüben in der Kantine am Koch-Platz."

„Drüben?"

„Koch-Platz 7, Hauptgebäude", schnarrte er genervt, um dann herzallerliebst zu flöten: „Guten Morgen, Frau Doktor Frings, bei mir wartet eine Frau Renger für sie..."

„Termin?" erkundigte er sich flapsig.

Ich schüttelte den Kopf.

„Unangemeldet, ja."

„Einen Moment bitte", wandte er sich verbindlicher an mich. „Frau Doktor Frings ist gleich bei Ihnen. Sie können dort neben der Treppe Platz nehmen."

Er wies zu den Türen, durch die man eine Art Lichthof betrat, von dem eine breite Treppe hinaufführte, die sich auf halber Höhe zum ersten Obergeschoß nach links und rechts teilte.

Die Frings kam nur Minuten später festen Schritts, vermutlich vom Aufzug, quer durch den Patio auf mich zu.

Enddreißigerin, rothaarig, Kurzhaarfrisur, die aussah, als wäre sie nur mit Fingern gekämmt. Ihr knöchellanger folkloristischer Rock, die weite, bedruckte Bluse, das breite Tuch darüber, wirkten auf mich, als käme sie geradewegs aus der Probe ihrer Volkstanzgruppe.

Eminent erstaunt über Sylvias Bandbreite bei der Auswahl ihrer Partnerinnen, stellte ich mich vor: „Regina Renger. Danke, dass Sie mir Ihre Zeit opfern. Vorweg, mein Besuch ist rein privat."

„Privat?" fragte Carmen Frings ähnlich verdreht wie Gudrun vor Tagen. „Woher wissen Sie überhaupt, dass ich hier zu finden bin?"

„Hat mir Frau Heidewald verraten."

„Ach so! Bitte, nehmen Sie Platz. Kaffee, Milch und Zucker? Ich bin ganz Ohr."

„Danke, kein Kaffee. Sylvia Weber? Sie wissen, was vorgestern Abend passiert ist?"

„Nein. Woher?"

„Die Polizei schwört zwar auf Selbstmord. Sylvia soll sich aus dem Fenster ihrer Wohnung gestürzt haben. Ich bin allerdings überzeugt, dass man sie umgebracht hat."

„Und was geht mich das an?"

„Sie waren früher ein Paar, erzählte man mir gerüchteweise", warf ich mit allem gebotenen Takt ein.

„Wer ist ‚man'? Keiner weiß was, aber alle reden davon. Mittlerweile deutscher Lieblingssport", reagierte sie verärgert. „Hören Sie, ich habe Sylvia zuletzt vor drei Jahren auf der Intensiv im Krankenhaus Friedrichshain gesprochen, als sie tatsächlich behauptete, ähnliches, egal, ob wegen mir oder für mich, arrangiert zu haben. Danach trennten sich unsere Wege. Vielleicht ging ihr diesmal ja was schrecklich daneben?"

„Mir geht's eigentlich weniger um den Tathergang, sondern vielmehr um die Hintergründe ihres Todes."
„Die da uneigentlich wären?"
„Steinkirch." Die Frings wurde zusehends blasser. Um ihr keine Zeit zum Überlegen zu lassen, fuhr ich hastig fort: „Sylvia lernte ihn im Mai bei Frau Heidewald kennen und bot ihre Hilfe an, illegale Devisen vorm Beitritt für ihn in der Versenkung verschwinden zu lassen."

„Die Wahlparty, aha", probierte sie mich hinzuhalten. „Sie erbot sich ihm, sagen Sie? Nie! So tief kann der gar nicht sinken, dass er blutigen Amateuren vertraut."

„In der Not frisst der Teufel Fliegen. Sie kennen ihn...?" Weiter kam ich nicht.

„Jetzt passen Sie mal auf, liebe Frau Renger", fiel mir die Frings ins Wort, „wenn hier nicht seit Monaten alles zum Himmel stinken würde, hätte ich das Gespräch längst rigoros beendet. Modebranche, richtig?"

„Ja."

„Da Sie zu mir kommen, nehme ich an, Sie wissen, was mir vor drei Jahren widerfahren ist?"

„Ja. Habe ich bei den Recherchen erfahren."

„Waren Sie vor mir oder nach mir mit ihr Bett? Oder woher sonst das auffällige Interesse?"

„Vorher", gestand ich einsilbig.

„Rührt daher Ihre Attitüde wie eine Enkelin von Miss Marple wildfremde Leute zu behelligen?"

„Vielleicht ist Ihr Vergleich ja gar nicht so falsch", erwiderte ich zickig.

„Kann sein, aber nur, wenn Sie nicht wie eine Blinde von Farben reden", schnauzte sie mich an. „OiBE", stieß sie erregt aus.

„Was bitte?"

„Nie gehört? Offizier im Besonderen Einsatz, MfS, das ist Dr. Steinkirch und zwar seit über zwei Jahrzehnten."

„Ein Wasser. Wäre das möglich?" bat ich wie geplättet.

„Wissen Sie, ich sträubte mich mit Händen und Füßen, bedauerlicherweise auch sehr laut", begann sie zu reden, noch bevor sie wieder richtig am kleinen, runden Tisch zurück war, „Kunstgüter aus Magazinen und Archiven, die aus vielerlei Gründen öffentlich nicht zugänglich gemacht werden können, plötzlich als Reservoir für den Erwerb stets knapper Devisen zu betrachten."

„Besser, als Ausreisewillige zu bestehlen…"

„Sehe ich anders" fiel sie mir ins Wort, stellte die geöffnete Flasche und ein Glas auf den Tisch. „Wer das wollte, der sollte in diesem untergehenden Land gewusst haben, worauf er sich einlässt."
„Reichlich zynisch."
„Was war hier nicht zynisch?" Sie sah mich böse an. „Steinkirch mit seinem Kunstladen war es, der fingierte Belege prominenter, bundesdeutscher Galeristen als sogenannte ‚Beweise' für meine Devisenvergehen beschaffte, um mir das Maul zu stopfen. Ist das etwa nicht zynisch?"

3

Sofort als ich das erste Mal geschafft an diesem Tag ins Refugium trat, entdeckte ich Barbaras Notiz, die, samt Post, mitten auf dem Schreibtisch thronte. Neugierig las ich ihre spärlichen Zeilen:

Dr. Steinkirch, Bernhard,
geschäftsführender Gesellschafter
Art - Imex GmbH & Co KG;
Kunst; Antiquitäten; Kunstgewerbe
Import, Export, Galerie und Verkauf
Sitz: Berlin, Uhlandstr. 45, 1000 Berlin 12
Reg.-Gericht Berlin-Charlottenburg, HRA 986;
Schufa ohne Vermerk, Kreditreform negativ

Nicht viel, aber es untermauerte, was ich kurz zuvor von Frau Frings erfuhr. Ich heftete den Zettel mit einer Klammer an mein Starfoto. Fragte sich, welche unbekannten natürlichen oder juristischen Personen seine Kommanditisten waren?
Steinkirch Chef eines westlichen Außenpostens des Schalck-Imperiums! Was, wenn seine Parteifreunde davon erführen, war das nicht ein Grund mehr...
Gut, irgendwie musste die rechtswidrig einkassierte Kunst schließlich an betuchte Kunden hierzulande kommen. Ich spürte Wut, weil mich der Gedanke ärgerte, dass derart Handel nie unentdeckt von BND, Verfassungsschutz oder vielleicht gar deren Häuptling im Kanzleramt möglich gewesen wären.

Dies mit angeblich edlen Motiven verbrämte Dulden von Straftaten, stank zwar zum Himmel, war zum Glück aber nicht mein Problem.

Meine Gedanken kreisten um die Millionen. Was veranlasste Steinkirch und Schober zu übereilter und wenig durchdachter Finanzakrobatik? Plagten sie absehbare Termine, fürchteten sie die neuen Strafverfolger, von denen Schulz gestern sprach? Wollten sie auftragsgemäß SED-Vermögen verschleiern oder privat unterschlagenes Westgeld waschen?

Ich bezweifelte, dass im Geflecht von Stasi, Partei und Staatsorganen eine reelle Chance bestand, in die eigene Tasche zu wirtschaften. Aber was wusste ich schon über diese Machenschaften.

Anscheinend wollte die Sonne heute mit Macht zurückkehren. Ich war mir nicht ganz im Klaren darüber, ob ich trotz oder wegen des offenen Fensters schwitzte. Vorsichtshalber zog ich das Jäckchen aus und hängte es möglichst faltenfrei über die Sessellehne.

Zwei Pötte duftenden Kaffees in den Händen, kam Corinna herein, stellte einen vor mir ab und setzte sich. Erstaunt registrierte ich, dass sie Kopftuch trug.

„Glotz bloß nicht so", quittierte sie meinen kritischen Blick empfindlich. „Hat mir Barbara verpasst und die Ohren voll geheult, dass Herbert gestern nicht gekommen ist."

„Ach", vermerkte ich unfreundlich. „Und wieso?"

„Wusste sie nicht." Sie blies vorsichtig ihren Kaffee an, ehe sie einen Schluck trank. Perplex tippte sie auf die Mappe mit Webers Zeichnungen: „Schon zurück?"

„Nein. Herr Sander hat's vorgestern ja nicht für nötig erachtet, sie mitzunehmen."

„Scheiße", fluchte Corinna frech.

„Bleib locker", riet ich ihr. „Wir retten die Welt noch rechtzeitig." Während ich einen großen Schluck aus meinem Pott nahm und mir fast die Zunge verbrannte, warf ich ihr prustend das Foto samt angehefteten Zettel hin: „Das haben die Erkundigungen über den Vogel zutage gefördert, der die Lawine losgetreten hat."

„Kunsthändler?" frage sie erstaunt. „Wie ist der gerade auf Dich gekommen?"

„Ich kenn den oberflächlich. CDU und IHK. Aber der ist auf gar nichts gekommen", klärte ich sie auf. „Sylvia hat ihn und Schober, also den, den Du mit ihr im Café gesehen hast, bei der Malerin getroffen, und mit unserer Bekanntschaft geprahlt."

„Du kennst Bräute, echt", lästerte sie fad.

Ich überging ihren unartigen Spruch und legte mir die Poststapel zurecht: „Also: Erst fechten wir mit Herbert ein Sträußchen aus. Dann sehe ich die Sachen durch, die liegengeblieben sind, danach Kripo", erklärte ich ihr meinen Plan, registrierte verblüfft, dass sie zuhörte und sich Kommentare sparte. „Nadine kommt. Weiß ich aus sicherer Quelle. Danach

Media Art. Null Problem. Herbert kann mit der Musik leben."

„Ich glaub's ja nicht", Corinna sah mich zweifelnd an. „Ist nicht sein Ernst, oder?"

„Ist es. Er meinte, Du seist zu Techno-fixiert."

„Ha, ha... Der und sein Pop-Geträller."

„Wenn sich Schulz gemeldet hat", umging ich überflüssige Stildebatten, „bin ich weg, meine Schwester, wie gesagt. Und Du nimmst die Theaterwerkstatt in Angriff."

„Wäre das nicht vordringlich?" wandte sie vorsichtig ein.

„Mach, wie Du willst. Wann die Klamotten komplett geliefert werden, wer was trägt, müssen wir klären. Preview und Shooting-Termine sollten demnächst stehen."

„Ist ja gut", schnaufte Corinna, griff die leeren Kaffeetassen. Wahrscheinlich fürchtete sie, dass mir noch weiteres einfiele.

„Bleib bitte sitzen", bat ich Corinna. „Erst Herbert. Dann kannst Du los."

„Herr Sander in Sicht?" fragte ich Barbara süffisant, am Türrahmen lehnend.

„In Persona nicht. Aber sein Alfa war vor Minuten auf den Hof zu hören."

„Na dann bitten Sie ihn gleich her."

In der Postmappe steckte ein brauner Umschlag, der sofort böse Erinnerungen weckte, als erlebte ich ein Déjà-vu.

Sylvias Umschlag, den sie mir während ihres ersten Besuchs so nonchalant unterjubelte. Der aufgeschlitzte Rand mit Tesafilm verklebt, keine Briefmarke, er war demzufolge nicht mit der Post gekommen.

Abgegeben? Ich wendete ihn nervös in den Händen und fragte mich verwirrt, wem ich diesen makabren Scherz verdankte. Aufgeregt rief ich zum Tresen: „Von wem ist das, Barbara?"

Sie hob kurz den Blick, hielt die Sprechmuschel ihres Telefons zu und ließ mich wissen: „Kurierdienst. Noch vor dem Aufstehen."

„Morgen, meine Damen", lärmte es indes in meinem Rücken. Herbert schloss die Tür, plumpste auf den Stuhl gegenüber von Corinna.

„Was ist denn mit Dir los?" erkundigte ich mich bissig, setzte mich hinter den Schreibtisch, legte das Kuvert beiseite und sah zum Gummibaum, an dem ich zum Glück kein neues gelbes Blatt entdeckte.

„Du wurdest gestern vermisst. Ausgerechnet? Nicht Deine klügste Entscheidung. Ich hoffe, Du stimmst mir zu?"

„Wat dem een sin Uhl, is dem andern sin Nachtigall", parierte er grinsend.

„Jetzt komm mal runter, mein Lieber", zischte ich verärgert über seine schnöselige Art, „ich war nie kleinlich. Aber bei der Konkurrenz wildern, gegen ärztlichen Rat Samariter spielen, vor simpelsten Aufgaben drücken... find ich nicht lustig."

„Verlangt auch keiner", beschied er mir trocken. „Angebot. Mailand."
Lax warf er ein Pamphlet auf den Tisch. Es tat weh, weil sich einmal mehr schlimmste Befürchtungen bestätigten und auch weil ich ihm ansah, dass er mich abgehakt hatte, die Show nur aufführte, um Argumente und unliebsame Fragen zu umgehen.
„Noch haben wir einen Vertrag", wies ich ihn kühl zurecht. „Bring das Projekt professionell zu Ende und ich bin bereit, einer Trennung per 30. September zuzustimmen."
Herbert schnipste das Papier quer über den Tisch zu mir und sah mich an, als hätte ich ihm einen unsittlichen Antrag gemacht: „Wozu nutzlos die Zeit verplempern?", stellte er dreist fest. „Die Messen hier sind in vier Wochen gesungen."
„Meinst Du echt", zweifelte Corinna, „dass Italien eine gute Wahl ist, jetzt wo hier die Post abgeht?"
„Heuchelei, Anbiederei, Anscheißerei, das geht mir langsam so was von auf den Sack. Ist nicht mehr meine Stadt", schimpfte Herbert.
Ich wunderte mich, dass gerade er, der unsere Insel mit den hirnlosen Kontrollen mittendrin und ringsherum, immer als penetrant provinziell empfunden hatte, auf einmal von „seiner Stadt" sprach.
„Ich drück Dir beide Daumen", holte ich die Retourkutsche aus der Remise. „Hoffentlich hat Dir die Sehnsucht nach dolce Vita nicht gänzlich das Hirn vernebelt."

„Lass es", überging er stoisch die Ironie und rannte zur Tür: „Gibt's hier keinen Kaffee?"

Sein Ton regte mich auf und ich fragte mich, ob er wirklich noch alle Tassen im Schrank hatte.

„Bei Knigge auch gleich gekündigt?" bellte ich tückisch. „Sind Kerstin oder Maike derart scharf auf Italien?"

„Wenn, dann auf mich", verschanzte er sein Restgewissen hinter Plattitüden. „Vielleicht lass ich mich von Weibern kommandieren, soweit kommt's."

Ihre Sargträgermiene aufgesetzt, stellte Barbara einen Pott Kaffee vor ihm auf den Tisch.

„Jetzt lass mal die rüden Sprüche", ich sah Herbert kalt an. „Da ich mir sicher bin, dass Du Dich nach mehr als fünf Jahren respektablen Teamworks von mir nicht umstimmen lassen wirst, stellt sich für mich selbstverständlich die Frage, wie es hier ohne Dich weitergeht."

„Und was geht mich das an?"

„Also bitte! Dass Du einen Weg findest, um Corinna für den Job fit zu machen. Ich denke doch, das bist Du mir schuldig."

„Willst Du das denn, Prinzessin?" wandte er sich an Corinna.

„Ich glaub schon, aber ohne die geringste Ahnung, was auf mich zukommt, kann ich kaum was sagen."

„Okay. Dann sollten wir am Besten gleich beginnen und im Herbst Praktikum in Mailand dürfte ebenfalls keine Hürde sein."

„Nichts einzuwenden", stimmte ich dem Vorschlag knapp zu.

Ihren Zeigefinger immer noch durch die Henkel der Kaffeetassen gefädelt, stand Corinna auf und verließ das Zimmer.

„Ich hoffe nur, Du überweist Corinna dann endlich mal Monat für Monat das Gleiche wie Barbara."

„Wieso? Hat sie sich etwa bei Dir beschwert?" entgegnete ich patzig.

„Nee", beteuerte er impulsiv. „Aber ich sehe, was jetzt läuft, auch bei Dir. Wessi raus, Ossi rein. Pure Erpressung. Und jetzt komm mir nicht damit, dass Dir dieser simple Geiz völlig unbekannt wäre."

Verblüfft vermerkte ich, dass er sich, wenn auch aus umgekehrten Motiv, fast wie Schulz anhörte. Völlig neuer Zug, dieser feindselig gefärbte Patriotismus.

„Was ich wem bezahle, geht Dich einen Dreck an...", holte ich ihn auf den Boden der Tatsachen zurück. Mitten in meiner gepfefferten Erwiderung summte das Telefon. Wenn Barbara jetzt durchstellte...

„Renger. Ja bitte?" knurrte ich aufgebracht

„Herr Schiller", flüsterte sie eingeschüchtert. „Lässt sich partout nicht abweisen. Nehmen Sie bitte mal?"

„Du hast mir noch gefehlt" schnauzte ich. „Übst wohl für die Abgeordnetenprüfung? Halbe Stunde aus dem Fenster gucken, ohne den Kopf zu bewegen."

„Stress?" fragte er aufdringlich. „Ich möchte nur wissen, ob ich Dich nachher im Wahlkreisbüro erwarten darf."

„Hab's mir überlegt", ging ich auf Distanz. „Für ein paar gestanzte Sätze aus Alt-Akten ist mir die Zeit zu schade."
„Ich rate", empfahl er niederträchtig, „die Entscheidung zu überdenken."
„Ich wüsste nicht, warum", fuhr ich ihn feindselig an.
„Weil Du im Vermächtnis von Frau Weber als treue Informantin erwähnt wirst", entgegnete er drohend.
„Muss reichen am Telefon. Alte Gewohnheit, Du weißt schon..."
„Ich war längst außer Landes, als der Schauprozess abging", erinnerte ich ihn lauter als nötig. „Was soll der Unfug?"
„Na und? War doch für die kein Grund."
„Ich komme", ließ ich ihn wütend wissen und knallte den Hörer auf.
„Na, neuerdings wieder auf Du und Du mit der Nomenklatura?" blödelte Herbert zu allem Überfluss.
„Du kannst mich mal..."
Er zog eine verächtliche Grimasse, griff seinen Vertrag, die Kaffeetasse und verzog sich.
Erneut ein Tag mit verpatztem Start. Perfekt gelaufen! Wenn ich Herbert nicht lang genug gekannt und sofort gemerkt hätte, dass sich hinter seinem affigen Auftritt Selbstzweifel und Unsicherheit verbargen, wäre mir der dünne, kuriose Abschied nach den gemeinsamen Jahren wohl weniger auf den Magen geschlagen.

Groggy stand ich auf. Ich hielt es für grundfalsch, jetzt, wo sich hier ungeahnte Chancen auftaten, die Flinte ins Korn zu werfen. Italien war ein bombiges Urlaubsziel. Aber arbeiten? In Mailand? Wollte er für die Biagotti, gar für Prada ins Feld ziehen? Prost Mahlzeit! Bislang hatte er sich nicht durch ein solches Maß an Selbstüberschätzung ausgezeichnet.

„Wie siehst Du denn aus? Bist Du krank?" stutzte Corinna, die hektisch hereinstürmte, weil sie die Mappe vergessen hatte. Ich stand am vorderen Fenster in Höhe des Schreibtischs und schaute der S-Bahn nach, die Richtung Süden fuhr.

„Herbert hat mir für heute den Rest gegeben", antwortete ich teilnahmslos. „Lass uns später reden", vertröstete ich sie. „Ich muss mich konzentrieren."

Auf diesen Umschlag zum Beispiel, dachte ich. Woher kam der? Das sollte doch in Erfahrung zu bringen sein. Barbara erschien aufs Stichwort, stellte Tassen, Salzgebäck und eine Kanne frischen Kaffee auf den Tisch.

„Schauen Sie doch bitte", beauftragte ich sie mit dem Kuvert wedelnd, „ob Sie rauskriegen, wer mir dieses Kuckucksei geschickt hat."

„Ich versuch's. Aber keine Garantie."

„Ich mach mich jetzt vom Acker", verabschiedete sich Corinna reichlich unorganisiert.

Ich nahm kaum Notiz vom Drumherum. Der Disput mit Herbert hatte mich absolut aus dem Konzept gebracht.

Mein Blick fiel auf das Foto, an dem die Notiz heftete und ich stellte verärgert fest, dass der Streit nicht nur bedauerlich gewesen war, sondern mich obendrein daran gehindert hatte, nach einem Faden fürs Gespräch mit Jonas zu suchen, der jeden Augenblick eintraf.

Ich griff zum Brieföffner und durchschnitt den Tesafilm. Der Zettelwirtschaft voran lag ein Brief:

Sehr geehrte Frau Renger,
wenn Sie diese Zeilen lesen, erfreue ich mich bereits an Ibizas Sonne.
Es tut mir leid, Ihnen unnötigen Ärger zu bereiten. Aber Ihr Widerstand, dringend notwendige Geschäfte abzuwickeln, und der Suizid von Frau Weber, haben mich zeitlich enorm unter Druck gebracht.
Da kurzfristig keine Alternative verfügbar ist, bitte ich Sie, die Frau Weber erteilte Absage zu revidieren.
Bei allem gebotenen Respekt hielte ich, konform mit Golfpartner Holger Ludwig, politischen Selbstmord aus Gewissensgründen für einen bedauerlichen Fehler.
Ich schlage vor, nach meiner Rückkehr am 30. Juli, in gegenseitigem Einvernehmen zu einem Ergebnis in der Sache zu kommen. Die Originale des beiliegenden Materials sind sicher verwahrt.
Mit freundlichen Grüßen
Dr. Gerhard Steinkirch

Wie fand die Wundertüte ihren Weg zurück zu Steinkirch? War Schober doch schneller als die Polizei erlaubte? War Nadler ihr Mann? Was wusste ich denn, wer zu diesem Bekanntenkreis zählte?
Nadler wohl doch nicht! Wieso hätte der als deren Spezi der Akte nachjagen sollen?
Vorsichtig nahm ich das Blatt, Daumen und Zeigefinger geschützt mit dem Zipfel meines Halstuchs, und legte es vor mich auf die Schreibtischunterlage.
Suizid? Steinkirch brachte sein Pamphlet auf den Weg, ehe er gestern Abend oder heute im Morgengrauen Richtung Spanien düste. Beabsichtigte er einmal mehr, mich auf die Nudel zu schieben? Oder wusste er es tatsächlich nicht besser...?
Wut drückte mir die Kehle zu. Politischer Selbstmord? Mediales Schlammcatchen! Drecksack, verrotten sollte er auf seiner Finka! Und wenn es dazu eines Kniefalls vor Ludwig bedurfte.
Arroganz? Unverstand? Hilflosigkeit?
Woher nahm der armselige Wicht die Sicherheit, mich ins Bockshorn jagen zu können? Maß er mich mit seiner Latte? Immer wieder prickelnd, intellektuellem Vakuum zu begegnen. Und Schiller stand mir noch bevor... Man gönnte sich ja sonst nichts! Für eine Sekunde spielte ich mit dem Gedanken, das Anschreiben als Mordmotiv zu verkaufen, gab ihn jedoch ebenso schnell auf und nahm mir vor, Schulz' Mahnung zu beachten und Jonas keinen Vorwand zu liefern, mir Spielchen aufzwingen.

Aufs Stichwort schaute Barbara herein und kündigte die erwarteten Gäste an: „Die Herren von der Kriminalpolizei."

Herren? Um Himmels Willen, musste ich mich zu allem Verdruss auch noch einer Übermacht erwehren! Dick und Doof, oder freundlicher Pat und Patachon, kam mir sofort in den Sinn, als sie die Herren herein geleitete.

Sie trugen Anzüge, denen *Präsent 20* anzusehen war, und wirkten hölzern, bisweilen linkisch in ungewohnter Umgebung.

„Oberleutnant Jonas", stellte sich der Jüngere förmlich vor und wies auf seinen Partner: „Oberleutnant Steinhauer, Kollege."

„Renger. Bitte", sagte ich, wies auf die Stühle am Tisch. „Kaffee?"

„Danke, gern", ließ sich Jonas nicht zweimal bitten. „Greifen Sie zu."

Er, um die dreißig, schlank, Jogger, vermutete ich, und der massige Steinhauer, etwa im gleichen Alter wie Schulz, setzten sich.

„Ich möchte Ihnen danken", eröffnete Jonas die Unterhaltung gespreizt, während er zwei Löffel Zucker in seinen Kaffee schaufelte, „dass Sie uns zu diesem Gespräch empfangen. Zumal unsere Befugnisse, vorsichtig formuliert, hier sehr begrenzt sind."

„Warum sollte ich ihre Arbeit behindern", erwiderte ich genervt vom formalen Gestus. „So lange Sie mich als Zeugin befragen, habe ich kein Problem."

„Selbstverständlich Zeugin", räumte Jonas beflissen ein.

„Na, da bin ich ja beruhigt", erwiderte ich ironisch. Mir war sofort klar, weshalb Schulz mich zur Vorsicht mahnte. Ich erkannte in Jonas den klassischen Karrieretyp, den ich ebenso wenig schätzte wie Möchtegern-Gauchos: Selbstbewusst, dynamisch, stets auf der Hut, überzeugt, Machtwissen zu besitzen, was sich häufig in intriganten Zügen und Arroganz widerspiegelte.

„Uns liegt der Obduktionsbefund im Fall Weber vor", erklärte Jonas indes zögerlich, „der kurzgefasst besagt, dass von einem Tötungsdelikt auszugehen ist."

„Aha! Endlich klar, dass sie nicht freiwillig gesprungen ist", schmetterte ich ähnlich einer Posaune von Jericho.

„Ich weiß vom früheren Chef, dass Sie Suizid stets bezweifelten", unterbrach er mich. „Die toxikologische Untersuchung ergab, dass Ihre Bekannte mit Pentobarbital betäubt, wahrscheinlich durch eine Überdosierung getötet und erst danach aus dem Fenster gestürzt worden ist. Mehr darf ich Ihnen aufgrund laufender Ermittlungen dazu nicht sagen."

Früherer Chef? Schulz wäre begeistert gewesen von seinem forschen Kollegen.

Pentobarbital? Wie kam Nadler an derart starke, hochdosiert tödliche Narkotika? Geheimdienst?

„Wann hatten Sie zuletzt persönlichen Kontakt mit ihr?" schaltete Steinhauer sich unvermittelt ein.

„Freitag. Zwischen siebzehn und achtzehn Uhr bei ihr zu Hause. Warum?"
„Wie war Ihr Eindruck vom Opfer?" präzisierte er.
„Normal. Nicht ängstlich oder depressiv. Sie schien verabredet. Neuer Job, sie schmiedete Pläne..."
„Soweit wir wissen", riss Jonas das Wort wieder an sich, „kannten Sie das Opfer aus Studientagen. In welchem Verhältnis genau standen Sie zueinander?"
„In gar keinem", entgegnete ich schnippisch.
„Tatsächlich?" Er sah mich zweifelnd an.
Ich glaubte zu sehen, wie ihm sein pikanter Fund durch den Kopf spukte.
„Sehen Sie, seit Herbst 1981 hatte ich null Kontakt zu Frau Weber. Wie auch?" erklärte ich förmlich. „Geändert hat sich das erst vorige Woche, als sie aus heiterem Himmel vor meiner Tür stand. Zwei Treffen nach neun Jahren Abstinenz sind kaum als Beziehung zu definieren."
„Hatte Frau Weber konkrete Feinde?" fragte Steinhauer direkt. „Haben Sie einen Verdacht, wonach im Büro sehr gründlich gesucht worden sein könnte?"
„Hab ich nicht, nein", flunkerte ich, ohne die Miene zu verziehen, „ich weiß seit Kurzem lediglich, wer zu ihren Freunden zählt."
„Klingt doppeldeutig", merkte er an. „Würden Sie uns bitte an Ihrem Wissen teilhaben lassen?"
„Ist so gemeint", stellte ich fest.
Ich griff nach Steinkirchs Foto samt Beipackzettel und warf es auf den Tisch.

„Sie pfuschen in den Ermittlungen rum, sehe ich das richtig?" plusterte Jonas sich umgehend auf.
„Frank, bitte", unterbrach ihn Steinhauer ungehalten, „wir sollten Frau Renger zunächst anhören."
„Pfuschen? Ich will meine Existenz vor Schaden bewahren", stellte ich reserviert klar.
„Inwiefern?" fragte Jonas etwas aus dem Konzept, während Steinhauer und er die Notiz betrachteten.
„Neugier, Tratsch, egal, nur Vorwand für Frau Weber." Ich machte eine Pause, beobachtete, wie beide skeptisch warteten. „Ihre wahre Intention war, mich in kriminelle Geldgeschäfte zu verwickeln, was ich rundweg ablehnte. Sie sprach immerhin über zwei Millionen D-Mark."
„Geldwäsche?" fragten die Herren unisono. „Soweit wir wissen", äußerte Jonas ungläubig, „betrug ihr aktuelles Vermögen siebentausend D-Mark."
„Ich hätte nichts anderes erwartet", stellte ich fest.
„Setzte sie Druckmittel ein, um Sie zu überreden?" erkundigte sich Jonas argwöhnisch. „Und was hat Herr Steinkirch mit ihr zu schaffen?"
„Machen Sie sich nicht die Mühe, ein Motiv zu erfinden. Gäbe es eins, hätte ich kein Wort darüber verloren", erwiderte ich entschieden. „Frau Weber, Dr. Steinkirch", ich wies auf das Foto, das er fragend in der Hand hielt, „und ein ehemaliger Stasioffizier namens Schober trafen sich auf einer Party der Malerin Gudrun Heidewald. Während sich die Herren um Devisen aus Kunstgeschäften sorgten, prahlte Frau

Weber mit Westbekanntschaft und bot an, mich als Helfershelferin zu gewinnen."
„Klingt eher wie Skandalblättchen, als nach Lebenswirklichkeit", reagierte Jonas blauäugig und stellte die Gretchenfrage: „Beweise?"
„Frau Heidewald", riet ich, „wird meine Aussage bestätigen." Was sich schlicht anhörte, konnte vermutlich ziemlich kompliziert werden, dachte ich.
„Also keine", quittierte Jonas selbstgefällig. „Ich las allerdings, dass die Ermordete bereits früher durch angebliche Devisenvergehen auffiel. Wir werden das prüfen. Ich kann mir jedoch kaum aktuelle Bezüge vorstellen."
„Selbst, wenn Ihre Schilderung ein Körnchen Wahrheit enthielte", griente Steinhauer, „wollten Sie sicher nicht andeuten, dass der Täter die zwei Millionen suchte?"
„Natürlich nicht!"
„Sie erwähnten Ambitionen, Pläne", drängte Jonas sich sofort wieder dazwischen. „Könnte sich darin ein Tatmotiv verbergen? Immerhin beschäftigte sich die Ermordete mit brisanten Quellen aus jüngster Zeitgeschichte."
Du mich auch, dachte ich…
Aus dem Konzept gebracht spürte ich Hitze aufsteigen, fühlte Schweißperlen auf der Stirn, die reinweg nichts mit den bedrängenden Fragen zu tun hatten.
„Über Frau Webers Tätigkeit weiß ich nichts", mogelte ich mich an einer klaren Antwort vorbei. „Mir

ist nur bekannt, dass sie eine Art Quellenedition über die Genesis des Widerstands in der DDR, speziell im letzten Jahrzehnt, herausgeben wollte."

„War jemand scharf auf Frau Webers Recherchen oder fühlte sich von ihnen bedroht?"

„Möglich", erwiderte ich und erinnerte mich an Pfarrer Singer. „Ich denke nur nicht daran, Deckel von Töpfen in der derzeit brodelnden Gerüchteküche zu heben."

„Angst oder Rücksicht?" fragte Jonas hinterlistig. Erschreckt von meinem eisigen Blick, brach er hastig ab: „Wir wollen Ihre Zeit nicht unnötig strapazieren. Auf genauere Auskünfte zum Opfer hatten wir aber schon gesetzt. Sollte es weitere Fragen geben, melden wir uns."

„Auch wenn's Ihnen nicht passen mag", gab ich ihm etwas verschnupft mit auf den Weg, „ich weiß über Frau Weber heute weniger als über meine Nachbarn!"

Kaum waren Jonas und Steinhauer zur Tür heraus, wühlte ich Pillen aus der Handtasche und rannte an der verdutzt dreinschauenden Barbara vorbei aufs WC. Vom Hinterkopf her zogen Kopfschmerzen wie ein Gewitter auf. War ich dran? Das fehlte mir jetzt noch! Ich betete im Stillen, dass mir der liebe Gott diesmal elende, dumpfe Kreuzschmerzen ersparte.

Zurück am Schreibtisch zückte ich meinen kleinen Taschenkalender, in dem die kommenden Tage mit roten Kreuzen markiert waren.

Obwohl unschuldig, schmiss ich ihn wütend zurück in das pinkfarbene City-Bag.
„Sie sind ja schneller als der Schall", scherzte Barbara, während sie eintrat. „Der Absender für Sie."
„Kommt heute wieder alles zusammen, auf das man im Leben gut und gern verzichten kann", gestand ich doppeldeutig.
„Palisadenstraße 22", eröffnete sie mir stolz, „dort ist der Umschlag angenommen worden, bestätigte mir der Kundenservice. Laut Stadtplan ist das zwischen Strausberger Platz und Leninplatz im Osten."
„Ich weiß, wo das ist", sagte ich abwesend.

4

Die Rechnungen in der Mappe für die Buchhaltung nahmen kein Ende. Mir wurde flau und flauer, als ich die größeren Posten addierte und mir das Ergebnis anschaute. Beinahe erleichtert, griff ich zum Hörer, als das Telefon summte und bemerkte baff, dass Notiz und Steinkirchs Foto verschwunden waren.
Jonas?
„Herr Schulz", kündigte Barbara einsilbig an.
„Ausgeschlafen?" fragte ich herausfordernd.
„Ich muss doch bitten!" knurrte Schulz, als hätte er seinen Humor beim Pfandleiher versetzt. „Ich bin seit drei Stunden auf Achse."
„Entschuldigung", wandte ich gereizt ein, „und ich rotiere wie ein Triesel."
„Sollten wir uns zum Imbiss treffen?" murmelte er mufflig. „Aber nicht in Ihrem Büro!"
„Was haben Sie neuerdings gegen mein Büro?" fragte ich gekränkt. „Wo sind Sie gerade?"
„Präsidium. Kriminaltechnik."
„Ein Happen kann nicht schaden", willigte ich ein.
„Zeitlich eng. Aber gut. In zwanzig, dreißig Minuten im *Café Lebensart*. Kreuzung Mehringdamm und Yorckstraße. Ist das für Sie okay?"
„Sehr wohl, Madame."
Was war mit ihm? Etwas musste vorgefallen sein...
Ich brachte die gelesene Post zu Barbara.
„Bringen Sie die bitte unter die Leute", wies ich Sie an. „Ich treffe mich mit Herrn Schulz. Anschließend

fahre ich zu Schiller, dann ins Krankenhaus. Ich denke nicht, dass ich heute ins Büro zurückkehre. Erinnern Sie Corinna bitte an die Terminnachfrage wegen der Anlieferung."

Ich zog meine Jacke an, schob Steinkirchs Morgengabe in die Handtasche und ging in den Hof.

Wenige Minuten später betrat ich das Café.

Schulz saß bereits an einem der rustikalen Holztische im hinteren, um drei Stufen erhöhten Raum, Caprese und einen großen Café Latte vor sich. Er sah unausgeschlafen aus, stoppelig, wie ich es sonst nur von Herbert kannte.

„Was ist passiert?" fragte ich mitfühlend.

„Ich weiß, klingt gnadenlos blöd", gestand er widerwillig, „aber ich musste im wahrsten Sinne des Wortes Schiller runterspülen, nachdem wir uns getrennt haben."

„Versackt? Wegen Groll auf Schiller?" Ich griente. „Die Ausrede gab's wohl zum Aktionspreis? Der hat mir übrigens bereits in den Ohren gelegen."

„Weshalb?"

„Na ja", wand ich mich verlegen, „der hat mich gestern ins Wahlkreisbüro eingeladen, weil ihm Frau Weber angeblich was aus der Blumenthal-Akte gefaxt hat."

„Und was ist daran so heikel", knurrte er, „dass Sie's mir nicht sagen wollten?"

„Nichts." Ich sah aus dem Fenster, vor dem Fahrgäste die Einstiegstür eines Doppeldeckerbusses wie

ein Bienenschwarm belagerten. „Ich wollte ja absagen, weil ich keine Lust auf Gesülze habe. Doch dann hat er mich hellhörig gemacht und ich hab's mir anders überlegt."
„Hellhörig?"
„Er behauptet, ich wäre beim Prozess in Abwesenheit als entscheidende Informantin zitiert worden..."
„Wieso sendet sie Schiller Zeug, das ihn nichts angeht?"
„Hab ich mich auch gefragt."
„Und wenn ich mich vor die Tür stelle, aber alleine fahren Sie mir da nicht hin."
„Wittern Sie eine Finte? Denken Sie, Schiller will mir an den Kragen, obwohl ich für ihn gut Wetter machen soll?"
„Die Naive steht Ihnen nicht..."
Die Kellnerin grüßte freundlich, als sie an den Tisch gehuscht kam. Ich bat um frischen Orangensaft, Wasser für Tabletten und zwei Frühlingsrollen.
„Stammgast?"
Seine Augen wirkten immer noch trübe.
„Ab und zu, ja", gab ich zu und fügte an: „Ihre Exkollegen haben mich auch schon gepiesackt."
„Exkollegen? Hab ich was verpasst?"
„*Wie ich vom früheren Chef weiß...*" petzte ich respektlos. „Ist nicht auf meinem Mist gewachsen."
„Ein begnadter Träumer war der junge Mann schon immer. Aber sicher hat er Ihnen dann auch verraten, dass Ihre Vermutung von Anfang an richtig war?"

Schulz spießte Tomate, Mozzarella und einige Spitzen Basilikum auf, schob die Scheiben in den Mund.
„Ja, hat er reichlich verkniffen zugegeben", bestätigte ich und fragte zaghaft: „Soll ich...? Oder Sie? Damit wir nicht zu viel Zeit verplempern."
„Machen Sie, ich muss was in den Magen kriegen."
„Frau Renz erinnert sich", stellte ich knapp fest. „Sie glauben ja nicht, wie erstaunt ich gestern Abend war."
„Woran?" wollte er neugierig wissen.
„Sie sagt, der Mann, der sie überfallen hat, heißt Hagen Nadler. Seine unverwechselbare Narbe an der rechten Hand hätte sie drauf gebracht."
Ich schluckte eine Pille, spülte mit Wasser nach.
„Mit Ihnen scheint's auch nicht zum Besten bestellt", warf er ein. „Und den kennt sie woher?"
„Mit mir ist nichts", wiegelte ich ab. „Von ihrer Sportschule. Trainer. Fürchtete sicher, erkannt zu werden."
„Weiß sie auch, was der Mann mit Frau Weber zu schaffen hat?" erkundigte er sich rhetorisch.
„Nein! Aber das wissen wir ja. Kampfschwimmer soll er gewesen sein vorm Trainerjob, meint sie."
„Donnerwetter!" entfuhr es Schulz erstaunt. „Ist ja was sehr Seltenes. Also kein Irrtum, dass ihre... Frau Renz noch lebt."
„Hab ich mir auch gedacht" stimmte ich zu.
„Auftraggeber?" murmelte er und zückte sein Notizbuch. Den Stift in der Hand, hielt er inne, tastete die

Taschen nach seinem Brillenetui ab. „Winkler von der KT", erzählte Schulz nebenher, „bestätigt übrigens, dass Kellers Opel mutwillig versaut wurde."
„Stück für Stück fügt sich das Bild", schlussfolgerte ich aus dem Bauch.
„Bild?" monierte er reserviert. „Welches Bild? Mir schwant, was in Ihrem Kopf vorgeht: Nadler ist unser Mann. Er frisiert Kellers Auto, oberserviert Frau Weber, bricht das Büro auf, wirft sie aus dem Fenster, und alles nur, um in den Besitz der obskuren Akte zu kommen. Wir müssen ihn nur noch festnageln und die Sache ist durch... Liebe Frau Renger, wenn der Staatsanwalt sehr nett ist, reicht das für einen Anfangsverdacht und die Einleitung von Ermittlungen. Doch dann müssen Fakten ran und zwar wasserdichte. Motiv, Methode, Gelegenheit, Sie erinnern sich? Und das kann nur Jonas mit seinem Knowhow."
„Sie ziehen einen runter. Wahre Pracht", schmollte ich. „Und wie wollen sie ihm verklickern, dass er was klären soll, das sie ihm bisher verschwiegen haben?" Ich trank einen Schluck O-Saft und schnitt die kochend heiße Frühlingsrolle in Stücke.
„Runter ziehen, wenn man unten ist? Ist schwer!" feixte Schulz. „Wunder gibt es immer wieder..."
„Sehen Sie." Verstimmt zog ich das Kuvert aus der Tasche, schob es ihm zu. „Hat ein Kurierdienst heut früh bei mir abgeworfen, abgeholt Palisadenstraße 22, hat meine Assistentin rückverfolgt. Adresse sagt

mir gar nichts. Sind Frau Webers berüchtigte Schnipsel. Übrigens, den Brief hab ich nur mit den Zipfeln vom Schal", ich tippte auf mein Halstuch, „zwischen den Fingern angefasst."

„Fingerabdrücke?" Schulz lächelte. „Die Leute finden sich nicht in Karteien oder neumodischen Computern, die, soweit vorhanden, in den Kinderschuhen stecken." Er überflog Steinkirchs Schreiben, wurde rot und blass. „Wofür hält der Sie?" wetterte er. „Der muss doch getrost davon ausgehen, dass Sie sofort die zuständigen Stellen informieren!"

„Geht er nicht. Übersteigt seinen Horizont", entgegnete ich. „*Golf* ist Code für die Bruderschaft der Arroganz und der Inhalt eine Mahnung. Korpsgeist heißt das hierzulande, kaum anders als Mafia."

„Wieso tun Sie sich das an, als kreative, unabhängige Frau?" fragte Schulz nachsichtig und schaute lausbübisch.

„Warum wohl? Wer mitspielt, kann verlieren, wer nicht mitspielt, hat auf jeden Fall verloren. Habe ich fast als erstes gelernt."

Aufmunternd fragte er: „Espresso?"

„Danke, keinen Kaffee mehr", lehnte ich ab. „Nur noch Wasser." Ungezogen machte mir mein Bauch klar, dass die erste Pille nur ein Tropfen auf den heißen Stein gewesen war. „Nebenbei, ich hab heute Morgen während eines Zwischenstopps auf dem Weg ins Büro, ein nettes Gespräch mit Frau Frings geführt, Sie erinnern sich?"

„Klar! Ihre verdammten Alleingänge! Man darf Sie wirklich keine Minute aus den Augen lassen?" jammerte er fast. „Woher wussten Sie überhaupt, was nach den im Sande verlaufenen Ermittlungen aus ihr geworden ist?"
„Frau Heidewald verriet mir gestern, dass die Frings, soweit sie wisse, nach dem Skandal in der Kunstakademie abgetaucht ist. Also hielt ich auf gut Glück."
„Mann, oh Mann", stöhnte Schulz. „Hat Ihre Zeitvergeudung wenigstens was gebracht?"
„Und ob. *Art-Imex GmbH & Co KG* nennt sich Steinkirchs Kunstladen, wie sie sein Unternehmen in der Uhlandstraße verächtlich nannte. Soll eine von vielen Tarnfirmen des Schalck-Imperiums im Westen sein. Steinkirch selbst bezichtigte sie feindselig als Stasi-Offizier, der das Geschäft ‚im Besonderen Einsatz' führt. Wovon seine Parteifreunde selbstredend nichts ahnen. Seit ich das weiß, frage ich mich umso mehr, was wohl der wahre Grund für sein hektisches, besser planloses Agieren ist."
„Endzeitstimmung", tippte Schulz, während er Zucker im Espresso verrührte. „Jetzt, wo angeblich alles ans Licht der Öffentlichkeit dringt, außer die echten Gemeinheiten versteht sich, kann ein Schalck-Briefkasten eine schwere Hypothek darstellen."
„Sylvias Näschen, ihre Ausdauer und ihr Einblick ins Kunstgeschäft sagen mir, dass sie eventuell weit mehr über Steinkirch zutage gefördert hat, als ihm recht war."

„Könnte man annehmen, ja", gestand er mir zu und gab mir die Seiten zurück.

„Panik ist immer ein schlechter Ratgeber. Aber, was will er wirklich? Für die Genossen Westvermögen in der Versenkung verschwinden lassen oder privat unterschlagene Gelder vertuschen? Ginge es um Option zwei, bekäme Panik für mich eine völlig neue Dimension."

„Als Motiv taugt das trotzdem nur bedingt", Schulz setzte die Brille ab, legte sie ins Etui. „Ich habe Steinhauer das Kfz-Gutachten gegeben und gebeten, Ermittlungen zu veranlassen. Und nachher rede ich mit dem Zeugen Stahlberg."

„Wäre die Frage sehr indiskret", wechselte ich rasch das Thema, „womit Sie sich Ihre Beurlaubung verdient haben?"

„Dazu gibt's nicht viel zu sagen", brummte Schulz. „Die ganze Welt hat gesehen, dass bei uns kein randalierender Mob durch die Straßen gefegt ist, sondern Leute, die es satt hatten, wie Affen im Käfig gehalten zu werden und auf Weisung Faxen zu machen." Er schlürfte vom Espresso. „Was den entrückten Parteiführern gründlich die Feierlaune verdarb, durften wir ausbaden. Ihre dreiste Ignoranz obendrein als erfolgreiche Abwehr subversiver Kräfte zu verkaufen, war skandalös. Das sagte ich laut. Ich möchte nicht wissen", brauste er regelrecht auf, „wie Sie reagiert hätten, wenn man Ihnen Leute, die hofften durch forsches Prügeln die Treppe hochzufallen, nun als Pfeiler einer neuen Führungskultur präsentiert."

„Klingt nach Kreuzberger Maifeier", bemerkte ich unbedacht.

„Nicht Äpfel und Birnen", entrüstete er sich, „Chaoten, die Autos abbrennen, kann man doch nicht mit friedfertigen Bürgern vergleichen, die Kerzen anzünden!"

„Aber so manche Defizite." Ich zog mich zurück ins Schneckenhaus, weil mir nichts an Clinch á la Heidewald lag.

„Wir sind nicht für die Schwachstellen zuständig", dozierte er in seiner unnachahmlichen Art. „Die Polizei muss die öffentliche Ordnung gewährleisten. Prävention und Schutz... Das ist häufig eine Gratwanderung, die mir durchaus geläufig ist, auch weil Mächtige überall dazu neigen, ihre Macht coram publico zu beweisen."

„Okay, okay. Ich hab's kapiert."

„Neues Thema", forderte er erregt, „sonst ziehe ich in die nächste Kneipe und lass mich weiter volllaufen."

„Für den Fall scheint mir ‚begleiten' die klügere Alternative", flachste ich und ergänzte prononciert: „allerdings nur, wenn Sie ihre Ansicht von Vergeudung revidieren."

„Austrinken darf ich aber noch?" Er sah gehetzt aus, zog sein Portemonnaie aus der Hosentasche und sprang zu anderen Gedanken. „Dieser Typ namens Wilke bleibt ein Phänomen für mich. Niemand kennt ihn. Zumindest keiner, der ihn verwertbar beschreiben könnte. Fotos Fehlanzeige. Zu arbeiten scheint der nur, wenn's ihm passt. Keine Idee, wie ich an den rankomme."

„Sie werden das Kind schon schaukeln", versuchte ich, ihn aufzurichten, „und jetzt stecken Sie das Geld wieder ein, ich zahle."

5

Meine Strähne riss nicht. Halb in der Hölle, halb in Gedanken bei Schiller, hatte ich den einzigen Parkplatz auf der Promenade angesteuert, dem kein Baum auch nur einen Hauch Schatten spendete. Während saunaähnlicher Dunst aus dem Innenraum vom Jaguar entwich, wechselte ich die Schuhe und nahm Schillers Visitenkarte aus dem Brillenetui, die er mir gestern verschämt zugesteckt hatte. Sein Büro befand sich in der Stargarder Straße, marodes Altbauviertel im Prenzlauer Berg, dessen Sanierung Jahr um Jahr vertagt worden war, weil es sich an den Rändern schneller und erheblich billiger klotzte. Kurz vor eins. Falls Moritzplatz und Checkpoint Charlie nicht von Staus blockiert waren, sollte die Fahrt höchstens eine halbe Stunde dauern.
Ewig Aufhalten fiel sowieso aus, weil ich im Krankenhaus nicht mit dem formalen Hinweis auf einzuhaltende Besuchszeiten abgespeist werden wollte.
Schulz hupte ungeduldig. Ich winkte lächelnd, stieg ein und fuhr los.
Zuverlässige Informantin? Während meines Ostlebens hatte ich nicht ein Blatt Papier unterschrieben, das sich auch nur im Entferntesten in eine Verpflichtung zur Denunziation umdeuten ließ. Selbst bei unbeabsichtigter Konversation mit Stasi-Leuten überschritt ich nie die Grenze artiger Plauderei. Wer also wollte mir jetzt aus lauter Lügen einen Strick drehen?

Irgendwie kam ich mir betrogen vor, weil ich nicht einsah, weshalb Sylvia kurz vor ihrem Tod justament Schiller etwas faxte, das angeblich mich belastete.
Ich entschied mich kurzerhand für die Route über die Friedrichstraße und siehe da, das Nadelöhr Checkpoint bescherte uns keine zehn Minuten zeitlichen Mehraufwand. Im Vorbeifahren sah ich nach links zum *Café Adler*. Kaum achtundvierzig Stunden, die mir inzwischen wie eine Ewigkeit vorkamen, lag mein erstes Treffen mit Schulz in diesem Etablissement zurück.
Am Spittelmarkt, einem der konfusesten Teilstücke des innerstädtischen Mauerverlaufs, protzte hinter zwei Meter hohem Beton das Springer-Hochhaus.
Ich grinste unverschämt.
September '69, das fünfte Semester hatte gerade mit dem obligaten Ernteeinsatz begonnen, da schleppte Sylvia das schier unglaubliche Gerücht an, dass die Stones am zwanzigsten Jahrestag der Republik auf Springers Dachterrasse spielen!
Still ruhte der See am Feiertag auf dem Dach. Aber der Auflauf, den die Latrinenparole verursachte, erreichte eine für die Staatsmacht fast unbeherrschbare Dimension. Sylvia und ich, spät dran, strandeten in der Klosterstraße. Die U-Bahn fuhr plötzlich nicht mehr und wir gingen zu Fuß. Nahe der Parochialkirche erwartete uns die Polizei. Auf einem überfüllten LKW karrte man uns ins Präsidium in der Keibelstraße.

Spät abends, in getrennten Verhören, entlarvten uns die Vernehmer als Wiederholungstäter, weil wir im Jahr zuvor an der Uni bei einer Mahnwache gegen den Einmarsch in die ČSSR, aufgegriffen worden waren. Wir hatten Glück. Anders als männliche Studenten, die in die Produktion geschickt und im Unklaren gelassen worden waren, wie es mit ihnen weiterging, konnten wir nach „Geständnissen" und unter strengsten Auflagen weiter studieren.

Schillers Anprech-Bar befand sich in einem aufgegebenen Eckgeschäft, über dessen Eingang in verwitterten Lettern „Friseur" stand. Waschen, Färben, Wickeln - wie passend, dachte ich.

Schulz parkte in der Lychener Straße, blieb im Auto und forderte mich mit schiebender Handbewegung auf, die Tür nicht nur von außen anzustarren.

Ich trat ein. Zwei großflächige Spiegel erinnerten an den einstigen Salon, rechts wie links von Kleiderhaken gesäumt, wurden sie jedoch längst zweckentfremdet als Garderobe genutzt. Der Tisch, an dem Schiller saß, sah nach Trödler aus und auf der vergilbten Tapete hinter ihm markierte ein helles Rechteck den einstigen Platz eines Honecker-Bildes.

„Nationale Front", griff er meinen spöttischen Blick auf. „Vor Jahresfrist tummelten sich hier noch die Wahlfälscher." Nach kurzer Pause fügte er hinzu: „Freut mich, dass Du der Ratio vertraust und nicht dem Bauch. Schwer vorherzusehen bei Dir, wie ich mich entsinne…"

„Kein Schmus. Kostet nur Zeit."

Meine Augen wanderten über die auf dem Fußboden gestapelten Bücher, den abgenutzten Bezug des ältlichen Sofas, das unter dem rechten Schaufenster stand. Die Szenerie erinnerte mich irgendwie an *Müllers Büro*, einen Ösi-Film, den ich vor einigen Jahren im Kino gesehen hatte.

„Ich traue Dir ja viel zu, aber DSU? Sitzt der Frust über die rote Bauchlandung so tief?"

„Nee, kluge Chancenabwägung", bekannte er sich unverhüllt zu seinem eingefleischtem Opportunismus. „Wozu Leuten nachlaufen, bei denen kein Blumentopf zu gewinnen ist."

„Bleibst Dir wenigstens treu", spottete ich. „Jetzt erklär mir mal, was zwischen Sylvia und Dir gelaufen ist. Wozu gibt sie Dir Zeug, das angeblich mich an die Wand stellt?"

„Gelaufen? Nichts. Ich sehe das eher als irrationale Nebenwirkung ihrer Widerstandsempathie."

Vom garantiert letzten DDR-Kunstkalender, der etwas schief, links neben der Tür baumelte, glotzten uns von Willi Sitte gemalte Kali-Kumpel in der Kaue fragend an.

„Meinst Du", wandte ich kühl ein. „Sylvia war Perfektionistin, irrational für sie ein Fremdwort." Ich setzte mich auf den Stuhl, neben seinem antiquierten Tisch und schaute ihn durchdringend an. „Also Tacheles, die Lauscher sind zum Glück taub dank eigener Schand…"

„Da sei Dir nur nicht so sicher." Er holte einige Seiten Papier aus der Schublade und beharrte: „Sie hat's womöglich schlicht übersehen."

„Übersehen, was?" protestierte ich erregt. „Sie arbeitete seit Wochen für das Projekt von *Links-Ruck*. Recherchierte. Archive, Akten, Anwälte. Gedankenlosigkeit war nicht ihr Ding."

Steinkirch frisch im Gedächtnis, hielt ich es für naheliegend, dass Schiller, anders als er mich glauben machen wollte, ihr was versprochen und sie angefleht hatte, ihm als Kompensation Material zu überlassen, von dem er hoffte, dass es ihn endlich aus der Schusslinie brächte.

„Berühmt schreiben wollte sie sich auf Kosten anderer und absahnen natürlich", knurrte er unterdessen unwirsch.

„Und jetzt ist sie tot!"

Ich brach ab.

„Spar Dir weitere spleenige Vorwürfe. Die gestrige Tirade reicht."

„Spleen hin oder her", entgegnete ich. „Ich glaube nicht, dass sich die Stasi je mit Wischiwaschi abspeisen ließ."

„Wer so eng mit denen war wie Du, der muss es ja wissen", behauptete er böse.

„Du nicht, ich nicht. Wer dann? Die Korff hat, wenn ich Dir folge, angeblich nur Kaffee gekocht. Wie sind Blumenthal und seine Kumpels dann in den Knast gekommen?"

„Was weiß ich, wo die überall gequatscht haben. Nebenbei verschätzt Du Dich gewaltig, falls Du glaubst, die Stasi hätte sich jemals auf eine Quelle allein verlassen. Gut möglich, dass die Knaben von einem Kirchenmann reingelegt worden sind. Wären sie nicht die einzigen."

Ich erinnerte mich, dass Schulz die Variante ebenfalls in Betracht gezogen hatte.

„Mag sein", gab ich zu. „Ändert aber nichts daran, dass Sylvia letztlich aus den belanglosen Steinchen ein beweiskräftiges Mosaik gebastelt haben muss, das die Lösung offenbart. Weil es sonst idiotisch gewesen wäre, ihr Büro zu knacken und sie umzubringen."

„Und Du glaubst allen Ernstes, dass ich hinter all dem stecke?" fragte er verschlagen und brüllte ohne Punkt und Komma: „Für wie irre hältst Du mich!"

„Lass die Spielchen", unterbrach ich ihn gleichmütig. „Du warst immer perfekt, anderen die Arschkarte in den Skat zu legen. Auch wenn es sich nicht besonders pfiffig anhört, werd' ich Dir jetzt mal erzählen, was läuft."

„Sich durchschauen zu lassen, ist die klügste Art, andere in die Irre zu führen", lästerte Schiller falsch, nahm die Brille ab und rieb sich die Augen.

„Ich schätze, im Juni, um Blumenthals Geburtstag", fuhr ich unberührt fort, „steckte Wilke, einer von den postsozialitischen Revoluzzern, die seit dem Sturm der Stasi-Zentrale im Januar in deren Abwicklung

involviert sind, Keller, mit Blumenthal im Bau gewesen, eine entwendete Akte zu, die den Extrakt des Vorgangs enthält. Nur, dass Wilke eben nicht der ist, für den er sich ausgibt, wie ich mittlerweile weiß."
„Entschuldige, ich bin kein guter Gastgeber", unterbrach er mich betont. „Möchtest Du was trinken?"
„Mineralwasser, wenn Du hast. Aber mit Kohlensäure", bat ich zerstreut.
Als Schiller aus dem Nebenraum kommend, ein gefülltes Glas vor mich hinstellte, fuhr ich unbeirrt von seinen Mätzchen fort: „Von Wilke manipuliert, wähnt sich Keller endlich gewappnet für seinen Rachefeldzug. Er will den oder die Schuldigen an Blumenthals Tod, Schwarz' Depressionen und seinem ruinierten Leben hängen sehen", las ich weiter im Kaffeesatz ohne mit der Wimper zu zucken, um ihn aus der Reserve zu locken. „Sicher warst Du auch auf seinem Radar."
„Vorige Woche Dienstag während der Sprechzeit kam er", gab Schiller freimütig zu. „Spuckte Töne, Auspacken werde er, die Presse informieren, Entschädigung wolle er sehen und weiß der Teufel, was noch alles. Beweise besäße er, sicher verwahrt. Ich habe ihm kurzerhand den Stuhl vor die Tür gesetzt."
Schillers Miene verdunkelte sich.
Er bemerkte womöglich sofort selbst, dass er sich ungestüm zu weit vorgewagt hatte. Im Gegensatz zu Sylvia, konnte Keller nur durch die Akte auf Schiller gekommen sein. Aber auf dessen Klarnamen?

Nein. Ich fragte mich entsetzt, weshalb Keller so brachial mit der Tür ins Haus fiel? Euphorie, übermotivierte Dreistigkeit? Hatte er sich wegen der hausgemachten Pleite in Sylvias Schatten verkrochen?
„Und zwei Tage später ist er tot", sagte ich stattdessen. „Die Kriminaltechnik hat übrigens bewiesen, dass sein Unfall vorsätzlich ausgelöst worden ist." Ich bemerkte, wie Schiller Nuancen blasser um die Nase wurde.
„Hat Dir Dein eingebildeter Mann diese Verschwörungstheorien eingeimpft?" fragte er taktlos.
„Im Gegenteil", widersprach ich lachend, „der hält mich für zu vertrauensselig." Ich trank Wasser und warf mir eine weitere Tablette in den Mund. „Aber Dir ist schon klar, dass Dein unsensibles Verhalten Keller in Sylvias Arme getrieben hat. Sie hatte ihm bereits Honig ums Maul geschmiert und er musste sich eingestehen, dass sie den besseren Überblick besitzt."
„Lass es", unterbrach er mich. „Deine Ex, pardon Frau Weber, krallt sich das Zeug ein und will, besser wollte…, wie sie selbst zugab, alles an die große Glocke hängen." Er stand auf, lief unruhig Richtung Schaufenster. Sein Augenflackern, durch die Brille verstärkt, ließ mich böse Resonanz erahnen. „Okay", stellte er fest, „jeder hat das Recht auf seine Deutung. doch keiner sollte sich wundern, wenn auch andere Versionen logisch klingen." Er reichte mir das oberste Blatt vom Papierstapel.

„Andere Versionen? Nach zwei Morden? Jetzt bin ich aber gespannt!"
Angewidert vom dilettantischen Versuch, Katz und Maus mit mir zu spielen, nahm ich das Papier.

„Im September 1981 erhielten wir, wie ich an Eides statt erkläre, aus <u>zuverlässiger Quelle</u> Kenntnis von feindlich-negativen Aktivitäten im Freundeskreis um den Bildhauer Marc Blumenthal.
Nach Aussage der <u>Informantin</u> bereiteten die Täter bereits zu dem Zeitpunkt Transparente, Plakate und Flugblätter mit staatsfeindlichem Inhalt vor.
Ziel ihrer Aktivitäten war, den Aufenthalt von Bundeskanzler Schmidt in Güstrow während seines Staatsbesuchs in der DDR im Dezember desselben Jahres für die mediale Verbreitung antisozialistischer Hetze zu missbrauchen.
Der Plan der Tätergruppe zielte laut Informantin darauf, sich die internationale Medienpräsenz zunutze zu machen, um Aufmerksamkeit für ihre staatsfeindliche Verleumdungskampagne zu erlangen.
Neben Marc Blumenthal gehörten dem Personenkreis <u>Patrick Keller und Nico Schwarz</u> an, alle zugleich Mitglieder des seit längerem observierten Friedenskreises der evangelischen Zionsgemeinde.
Ins Leben gerufen und aktiv gefördert durch <u>Pfarrer Johannes Singer</u>.
Dank der Wachsamkeit der Informantin und der erfolgreichen Aufklärungsarbeit der BV Berlin, gelang

es, die Provokation im Vorfeld zu vereiteln und den Personenkreis auszuschalten."
Gez. Hans W. Kiwel, Major (!!! /prüfen)

„Die Marker sind von Deiner...", meinte Schiller unnütz hinzufügen zu müssen. Er wirkte nervös, sah häufig zum Fenster, als erwarte er jemanden.
„Na und?" entschlüpfte mir kühl, „was ändert das, anders gefragt, wo ist die Verbindung zu mir?"
„Informantin? Sehe ich nach Geschlechtsumwandlung aus?" hielt er mir süffisant vor. „Du kennst Schober, und ich nehme an, auch diesen Kiwel?"
„Langsam wird's mir zu blöd." Ich sehnte mich plötzlich nach Bourbon und einer Zigarette. „Ich kenne weder Schober, noch Kiwel! Wenn ich es nicht besser wüsste, würde ich Dich für total bescheuert halten. Die Stasi hätte sich nie darauf eingelassen, eine Republikflüchtige als verlässliche Quelle zu verkaufen!"
„Wenn es ihren Absichten diente, war denen jedes Mittel recht", konterte er gelassen. „Ich halte es für viel blöder, sich mit unbewiesenen Verdächtigungen zu drangsalieren, statt nach vorn zu schauen."
„Aha! Soll heißen?"
„Sicher tragisch, was damals und jetzt passiert ist", versicherte er wenig glaubwürdig. „Aber ehrlich gesagt, habe ich andere Probleme, als mich mit diesem Unfug zu befassen."
„Unfug?" fuhr ich ihn empört an, „der Menschenleben kostet, ist mehr als gravierend!"

„Auf den ersten Blick vielleicht", entgegnete Schiller, lockerte seinen Schlipsknoten und fügte dann böse hinzu, „Mühe für einen zweiten musst Du Dir ja nicht machen. Schließlich lebst Du seit fast einem Jahrzehnt in einer anderen Welt. Nur tu nicht so wessiklug, als ob Du was von dem verstehst, das hier abgeht."

Mir verschlug es die Sprache. Er registrierte es befriedigt, setzte sich und klopfte in undefinierbarem Takt mit dem Lineal auf die Schreibunterlage.

„Wessiklug?" fragte ich beleidigt, als ich mich gefangen hatte, „was soll das sein? Soweit mir bekannt ist, hat ZDF-Moderator Löwenthal euer Programm maßgeblich mitbestimmt."

„Scheiß aufs Programm", schob er den Einwand beiseite. „Unter vier Augen werde ich Dir mal ein paar Takte erzählen." Er räusperte sich, zog die Brauen hoch und guckte selbstmitleidig aus der Wäsche. „Am 22. März dachte ich: Geschafft. Ich war gewählt, erste Fraktionsrunde, alles schien locker rund zu laufen." Er holte einen Flachmann aus der Innentasche seines Jacketts, öffnete den Verschluss und gönnte sich einen stattlichen Schluck.

„So schlimm?" kommentierte ich boshaft.

„Schlimmer." Er klang zynisch und ich bemerkte den unsteten Blick in seinen Augen, der mir bereits gestern aufgefallen war. „Von wegen rund", fuhr er fort, „Währungseinheit, überhastete Gespräche auf allen Ebenen, Ziel: Beitritt, Fokus 3. Oktober 1990... weil selbstverständlich niemand 41. DDR-Geburtstag feiern will und plötzlich entfaltet sich eine atemberaubende Eigendynamik. Du stehst im Getümmel, siehst, wie viele, sich selbst der Nächste, auf den ersten vereinten Bundestag schielen, in dem es gewiss keine Splittergruppen geben wird, egal welcher Farbe, was so sicher ist wie das berühmte Amen in der Kirche."

Was sollte das werden, fragte ich mich. Ein verklausuliertes Geständnis?

„Für die Granden ist das kein Problem, die sind auf dem Weg oder bereits drin, im warmen Nest. Aber Müller, Meier, Schulze und natürlich Schiller?

Also drehst du am Rad, preist dich als unverzichtbar, machst dich zum Affen, nur damit dir jemand ein Türchen öffnet. Und genau in dem Augenblick treten die Neider auf den Plan. Womöglich Marionetten von Typen, die nichts anderes im Sinn haben, als dich im Orkus zu versenken."

„Was hast Du gedacht?" fragte ich kalt. „Von wegen sieben Todsünden! ‚Machtgeilheit' ist die achte, leugnen die Kirchenmänner nur gern selbstsüchtig. Wer sich ins Licht drängt, darf sich nicht wundern, dass es auf der Bühne hell ist. Nur die im Dunkeln sieht man nicht, wie Du weißt."

„Kann es sein, dass Dich meine beschissene Lage amüsiert?" fragte Schiller verbittert. „Alles, was ich will, ist, dass wir uns nicht auch noch Knüppel zwischen die Beine werfen und dafür sorgen, dass die

Märchen nicht zur Lunte am Sprengsatz werden, der uns in Stücke reißt. Wenn es dann gelänge, im einen oder anderen Falle zum beiderseitigen Nutzen zu handeln, wäre es fast nicht auszuhalten."
Sein Kommuniqué-Stil kotzte mich an.
Wie kam ich dazu, einem Mann, der sich vor kurzem noch die Hände gewaschen hätte, nachdem er mich angefasst hat, irgendeinen einen Gefallen zu tun? Steinkirch reichte mir... Andererseits... was hatte ich davon, ihn mir, ohne gesicherten Schuldbeweis, zum Feind zu machen?
„Wenn ich mich nicht wieder als Komplizin am Leid Dritter fühlen muss, einverstanden."
Der Mief machte mich verrückt und ich sehnte mich nach frischer Luft. Nur auf und davon...

6

Schulz schlief. Ich klopfte aufs Dach und amüsierte mich köstlich, wie er hochfuhr. Eilig öffnete er das Fenster, murrte schlaftrunken: „Was war das denn? An netten Histörchen berauscht?"

„Wollten Sie mir nicht beistehen, falls Schiller auf dumme Ideen kommt?" nahm ich ihn gleichfalls auf den Arm.

Nachdem Tüten, Pappteller und Dosen im Fond Platz genommen hatten, zwängte ich mich auf den Beifahrersitz.

„Single", entschuldigte er sich. „Fehlender Nachtschlaf rächt sich halt."

„Alles gut", beruhigte ich ihn. „Fix und alle. Schiller nähert sich offenbar der für ihn exotischen Einsicht, dass schäbige Prinzipienlosigkeit doch kein Allheilmittel ist."

„Gute Nachricht. Selten heutzutage", befand Schulz knapp.

„Ich werd' das mulmige Gefühl nicht los, dass Sylvia und er einen Deal hatten. Nur welchen?"

Ich zeigte ihm Kiwels Aussage, die Schiller mir ohne Skrupel kopiert in die Hand gedrückt hatte.

„Informantin? Sagt nichts. Nur, dass die Hälfte der Bevölkerung infrage kommt."

„Na ja", schränkte ich ein, „konkret ist die Zahl weiblicher Akteure überschaubar."

„Die Ihnen bekannten", verbesserte mich Schulz pedantisch.

„Keller war übrigens am Dienstag bei ihm", ich zeigte zum Laden, „Schiller behauptet, er hätte sich dreist, teils beleidigend aufgeführt und dass er ihn zum Teufel gejagt hat. Perfekter konnte er Sylvia kaum in die Karten spielen."

„Verlieren Sie nicht gleich wieder die Bodenhaftung", ermahnte mich Schulz. „Ich rede jetzt in der Nordmark-Klinik jenseits der Prenzlauer Allee mit Stahlberg."

„Darf ich Sie zu mir einladen?" fragte ich behutsam.

„Sie wollten doch mit Frau Renz sprechen..."

„Nach Kladow?" vergewisserte er sich lustlos. „Und das, wo jetzt schon der Bettzipfel ruft?"

„Kommen Sie, geben Sie sich einen Ruck."

„Ist ja von Lichtenberg aus hinterm Horizont. Sie haben vielleicht Nerven!"

„Sie ahnen ja nicht, was Sie verpassen." Ich klimperte Barbie-gleich mit den Wimpern und pries ihm die Vorzüge: „Kiefernduft, Vogelsang, Wellenrauschen, alles garantiert erholsamer als Ihr städtischer Smog."

„Gut, gut. Ich überleg's mir."

„Also, gegen halb acht", sagte ich beim Aussteigen.

„Ich überleg mir's, habe ich gesagt", knurrte er.

Auf dem Weg zum Jaguar, sah ich den grünen Lada, der noch nicht hier parkte, als ich Schillers Büro betrat. Er stand im nördlichen Teil Lychener Straße, die als Sackgasse am S-Bahn-Ring endet. Aus diffusen Bewegungen hinter der Frontscheibe schloss ich, dass der Fahrer drin saß. Gefühlt sicher, dass er es war, der mir vorgestern zur Heidewald folgte, machte ich auf dem Absatz kehrt.

„Ich überleg mir's, wirklich", ranzte Schulz genervt, als ich seine Fahrertür erneut öffnete.

„Schon gut", verzieh ich ihm seine Ruppigkeit. Stattdessen fragte ich ihn erregt: „Sehen Sie den Lada?"

„Hm."

„Der ist mir bereits Montag gefolgt."

„Wieder eins Ihrer kleinen Geheimnisse?"

„Ich wollte mich nicht lächerlich machen."

„Und woher wollen Sie dann wissen, dass es der ist?" erkundigte er sich abfällig. „Kennen Sie das Kennzeichen? Kennen Sie den Fahrer?"

„Intuition."

„Eingebung ist der Fetisch der Ahnungslosen. Wissen Sie, wie viele moosgrüne Lada in Ostberlin zugelassen sind?"

„Nee!" erwiderte ich patzig.

„Okay", murmelte Schulz. „Ich red kurz mit dem Fahrer. Schließlich kann sich die Polizei auch mal irren."

Er stieg aus, steuerte kurz hinter der Tür zu Schillers Klause, diagonal die Straße querend, auf den parkenden Lada zu.

Ich schlug die Tür seines Autos zu und blieb wie angewurzelt stehen. Sekunden, bevor er sein Ziel erreichte, hörte ich den Motor aufheulen. Im Kavaliersstart schoss Lada aus der Parklücke, touchierte mit der Stoßstange vorn rechts das vor ihm stehende Auto und bog, ohne auf Vorfahrt zu achten, in die Stargarder ein.

Zu Tode erschreckt, beobachtete ich, wie Schulz sich mit einem tollkühnen Sprung zur Seite davor rettete, lebensgefährlich verletzt zu werden und der Länge lang auf dem Pflaster landete. Der Lada verschwand unterdessen in Richtung Prenzlauer Allee.

„Scheiß Intuition", fluchte Schulz auf den Kopfsteinen sitzend, als ich neben ihm stand.

Mit schmerzverzerrter Miene rieb er sich rechtes Knie und Ellenbogen.

„Zum Glück war das Kennzeichen nicht verdreckt."
„Soll ich einen Krankenwagen rufen?"

Ich wies zum einstigen Salon und wunderte mich, dass Schiller, der den Vorfall wahrgenommen haben musste, keine Reaktion zeigte.

Umstehende Passanten beäugten uns kopfscheu, vermuteten womöglich, ich hätte den großen Kerl zu Fall gebracht.

„Auf keinen Fall", keuchte Schulz, während ich ihm aufhalf, „das lassen Sie schön bleiben."

„Dann müssen Sie mir aber versprechen, sich vor dem Besuch bei Stahlberg in der Notaufnahme vorzustellen."

7

Von wegen grüner Bereich! Ich dachte an die morgens singenden Vögel und die Katze. Der Tag gab seit Herberts unverschämter Szene im Büro sein Bestes, um dem Sprichwort zu genügen. Mich quälten Gewissensbisse. Ich hatte Schulz übereifrig geschadet und sorgte mich um ihn. Hoffentlich kam er glimpflich davon.

Der flüchtige Fahrer hieß für mich Nadler. Basta! Gab es eine Allianz zwischen Schiller, der Korff und Nadler? Warum sonst hätte der Knabe am gleichen Ort lauern sollen? Schillers teils seltsames Gebaren bestärkte mich in der Vermutung.

Die Normaluhr, die mir beim Abbiegen am Frankfurter Tor ins Blickfeld geriet, zeigte viertel nach drei.

Kiwel?! Das Papier in der Handtasche und die gemeine Unterstellung, ich hätte Kontakt zu ihm gehabt, wurmten mich.

Was bezweckte Schiller? Glaubte er wirklich, andere mit Füßen zu treten, würde ihm helfen, sich besser zu fühlen? Unterm Strich glaubte ich sowieso nicht, dass er ein Agreement mit wem auch immer ernst nahm. Für ihn war ewig nur er selbst das Maß aller Dinge. Nostalgischer Unfug... Vielleicht pflegte er ja nicht nur Kontakt zu Schober...?

Das würde perfekt die Diskrepanzen zwischen Wundertüte und Aktendeckel erklären, die Sylvia aufgefallen waren? Wie fabulierte Schulz gestern? Es wäre denkbar, dass der falsche Wilke selbst bei der Firma angestellt gewesen war und sich nun inmitten des erzürnten Volks perfekt getarnt wähnte.

Damit konnte er mehr als Recht haben, pflichtete ich ihm im Stillen bei. Von seiner Voraussicht und Schillers Impertinenz inspiriert, rezitierte ich stumm: K I W E L..., W I L K E... Ich wiederholte die Übung mehrmals stets mit demselben Ergebnis. Ein Anagramm. Beide Nachnamen setzten sich aus exakt denselben Buchstaben zusammen!

Das war kein Zufall!

Ich trat hart auf die Bremse. Durch meine intellektuelle Erleuchtung zerstreut, hätte ich um ein Haar die rote Ampel an der Kreuzung vor Mielkes früherem Dienstsitz übersehen.

Falls Kiwel vor dem Sturz *IM's* führte, brauchte es kaum Fantasie, seinen obsessiven Drang zu verstehen, einstige Zuträger zu demontieren. Ihm stanken Opportunisten und ihr teils populistischer Aufstieg in der neuen Ära, während er sich über Nacht vom gefürchteten Tschekisten zu Abschaum degradiert sah. Was war das klügste Versteck, wenn man nicht gefunden werden wollte, mochte er sich gefragt haben. Es war meist dort, wo alle glaubten, bereits gesucht zu haben. Darin besaßen Deutsche ein gerüttelt Maß Erfahrung... Und aus dem fachmännisch ersonnenen Hinterhalt zog er die Fäden, benutzte womöglich nicht nur Keller ohne Rücksicht auf Verluste. Wenn es sich so verhielt, sah ich schwarz, dass Schulz ihm auf die unlautere Schliche kam.

Mir war plötzlich, wie schon am Vorabend, zum Kotzen elend. Ich besaß nicht den Schimmer einer Ahnung, wer wie, inklusive ich selbst, aus dieser Misere herauskam.

Der mannigfaltige Blütenduft im kleinen Blumenladen nahe des Krankenhauses tat mir gut.

Ich fühlte mich sofort besser. Während ich der Verkäuferin zusah, die Dahlien mit reichlich Grünzeug aufhübschte, beschäftigten mich diverse Szenarien, wie Cordula auf meinen Besuch wohl reagiere. Ich betete im Stillen, dass wir beim zweiten Anlauf kleinkarierte Streitereien vermieden.

‚Abbruchreif' war das erste, was mir einfiel, als ich auf das Gemäuer aus Kaisers Zeiten zuging, in dem sich die Kardiologie befand. Die verwitterten Rahmen der einfachen Fenster riefen nach Farbe und das Mauerwerk, dem zerbröselnder Putz fehlte, hoffte auf Ausbesserung.

Ich wünschte mir für Cordula, dass zumindest die Umkehr einer alten Weisheit zutraf: „Außen pfui, innen hui".

„Zutritt nur für Mitarbeiter", las ich an der blickdicht verglasten, klinkenlosen Flügeltür zur Intensivstation. Hilfe suchend, schaute ich nach dem Schwesternzimmer: „Wo wollen Sie denn hin?" schalt mich unvermittelt eine herrische Stimme im Rücken. Unangenehm an die Charité erinnert, überlegte ich, ob dieser, höflich gesagt, abweisende Teil der Schwesternausbildung war.

„Ich möchte zu Frau Klemm", bat ich, ohne den gereizten Ton aufzugreifen. „Ich habe mit Doktor Förster telefoniert. Er meinte, dass ich meine Schwester heute besuchen dürfte."

„Na dann kommen Sie mal mit", forderte sie mich gütiger auf. Ihr Sinneswandel ängstigte mich.

Ging es Cordula dermaßen schlecht?

Nachdem sie die einbehaltenen Blumen mit dem Versprechen in die Vase gestellt und ihnen Wasser gegeben hatte, dass Cordula sie bekäme, wenn sie morgen oder übermorgen in den offenen Bereich verlegt würde, führte sie mich, mit Haube über den Haaren, Tuch vor Mund und Nase, die Kleidung unter einem Kittel versteckt und mit Füßlingen statt Pumps bekleidet, in das Areal für Befugte.

„Regina? Lieber Gott, wie haben sie Dich denn ausstaffiert", staunte Cordula, als ich das vielleicht vier Quadratmeter große Abteil betrat, in dem sie von Schläuchen und Kabeln umrankt lag.

„Hygiene." Ich musterte Cordula, die blass und entgegen des gewohnten Naturells sehr kraftlos wirkte. „Meine Blumen sind konfisziert. Die bekommst Du, wenn Du aus diesem Kabuff raus darfst."

„Andrea konnte ihren Rand wieder mal nicht halten, was?" stellte sie zänkisch fest, fügte dann aber ohne große Geste hinzu: „Freut mich, dass Du da bist. Wirklich."

Gerührt setzte ich mich an ihr Bett und berichtigte ihre falsche Vermutung: „Manuela rief mich gestern aufgelöst an, ganz gegen den Willen ihres Vaters, wie sie mir sagte."

„Ach der...", stieß Cordula hervor, drehte den Kopf weg, weil sie glaubte, ich würde dann ihre Tränen nicht sehen. „Jede Minute in dieser gruseligen Koje beißt mich die Angst, dass der sich was antut. Der ist sowas von der Rolle."

„Wolfgang?" raunte ich verstört. „Nicht wirklich! Sorgen sind das Letzte, was Du jetzt brauchst."

„Mal will er einen PC kaufen und eine Werbeagentur aufmachen", flüsterte sie, „mal will er sich bei den Russen eine Waffe besorgen, mal will er mit Modrow, Gysi und Berghofer Klartext reden, mal im Untergrund eine neue revolutionäre Zelle gründen. Willst Du mehr hören?"

„Wenn er es richtig anstellt, klingt das erste noch am vernünftigsten."

„In den letzten Stunden habe ich immer wieder darüber nachgedacht, ob es nicht besser gewesen wäre, wenn ich die Augen zugemacht hätte."

„Vierundvierzig ist kein Alter zum Sterben", entgegnete ich absichtlich reserviert.

„Gibt es sie überhaupt, die richtige Zeit zum Sterben?" fragte sie leise. „Ich bin doch tot! Familiär, sozial, beruflich sowieso. Was ich möchte, kratzt doch keine Sau."

„Doch mich", widersprach ich, wohlwissend, dass sie mir das nicht abnahm. „Komm wieder auf die Beine. Jetzt sind Ferien. Wenn Du rauskommst, geht's zur

Reha, sozusagen Runderneuerung. Da hast Du ausreichend Zeit, in Ruhe nachzudenken."
„Galgenfrist gilt jetzt für viele hier", behauptete sie verbittert, „bis sie nach dem Jahreswechsel mit Vorruhestand, Arbeitslosengeld oder Sozialhilfe abgespeist werden. Verraten und verkauft."
„Was soll bloß dieser Fatalismus?" ermahnte ich sie. „Denk' positiv! Selbst wenn es platt klingt. Versuch's zumindest... Dann kann ich Dir auch helfen."
„Helfen?" warf sie verächtlich hin. „Du meinst, Beziehungen spielen lassen."
„Beziehungen schaden nur dem, der keine hat. War das nicht Eure oberste Maxime", zahlte ich mit gleicher Münze zurück und schob den Mundschutz herunter. „Ich will Dir nichts schenken, ich habe nicht die Absicht, Dich zu bemuttern. Aber etwas Unterstützung ist doch nicht ehrenrührig."
„Hilfsbereitschaft ist die höchste Form der Eigenliebe. Warst nicht Du es, die mir das vor langer, langer Zeit vorgehalten hat?" Abrupt wechselte Cordula das Thema: „Du siehst auch nicht wie das blühende Leben aus."
„Kann auch nicht behaupten, dass ich im Moment vom Glück verwöhnt würde", gestand ich müde. „Aber ich bin nicht hier, um kleinkarierten Ärger abzuladen."
„Abladen?" brauste sie regelrecht auf. „Hast Dich wenig verändert. Sensibel wie Schneewittchens Stiefmutter."

„Bitte! Inwiefern?"

„Ich fühle mich ausgetrocknet wie ein Schwamm, der sich nach verschüttetem Kaffee sehnt."

„Du glaubst echt, dass es Dir besser ginge, wenn Du hörst, wie mies es andern geht?" erkundigte ich mich dünnhäutig, weil mich die Nähe ihres Gedankens zu Schillers Horizont peinlich berührte. „Gut! Sylvia ist ermordet worden. Ob wegen Geldgier oder weil sie sich als Rächerin ‚stalinistisch Verfolgter' profilieren wollte, weiß ich nicht."

„Aha!" attestierte Cordula betroffen. „Sind wir beim Tanz ums goldene Kalb schon bei Mord und Totschlag. Das hat nicht einmal sie verdient."

„Verdient keiner!" Ich suchte nach etwas Trinkbarem mit den Augen, weil die Zunge am Gaumen klebte und eine weitere Tablette fällig war.

„Wasser gibt's hier nur aus der Leitung. Vorn neben der Tür", bemerkte Cordula, die sofort erriet, wonach ich suchte.

Mit dem Glas Wasser in der Hand setzte ich mich wieder und fuhr fort: „Außerdem gibt es Leute, die jetzt alles daransetzen, mir das Etikett ‚Spitzel' anzuheften."

„Dir?" entfuhr es ihr entgeistert.

„Ja, mir!" beklagte ich bitter. „Sylvia, Kollegen von früher, was weiß ich. Und als ob das nicht schlimm genug wäre, habe ich auch noch meine Tage."

„Schäbige Kollegen sind erfrischender als eine Klasse voll Rabauken", bemerkte sie bissig und spottete:

„Unabänderliches zu beweinen, ist Zeitverschwendung. Aber es zu unterlassen, ist halt schwer." Sie steckte ein Bein unter der Decke hervor und zog das andere an, weil sie vermutlich nicht mehr recht wusste, wie sie liegen sollte. Nachdenklich fuhr sie zu mir gewandt fort: „Man soll über Tote ja nichts Schlechtes sagen, aber ist Dir eventuell mal in den Sinn gekommen, dass Sylvia ihre Verzweiflung nach Deinem Abflug in Hass verwandelt hat, auf Herzlosigkeit, auf Chancen, Deinen Erfolg?"
„Hass?" Ich sah sie schief an. „Dass Du sie verdächtigst, mir absichtlich zu schaden, jetzt, wo sich ihr die unerwartete Chance bot, wundert mich kaum."
„Warum nicht? Ich traue längst allen alles zu." Dann fragte sie neugierig: „Was hättest Du eigentlich gemacht, wenn es Dich drüben aus der Kurve getragen hätte?"
„Zu Kreuze gekrochen wäre ich nicht, eher hätte ich mich um... Das walte Hugo, wie Papa immer sagte."
„Muss ich drüber nachdenken", sinnierte sie halblaut, in sich gekehrt. „Mir fehlt dazu einfach der Mut."
„Mut?" fragte ich, wenig angetan von ihrer konfusen Logik. „Verletzte Eitelkeit, Verzweiflung und Elend haben nichts mit Mut zu tun."
Die Schwester erschien auf der Bildfläche und zerbrach die plötzlich eingetretene Stille: „Zwanzig Minuten sollten beim aktuellen Zustand der Patientin reichen."

„Brauchst Du was?" stotterte ich, stand auf und kramte ein Visitenkärtchen aus der braunen Handtasche, die offenbar immer dran war, wenn ich Krankenbesuche machte. „Kannst mich jederzeit anrufen."

„Lass gut sein." Cordula lächelte. „Ich melde mich."

8

Ausgelaugt. Ich fühlte mich wie ausgespuckt. Die lästige Fahrerei durch die zerrissene Stadt, die nichts mehr trennte und noch nichts einte, nervte entsetzlicher als alle verrückten Innereien zusammen. Gut, dass es endlich heimwärts ging.
Seit ich im Auto saß, quälte mich der obsessive Drang, meinen Seelenzustand zu sezieren, der sich seit Tagen ähnlich dichotomisch anfühlte wie ein Jahrzehnte von der Mauer tranchierter Straßenzug. Trunken taumelte er zwischen tiefer Resignation und leisem Optimismus.
Cordulas Suizidgefasel machte mir Angst und ich fragte mich zweifelnd, ob sie überhaupt ohne Hilfe aus der Grube fand, in der sie hockte. Natürlich konnte sie nach Genesung und Reha nicht zurück in ihr altes Kollegium, dessen Mehrheit ohne Frage erleichtert war, sie endlich los zu sein. Ich fühlte mich irgendwie verpflichtet, einen Schritt zu tun, um ihr aus dem Morast von Schwarzseherei und mangelndem Mut zu helfen. Aber welchen, überlegte ich planlos. Und was, wenn sie die ausgestreckte Hand ausschlug, stur wie sie sein konnte?
‚Du hast mehr als genug an der Backe', nörgelte die innere Stimme. ‚Kümmere dich gefälligst um deinen Kram, bevor alles, woran dir liegt, zu Staub zerfällt.'
Ich strafte die Meckertante mit Verachtung, hoffte, dass Schulz dem Bettzipfel widerstand und mied das Zentrum, folgte dem Orientexpress quer durch „SO

36", jenem Bezirk, dem ich alles verdankte, was ich seit der Rückkehr nach Berlin auf die Beine gestellt hatte.

Der *Rosinenbomber* an der Frontseite des Technikmuseums, dessen silbrig glänzender Rumpf grell die tief stehende Sonne reflektierte, erinnerte mich an die Mär vom „Tischlein deck dich". Fasziniert von der Illusion, er würde jeden Moment auf der gegenüberliegenden Fahrbahn landen, griff ich zum Telefon. Wenn ich schon wen einlud, dann sollte wenigstens das Ambiente stimmen. Ich drückte die Taste, auf der ‚Re' stand.

„Bei Renger", meldete sich Johanna sehr bestimmt.

„Ich bin's", säuselte ich süßlich. „Liebe Johanna, darf ich Sie um einen Gefallen bitten?"

„Und der wäre?" fragte sie auf der Hut.

„Ich bekomme heute Abend Besuch..."

„Eindecken?" fiel sie mir umgehend ins Wort. „Diner, Dessert, Wein... Wieviel Personen? Groß, mittel, klein?"

„Klein. Wir sind zu dritt."

„Okay. Arrangiere ich. Wird gebracht, so gut wie fertig."

„Danke. Sie sind ein Schatz."

„Will ich hoffen...", bekam ich gerade noch leise mit. Ich wünschte mir, dass Schulz nur gute Nachrichten mitbrächte.

War Nadler gestellt, die Akte bei ihm gefunden worden? Hatte Stahlberg fast eine Woche nach Kellers

Tod noch neue Hinweise gegeben? Leitete der Staatsanwalt bezüglich Steinkirch Ermittlungen ein?
Und ich freute mich natürlich darauf, mit der Dechiffrierung des Anagramms Kiwel-Wilke zu glänzen. Angespannt wartete ich, endlich vom Damm auf unsere dörfliche Buckelpiste einbiegen zu dürfen. Im Rückspiegel tauchte Corinnas Cabrio auf.
Biest! Rücksichtslos drängelte sie sich an der Einfahrt Havelhöhe durch eine kaum erkennbare Lücke im Gegenverkehr und nahm den Weg durch die Siedlung, um sich nicht anstellen zu müssen. Wir trafen uns in der Diele. Ich kam aus dem Keller, sie durch die Haustür.
„Hi. Alles gut?" grüßte sie geschafft. „Wie geht's Deiner Schwester?"
„Miserabel."
„Schade."
Ich trat mir die Schuhe von den Füßen, die vor der Garderobe mit Corinnas kollidierten, hängte die Handtasche an den Haken und stellte die Pumps ab.
„Der Cheftischler hat mir versichert, dass sie sechs bis acht Tage für die Bühnen-Deko kalkulieren", rief Corinna aus der Küche. Ich hörte das Zischen einer Flasche Mineralwasser, dann setzte sie fort: „Voranschlag will er einhalten, versprochen."
„Heißt?" wollte ich bange wissen.
„Etwa fünfzehn Mille netto." Ich gluckste etwas unglücklich und schluckte den Fluch, der mir auf der Zunge lag.

Corinna kehrte mit der Flasche in der Hand in die Diele zurück und umarmte mich von hinten.

„Du bist mir zu schwer", klagte ich matt. „Der Rücken..."

Sie sagte nichts, verdrehte vielsagend ihre Augen und verlagerte ihr Gewicht. Ich verzichtete darauf, den Spiegel über der Kommode zu fragen, wer die Schönste wäre im ganzen Land, um nicht Gefahr zu laufen, dass er hässlich grinste und schwieg: Sie Kopftuch, ich Zotteln, die ihre Hoffnung auf ein Date mit der Friseuse längst begraben hatten.

„Nadines Vertrag steht", flüsterte sie mir ins Ohr. „Und die erste Ware verlässt Kalkutta in circa vierzehn Tagen. Ein paar Ideen, was zu wem passt, liegen auch schon auf Deinem Tisch. Na, was sagst Du, klingt wie?"

„Du bist die Beste", stellte ich lachend fest. „Wolltest Du doch hören? Oder? Ich befürchtete fast, Dir geht die Puste aus."

„Hütte von Herbert ist hinfällig, was?" fragte sie unsicher. Sie tat sich schwer damit, abzuschätzen, wie wund der angerührte Punkt tatsächlich war.

„Ist zum Glück nicht der einzige Ort auf der Welt zum Ausspannen", erwiderte ich kalt.

„Und? Meinst Du, Du kannst ihn noch umdrehen?"

„I wo! Hat unterschrieben, der verrückte Sack!"

„Der hat mich nachmittags noch belegt", ergänzte Corinna, „und mir drei Ordner hingeschmissen..."

„Ich bau auf Dich, ehrlich", gestand ich entmutigt.

„Alkohol ist jedenfalls kein Rettungsanker in der Not, wie Grönemeyer behauptet."

Während ich gedanklich mit Schulz beschäftigt war, vor allem überlegte, was ich nach dem Bad anzog, ging Corinna ins Wohnzimmer, weil sie nach oben wollte.

„Wau", rief sie erstaunt. „Party? Oder weshalb hat Johanna den Tisch aufgemotzt?"

„Ich habe Schulz eingeladen", beichtete ich verlegen.

„Hat super gefunkt, was", stichelte sie. „Und ich darf den ganzen Abend mit dem blöden Kopftuch zubringen... Das kann ja heiter werden."

„Rede keinen Unsinn", fiel ich ihr ins Wort. „Er will mit Dir reden und außerdem ist es eine Art Abfindung, weil er heute Nachmittag wegen mir beinahe wortwörtlich unter die Räder gekommen wäre."

„Wieso? Hast Du ihn vor den Bus geschubst, weil er Dir einen Korb gegeben hat?" lästerte sie frech.

„Gibt's nichts zu lachen", stellte ich klar. „Absichtlich überfahren wollte ihn jemand."

„Ist ja wie Kino. Und worüber will der mit mir reden?"

„Worüber schon! Deine missratene Spaß-Tour."

„Hab ich Dir alles erzählt", maulte sie. „Was soll's?"

„Das, woran Du Dich erinnerst", verbesserte ich. „Wart's einfach ab. Er misstraut eben Infos aus zweiter Hand."

„Verhör statt Wein, Sonne und Terrasse" maulte Corinna, während sie die Treppe hinaufging. „Klasse!"

„Quatsch! Das eine schließt das andere doch nicht

aus", knurrte ich. „Ist kein Staatsempfang."
Ich zuckte regelrecht zusammen, als das Telefon läutete. Sagte Schulz in letzter Sekunde ab? Cordula? Das Krankenhaus? Fragen zuckten wie Blitze durch meinen Kopf.
„Renger. Ja bitte?"
„Miriam", hörte ich perplex eine dünne Stimme am anderen Ende der Leitung. „Sie erinnern sich?"
„Ja." Ich holte tief Luft. „Solange ist Freitag nicht her."
Reichlich nervös fiel mir das Geld ein, und meine Karte, die ich ihr gegeben hatte. War sie etwa fündig geworden? Ich hielt das für ausgeschlossen.
„Steht Ihr Angebot noch?"
„Im Prinzip, ja", druckste ich verlegen. „Sie haben was?"
„Können wir uns treffen?" fragte sie anstelle einer Antwort. „Morgen? Hab' Nachmittagsschicht."
„Und weshalb?"
„War was Seltsames im Briefkasten. Sieht aus, als wär's, wonach Sie suchen. Muss reichen."
„Okay", versprach ich, „morgen auf dem Weg ins Büro komm ich."
Briefkasten? Von wem? Grübelnd, keine Idee, verharrte ich in der Diele. Wer trieb hier dreckige Spielchen? Nadler? Kiwel? Schiller?
Ich überlegte. Es klingelte. Nicht Schulz!
Nicht jetzt... Mental auf Krawall gebürstet, hastete ich zur Tür.

Ein Azubi aus dem Dorfkrug, einen vollgepackten Plastikkorb vor dem Bauch, kam den Weg zum Haus entlang.

„Abend", grüßte er angesäuert. „Wohin damit? Soll ich gleich auspacken?"

„In die Küche, bitte", bat ich ihn und wies nach links.

9

Schulz kam im dunklen Anzug, hellblauem Hemd und bordeauxfarbener Krawatte.
Alte Schule. Ich schenkte mir anzügliches Schmunzeln. Man konnte meinen, er wäre zum Sommerfest des Bundespräsidenten in den Garten von Schloss Bellevue geladen. Nur der Verband, der unter dem Saum des rechten Ärmels hervorlugte, störte das seriöse Äußere. In Zellophan schwitzende, cremefarbene Gladiolen, die er kerzengerade hielt, verdeckten sein Gesicht, während er mit der Rechten den Hals einer Rotweinflasche umklammerte.
„Geht's denn besser?" erkundigte ich mich mitfühlend, winkte ihn herein und nahm ihm die Mitbringsel ab.
„Tetanus, Schiene, Trageschlinge…, hören Sie mir bloß auf", brummte er in gewohnter Manier. „Was die mir alles andrehen wollten. Nicht mit mir! Spritze in Schulter und Knie, bisschen verbinden, und gut. Hat sowieso nur überflüssig Zeit gekostet."
„Gesundheit geht vor Zeit", widersprach ich.
„Ach, die haben heute alle Manschetten, weil sie vor den Kadi gezerrt werden könnten", meinte Schulz abfällig. Er sah sich neugierig um und fügte anerkennend hinzu: „Hübsches Fleckchen. Schön. Aber sehr abgelegen."
Sein Kompliment blieb mir im Halse stecken, weil ich, über die Maße erstaunt, Corinna oben an der Treppe entdeckte.

Sie trug ein seidenes, gelborange geblümtes Sommerkleidchen, das ich noch nie an ihr gesehen zu haben glaubte und registrierte indigniert das gewagte Dekolleté ihrer Kledage.

Ich, im schilffarbenen Top, Blusenjacke, kombiniert mit weißem Leinenrock, auf Bequemlichkeit und Bescheidenheit orientiert, fühlte mich auf der Stelle als hässliches Entlein.

Beinahe in Zeitlupe schritt sie die Stufen hinab, als wäre sie bei Greta Garbo, der Dietrich oder Liz Taylor in die Lehre gegangen.

„Corinna Renz, Herr Schulz", machte ich sie bekannt, wedelte verstimmt mit der Rechten von ihr zu ihm.

„Wegen mir?" fragte Schulz derweil verdutzt und zeigte zum Tisch.

„Wegen uns", verbesserte ich ihn lächelnd. „Solch ein Tag lechzt förmlich nach Krönung."

Rinderbrühe mit Croutons, Rehrücken, Preiselbeeren, Kroketten, Mousse au Chocolat, es brauchte seine Zeit, bis Corinna und ich Terrine, Platten, Schüsseln, Sauciere und Dessert zwischen Gläsern, Tellern und Bestecken dekoriert hatten.

Johanna konnte es nicht lassen. So gesehen, war es wohl eher der Verdienst ihrer knickrigen Kinder, dass der *Dorfkrug* nicht längst gen Pleite schlitterte.

„Ist der Fahrer inzwischen gestellt?" fragte ich während des Vorlegens, weil ich meine Neugier nicht länger zügeln konnte. „War es Nadler?"

„Verfolgung endete am Dreieck Schwanebeck", antwortete Schulz aufgeräumt, lehnte an der Terrassentür und betrachtete die Koniferen. „Ist vorläufig festgenommen. Ich hoffe, die Spusi nimmt mittlerweile seine Wohnung auseinander und der Lada wird jeden Moment bei der KTU eintrudeln."

„Prost", sagte ich, hob das Glas. „Auf den ersten Erfolg."

„Der Begriff ist tabu, solange das Wort Beweis nicht gefallen ist", dämpfte Schulz meinen Überschwang. „Tätlicher Angriff auf einen Polizeibeamten oder vergleichbare Bagatellen kommen mir nicht in die Tüte. Versuchter Totschlag mindestens." Er nippte. „Einen Pluspunkt haben wir allerdings bereits. Die Kontrolle seiner Personalien ergab, dass er bei einer Karin Lehmann wohnt und gemeldet ist. Ihr Geburtsname Schiller, jüngere Schwester des Abgeordneten und Halterin des Lada."

„Schillers Schwager?" staunte ich frappiert. „In all den Jahren gemeinsamer Arbeit, hab ich von ihm nie von Geschwistern oder Hochzeiten gehört."

„Auf dem Papier ist seine Schwester auch nicht verheiratet, die Lebensgefährtin von Nadler aber schon." Schulz wandte sich an Corinna: „Und Sie kennen Nadler aus Ihrer Jugend?"

„Kennen?" fragte sie wenig begeistert. „Kann man so nicht sagen. War kurzzeitig mein Trainer." Ängstlich erkundigte sie sich: „Heißt das, der kann nicht mehr auf mich losgehen?"

„Heißt es", bestätigte Schulz.
Ich sah, wie Corinna spürbar aufatmete.
„Frau Renger sagte mir, Sie erinnern sich inzwischen an Details. Sind Ihnen unmittelbar vor dem Angriff Fahrzeuge, Personen oder sonstige Unüblichkeiten aufgefallen? Für uns zählt jede Kleinigkeit."
„Die beiden Frauen, denen ich nach bin, sind in die Kneipe. *Ermeler Haus*, glaub ich. Der Typ mit Kapuzenpulli, Jeans, untersetzt, kräftig. Ob das Nadler war...? Null Ahnung. Ich sehe nur die Narbe vor Augen, die mich überhaupt auf ihn gebracht hat."
„Sie könnten also auch nicht bezeugen, dass Nadler am Sonnabend hinter Frau Weber her gewesen ist?"
„Kann ich...", setzte Corinna an. „Nein. Nur das er mich plattgemacht hat wie ein Karnickel vorm Schlachten."
„Schade. Er ist nämlich stumm wie ein Fisch, sagt Steinhauer. Betrachtet die Akte augenscheinlich als Faustpfand und denkt, sein Schwager haut ihn raus, wenn nötig über seinen Draht zum Minister, um nicht mit ihm unterzugehen."
Schulz sah groggy aus, fand ich. Aber er legte nach.
Auf meinem Teller verloren sich drei Kroketten und ein Klecks Preiselbeeren. Das Dessert übernachtete ohnehin im Kühlschrank.
Voller Bauch denkt nicht gern. Ich spürte, wie weise der Volksmund oft daherkam.
Drei Dinge brauchte die Frau: Pille, Wasser, Whisky, ohne Zigarette!

Corinna stand als erste auf, stellte ihren Teller in die Küche und entschwand nach draußen.

Nachdem ich die Tablette herunter gespült und meinen toten Punkt mit Bourbon überlistet hatte, folgten wir ihr mit gefüllten Gläsern.

Die Stille, die unser Schweigen fühlbar machte, irritierte mich. Weit weg tuckerten Lastkähne, die den Spandauer Hafen ansteuerten.

Mir fehlten die sangesverrückten Amseln, ich suchte mit den Augen die Igelfamilie und sinnierte, wie ich mein Anagramm dramaturgisch geschickt an den Mann brachte.

Die linke Hand auf dem Tisch, zwei Finger am Stiel des Glases, saß Schulz geschafft mit geschlossenen Augen im Sessel.

Entweder blendete ihn die tiefstehende Sonne oder sie waren ihm zugefallen wie im Auto vor Schillers Büro.

Mit stummer Geste bat ich Corinna, auf Gedudel vorerst zu verzichten. Verdrossen ertrug ich, dass sie den Wink ignorierte und eine Kassette im Schacht des Rekorders versenkte. Entgegen üblicher Gewohnheit, beschallte sie uns dezent mit einer Mixtur, die von *Blue System*, über *Pink Floyd* bis *Genesis* reichte.

„Haben Sie denn von Stahlberg etwas Hilfreiches erfahren", fragte ich vorsichtig.

Schulz öffnete die Augen, zuckte kaum merklich zusammen und richtete sich auf.

„Zumindest nicht für die Katz, der Besuch", stellte er behäbig fest. „Er erinnerte sich, den Lada auf dem Gehweg gesehen zu haben, erwähnte einen Passanten, angeblich Arzt, der sich herzlich wenig für den Schwerverletzten, dafür umso intensiver für dessen Auto interessierte. Beschreibung relativ gut. Echte Glanzleistung vom KDD, den bei der Zeugenvernehmung zu übergehen, gibt's nichts zu meckern."
Ich holte das Pamphlet aus der Handtasche.
„Sie erinnern sich?"
„Selbstverständlich. Und?"
„In Schillers Augen der zwingende Beweis, dass ich damals Major Kiwels Kontakt gewesen bin", mühsam unterdrückte ich meine Wut. „Er stünde ja wohl kaum im Verdacht, das Geschlecht gewechselt zu haben."
„Drittklassiger Mime. Lassen Sie sich nicht verschaukeln. Der weiß genau, dass Informantin kein Synonym für Renger ist", beruhigte mich Schulz.
„Vielleicht", wandte ich ein, „aber, wenn man die Wundertüte einbezieht, die mir heute retourniert wurde..."
„Nicht sein Spielfeld", behauptete er.
„Wieso?" widersprach ich. „Sylvia kann ihn doch nur mit ihren Zetteln angefüttert haben. Womit sonst? Am Freitag, mit ihm verabredet, hatte sie ja nichts weiter."
„Auch, wenn Nadler die blutige Akte für eine Lebensversicherung hält, wird sein Schwager doch deren

Inhalt kennen, oder denken Sie nicht?" flocht Schulz taktvoll ein.
„Denke ich. Aber erst seit Montagnacht. Nachdem Sylvia tot war", erinnerte ich ihn etwas pikiert und stand auf, weil der übervolle Magen Bewegung forderte.
„Wenn Nadler stumm bleibt", hörte ich Schulz von fern sagen, „wird's schwer, Schiller wegen Anstiftung dranzukriegen. Egal, was gefunden wird oder nicht."
„Der wird sich hüten, für den hochnäsigen Pinsel Jahre im Bau zu verbringen" unterstellte ich vollmundig und fuhr nahezu konspirativ fort: „Vielleicht kann uns ja Wilke behilflich sein."
„Und das geht wie?" stutzte Schulz. „Ich weiß über den bis jetzt keine Silbe mehr."
Ich drehte die Rückseite der Kopie nach oben, auf der Name und Unterschrift standen: „Fällt Ihnen was auf?"
„Nee."
„Kiwel ist Wilke", rief ich siegesgewiss. „Perfekt gleiche Buchstaben. Kein Zufall. Passt zu Spion, oder?"
„Sie meinen ein Anagramm?"
„Ja. Ist mir in den Sinn gekommen, als ich fix und fertig wegen Ihres Sturzes und voll mit Wut auf Schiller zu meiner Schwester ins Krankenhaus gedüst bin."
„Sie sollten häufiger Auto fahren", lachte Schulz, „oder sich bei uns bewerben. Unverbrauchte Leute haben derzeit beste Chancen."

„Die Fahrerei geht mir sowas von auf den Keks und ob Ihr Verein meine Spontanität verträgt, bezweifele ich."

Schulz griff eine gestopfte Pfeife aus der Tasche auf dem Tisch und zündete den Tabak an. Die Schwaden, die er paffte, mischten sich mit dem Abenddunst und verliehen ihm eine eigenwillige blassbläuliche Färbung.

„Im Ernst", sagte ich, „mit Ihren Beziehungen sollte es doch möglich sein, Wilke unter seinem richtigen Namen am Schlafittchen zu kriegen."

„Ich probier's. Aber sicher ist das nicht."

Cordulas Fingerzeig gab keine Ruhe, spukte beharrlich durch meinen Kopf...

„Verletzte Gefühle, Depressionen, abgrundtiefer Hass", zählte ich unvermittelt auf.

„Auf welchem Trip sind Sie denn", brummte Schulz.

„Ist Ihr Bourbon schlecht? Klingt ziemlich schwülstig."

„Meine Schwester hat mir vorhin den Floh ins Ohr gesetzt, dass Sylvia sich mit Inbrunst eingeredet hat, ich hätte sie seelisch zum Krüppel gemacht und schuldete ihr deshalb ein Minimum Wiedergutmachung. Ihr Urteil vor Tagen klang ähnlich, wissen Sie noch?"

„Also, ich bin mir nicht ganz sicher, ob das so gehoben gemeint war."

„Sei's drum. Bei allem, worüber wir hier reden, geht es um Sylvia und mich, verstehen Sie?"

„Ich weiß, Sie sind Fan von großem Theater. Aber so ausgelegt, scheint mir der individuelle Konflikt überbewertet. Kann sich schnell als Falle erweisen."

„Überlegen Sie doch mal! Bis zum gänzlich unvorhersehbaren Mauerfall bleibt ihre Sucht nach Vergeltung graue Theorie. Dann, von einem Tag zum anderen, geht die Reise in eine andere Richtung und die Chance, mich in diesem Leben doch noch vor die Flinte zu bekommen, ist plötzlich real. Sie rennt deshalb nicht etwa kopflos zu mir, mit dem Dolch im Gewande. Nein, selbst mit dem Rücken zur Wand, lauert sie geduldig auf die Chance, Ränke zu schmieden."

„Welche?" fragte Schulz genauso müde wie verdattert.

„Herr Schulz, bitte", rutschte es mir gönnerhaft heraus. „Fragen Sie mich nicht, in welcher Reihenfolge genau, aber sie biedert sich mit Schobers Hilfe bei Steinkirch an, führt sich bei mir auf, als täte sie mir mit ihrer Trickserei einen Gefallen und als ich mich wehre, erpresst sie mich perfide. Dass ich notfalls meine Existenz riskiere, damit sie ein Stück vom Kuchen ergattert, ist in ihren Augen gerechte Sühne. Egal mit wessen Hilfe angelt sie sich dieses Projekt bei *Links-Ruck*, durchforstet Archive, Akten, interviewt Betroffene, erfährt von Wilke, der Akte und findet im Verfahren Blumenthal ein vermeintliches Ass, worin sie schon immer gut war, das mich womöglich direkt ins Herz trifft."

„Wüsste ich es nicht besser", monierte Schulz, der mich skeptisch musterte, „müsste ich Sie auf Grund zweier perfekt dargelegter Mordmotive sofort festnehmen. Aber Scherz beiseite. Glauben Sie wirklich, dass Ihre Sylvia über das fabelhafte Genie verfügte, eine Handvoll Leute gleichzeitig im Sinne ihrer Absichten zu manipulieren?"

„Sie war eine exzellente Journalistin", hielt ich ihm entgegen. „Sicher gereichte ihr neben Kalkül auch manche Fügung des Schicksals zum Vorteil. Was trotzdem nicht verhinderte, dass sie schlussendlich zu hoch pokerte."

‚Verrannte sie sich so sehr in Hass, dass sie den Bock zum Gärtner machte', überlegte ich abwesend. Sandte sie Schiller das Fax, weil ihr Deal eindeutig auf mich zielte? Versuchte sie, ihm Hoffnung zu suggerieren, dass er davonkam, wenn ich drankam, während er ihren Versprechungen misstraute und die ultimative Lösung vorzog, weil ihm klar war, dass er andernfalls seinen Flachmann gleich intravenös konsumieren konnte...?

„Und was wird nun aus dem Kunstfuzzi und dem Springsteen Double, denen wir den ganzen Mist verdanken?" mischte sich Corinna unversehens ein, schaute fragend zu Schulz, während sie gelangweilt mit den Füßen im Takt der Musik zappelte.

„Steinkirch und Schober?" fragte Schulz irritiert.

„Hat Jonas Notiz und Foto weitergeleitet?" mischte ich mich ein, ehe er fortfahren konnte.

„Jonas?" Er sah mich verdrossen an. „Kein Kommentar. Steinhauer wandte sich an Staatsanwalt und Fachleute vom Wirtschaftsdezernat." Er kratzte sich am Hinterkopf und seine Miene deutete an, dass er versuchte, sich an Wichtiges zu erinnern. „Übrigens", ergänzte er, froh den Faden gefunden zu haben, „erfuhr ich vom Revier, dass der einzige Name, den wir im Haus Palisadenstraße 22 kennen, Korff ist..."

Sieh an! Beate hatte doch nicht nur Kaffee gekocht! Ihr verdankte ich das verrückte Déjà-vu mit Sylvias Nachlass heute morgen.

„Da hoffe ich bloß, dass ihre neuen Ermittler rasch ins Laufen kommen", wetterte ich schockiert, „bevor Schober abtaucht und Steinkirch in Spanien Asyl beantragt."

„Ist innerhalb der EU witzlos", hielt Schulz sich bedeckt und fügte grübelnd an: „Hängt davon ab, welche Seilschaften dahinterstecken. Ich denke, Schober haben sie längst zur Fahndung ausgeschrieben." Er gähnte ungeniert und meinte abrupt: „War nett mit Ihnen zu plaudern, aber der Akku ist leer, reicht nicht mal mehr für 'ne Taschenlampe."

„Bevor Sie, hoffentlich ohne einzunicken, bis nach Hause finden", tröstete ich ihn, „muss ich Ihnen schnell noch was Seltsames mit auf den Weg geben."

„Und das wäre?" fragte er ungeduldig.

„Etwa eine halbe Stunde bevor Sie eintrafen, hat mich Kellers Frau angerufen."

„Woher hat die Ihre Nummer?"

„Von mir", erwiderte ich verlegen, um einem neuerlichen Verweis wegen kleiner Geheimnisse aus dem Weg zu gehen. „Als ich am Freitag relativ kopflos unterwegs gewesen bin, habe ich sie im Anschluss an Pfarrer Singer besucht. Der hatte mir von Wilke und der Akte erzählt und ich wollte unbedingt mit Keller reden. Stattdessen stand ich seiner Witwe gegenüber." Ohne finanzielle Versprechen anzudeuten, fuhr ich fort: „Als ich ging, meinte sie, falls sie Unterlagen in die Finger bekäme, würde sie sich melden."

„Und wo sollen die herkommen?" fragte Schulz ungläubig. „Ausgeschlossen!"

„Denk ich genauso", stimmte ich zu. „Völlig schleierhaft, was läuft. Angeblich was im Briefkasten. Mehr wollte sie mir nicht verraten."

„Wer weiß noch davon?" blubberte Schulz unfreundlich.

„Keine Ahnung", erwiderte ich aufsässig.

„Sollten wir nicht besser zu ihr fahren?" schaltete sich Corinna kribbelig in die Debatte ein.

„Bist Du jäck?" schimpfte ich. „Ich dachte, aus Schaden wird man klug. Abends kurz vor elf? Die schläft wie ein Murmeltier."

„Ist nicht von der Hand zu weisen", gab Schulz zu bedenken. „Geheimnisse sind wie Blindgänger, erst wenn der Zünder raus ist, sind sie wertlos."

Ich sah ihn entgeistert an.

„Ob man deswegen hinfahren muss, steht auf einem anderen Blatt", schränkte er ein. Riet jedoch: „Wäre gut, wenn sie bei der Presse jemand an der Hand hätten, mit dem Sie können."
„Um die Uhrzeit?"
„Wollen wir verantworten, dass noch mehr passiert", erwiderte er polemisch und stand auf. „Soweit ich weiß, arbeiten die bis Mitternacht..."
„Ich denke, Nadler sitzt?"
„Vertrauen ist gut, Kontrolle besser."
Ich rannte nervös in die Diele, um die Handtasche zu holen. Im Notizbuch blätternd, suchte ich verzweifelt die Nummer vom *Tagesspiegel*, genauer gesagt, die von Günter Stein.
Schulz lümmelte flach schnaufend im Lesesessel vor den Bücherregalen. Corinna warf sich beleidigt auf den Zweisitzer und zappte sich zu einer blutrünstigen Serie durch.
„Schreiber, Chef vom Dienst, was?" pöbelte eine Stimme nach zig Wahlwiederholungen.
„Abend. Renger", begegnete ich seinem flapsigen Ton charmant. „Ist Herr Stein zu sprechen? Oder ist für morgen noch was zu machen?"
„Renger?" fragte er, statt zu antworten. „Etwa Vorstand der Liberalen?"
„Richtig."
„Wenn's einen Knaller gibt", meinte er und übte sich in fadem Witz: „Liegt der Regierende im Koma auf Party?"

„Weiß ich nicht, kann sein. Schicken Sie lieber jemand in die Zionskirchstraße zu Miriam Keller."
„Und da ist was los?"
„Sylvia Weber? Sagt Ihnen was?"
„Ja. Kollegin von drüben. Hat sich umgebracht."
„Ist ermordet worden", stellte ich richtig, „weil sie ihre Nase zu tief in die Vita neuer Ost-Demokraten gesteckt hat. Frau Keller kann vermutlich das Tatmotiv erhellen."
„Jeht nich", sülzte Schreiber. „Hab um die Zeit niemand mehr, der das machen kann…"
„Keinen flotten Volontär, der vom Titel träumt?" spottete ich. „Hören Sie, die Frau ist Witwe, ihr Mann ist Opfer in gleicher Sache. Kein Aufschub! Will sagen, sie könnte die nächste… Nicht Carpe Diem, sondern Carpe Noctem heißt das Motto! Sie werden es nicht bereuen. Wie ich es sehe, bringt die Story eine Auflage, von der sie sonst träumen. Oder muss ich die Konkurrenz anbaggern?"
„Ist gut", nölte Schreiber. „Ich tu mein Bestes, okay."
„Das Beste ist meist nicht gut genug", frotzelte ich. „Aufs Ergebnis kommt's an."

Donnerstag, 19. Juli 1990

1

Häufiger Auto fahren? Skurriler Humor!
Nachts durch die Stadt kutschieren, statt eingekuschelt im Bett zu schlummern, würde sicher nicht mein Hobby werden. Ich seufzte leise, suchte verzweifelt nach einer Sitzhaltung, in der ich mich schmerzfrei fühlte.
Schulz döste selig im Fond. Nur mit Mühe war es uns gelungen, ihn dem Ohrensessel zu entreißen.
Schreibers schwammiges Versprechen hatte meine Zuversicht angekratzt, die vorstellbare Gefahr für Miriam gebannt zu haben und Corinna war ohnehin scharf darauf gewesen, dass wir nach ihrer Pfeife tanzten.
Jetzt schwieg sie, linste sehnsüchtig nach Clubs, die rechts und links der Autofenster von dezent bis grell für sich warben. Bunker, verlassene Fabriken, und Brachflächen entlang des Kahlschlags zwischen den bislang verfeindeten Hemisphären besaß die Stadt mehr als genug. Paradiese für Feiersüchtige, die sie nun als Spielwiesen für Partys aller Art nutzten.
Mitten in der Tundra genannt Potsdamer Platz, werkelten Eventprofis unter gleißenden Scheinwerfern und Banner priesen *THE WALL*, die Mega-Show, die Roger Waters, Frontmann von *Pink Floyd,* hier übermorgen mit Stars wie Bryan Adams, Sinéad O'Connor und den Scorpions aufführen wollte.

Mitten im Kleinkrieg um Verrat, Rache und Moneten, fühlte ich mich jäh mit der Nase auf das mondiale Interesse am Wandel gestoßen, der sich täglich vor unseren Augen abspielte.

Reinen Herzens und mit gesundem Egoismus wünschte ich mir, dass die Stadt schneller als gewohnt ihren in Jahrzehnten gepflegten, provinziellen Mief hinter sich ließ und hoffte, dass sie die bewundernden Blicke der Welt nicht erneut enttäuschte.

Minuten vor Anbruch der Geisterstunde erreichten wir endlich unser Ziel. Arme Miriam, dachte ich, sie ahnte nicht, was auf sie zukam. Überhaupt nicht mein Stil, unverhofft über Leute herzufallen. Aber ich besaß keine Rufnummer von ihr und damit keine Chance, sie zu warnen. Die Haustür war verschlossen, eine Gegensprechanlage nicht vorhanden.

Corinna und ich schauten, von der seidig, lauen Nachtluft angeregt, die schwachbeleuchtete Straße entlang, auf der nur einige Katzen zwischen den Häuserfronten streunten. Schulz gähnte pausenlos, ähnelte einem Krokodil, das entschlossen schien, ein Nashorn zu fressen und griff in die Hosentasche. Er förderte Werkzeug zutage, dass für mich nach Schweizer Messer aussah. Es dauerte keine Minute, bis das alte Kastenschloss nachgab.

Oben angelangt, keuchte ich wie ein altes Weib, in dessen Rücken eine Hexe mit geladener Flinte lauert. Nach mehrmaligem Klingeln hörte ich Gott sei Dank Schritte schlurfen.

„Sie?" moserte Miriam schläfrig, blinzelte im karierten Schlafanzug hinter der spaltbreit geöffneten Tür, die mit Kette gesichert war. „Arbeiten Sie Schicht?"

„Dürfen wir eintreten?" fragte ich behutsam. „Frau Renz, Herr Schulz von der Kriminalpolizei, mich kennen Sie ja."

„Und was wollen Sie?" wollte sie patzig wissen. „Ich bin grad' nicht auf Besuch eingestellt."

Miriam fummelte an der Kette, öffnete und verwies uns ins reichlich unaufgeräumte Wohnzimmer.

„Wir machen uns Sorgen um Sie", erklärte ich sanft und setzte mich in den Sessel, in dem ich bereits gesessen hatte. „Ist viel passiert seit Freitag."

„Wieso Sorgen?" fragte sie gedehnt.

„Darf ich die mysteriöse Post sehen, wegen der Sie Frau Renger anriefen?" unterbrach Schulz, der Konversation überdrüssig.

„Nee", lehnte Miriam zugeknöpft ab. „Nur wenn ich die Kröten kriege."

„Welches Geld?" Er sah sie aufgebracht an.

Ich spürte, wie überflüssige Röte vom Hals her langsam in mein Gesicht krabbelte und Corinna mich zu allem Überfluss vorwurfsvoll musterte.

„Geld, welches Geld…" brauste Miriam auf, keineswegs verschlafen zeigte sie mit dem Finger böse auf mich: „Die hat mir fünf Mille versprochen, wenn ich was bringe. Beisetzungen gibt's schließlich nicht zum Nulltarif. Von allem anderem Kram ganz zu schweigen."

„Jetzt bleiben Sie mal auf dem Teppich, junge Frau", wies Schulz sie gereizt in die Schranken. „Ich nehme an, die Kollegen haben Ihnen mitgeteilt, dass ihr Mann Opfer eines Tötungsdelikts ist und Fragen gestellt. Es geht also um Mordermittlungen und nicht um private Differenzen. Die können Sie später klären."

„Tötungsdelikt!? Keine Sau hat sich blicken lassen. Ihr wollt mich doch wieder bloß verarschen", jammerte Miriam.

Hastig suchte sie hinter den Kissen das Taschentuch.

„Die Kollegen haben sich nicht bei Ihnen gemeldet...?" erkundigte sich Schulz fassungslos.

„Niemand will Sie über den Tisch ziehen", beruhigte ich Miriam, die den Kopf schüttelte. „Meine Vermutung, was Patricks Tod anbetrifft, stimmte leider. Und Frau Weber, die den Krach mit ihm hatte, ist vorgestern ebenfalls umgebracht worden. Deshalb die Sorgen."

„Und? Was hilft's mir?" fauchte sie unbeholfen.

„Ich habe den *Tagesspiegel* informiert", erklärte ich ihr unser Kalkül. „Sollte bald jemand hier sein. Sowie die Story raus ist, kann Ihnen nichts mehr passieren und dann klären wir auch das Finanzielle."

„Da", blaffte Miriam pampig, warf einen A5-Umschlag auf den Tisch und stand auf. „Machen Sie, was Sie wollen! Ich brauch' Kaffee auf den Schreck, Sie auch?"

„Ja bitte", bat Corinna reichlich angesäuert.
Unklar, was in ihrem Kopf vorging. Ich kam jedoch nicht dazu, nach Gründen zu forschen, weil Schulz das Kuvert an sich nahm und betrachtete.
„Keine Marke", rief er Miriam zu, die in der Küche an der Kaffeemaschine hantierte. „Müsste demzufolge jemand in Ihren Kasten gesteckt haben?"
„Wird wohl so sein... Nachmittag um zwei, als ich zur Arbeit bin, war es mit drin", gestand sie zögerlich.
Es klang geflunkert, nach Ausrede. Ich sah Schulz an, der mit einem Bein im Zimmer und mit dem anderen im Korridor stand, dass er den Eindruck teilte. Er zog zwei, zur Hälfte gefaltete A4-Seiten heraus und wurde blass wie das uralte Farbbild von Keller im linken Regalteil der Schrankwand. Wortlos warf er sie auf den Tisch.
Ich überflog nervös die Zeilen und traute meinen Augen nicht. Wie im Delirium, forschte ich, ob mein Herz vor Freude hüpfte, oder doch kollabierte.
„Undenkbar", flüsterte Schulz versteinert. „Sie wissen, was das ist?"
„Nicht wirklich", räumte ich überfordert ein. „Schillers Verpflichtung würde ich meinen."
„Der Haken ist, dass die einzig in seiner Akte zu finden sein dürfte, wenn überhaupt. Das hier sieht aber nicht danach aus", Schulz zeigte konsterniert auf das Elaborat, „als wäre es je offiziell archiviert worden, eine Kopie ist es aber definitiv auch nicht... Sehen Sie die Unterschriften. Woher stammt das? Wäre

für mich nur erklärbar, wenn es sich um ein Double handelte, das aus welchem Grund immer, im Panzerschrank lagerte. Wer weiß, was Schiller für Märchen aufgetischt worden sind. Darin waren die ja groß... Kiwel alias Wilke muss ihn geführt haben! Kann durchaus sein, dass er ihn aufs Kreuz gelegt hat. Mir unklar, ob das überhaupt als Beweismittel zulässig ist."

„Immerhin trägt es seine Unterschrift, die erkenne ich aus dem Effeff", stellte ich fest. „Wenn ich Sylvia glaube, ist die Presse in solchen Fällen jetzt nicht grad zimperlich."

„Klartext", wandte Schulz sich indes an Miriam, die ihm mit der Kanne entgegenkam. „Bitte, woher ist das? Derart brisante Papiere wirft keiner in Hausbriefkästen. Wie sah er aus?"

„Bisschen heftig mitten in der Nacht, finden Sie nicht?" versuchte sie, der Frage auszuweichen.

„Vergeuden Sie nicht unnütz die Zeit!" legte ihr Schulz ans Herz. „Ist auch in Ihrem Interesse."

„Mein Interesse? Was mich interessiert, kratzt Sie doch am Hintern", schimpfte Miriam, verstummte, überlegte kurz, goss Kaffee in die vor ihr aufgereihten Tassen. Nachdem sie einen Schluck getrunken hatte, besann sie sich eines Besseren: „Netter Onkel. So um die vierzig. Stand kurz vor Feierabend an meiner Kasse. Hatte Wodka plus Cola, dahinter der Umschlag auf dem Band. Der wäre für mich, meinte er lax, als er löhnte."

„Geht's genauer?" Schulz setzte sich ebenfalls und griff nach einer Tasse.

„Sie haben vielleicht Nerven", mokierte sich Miriam, „bei der Demo, die täglich winkend an meiner Kasse vorbeizieht? Die seh ich mir doch nicht alle an!" Sie knetete nervös das Taschentuch. „Unauffällig, Haare in dreckigem Blond, Finger gelb vom Rauchen, vielleicht ein Meter achtzig groß."

Der Wecker im Regal, zwischen Matchbox-Autos und Ü-Ei-Figuren gezwängt, tickte nervig in der Stille. Ich hatte die Nase gestrichen voll, konnte weder sitzen, noch stehen, fühlte mich zerschlagen, als streike jeder einzelne Knochen. Dennoch erhob ich mich und trat ans offene Fenster, um sofort ängstlich zurückzuweichen.

Enttäuscht fragte ich mich, ob dieser Schreiber mich überhaupt Ernst genommen hatte.

Und von fern zogen in der plötzlichen Stille dunkle Gedanken auf wie ein Menetekel. Statt der Freude, dass meine Exekution gerade eben hinfällig geworden war, bohrte sich die Offenbarung einem Messer gleich zwischen meine Rippen, dass Keller und Sylvia noch leben könnten.

Kellers Kleinmut, Sylvias Selbstgerechtigkeit, Nadlers Eifer als Nemesis, versalzen Kiwel die Suppe. Diese Blätter, woher er sie auch hatte, waren bestimmt seine letzte Chance. Die Witwe eines Opfers zu benutzen, um am Ende seiner verrückten Fehde den Platz als Sieger zu verlassen, weil er nicht daran dachte, Gesicht zu zeigen, war derart infam, dass mir die Worte fehlten. Was für ein Schwein musste man sein, um auf solche Ideen zu kommen…

‚Ist dir klar, dass du allen Grund hast, dem erbärmlichen Knilch zu danken', meldete sich wieder die ätzende Stimme.

Einfach ignorieren, dachte ich. Was würde Nadler wohl sagen, wenn er erfuhr, dass er Leben für nass geopfert hatte und die blumigen Versprechen seines Schwagers abschreiben konnte? Würde er ihm dann immer noch die Stange halten und Jahre in den Knast gehen?

Erleichtert hörte ich Hupen auf der Straße. Schulz sprang wie von der Tarantel gestochen aus dem Sessel, lehnte sich soweit aus dem Fenster, dass mir ein kalter Schauer über den Rücken lief.

„Vierte Etage, Tür ist offen", grölte er in die Nacht, ging in den Korridor und lehnte die Tür an.

„Jens Rathmann", hechelte ein junger Kerl kurz darauf, piekte seinem Begleiter, besser bei Puste, den Finger in den Arm und meinte kurzatmig: „Pit Hein, Fotograf."

„Konditionsdefizite?" zog Schulz ihn auf. „Sollten Sie in Ihrem Alter gezielt dran arbeiten."

Auf mich wirkte Rathmann, als käme er geradewegs vom Gymnasium, sah nach Streber in der Oberprima aus. Zweifelnd fragte ich: „Herr Schreiber hat Sie in Kenntnis gesetzt…?"

„Mord und Totschlag, hörte ich", erklärte er selbstsicher. „Hab eine Stunde für Aufmacher mit Foto. Mehr weiß ich nicht."
Er stellte sein Diktiergerät auf den Tisch.
„Darum geht's", Schulz schob Hein die zwei Seiten zu. „Lichten Sie das lesbar ab, mitnehmen können Sie es nicht, muss in die Akten."
„Hören Sie sich Miriams Geschichte an, machen Sie den Schmutz publik, damit sie Ruhe findet und vor weiteren Nachstellung geschützt ist", legte ich Rathmann müde ans Herz, „dann haben Sie, was Sie brauchen und obendrein eine Story über den Tag hinaus."
Nachdenklich grabbelte ich die Hülle mit den Schecks aus der Handtasche.
„Recherchen im Umfeld der Affäre sind zunächst tabu", belehrte Schulz den jungen Mann. „Darüber werden Sie später durch eine Presseerklärung der Polizei informiert. Ist das klar?"
„Okay", sagte ich zu Miriam und reichte ihr den Scheck. „Anzahlung. Alles andere kläre ich mit der Redaktion. Wir lassen Sie jetzt mit den Herren allein."

2

"Super! Dieser Tussi schmeißt Du Kohle in den Rachen", schnaubte Corinna kaum aus der Tür, "aber bei mir hilft kein Betteln und kein Barmen!"
Mir war sofort klar, was ich vorhin unterbewusst in ihrer Miene gelesen hatte.
Schulz sah indes stur gen Himmel: "Fantastisch. Sternenklar", schwärmte er. "Mustergültig. Kassiopeia, Großer Wagen, Polarstern..."
"Tickst Du noch richtig! Nachts auf der Straße?" stauchte ich Corinna zusammen, ohne jeden Nerv für seinen astronomischen Exkurs. "Ich halte Wort, egal, ob ich ja oder nein sage, okay! Könnten wir das sonst bitte vertagen oder besser ganz sein lassen?"
"Einen Scheiß werd ich sein lassen, könnte Dir so passen", echauffierte sie sich, "Tussi nehme ich zurück, möchte nicht mit ihr tauschen. Arme Sau. Aber die gepackten Klamotten vorgestern sind bitterer Ernst", fuhr sie dickköpfig fort. "Nur Dope zu sein, das im faden Alltag für ein helles Strähnchen sorgt, ist mir echt zu blöd. Ich will mittendrin sein, nicht nur dabei, und zwar in guten wie in schlechten Zeiten, Du verstehst? Wann hast Du mir das letzte Mal gesagt, dass Du mich liebst? Fällt Dir nix zu ein? Kann auch nicht! Und das Blondinen-Witze stupid, sexistischer Ulk sind, ist Dir auch längst entfallen."
Sie redete sich in Rage. "Du benutzt die Angst vor Nadler..., um Bindungsflattern und Selbstsucht zu vertuschen." Sie wurde leiser und langsamer und ich

sah, wie sich Tränen in ihren Augen sammelten. „Es geht nicht um Schotter oder Laden. Ich bin, wie ich bin und wenn Du damit nicht leben willst, bleibt von klugen Kalendersprüchen auch nichts weiter als Restmüll." Jetzt flüsterte sie beinahe. „Dann bin ich eben halt einfach mal weg!"
In der Stille nach dem letzten Wort fühlte ich mich, als stürzten alle Ängste, Vorwände, Selbstzweifel, die mich in den letzten Tagen quälten, wie Ziegel von den Dächern der umstehenden Häuser auf mich herab.
Während Corinna verheult darauf wartete, von mir mit einer üblichen Plattitüde abgespeist zu werden, stand ich gelähmt da und brachte kein Wort über die Lippen.
„Wat mutt, dat mutt, Mädels, egal wo und wann", frotzelte Schulz, der dagestanden hatte, als wär er ein Pferd und durchaus in der Lage, im Stehen zu schlafen, offensichtlich in der hehren Absicht, Schaden zu begrenzen.
„Klar, ich liebe Koller, besonders nach Mitternacht und mitten auf dem Damm", kämpfte ich mich sacht ins Diesseits zurück. „Ab nach Hause, dalli, dalli. Kommen Sie, Herr Schulz, steigen Sie ein." Neben der Beifahrertür zog ich Corinna an mich und flüsterte ihr zu: „Ich hab's verstanden, denk ich. Darüber reden würde ich allerdings gern an einem gemütlicheren Ort."
„Über die Idee, in Herberts Job zu wechseln, denk ich ehrlich nach", lenkte Corinna ein. „Aber ob Du

was begriffen hast, sehen wir, wenn ich in zehn Tagen noch da bin..."
„Wieso einsteigen?" zierte sich Schulz indes ungelenk. „Ich fahre U-Bahn. Ans Auto komme ich morgen schon mit S-Bahn und Fähre."
„Jetzt stellen Sie sich nicht so an, alles andere ist nur Zeitverschwendung..."
Ich ertappte mich dabei, dass ich unkontrolliert anfuhr wie vor Tagen im Parkhaus nach der ersten Kollision mit Steinkirch. Die Vorderreifen quietschten auf dem Kopfsteinpflaster.
„Jetzt werden Sie nicht gleich wieder übermütig", tadelte Schulz mich hasenfüßig. „Oder meinen Sie, dass Sie aus dem Schneider sind?"
„Bin ich das nicht?"
„Das wissen Sie ebenso gut wie ich", unterstellte er wahrheitsgetreu.
„Was ich weiß, ist, dass Keller und Sylvia noch leben könnten, hätte Kiwel nicht mit Akten hantiert, um seinen Privatkrieg von Gehilfen führen zu lassen."
„Beschäftigt mich auch, seitdem ich den Auswurf gelesen hab", gestand Schulz leise. „Ich bin mir sicher, dass sich Schober und Kiwel kannten. Waren immerhin beide aus der gleichen Clique, die Medien, Bildung, Kultur und Kirche beobachteten. Der Unterschied ist nur, dass Schober Wissen und Kontakte in klingende Münze verwandeln wollte, während Kiwel, gelb vor Neid, meinte, sich für seinen Abstieg rächen zu müssen, weil ihm die zweite Chance

einiger Schützlinge verwehrt war. Angenommen, er führte Schiller, wovon ich überzeugt bin, wäre ihm dessen Sturz schwergefallen, weil er sich sehr genau überlegen musste, was er tat, um nicht selbst aufzufliegen."
„Erst recht kein Grund, Keller hängen zu lassen. Dieser Arsch!", erwiderte ich bitter.
„Jeder hat seine Prioritäten. Das eigene Hemd ist einem stets näher als die fremde Hose."
Schulz' latentes Mitgefühl, das ich in seinen Worten zu hören glaubte, stieß mir sauer auf.
Oder war das wieder sein seltsamer Sarkasmus?
„Apropos Schiller", störte er meine Gedanken. „Ihnen ist klar, was passiert?"
„Kreativität ist meine Stärke", konterte ich flapsig.
„Wenn morgen die Bombe platzt", unkte er defätistisch, „wird er Zeter und Mordio schreien, Anwälte, vielleicht sogar den Minister bemühen, sich auf den Ramsch der Weber besinnen, um Sie in die Pfanne zu hauen. Und wer weiß, was dem Herrn auf Ibiza noch so einfällt..."
„Reizend, wie Sie sich meiner paar Stunden Restschlaf annehmen."
„Merkt Ihr's noch?" lästerte Corinna. „Ihr redet wie ein Paar kurz vor der Silberhochzeit!"
Während mich ihr umfassendes „Du" abstieß, lachte Schulz glucksend und warf den Ball kühl zurück: „Ich will nicht hoffen, dass wir nach vier Tagen so abgestumpft klingen."

Ich griente verlegen, weil meine blöde Mutter-Tochter Hysterie ungebeten erwachte, inklusive Vater.
Abgeschreckt vom eigenen Kopf, schüttelte ich mich und schob die abscheuliche Vorstellung der Müdigkeit zu.
„Nur Steinhauer und Jonas können den Fall auf die Füße stellen, wo er hingehört", fuhr Schulz ungerührt fort, „indem sie Nadlers Schweigen endlich mit unwiderlegbaren Beweisen durchbrechen."
„Schiller ist fertig", stellte ich leise fest, begleitet vom Gefühl, im dunklen Wald zu pfeifen.
„Moralisch vielleicht. Doch sonst?" orakelte Schulz düster. „In Krisenzeiten profitieren selten Aufrechte, wissen Sie doch."
„Aha. Und in welcher Schublade stecke ich?"
Er sah mich scheel an.
„Müde wie ich bin, können Sie mir bedenkenlos ziemlich jede Gemeinheit an den Kopf werfen."
„Zumindest sind Sie kein Chamäleon", zog Schulz vom Leder. „Zum Glück auch nicht kriminell wie Steinkirch oder Schiller, aber dickköpfig und leider kritikresistent, aber nichtsdestotrotz liebenswert."
Ich fühlte mich an den Tag erinnert, an dem mir schon einmal die Spucke wegblieb.
Im Rückspiegel sah ich Corinna dämlich grinsen und beschloss, zu schweigen.
Kladow schlief. Was sonst!
Die Reifen bollerten auf dem Buckelpflaster, als wollte ich die halbe Ortschaft wecken.

Ich getraute mich kaum, Gas zu geben und öffnete das Fenster. Eine dezente Brise wehte Kühle vom Wasser herein.

Die letzten hundert Meter für heute, jubelte ich innerlich erleichtert. Vielleicht fuhr ich gerade deshalb dermaßen flott in die Garage hinunter, dass heute die Schürze unter der Stoßstange knirschend über den Beton schurrte.

Im Gang zur Treppe, die hoch in die Diele führte, empfing mich wie für gewöhnlich muffiger Geruch feuchter Scheuerlappen...

Mochte sich die Welt ringsum sich noch so rasant wandeln, Alltägliches ändert sich anscheinend nie.

Epilog

Er betrachtete abfällig den pechschwarzen Stein des Urnengrabs direkt vor sich, dessen goldfarbene Lettern das Sonnenlicht glitzernd reflektierten.

Auf den Tag genau zehn Monate lag es zurück, dass Walter zum letzten Mal zu seiner Waffe gegriffen hatte. Kiwel wünschte dem elenden Verräter, dass er auf immer und ewig in der Hölle schmorte.

Er fand Friedhöfe zum Kotzen.

Seit er wusste, geächtet von einer Revolution, die in seinen Augen keine war, dass das Warten auf Cholon und dessen Fähre über den Styx sein Restleben definieren würde, hasste er sie umso mehr. Gleichwohl übertrumpfte das beschämende Jubiläum seine Abscheu und trieb ihn ans Grab des langjährigen Vorgesetzten, der ihm zugleich stets väterlicher Freund gewesen war. Friedhof der Sozialisten! Wem verdankte Walter dieses letzte, peinliche Privileg?

Anstatt zur Knarre, griff er zur Flasche, die neben ihm auf der Bank stand, auf der er zu Gericht saß. Walter gehörte nicht hierher. Nicht in den Ehrenhain! ‚Sozialisten kämpfen bis zum letzten Atemzug', lautete allzeit sein Credo. Falls ihm überhaupt etwas zustand, dann in alle Winde verstreut zu werden...

Als wäre es gestern gewesen, entsann sich Kiwel des Dienstbeginns vor dem 40. DDR-Jahrestag, jenem verregneten Morgen, an dem Walters ehrlose Selbsttötung bekanntgegeben worden war.

Vorm ersten Kaffee zitierte Monika, Chefsekretärin, alle in den Sitzungsraum.
Die distanzierte, spröde Nachricht des Verwaltungschefs traf ihn wie ein Faustschlag mitten ins Gesicht, der auslöschte, woran er geglaubt, wofür er sich Jahrzehnte den Hintern aufgerissen hatte.
Kiwel trauerte nicht, er verachtete, quälte sich mit Fragen, von denen er wusste, dass es für sie keine Hoffnung auf Antwort gab.
Interpretierte Walter bereits Mitte vergangenen Jahres die Fakten auf seine Weise, zog er wider offizieller Lesart individuelle Schlüsse, weil er überheblich zu wissen glaubte, wie alles endete?
Er gönnte sich einen Schluck, sah zu den Birken hinüber, deren Blättchen im schwachen Windhauch zitterten und grinste zynisch. Sie wuchsen auf der Wiese, unter der man sich namenlos verscharren lassen konnte.
‚Die eherne Pflicht, Verantwortung fürs eigene Handeln zu übernehmen...‘, begannen Walters floskelhafte Zeilen, mit denen er seine Flucht zu rechtfertigen suchte, anstatt ehrlich zuzugeben, dass er Fußtritte, Hohn und die beflügelnde Aussicht auf ein Leben als Aussätziger nicht zu ertragen gedachte.
Kiwel ballte die Fäuste in den Taschen seiner Windjacke. Ihn fröstelte, obwohl die Augustsonne wärmte. Schmerzlich fragte er sich, ob er es nicht auch hätte wissen können, gar müssen? War er bereits so verblendet gewesen, dass er tatsächlich glaubte, ihnen

könnte das Heft des Handelns überhaupt nicht entgleiten?

‚Wir weinen ihnen keine Träne nach...', ließ die Parteispitze verlauten, als die Ungarn im vorigen August auf Wunsch des EU-Abgeordneten Otto von Habsburg, als „Europatag" getarnt, kurzzeitig ihre Grenze nach Österreich öffneten und hunderte Urlauber dem Rattenfänger frohgemut nachliefen.

War der Untergang nicht absehbar gewesen, als die senilen Parteilenker darauf bestanden, Züge voller ausreiseverrückter Botschaftsbesetzer von Prag durch ihr Hoheitsgebiet gen Westen rollen zu lassen? Ahnte Walter, dass eine Art Überläufer auf dem Thron im Kreml saß, der für ein wenig Erhalt von Supermachtattitüde seines maroden Imperiums eiskalt Verbündete opferte?

Elsterkreischen riss ihn aus seinen trübsinnigen Gedanken. Er schaute auf und sah, wie der Vogel an einem Glöckchen zupfte, das die Schleife eines frischen Kranzes schmückte.

Insgeheim beneidete er Walter, der sich feige erspart hatte, mitansehen zu müssen, wer heutzutage den Siegern die Stiefel leckte. *IM* „Kater", im richtigen Leben Dieter Schiller, Deckname angelehnt ans Maskottchen des *Magazins*...

Beinahe hätte er den beißenden Schluck Wodka wieder ausgespuckt. Spätestens seit dem Sturm des Mobs auf ihr Ministerium, setzte Kiwel seiner tiefen Resignation die minimale Zuversicht entgegen, als

Wilke bei den Liquidatoren des alten Stalls überwintern zu können sowie das unbezwingbare Verlangen zu stillen, den Aufstieg alter Informanten zu stoppen, wie dereinst die Sonne den Flug des Ikarus.

Er haderte mit dem Plan, der unvorhergesehen irreparable Eigendynamik bekam.

‚Die Führung von Operationen fordert, stets alle denkbaren Folgen zu kalkulieren, die daraus resultieren könnten‘, belehrte ihn Walter in alter Manier.

„Wichser!" flüsterte er sauer.

Woher bitteschön hätte er wissen können, dass es in Schillers Sippe einen Schwager gab, der für vage Versprechen des Abgeordneten Leute umlegte? Zu spät und nur zufällig erfuhr er von dessen Existenz, weil er Schiller ab und an observierte und sich dabei mehr als einmal vor der Sportschule des Armeeklubs wiederfand. Verwundert über das Gebaren, zapfte Kiwel alte Quellen an und fand heraus, dass ein gewisser Hagen Nadler, ausgebildeter Kampfschwimmer und eheähnlicher Beischläfer Schillers jüngerer Schwester, dort als Trainer arbeitete.

Und er erfuhr, dass eben jene jüngere Schwester auf der Intensivstation der Charité arbeitete. Sicherlich hatte sie kein Problem damit, ihrem Beischläfer das *Pentobarbital* zu besorgen.

Kiwel bereute nichts, wies jede Mitschuld am Tod Kellers und der Weber von sich. Ihn ärgerte ausnahmslos die Tatsache, aufs falsche Pferd gesetzt zu haben.

Keller erwies sich, trotz Knasterfahrung in Stasi-Obhut, auf die er gesetzt hatte, leider als Weichei, ließ sich aus Ungeschick oder Furcht lieber auf die Nudel schieben, statt die Mauer aus Arroganz, die Schiller in Windeseile um sich hochgezogen hatte, zu durchbrechen.

Als der Dummkopf einknickte und sich mit der Weber einließ, platzte ihm der Kragen derart vor Wut, dass ihm fast der oberste Hemdknopf abgesprungen war. Am liebsten hätte er die Uhr zurückgedreht und die Dinge selbst in die Hand genommen. Konnte er aber nicht, ohne zu riskieren, dass Schiller ihm die meisterlich gefertigte Tarnkappe herunterriss.

Machtlos musste er zusehen, wie Keller seine Trümpfe aus der Hand gab und sich an dieses Multitalent hängte, das angetrieben von Gier und Geltungssucht tatsächlich glaubte, von den illegalen Devisen eines in die Enge getriebenen Kunstschiebers aus dem Freundeskreis von Schalck und einem Kriminellen aus ihren Reihen profitieren und sich zugleich als mediale Anwältin angeblich stalinistisch Verfolgter profilieren zu können.

‚*Früher warst du effizienter bei der Auswahl geeigneter Kader für riskante Jobs‘*, kritisierte ihn Walter.

‚Leck mich‘, erwiderte er, ohne den Mund zu öffnen.

Kellers Schicksal stieß ihn mit der Nase darauf, dass Schiller die Flucht nach vorn antrat und Nadler jedes Mittel recht war, ihm den Arsch zu retten. Kiwel erwartete nicht, dass Frau Weber den Finger für seine

Intentionen krümmte. Die hatte alle Hände voll mit ihrer Abzocke zu tun und überschätzte sich derart, dass sie die Gefahr nicht einmal erahnte, die ihr drohte, wenn sie den von ihm risikovoll entwendeten Vorgang in ihre Krallen bekam. Schlimmer noch, durch ihre Capricen verwandelte sie sein Kammerspiel in ein Drama mit großer Besetzung.
Er tastete demoralisiert nach dem Wodka, hielt in der Bewegung inne.
Der Gärtner, eine quietschende Schubkarre vorweg, bog in den Weg ein, der an der Bank vorbeiführte, die er in Beschlag genommen hatte.
Wie fühlte man sich eigentlich, überlegte er, wenn man jeden Tag für andere eine Grube schaufelte? Er kannte die Antwort, zuckte mit den Schultern und kehrte zurück zu Soll und Haben. Die Renger, vor ihrem Verschwinden durch erstaunlich detaillierte Plauderei aufgefallen, der ausgemusterte Nestbeschmutzer von der Kripo, dessen dynamischer Nachfolger in Lauerstellung auf Amtsübernahme, die Devisengeier – sie alle waren plötzlich in seine Privatfehde involviert gewesen.
,Viele Köche verderben den Brei...' Platt, aber wahr.
Er klimperte mürrisch mit den Westmünzen in seiner Jackentasche und fand deren Gewicht gewöhnungsbedürftig. Sie erinnerten ihn daran, dass er nur zu gern in eine Zeit zurückgeschwommen wäre, die unwiederbringlich versunken war, wie der Boden unter seinen Füßen.

Vor allem die Renger hatte ihm Kopfzerbrechen bereitet, musste vom Platz, unter allen Umständen. Nicht nur, weil Schiller sich nach einem dreckigen Handschlag mit der Weber einbildete, sie als Sündenbock bluten zu lassen, sondern vor allem wegen ihrer exponierten Stellung im Westberliner Klüngel. Durch sie womöglich ins Visier von Verfassungsschutz oder LKA zu geraten, hätte ihm gerade noch gefehlt! Und die Chance, durch ihren ausgemusterten, jedoch überaus kompetenten Bullen aufzufliegen, empfand er auch nicht attraktiver.

Ihm zitterten die Hände. Allein der Gedanke an den Kraftakt, den es ihn kostete, Schlimmeres zu verhüten und trotzdem das Ziel nicht aus dem Auge zu verlieren, trieb seinen Adrenalinspiegel in die Höhe.

Verstohlen betrachtete er die Stiefmütterchen auf der dunkelbraunen Erde vor dem Stein.

Sich bei Walter zu bedanken, dass der ihm, trotz Höllenfeuer unterm Hintern, seinen Coup rettete, brachte er indes nicht übers Herz.

Alles schien außer Kontrolle. Kiwels Wissen um den Angriff auf die Gespielin der Renger, den Mord an der Weber, drängte ihn betroffen in die Ecke, auch wenn er das nie zugegeben hätte. Nachdem sich die Wege Nadlers und der Weber mit letalem Ausgang gekreuzt hatten, gab es für ihn keinen Zweifel, dass sein Spiel endgültig verloren war, Nadler sie als Lebensversicherung gegenüber seinem Schwager betrachtete. Beinahe besessen sann Kiwel über Ersatz nach. Doch woher? Routiniert hatte er seine Verzweiflung unterdrückt, sich ein Herz gefasst und war unbefugt in sein ehemaliges Referat eingedrungen, für dessen Besichtigung den basisdemokratischen Insolvenzverwaltern bislang die Zeit fehlte, weil Sicherstellung und Rekonstruktion der Akten für sie höchste Priorität besaß.

Nach halbstündigem Aufenthalt und zweimal Luftanhalten, weil Schritte der Bürgersheriffs zu hören waren, die unregelmäßig die Gebäude durchstreiften, hielt er mitten in Walters Büro eine Trophäe in den Händen, von deren Fund er nicht zu träumen gewagt hätte.

Entgegen sämtlicher Vorschriften, bewahrte Walter in einem Ordner, der die simple Aufschrift „Privat" trug, Duplikate von Verpflichtungen hochrangiger Führungskader aus Kultur und Medien auf, darunter auch die Schillers von '76, unmittelbar nach der Ausbürgerung Biermanns. Er konnte sich den Trostschluck nicht verkneifen, obwohl der Gärtner nur fünf Reihen weiter die Karre belud.

Am Tag nach dem Glücksfund, zu Hause auf der Couch bei starkem Kaffee und einer Westzigarette, kam ihm Kellers Frau in den Sinn, und er hatte sofort gewusst, dass sie die Richtige war, um den Job zu vollenden.

Er erhob sich. Der Wind plusterte sich vom seichten Hauch zur Bö, als wollte er das lange ersehnte Gewitter herantreiben.

Dröge Sandkörnchen umschwirrten ihn. Er wischte mit den Händen über die helle Jacke und ließ den Wodka in der Innentasche verschwinden.

‚Reicht Dir der Schaden nicht, den Du angerichtet hast', kanzelte Walter ihn ab. ‚Musstest Du wieder und wieder Dritte für Deine kleinlichen Gelüste missbrauchen?'

Was hätte es gebracht, den Wisch anonym an einen der Schmierfinken zu schicken, als Zufallsfund eines aufgebrachten Zeitgenossen? ‚Du beklagst Dich über Deine Schüler?' Er warf Walters lautlose Kritik erbost in seinen geistigen Papierkorb.

Was sollte eine Leserbrieftante damit anfangen, dachte er, die keinen Funken Ahnung davon besaß, was ihr vor die Nase flatterte?

Miriam, praktische junge Frau, im Denken westkompatibel und durch den Tod des Mannes in Existenznot, ihr hatte Kiwel das Dokument zugespielt. Basta! Sie kam als Witwe zu den neunmalklugen Schreibern, als Frau eines Opfers vom Herrn Abgeordneten und das sogar im doppelten Sinne.

Interviews, Fotos, Tränen, das war was zum Anfassen, zum Aufbauschen, das war, was sie mochten. Davon lebten sie. Und es verfehlte seine fatale Wirkung nicht.

Er verspürte zum eigenen Erstaunen plötzlich das unerklärliche Bedürfnis, Blumen auf Walters Grab zu hinterlassen. Schadenfreude im Blick, Genugtuung im Herzen, schritt er zur Floristin direkt neben

dem Eingang. Drei Dahlien bekam er für sein Hartgeld. Sechs D-Mark für drei Stängel.
Er schüttelte den Kopf.
Hatte er überhaupt je zwölf Mark alter Währung für Blumen geopfert? Er wusste es nicht. Er merkte nur, dass er vom mittlerweile halbierten Einkommen für viele Dinge doppelt soviel zahlen musste. Und das war erst der Anfang…
‚Bist du nun zufrieden?', mischte sich eine skeptische, geradezu widerliche Stimme in seine Gedanken. ‚Vergeltung hilft niemandem. Sie ist Handeln wegen Vergangenem, das Wunden konserviert, statt zu heilen.'
Ihm schien, als liefe Walter hinter ihm her.
Kiwel tastete nach der Makarow im Hosenbund, die seine Geldbörse in der Gesäßtasche bewachte.
Das letzte Argument…
‚Rache ist Doping für die Seele', beharrte er renitent gegen sich selbst und suchte vergeblich nach Zeichen in seinem Innern, die ihn im Glauben bestärkten, sich jetzt besser zu fühlen.

Ende

ISBN 978-3-7529-3592-9

www.epubli.de